Tod in der Speicherstadt

DER HAMBURGER HAFEN UM 1895

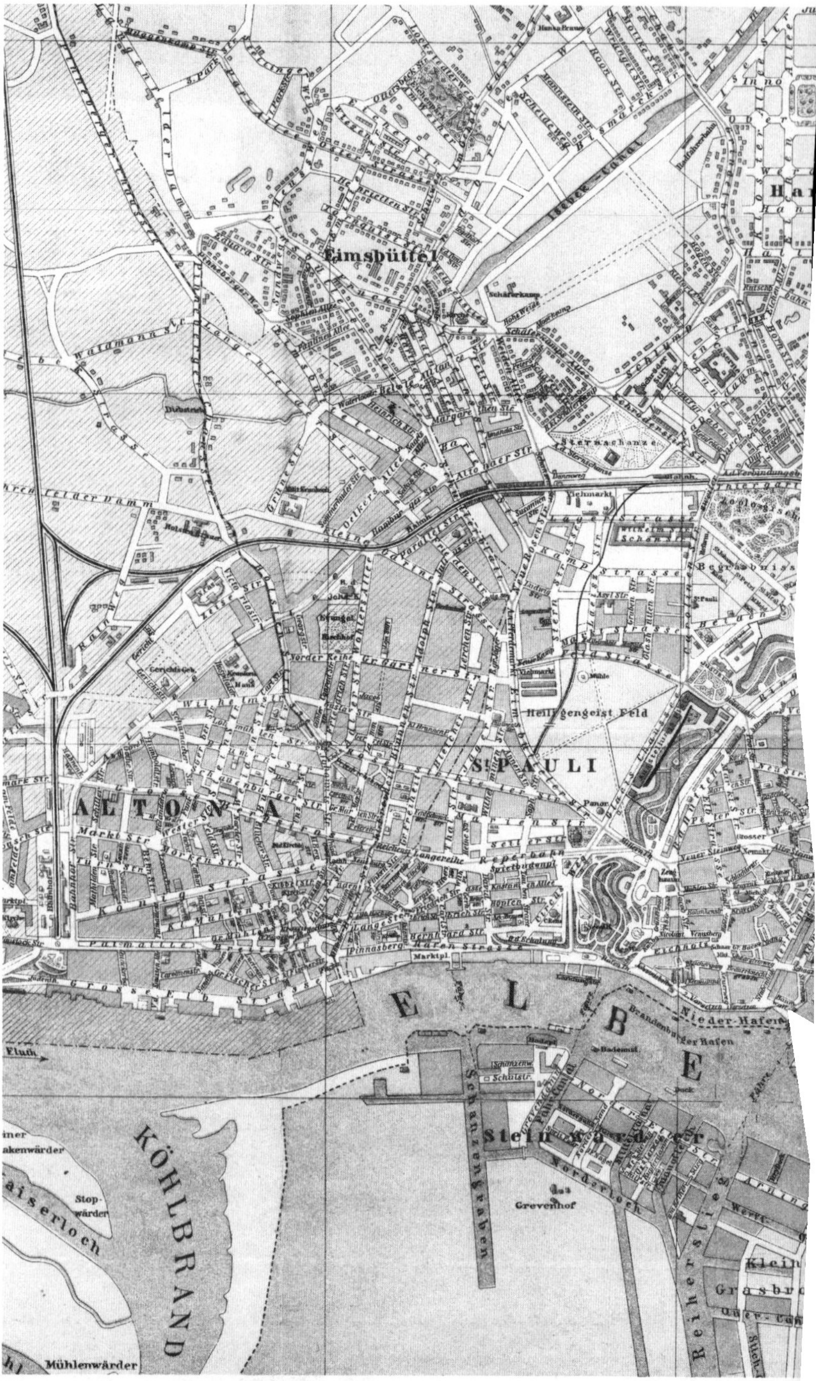

Eigentum, Druck u. Verlag d. Lith.Anst. v. C. Adler, Hamburg

AUSSEN
ALSTER
BINNEN
ALSTER
Uhlenhorst
Hohenfelde
Borgfelde
H a m
Bade Anstalt
Bade Anst.
Alsterlust
Bassin
Waisenh.
Allgemeines Krankenhaus
St. Gertrud Kirche
St. Johannis Kirche
Reservoir
Weide Str.
Schulweg
Uhlenhorster Weg
Hofweg
Papenhuder Str.
Mühlenkamp
Schwanenwik
Alte Raben Str.
Klostersteg
Alster Chaussee
Lübecker Str.
Wandsbecker Chaussee
Grosse Allee
Lange Reihe
Steindamm
Kirchen Allee
Holzdamm
Hammerbrook
Süder Str.
Sachsen Str.
Wenden Str.
Franken Str.
Gothen Str.
Jentsch Str.
Ida Str.
Billwärder Neuer Deich
Bullerdeich
Hammer Deich
Hühnerposten
Ober-Hafen
Kammer Canal
Daniel Str.
Brook-Hafen
Hafen Canal
Dampfschiff-Hafen
Gr. Krahn
Segelschiff-Hafen
Oberländer-Hafen
Ober-Hafen-Canal
Bill-Hafen
Bill Brack
Rothenburgsort
Zoll Hafen
Entenwärder
Bill Str.
Neue Elbe
Gr. Grasbrook

Die gebürtige Hamburgerin Anja Marschall lebt seit vielen Jahren mit ihrer Familie im Westen Schleswig-Holsteins, wo sie als Journalistin und Autorin arbeitet. Sie initiierte den ersten Krimipreis für Schleswig-Holstein, ist Mitglied bei den Mörderischen Schwestern e.V. und im Syndikat.

ANJA MARSCHALL

TOD IN DER SPEICHERSTADT

HISTORISCHER KRIMINALROMAN

emons:

Bibliografische Information der Deutschen Nationalbibliothek
Die Deutsche Nationalbibliothek verzeichnet diese Publikation in der Deutschen Nationalbibliografie; detaillierte bibliografische Daten sind im Internet über http://dnb.d-nb.de abrufbar.

MIX
Papier aus verantwortungsvollen Quellen
FSC® C083411
FSC
www.fsc.org

Umschlagmotiv: iStockphoto.com/abey;
shutterstock.com/javarman
Umschlaggestaltung: Nina Schäfer
Gestaltung Innenteil: César Satz & Grafik GmbH, Köln
Lektorat: Christine Derrer
Druck und Bindung: CPI – Clausen & Bosse, Leck
Printed in Germany 2019
ISBN 978-3-7408-0661-3
Historischer Kriminalroman
Originalausgabe

S. 2–3: Plan von Wandsbek-Hamburg-Altona und Umgebung nebst Text, Ansichten, Straßenverzeichnis etc. Gesamtes Freihafengebiet. III. erweiterte Auflage, Herausgegeben zur Hamburgischen Gewerbe-und-Industrie-Ausstellung, Verlag C. Adler, Hamburg 1889. Der Abdruck erfolgt mit freundlicher Genehmigung von Christian Terstegge. www.christian-terstegge.de

Libertatem quam peperere
maiores digne studeat servare posteritas.
(Die Freiheit, die die Väter erwarben,
möge die Nachwelt würdig zu erhalten trachten.)
Sinnspruch über dem Portal des Hamburger Rathauses

PROLOG

Aus dem Spiegel blickte ihr eine Fremde entgegen. Der Mund schmal, die Haut trocken wie Dörrfisch, die Haare dumpf und brüchig. Sechs Kinder hatte sie auf die Welt gebracht, von denen ihr nur noch drei geblieben waren. Die anderen hatte die Cholera geholt. Das Licht der Kerze hinter ihr flackerte, während sie in ihrem müden Spiegelbild die junge Frau suchte, die sie doch eigentlich noch war. Langsam ging sie mit dem Kamm durch ihr Haar. Strich für Strich. Sie war erst zweiunddreißig Jahre alt. Zu jung, um schon so alt auszusehen. Armut macht Falten.

Karl hatte den Spiegel beim Trödler erstanden und ihr zur Geburt des Jüngsten geschenkt. Ich hätte einen schlechteren Ehemann finden können, dachte sie. Ihr Karl war fleißig und trank nicht. Mit einem Lächeln sah sie zu ihm hinüber, wie er im Bett unter der Federdecke leise schnarchte.

Heinzchen, ihr Jüngster, lag in seiner Wiege neben dem Ehebett, während die beiden großen Kinder in einem schmalen Bett an der feuchten Wand schliefen.

Im Haus war es still. Aus dem Hof drang das Schreien einiger Katzen in die Kammer herauf. Die Kirchturmuhr von St. Michaelis schlug zwei Mal. Im nahen Hafen war der rastlosen Unruhe des Tages für kurze Zeit die erschöpfte Stille der Nacht gefolgt, die sich wie ein Leichentuch über den dunklen Fluss, die Landungsbrücken mit ihren Schiffen, die Kais und die kahlen Masten der Schiffe legte. Bald würden die dampfbetriebenen Kräne in der Speicherstadt wieder fauchen und die Arbeiter ihren Rücken rund schuften, wenn sie von früh bis spät Tausende Säcke in die Speicher schafften oder tonnenweise Kohlen aus den Schiffsbäuchen schaufeln mussten. Karl war einer von ihnen. Sie schindeten sich für einen Hungerlohn, während die feinen Herren reich wurden. Das zumindest hatte Karl ihr kürzlich erklärt, als er von einer Rede vor dem

Altonaer Rathaus zurückkam. Streiken wollten die Männer. Was auch immer das heißen mochte. Sie ahnte aber, dass es nichts Gutes bringen würde, dieses Streiken, denn Karl hatte ein fiebriges Leuchten in den Augen gehabt, als er von der Versammlung nach Hause kam. Das hatte ihr nicht gefallen.

Vielleicht war dieser Streik der Grund, warum sie seit einigen Tagen keinen Schlaf mehr fand. Es war nie gut, die da oben herauszufordern. Vielleicht aber lag es auch an Heinzchen, der nachts immer so schrecklich weinte, mehr und verzweifelter, als all ihre anderen Kinder es je getan hatten. Dabei starrte er sie so entsetzlich flehend an, dass es ihr Herz schmerzte. Sie wusste nicht, was ihn so quälte. Der Arzt meinte, dass es die Milch sein könnte, die sie dreimal täglich von einer Amme holte. Aber was sollte sie tun? Ihre eigenen Brüste hingen leer und schlaff an ihrem Körper und weigerten sich, den Kleinen zu säugen.

Strich für Strich fuhr der Kamm durch ihr Haar.

Da hörte sie, wie jemand durch den Hof polterte und fluchend die Leiter heraufstieg. Schwere Schritte stolperten an ihrer Tür vorbei.

Sie erschrak. Schon rührte sich der Kleine. Eilig legte sie den Kamm zur Seite und trat an die Wiege, versuchte noch, ein Liedlein zu summen, als die Tür zur Nachbarswohnung auch schon aufgestoßen wurde.

»Wo ist sie?« Deutlich war eine wütende Männerstimme durch die dünne Bretterwand zu hören. Etwas rumpelte zu Boden.

»Bist du schon wieder besoffen?«, kreischte die Stimme der Nachbarin. Erschrocken riss Heinzchen seine Äuglein auf. Schnell nahm sie ihren Sohn hoch und drückte ihn sanft an sich, als auch schon ein lauter Schrei aus dem kleinen Körper fuhr.

»Scht«, versuchte sie ihn zu beruhigen und begann, im Raum auf und ab zu gehen.

Nebenan brüllte der Mann weiter. »Mach das Gör weg! Schmeiß es in den Fluss!«

Sie erschrak! Für einen kurzen Moment glaubte sie, der Kerl meine Heinzchen. Aber so war es nicht. Der konnte nicht wissen, dass sie hier mit ihrem Sohn stand und alles hörte. Dennoch begann sie zu zittern. Sie drückte den Jungen fester an sich, hielt das schreiende Köpfchen in ihrer Hand und begann, ihren Sohn zu wiegen.

Gertrud Wiesner war ihr unheimlich, so dürr und hager wie eine Hexe und diese kalten Augen! Sie hatte versucht wegzuschauen, wenn die jungen Frauen heimlich in die Wohnung der Wiesner schlichen. Schmerzensschreie gingen dann durch das Haus. Bald darauf kamen die armen Dinger weinend heraus und humpelten fort. Alle wussten, was in der Wohnung passierte. Keiner sagte etwas. Ihr Mann meinte, die Mädchen seien selbst schuld. »Wer sich die Suppe eingebrockt, der muss sie auch wieder auslöffeln.«

Engelmacher? Wer hatte für so etwas Schreckliches nur dieses Wort erfinden können!

Jetzt polterte es nebenan. Ein kleines Stimmchen rief nach seiner Mutter. Dann weinte es.

Sie hielt die Luft an. Auch Heinzchen schwieg für einen kurzen Moment.

»Maul halten!«, brüllte die Wiesner. Das Kind nebenan schrie kurz auf, dann ging sein Weinen in ein jämmerliches Wimmern über.

Sie drückte Heinzchen noch fester an sich. Ihre Kehle war wie zugeschnürt. Ihr ganzer Körper zitterte. Sie versuchte, nicht darüber nachzudenken, was hinter der dünnen Wand geschah. Da hörte sie die Tür der Nachbarswohnung in den Angeln quietschen. Es folgten Schritte. Ein Knarzen auf der Stiege. Jemand ging in den Hof hinunter.

Leise schlich sie ans Fenster und schaute hinter der Gardine hinaus. Eine Gestalt trat in den Hof. Sie trug in der einen Hand eine Petroleumlampe. Deutlich war im Licht der Lampe das Gesicht der Nachbarin zu erkennen. Sie hatte etwas über ihre Schulter geworfen. Ein Strohsack? Nein! Es war ein kleines Mädchen. Einer der beiden Zöpfe hatte sich gelöst. Arme und

Beine baumelten bei jedem Schritt der Wiesner wie bei einer Marionette hin und her, während sich die Frau eilig davonmachte. In diesem Moment hob das Mädchen seinen Kopf. Ihr Blick traf die heimliche Beobachterin am Fenster. Dann sank sie wieder auf die Schulter der Hexe hinab, die mit ihr in der Dunkelheit verschwand.

»Mein Gott!«, flüsterte sie und merkte erst jetzt, dass Heinzchen aufgehört hatte zu schreien.

KAPITEL 1

Einen Selbstmordversuch machte gestern ein 20jähriges Dienstmädchen, indem es beim Alsterufer in die Alster sprang und in die höchste Gefahr gerieth. Ein Ewerführer, der Augenzeuge des Vorfalles war und die Noth der Selbstmord-Kandidatin erblickte, sprang hinzu und es gelang ihm mit Hülfe eines Commis, die Betreffende zu retten. Die Gerettete erklärte, daß sie nur der schlechten Behandlung seitens ihrer Dienstherrin, einer Hebamme, zu entgehen, den Tod gesucht habe.

Originalauszug: Hamburger Generalanzeiger, 22. Oktober 1896

Das gleichmäßige Rattern der Räder unter ihren Füßen machte Sophie müde. Vor dem Abteilfenster der ersten Klasse zogen abgeerntete Felder vorbei. Verstreut zwischen rot und gelb leuchtenden Baumgruppen duckten sich reetgedeckte Gehöfte. Der Sommer war vorüber und schickte sich an, in einen goldenen Herbst überzugehen, dem früher oder später Stürme und Regen folgen würden. Mit halb geschlossenen Augen fragte sich Sophie, ob dies tatsächlich ihr letzter Herbst im Hause Konsul Winters sein sollte.

Sie warf dem jungen Mädchen ihr gegenüber einen Blick zu, das mit gefalteten Händen im Schoß kerzengerade dasaß. Clara war die älteste Tochter des Konsuls und würde noch vor dem Weihnachtsfest für ein Jahr nach England reisen, wo ihre Erziehung vervollkommnet werden sollte. Doch sosehr die Familie auch versuchte, Clara für die Reise zu begeistern, das Kind wollte sich nicht darauf freuen. Sophie hatte ihr von den vornehmen Salons der adeligen Damen erzählt, in die sie sicherlich geladen werden würde, geschwärmt von den Jagdausritten auf dem Land, an denen sie teilnehmen könnte, um sich am

Abend unter den Kronleuchtern eines Ballsaals zu drehen oder zu den Klängen einer Polka zu hüpfen. Sie hatte ihr von der neuen Royal Albert Hall berichtet, wo die besten Musiker der Welt auftraten. Doch Clara antwortete auf all die gut gemeinten Versuche stets mit einem freundlichen, aber nichtssagenden Lächeln. Erst gestern hatte sie beim Abendessen gemeint, dass sie es wohl kaum verhindern könne, dass man aus ihr eine Dame zu machen gedenke. Der letzte Sommer einer unbeschwerten Kindheit sollte für das Mädchen bald sein Ende finden, und der Abschied vom Vater und von den Geschwistern lag vor ihr. Wie konnte Sophie ihr nur klarmachen, dass ein Abschied auch immer ein Neubeginn war? Sophie hatte dieses Mädchen in den Jahren bei Konsul Winter in ihr Herz geschlossen. Es fiel ihr schwer, den einst so wilden Zögling gehen zu lassen, obwohl noch zwei jüngere Geschwister im Haus waren. Doch auch deren Erziehung würde Sophie wohl schon bald nicht weiterführen können.

Sie drehte den Verlobungsring, der schon begann, seinen Glanz zu verlieren, an ihrem Ringfinger. Mittlerweile hatten Hauke und sie viele Gelegenheiten verstreichen lassen, einen Hochzeitstermin bekannt zu geben. So mancher zweifelte bereits daran, dass es je zu einer Ehe zwischen dem schweigsamen Kommissar und der eigensinnigen Lehrerin kommen könnte. Und dennoch, sobald sie erst verheiratet war, würde sie ihre Anstellung verlieren. So waren nun einmal die Konventionen. Sophie seufzte leise und fragte sich, was ihr dann noch bliebe. Sie könnte Kinder bekommen, so wie alle anderen Frauen. Aber, war sie mit Ende zwanzig nicht schon zu alt dafür? Schnell schob sie den Gedanken beiseite.

Stattdessen hoffte sie, Hauke in der Hansestadt treffen zu können, den ein neuer Fall ebenfalls dorthin führen würde. Sophie dachte daran, wie sie ihm bei einem anderen Fall kürzlich hatte helfen können. Man hatte ein totes Dienstmädchen im Kaiser-Wilhelm-Kanal gefunden, und weil Hauke im Kieler Schloss unabkömmlich gewesen war, hatte sie sich ein wenig umgetan. Leider nur hatten diese aufregenden Wochen ihr

Interesse an Kapitalverbrechen ungebührlich geweckt, was sie natürlich niemandem gestand. Manchmal aber fragte sie sich, ob sie überhaupt normal sei. Schließlich erwartete man von Frauen, dass sie sich von Derartigem fernhielten oder zumindest elegant in Ohnmacht fielen, wenn es um Mord und Todschlag ging. Sophie vermutete, dass ihre Neugier stärker war als ihr Wunsch, eine Dame zu sein. Hauke jedenfalls schien das nicht zu stören. Und dafür liebte sie ihn noch mehr.

»Fräulein Struwe?« Claras Stimme riss Sophie aus ihren Gedanken. »Ich habe die Liste mit den Gästen für den Ball dabei.« Clara zog einige gefaltete Zettel aus ihrer Tasche und reichte sie der Lehrerin. Es war eine Aufstellung für den Abschiedsball, den Konsul Winter für seine Tochter in der neuen Hamburger Villa an der Alster auszurichten gedachte. Sophie würde alles Notwendige dafür vorbereiten müssen, was ihr in Anbetracht der wenigen noch zur Verfügung stehenden Wochen eine Herausforderung schien.

Prüfend ließ Sophie ihren Blick über die akkurat geschriebenen, untereinanderstehenden Namen gleiten. Dann drehte sie den Zettel um, wo sie weitere Namen fand. Auf einer zweiten und dritten Seite waren ebenfalls Personen aufgeführt, die Clara auf ihrem Ball zu sehen wünschte. »Wie viele Gäste sind es denn bis jetzt?«, wollte Sophie erstaunt wissen.

»Zweiundachtzig«, kam es kleinlaut von gegenüber. »Meinen Sie, dass es zu viele sind? – Ich wüsste nicht, auf wen wir verzichten können. Wenn wir die von Böhns einladen, dann müssen wir auch Cousine Eugenie mit ihren vier Schwestern eine Einladung senden. Sie wären aufs Höchste beleidigt, wenn wir sie übergingen. Und die –«

Sophie lächelte. »Der Saal ist groß genug für das Diner. Getanzt werden kann im Salon. Wir tragen die Möbel hinaus und rollen die Teppiche auf.« In Gedanken dekorierte Sophie die Villa in Winterhude um. Leider hatte Konsul Winter darauf bestanden, den Ball Anfang November stattfinden zu lassen. Sophie wäre ein Sommerfest im Park lieber gewesen. Sie hätte all die Gäste unter Zelten an festlich geschmückten Tischen auf die

Rasenfläche setzen können. Der Garten der Villa führte bis zum Justus-Teich hinunter, der wiederum in die Alster überging. So aber musste die Gesellschaft im Haus untergebracht werden. Wohin nur mit all den Kutschen und livrierten Bediensteten, den Pferden und Mänteln? Sophie seufzte. Ihr schwante, dass die Liste in ihrer Hand noch länger werden könnte. »Ich vermisse den Namen Bellingrodt auf deiner Liste, Clara. Amalie Bellingrodt ist doch die Patentante deiner Mutter gewesen.« Clara starrte stur aus dem Fenster. »Clara, ich spreche mit dir. Warum fehlen die Bellingrodts auf der Liste?«

Das Mädchen schluckte. »Ich möchte nicht darüber reden.«

»Darf ich wissen, warum nicht?« Clara schüttelte den Kopf. »Ich bin mir sicher, dass du gute Gründe dafür hast. Allerdings wird dein Vater darauf bestehen, dass die Bellingrodts kommen. Es könnte helfen, wenn ich wüsste, was vorgefallen ist.«

»Man machte mir vor einiger Zeit Avancen.« Clara schien darüber alles andere als glücklich zu sein. »Einer der Söhne wollte mich heiraten.«

»Wie bitte?« Empört setzte Sophie sich aufrecht hin. »Hatte er zuvor deinen Vater um Erlaubnis –«

»Er war betrunken.« Jetzt drehte Clara sich zu Sophie. »Es war entsetzlich! Er lallte und stank, konnte sich kaum auf den Füßen halten.«

»Welcher der beiden Söhne war es? Johann? Alfons?«

Clara drehte den Kopf zur Seite, als könne sie die Bilder so aus ihrem entfernen. »Es war nur ein Ausrutscher, nehme ich an.«

Sophie griff nach den Händen des Mädchens. »Warum hast du es mir denn nicht erzählt, Kind?«

»Ich habe mich so geschämt«, flüsterte Clara.

»Hattest du ihm denn irgendeinen Anlass –«

»Nein!« Mit weit aufgerissenen Augen sah Clara Sophie an. »Nein, ich konnte ihn noch nie leiden. Niemals hätte ich ihm Hoffnungen gemacht.«

Sophie setzte sich neben Clara und nahm sie in den Arm. »Wenn jemand sich jemals wieder so respektlos dir gegenüber benimmt, sagst du es sofort.«

»Aber mein Vater …?«

»Der wird dem Kerl eine Tracht Prügel verpassen! Egal wer es ist.« Sophie sagte dies aus vollster Überzeugung.

Dankbar lächelte Clara. »Dann muss ich die Bellingrodts nicht einladen?«

Sophie antwortete nicht, sondern nahm die Liste noch einmal zur Hand. »Lass uns sehen, wer deinem armen Vater noch alles die Haare vom Kopf essen wird.«

Der Zug lief in einen der vielen kleinen Bahnhöfe ein, von denen es an der Strecke Kiel–Altona eine Menge gab. Clara erhob sich von ihrem gepolsterten Sitz und öffnete die Abteiltür hinaus zum Bahnsteig. Sofort strömte klare Herbstluft herein. Sophie zog ihren Schal ein wenig enger um die Schultern. Draußen eilten neue Fahrgäste vorbei, auf der Suche nach einem freien Abteil. Andere Herrschaften traten auf den Bahnsteig, um in den angehängten Speisewagen zu wechseln oder schnell auf den Abort zu gehen, der am Ende eines jeden Wagens gelegen war. Ein paar Bäuerinnen warteten am Bahnsteig, um ihr Obst und Gemüse zum Kauf anzubieten.

»Meinen Sie, dass wir uns einen oder zwei Äpfel leisten dürfen, Fräulein Struwe?«

»Aber natürlich, Kind. Dein Vater hat dir fünfzig Mark Reisegeld zur freien Verfügung mitgegeben. Du seist jetzt alt genug, sagte er, um mit all deinem Geld zu kaufen, was dir beliebt. Ich denke, dass dies auch Äpfel einschließt.«

Niemals zuvor hatte Clara Geld besessen, obwohl sie einmal eine sehr reiche Frau werden würde, sofern sie nicht heiratete. Aus eigener Erfahrung wusste Sophie, das Geld und Männer oftmals ein sehr flüchtiges Wesen hatten. Um dem Mädchen ihre eigenen schlechten Erfahrungen zu ersparen, hatte Sophie den Konsul überzeugen können, dass Clara beizeiten lernen müsse, mit Geld umzugehen. Und so hatte der Vater seinem Kind eine äußerst großzügige Summe in ein perlenbesticktes Portemonnaie gesteckt und der Tochter feierlich überreicht.

Jetzt holte Clara ebendiese Börse aus ihrer Reisetasche. Sie winkte einer drallen Bäuerin mit einem Korb voll Äpfel zu, die eilig herbeikam. Unentschlossen schaute Clara auf die roten und grünen und gelben Herrlichkeiten darin.

»Nehm' Se man een Lottörper Geele, Fräulein.« Die Frau reichte ihr einen gelben Apfel hinauf. »Dat is wat ganz Feines. So wie Sie.«

Clara verlangte zwei Äpfel. Sie zählte das Geld genau ab, reichte es der Bäuerin und bedankte sich bei ihr mit einem Knicks. Dann schloss sie die Abteiltür wieder, verstaute ihr Portemonnaie sorgfältig in der Reisetasche und reichte Sophie einen der beiden Äpfel. Den anderen polierte sie stolz an ihrem Mantelstoff, bis er glänzte. Jetzt biss sie kräftig hinein, und Sophie erkannte in ihr wieder das Mädchen von früher.

Von draußen hörten sie die Stimme des Bahnwärters: »Einsteigen!« Dann kam der schrille Ton seiner Pfeife.

Mit mächtigem Schnaufen setzte sich der Zug langsam und träge wieder in Bewegung.

Plötzlich sprang eine Fremde vom Bahnsteig auf das Trittbrett der Abteiltür. Erschrocken fuhr Clara zurück. Die Frau trug ein wollenes Schultertuch im Arm, in das sie etwas gewickelt hatte. Sie schien jemanden zu suchen, während der Zug bereits an Fahrt gewann. Schon war das Gesicht wieder verschwunden.

Clara und Sophie erhoben sich und blickten aus dem Fenster. Zwei Wagen weiter sahen sie, wie jemand eine Abteiltür öffnete. Hände griffen hinaus. Die Frau reichte ihnen das Bündel, während sie neben dem Zug herlief. Da mischte sich das Schreien eines kleinen Kindes mit dem Pfeifen der Lok.

Eine Wolke aus Rauch verschluckte die Frau am Ende des Bahnsteigs, während der letzte Wagen an ihr vorbeizog. Sie weinte. »Sie gibt ihr Kind fort?«, rief Clara bestürzt und ließ sich zurück auf das Polster fallen. »Wie kann sie nur so etwas Entsetzliches tun?«

Betroffen schloss Sophie das Fenster und setzte sich ebenfalls wieder auf die gepolsterte Bank. Claras Mutter war vor einigen Jahren gestorben und hatte Mann und drei Kinder zurücklassen müssen. Sophie spürte, wie sehr das Mädchen vor ihr litt. Der angebissene Apfel lag in Claras Hand. Sophie überlegte, wie sie ihr die Not der Frauen erklären sollte, wenn diese ihre eigenen Kinder nicht mehr ernähren konnten und darum fortgaben. Wie sollte sie das Schicksal all jener Frauen erklären, die auf seichte Versprechen eines hübschen Galans hereingefallen waren und mit den Konsequenzen ganz allein dastanden? Keines der Worte, die Sophie einfielen, schien ihr geeignet, Clara zu trösten. Schweigend fuhren sie eine Weile, jede in ihren eigenen Gedanken gefangen.

Am nächsten Bahnhof erhob sich Sophie und trat auf den Bahnsteig hinaus. »Warte hier auf mich, Kind«, sagte sie.

Der Zug würde nicht lange haltmachen. Eilig lief sie an den Wagen des Zuges vorbei, spähte in jedes Abteil hinein, in denen die Fahrgäste der zweiten Klasse saßen. Der Bahnwärter mahnte einen Herrn zur Eile, der gerade die schmale Treppe hinauf zum Abort nahm. Endlich fand Sophie, was sie suchte.

Sie öffnete die Abteiltür der dritten Klasse. Der Duft von geräucherter Wurst empfing sie, durchmischt mit dem Gestank einer schweren Zigarre. Hier saß man nicht in weichen Sesseln, und es gab auch keine Vorhänge am Fenster. Dicht nebeneinander hockte man hier auf einfachen Holzbänken. Auf den Ablagen über den Köpfen der Reisenden stapelten sich Koffer, Kisten und Taschen. Eingezwängt zwischen einem Herrn mit Zylinder und einer Bäuerin mit Kopftuch, saßen zwei Nonnen in schwarzem Habit. Eine von ihnen trug das Bündel im Arm, aus dem es mächtig schrie. Sophie lächelte die beiden Frauen an, von denen die ältere versuchte, den Säugling trotz der Enge im Abteil hin und her zu schaukeln. »Es klingt, als habe das Kleine Hunger«, meinte Sophie zu ihr.

»Gott gab ihm eine gesunde Lunge«, antwortete die Nonne, während die jüngere neben ihr ein Stück geknüllten weißen Stoff in eine Milchkanne tunkte, die die Bäuerin ihr hinhielt. Die Nonne schob das tropfnasse Tuch dem Kleinen in den Mund, woraufhin dieser sofort sein Gebrüll einstellte und zu saugen begann.

»Darf ich Sie beide in unser Abteil einladen?«

Gerade wollte die Ältere bescheiden ablehnen, als der Säugling tief Luft holte und von Neuem zu schreien anfing. Der Mann mit dem Zylinder begann sich zu beschweren. »Soll das jetzt die ganze Fahrt so weitergehen? Ich werde den Schaffner holen. Das Ding hat ja nicht einmal bezahlt.«

Kurz darauf saßen die beiden Nonnen im Abteil von Clara und Sophie. Sie berichteten, dass sie Franziskanerinnen seien und aus Thuine im Emsland kämen. Sie lebten aber in der Pfarrei St. Joseph in Altona, gleich an der Grenze zu Hamburg.

»Es hat sich wohl herumgesprochen, dass wir stets diesen Zug nehmen, wenn wir am ersten Montag im Monat zurück in unsere Pfarrei reisen«, erklärte die Ältere, deren Name Schwester Ursula war. »Wir möchten ein Kinderheim in Bad Oldesloe gründen, weil das Haus in Geesthacht für all unsere Kinder zu klein geworden ist.«

Die Jüngere, mit dem Namen Schwester Innocentia, fiel ihr missbilligend ins Wort. »Dabei bräuchten die Ärmsten der Armen in Hamburg viel dringender unsere Hilfe.« Sie lispelte ein wenig. Schwester Ursula lächelte nachsichtig.

»Wie können diese schrecklichen Frauen nur ihre Kinder fortgeben?«, wollte Clara leise wissen.

»Verdammen Sie die armen Geschöpfe nicht, Fräulein«, bat Schwester Ursula. »Viele von ihnen haben keinen Schutz durch einen Ehemann oder einen Bruder. Sie gelten als leichte Mädchen, wenn Sie verstehen, was ich meine.«

»Es gibt aber auch brave Dienstmädchen«, unterbrach die andere eifrig, »deren Dienstherren sich an ihnen vergangen haben. Und als sei das noch nicht schlimm genug, setzt man die armen Geschöpfe vor die Tür, wenn sie dann ... Viele von ihnen nehmen sich das Leben«, fügte sie leise hinzu. Pfeifend sog Clara die Luft ein. »Manchmal ist es aber auch nur die pure Armut, die die Frauen zu uns bringt.«

Kurz überlegte Sophie, ob dieses Gespräch nicht eine zu drastische Wendung nahm. Clara hatte bisher kaum etwas vom wahren Leben erfahren. Einem Leben, das immer härter wurde, je tiefer die Leiter der Gesellschaft nach unten führte. Und am härtesten war es für Frauen und Kinder.

Nein, entschied sie dann. Diese Reise war der Anfang eines neuen Lebens für die umsorgte Tochter aus gutem Hause. Und dieser Anfang würde Claras Charakter stählen, selbst, wenn sie vom harten Schicksal der Frauen nur hörte. Also schwieg Sophie und ließ die Schwestern von ihrer mildtätigen Arbeit in einem Stadtteil namens St. Pauli erzählen, wo Laster und Armut Hand in Hand zu gehen schienen.

Und während Sophie die beiden Nonnen beobachtete, fragte sie sich, welches Leben diese wohl vor ihrem Gelübde gehabt haben mochten. Die breitschultrige Schwester Ursula konnte sie sich sehr gut auf einem Bauernhof vorstellen. Ihre Hände zeigten, dass sie anpacken konnte. Vielleicht hatte es zu viele Geschwister gegeben und nirgends einen Mann zum Heiraten, darum der Gang ins Kloster. Schwester Innocentia hingegen war zart und wirkte ein wenig kränklich. Liebevoll schaute sie immer wieder den kleinen Jungen an, der im Schultertuch eingeschlafen war. Das frühere Leben dieser Nonne war schwieriger zu erraten. Sie war noch jung, doch in ihren Augen lagen jene Zeichen schmerzvoller Erfahrungen, die Menschen im hohen Alter erst haben sollten.

»Ist es nicht ein wenig … trist, in einem Kloster zu leben?«, fragte Clara in diesem Moment.

»Aber Clara …«, fiel Sophie ihr ins Wort.

Schwester Ursula lachte. »Willst du dir die Welt ansehen, musst du in ein Kloster gehen, heißt es bei uns.«

Als der Zug bald darauf im Bahnhof Altona einfuhr, verabschiedete sich eine sehr nachdenkliche Clara von den Nonnen. Sie versprach, den Franziskanerinnen eine großzügige Spende für die Arbeit mit den Kindern zukommen zu lassen.

»Ich denke, dass eintausend Mark erst einmal helfen werden«, überlegte sie.

Sophie schnappte nach Luft. »Um Himmels willen, Clara!«

Das Mädchen ignorierte sie. Stattdessen wühlte sie in ihrer

Reisetasche herum. »Für heute müssen diese bescheidenen Mittel genügen.« Clara zog das perlenbestickte Portemonnaie aus der Tasche und reichte es der überraschten Schwester Innocentia. Bevor Sophie etwas sagen konnte, erklärte Clara, dass ihr Vater ausdrücklich gesagt habe, sie könne mit ihrem Geld machen, was sie für richtig halte. »Das schließt mildtätige Spenden aus meinem Erbe ein, nehme ich an.«

Sophie verdammte die Geister, die sie gerufen hatte.

KAPITEL 2

Das Seeamt verhandelte heute über den Schiffsunfall, der auf dem Vollschiff »Terpichore« unter Captain Küstenberg stattfand und den Tod des Matrosen Nystrom durch Sturz aus dem Kreuztopp betraf …

Originalauszug: Hamburger Nachrichten, 10. September 1896

Der Nachthimmel, in trägem gelblichem Dunst ertränkt. Beißender Gestank von Schwefel in der Luft. Seine Augen brannten. Hölle in der Lunge. Jeder Atemzug schmerzte. Er wollte schreien, aber kein Ton kam aus seinem Mund. Schattenhafte Gestalten am Fuße des nahen Deiches. Sie starrten herüber, zu ihm, dem Mann auf dem sterbenden Schiff. Durch das Kreischen der Maschinen hörte er Schmerzensschreie. Männer, wie brennende Fackeln, die ins Wasser sprangen. Auch er brannte! Züngelnde Flammen krochen an seinen Hosenbeinen herauf, fraßen sich hungrig durch den Stoff. Tief in seinen Eingeweiden spürte er Angst. Unfähig, sich zu rühren, starrte er auf die Flammen. Der Körper, an dem er hinuntersah, war nicht seiner. Er war gar nicht hier. Konnte nicht hier sein … war weit fort … weit fort.

In diesem Moment ging ein Beben durch die Planken unter seinen Stiefeln. Etwas riss ihn herum. Dann warf es ihn hoch durch die Luft. Höher, immer höher flog er, hinein in den gelblichen Himmel. Endlich schrie er, während unter ihm der Viermaster in einem Meer aus stinkenden Flammen versank. Ein Ewer lag längsseits. Ein mannsgroßes Loch klaffte mittschiffs. Gurgelnd verschlang das eisige Wasser der Elbe den Kahn, zog ihn hinunter. Dann Schwärze. Stille.

Seine Lunge brannte noch immer. Jetzt aber war er am Ufer, neben all den gesichtslosen Gestalten, die schweigend zu dem grausigen Schauspiel hinüberstarrten, dessen Teil er eben noch gewesen war. Maschinen kreischten, als der Ewer in gelbem Nebel versank.

Kleine Wellen umschwappten seine Stiefel, die im Wasser standen. Kälte. Etwas schlug gegen seine Beine. Er bemerkte einen Körper, der bäuchlings im flachen Wasser dümpelte. Kleine Wellen schubsten den Leib an Land.

Er beugte sich hinunter, griff nach der Schulter des Mannes, drehte ihn auf den Rücken. Verkohlte Hautfetzen, rohes Fleisch, dort, wo das Gesicht hätte sein müssen. Kohlrabenschwarz die verbrannten Hände. Ein Siegelring glänzte an seinem Finger.

Da öffnete der Tote seine leeren Augen. Aus seinem Mund strömte gelber Odem. Er zischte einen Namen: »Hauke Sötje.«

»Dies ist kein Schlafsaal, Mann!« Jemand rüttelte an Haukes Schulter. Das grausige Bild des Toten zerplatzte im selben Moment. Hauke erschrak, sah sich um. Er saß noch immer auf der Holzbank, in der ersten Etage des Stadthauses. Sein Herz raste.

Vor ihm standen drei schwarz gekleidete Herren. Der, dessen Hand noch immer auf Haukes Schulter lag, war ein korpulenter Mittfünfziger. Er trug einen feinen Gehrock, der über seinem Bauch gefährlich spannte. Aus kleinen Äuglein, über einem mächtigen Vollbart, fixierte er Hauke missbilligend. Der Mann neben ihm war etwas kleiner und schlank, hielt einen Gehstock in der Hand und trug einen Zylinder auf dem Kopf. Sein rechtes Auge wirkte durch das Glas eines Monokels stark vergrößert. Der Dritte, ein dürres Kerlchen mit einem Stapel Akten unter dem Arm, wirkte wie ein Wiesel. Sein Mundwinkel zuckte vor Eifer.

Langsam erhob sich Hauke von der harten Bank. Dort hatte er die letzten Stunden vor einer Wand mit Steckbriefen sitzend verbracht, während er auf den Leiter der Hamburger Kriminalpolizei gewartet hatte. Er musste eingenickt sein.

»Kommissar Hauke Sötje, Kiel.« Mit diesen Worten reichte er dem Mann mit dem Zylinder ein Schreiben von seinem Kieler Vorgesetzten. »Ich warte auf Polizeirat Roscher. Können Sie mir sagen, wann er zurück sein wird?«, sagte Hauke so freundlich, wie es ihm mit leerem Magen und schmerzendem Rücken möglich war.

Der Herr warf einen kurzen Blick auf das Papier und nickte. »Soso, ein Kommissar sind Sie.« Dann lächelte er. »Geheimrat Meierling schien Sie für etwas anderes gehalten zu haben.«

»Warum wollen Sie den Herrn Polizeirat denn sprechen?«, quäkte der Dürre.

Hauke schwieg.

»Na, dann kommen Sie man gleich mal rein.« Der Mann mit dem Monokel grinste. »Sieht ja fast so aus, als wären Sie meinetwegen hier.«

Überrascht folgte Hauke dem Ersten Kommissar der Hansestadt in eine Schreibstube. Dort sprang ein Untergebener mit Ärmelschonern sogleich auf, als Roscher eintrat. Zackig nahm der Mann Haltung an. Hauke bemerkte, dass in der Amtsstube mehrere Telefonapparate standen sowie ein Telegraf, der gerade munter vor sich hin klapperte und dabei einen langen Papierstreifen ausspuckte. Hauke folgte Roscher durch eine weitere Tür. Sie gelangten in ein großzügiges Eckbüro mit mehreren hohen Fenstern, von denen zwei hinaus auf den Neuen Wall führten.

Roscher hängte seinen Mantel an einen Garderobenständer in der Ecke, legte seinen Hut auf die Ablage darüber und lehnte den Gehstock an die Wand. Dann ging er mit federnden Schritten zu seinem eichenen Schreibtisch, auf dem der »Criminal-Correspondent« und die Nachmittagsausgabe der »Hamburger Nachrichten« lagen.

Er ließ sich auf einem Stuhl mit Armlehnen nieder und drückte sein Kreuz durch. Wohlig seufzte er, als er sich zurücklehnte. »Lammkeule in Nusskruste. Dazu einen Riesling«, schwärmte er mit zufriedenem Lächeln im Gesicht. »Danach einen Mokka und eine dicke Havanna samt zwei Gläsern Cognac.« Er legte die Hände hinter den Kopf. »Und wer, glauben Sie, hat all das bezahlt? – Na, der Präses Laeisz von der

Handelskammer höchstselbst. Und unser Polizeiherr, Senator Hachmann.«

Roscher beugte seinen Oberkörper nach vorn, legte die Unterarme auf den Schreibtisch und fasste seinen Gast ins Auge. Das Lächeln war so plötzlich verschwunden, wie es eben noch gekommen war. »Ohne die Herren in der Kammer läuft in dieser Stadt nichts, hat man mich soeben ein weiteres Mal wissen lassen. Gar nichts. – Wenn es um Geld geht, mein lieber Kommissar Sötje, dann stecken dahinter immer die gleichen Köpfe. Senat, Bürgermeister, Bürgerschaft, Kaufleute! Alles eins. Jede gewaschene Hand kennt hier die anderen gewaschenen Hände.« Er lehnte sich zurück. »Und so heißt es für mich, den Zugereisten, den Quiddje aus dem fernen Elze, stets auf der Hut zu sein, wenn mich die Herren in den Ratskeller laden.« Etwas schien den Ersten Kommissar der Stadt aufgebracht zu haben, denn während er nach außen gut gelaunt schien, sprühten seine Augen Funken. »Wussten Sie, dass Verbrecherjagd zu teuer, ja, sogar überflüssig sein kann? Gewisse Kreise in der Stadt würden gern die Kriminalpolizei wieder abschaffen, ließ man mich noch vor dem Dessert wissen. Diese neue Polizei lohne sich nicht. Außerdem könne man Polizisten und Verbrecher nicht mehr auseinanderhalten, weil sie alle in Lumpen herumliefen. Man bot mir sogar einen neuen, sehr viel lukrativeren Posten bei der HAPAG an.« Roscher lächelte Hauke bitter an. »Ist es in Kiel ebenso?«

»Die Mörder sind unser geringstes Problem«, zitierte Hauke seinen Kieler Vorgesetzten Kleinschmidt.

Roscher nickte. »Wohl gesprochen, Herr Kommissar. In Hamburg haben wir schon seit über zwanzig Jahren Beamte, die in Zivil ermitteln«, wechselte Roscher abrupt das Thema, wobei er Hauke musterte. »Aber als Seemann hat sich noch keiner verkleidet, glaube ich.«

Kurz überlegte Hauke, ob er Roscher darauf hinweisen sollte, dass er sich nicht verkleide, sondern tatsächlich einmal Kapitän gewesen war. In einem früheren Leben. Ein Leben, das er nicht abschütteln konnte, weil es ihn noch immer verfolgte.

»Wir ermitteln derzeit gegen eine Schmugglerbande, auf deren Konto mindestens zwei Morde gehen«, erklärte Hauke. »Fischer aus Heiligenhafen fanden einen Toten in ihrem Netz. Er war Polizist in Rendsburg.«

»Wie um alles in der Welt kam der Mann von Rendsburg in die Ostsee?«

»Der Beamte verschwand, nachdem er einen Ewer kontrolliert hatte. Wir nehmen an, dass er etwas entdeckte, darum musste er sterben. Das war vor drei Monaten.«

»Und was hat das mit Hamburg zu tun?«

Ungefragt setzte sich Hauke in den Sessel vor Roschers Schreibtisch. »Eine Menge. Vor vier Tagen kam es zu einem Unfall auf der Elbe, nahe den Schleusen zum Nord-Ostsee-Kanal. Eine Bark aus Südamerika geriet in Brand. Sie fuhr bei auflaufend Wasser Richtung Hamburg und hatte Guano, Phosphor und Schwefel für die Hamburger Firma Ohlendorff & Co geladen.« Wieder zog Schwefelgeruch in Haukes Nase.

»Der Schietbaron macht noch in Guano? Ich dachte, er ist jetzt Immobilienbesitzer. Na ja, pecunia non olet.« Roscher lachte. Dann wurde er wieder ernst. »Ein Unfall, sagen Sie?«

»Ja.«

»Und warum ist das für Sie interessant? Da wird wohl einer der Seeleute seine Pfeife am Stiefel ausgeklopft haben. Ein Funke, und schon ist das Malheur passiert.« Roscher lehnte sich zurück. »Was wollen Sie über die Ohlendorffs wissen?«

»Nichts. Die Bark ist für mich ohne Belang. Mich interessiert viel mehr der dampfbetriebene Ewer ›Wilhelmine‹, der noch versuchte, dem brennenden Schiff auszuweichen. Der Ewer hatte eine halbe Tonne Kaffee an Bord.«

»Und was ist an dem Ewer so interessant?«

»Es ist jenes Schiff gewesen, welches der Beamte aus Rendsburg kurz vor seinem Verschwinden inspizierte. Auch da hatte die ›Wilhelmine‹ Kaffee geladen.«

»Kaffee?« Jetzt setzte sich Roscher auf. »Nun verstehe ich, warum Sie hier sind. Bei uns in Hamburg ist Kaffee Gold. Braunes Gold. Gold zum Trinken, wenn Sie so wollen. Aber was wundert Sie daran, dass ein Frachtschiff mit einer Ladung Kaffee auf der Elbe fährt, um über den neuen Kanal in die Ostsee zu kommen?«

»Kein Kapitän würde ohne Positionslampen des Nachts auf der Elbe fahren. Und schon gar nicht gegen die hereinkommende Flut, wenn er die gleiche Strecke einige Stunden später, bei ablaufend Wasser und Tageslicht, doppelt so schnell, sehr viel sicherer und mit weniger Kohle machen könnte.«

»Der Kapitän fuhr ohne Positionslampen? Gegen die Flut? Nun, ich bin kein Seemann, aber das kommt mir eigenartig vor.«

»Außerdem konnte bis heute weder der Eigner des Ewers noch der Besitzer der Fracht ermittelt werden. Niemand erhob bisher Anspruch darauf. Keine Versicherung kam auf die öffentlichen Stellen zu, um Näheres zu dem Unfall zu erfahren, keiner meldete die Toten als vermisst.«

»Frachtpapiere?«

»Verbrannt. Es ist, als hätte das Schiff nie existiert.«

Roscher erhob sich. Mit auf den Rücken gelegten Händen begann er, hinter seinem Schreibtisch auf und ab zu gehen. »Wie kam es zu den Toten?«

»Offenbar geriet der Guano-Segler in Brand und war manövrierunfähig. Die Mannschaft versuchte noch, das Feuer zu löschen.« Hauke glaubte, die Männer schreien zu hören. Kurz schloss er die Augen, um sich konzentrieren zu können. »Die ›Wilhelmine‹ konnte wegen der Strömung dem schlingernden Schiff nicht ausweichen und lief auf Grund. Bei dem Versuch, freizukommen, muss ihr Kessel geplatzt sein. Zwei Tote konnten geborgen werden. Ein Matrose und der Kapitän. Beide sind auf dem Ewer gewesen. Unklar ist, ob das die ganze Mannschaft war. Normalerweise fahren mindestens drei Mann auf einem Frachtewer.«

»Und, was können wir für Sie tun?«

»Wir müssen mehr über die ›Wilhelmine‹ erfahren. Wer war der Eigner? Mit etwas Glück war es nicht der tote Kapitän. Außerdem muss ich wissen, ob in den letzten Tagen eine Wasserleiche gefunden wurde, die mit dem auflaufenden Wasser Richtung Hamburg getrieben wurde.«

»Der dritte Mann?«

Hauke nickte.

»Wir sind eine Hafenstadt, Herr Kommissar. Was glauben Sie, wie viele Leichen wir jeden Monat aus dem Wasser fischen? Betrunkene, die ins Hafenbecken fallen. Selbstmörderinnen. Unfälle auf den Schiffen.«

»Es geht mir in diesem Falle nur um einen Toten, der ein Seemann gewesen sein könnte. Außerdem bräuchte ich Kontakt zu einigen Kaffeehändlern. Vielleicht könnten Sie mir Namen nennen. Ich muss wissen, wie der Kaffeehandel abläuft und wer die Möglichkeit hat, Kaffee im großen Stil zu schmuggeln.«

»Was macht Sie so sicher, dass die Ware aus unseren Speichern stammt?«

»Sie haben es gerade gesagt: Der meiste Kaffee im Reich kommt aus Hamburg.«

Roscher grummelte. »Wohlan. Aber ich denke nicht, dass ich Ihnen weiterhelfen kann, Herr Kommissar. Zumal wir es hier mit einer Frage der Zuständigkeiten zu tun haben: Alles, was im Hamburger Hafen aus dem Wasser gezogen wird, untersteht der Hafenpolizei. Nicht mir.« Gerade wollte Hauke ihn unterbrechen, als Roscher die Hand hob und fortfuhr. »Außerdem gilt es zu bedenken, dass Angelegenheiten des Freihafens und der Speicherstadt den Zollbehörden unterstehen. Und wenn ich es mir recht überlege, sollte auch der Vorsitzende der Hamburger Freihafen-Lagerhaus-Gesellschaft, der HFLG, hinzugezogen werden. Denen gehören nämlich die Gebäude der Speicherstadt. Zudem kennt man dort jeden einzelnen Händler und weiß um die genauen Lagerkapazitäten. Die Quartiersleute an den Speichern wiederum lagern im Auftrag der Kaufleute die angekommene Ladung auf den Böden. Wenn es irgendwo Unregelmäßigkeiten gibt, wären sie die Ersten, die es merken. Insbesondere, wenn es sich um ganze Schiffsladungen handelt.«

Roscher kam um den Tisch herum und stellte sich vor Hauke auf. »Und damit noch nicht genug, lieber Kommissar, denn bezüglich einer möglichen Wasserleiche müssen Sie bedenken, dass nicht alles in Hamburg landet, was in die Elbe fällt. Sollte Ihr Toter vor Hamburg, also in Altona, gefunden worden sein, heißt es nicht zwangsläufig, dass wir hier davon erfahren. – Die Altonaer können uns nämlich nicht so wirklich leiden.« Er machte eine wegwerfende Handbewegung. »Eine alte Angelegenheit, noch aus dänischen Zeiten.«

»Ich verstehe, Herr Polizeirat. Sie halten sich für nicht zuständig.« Hauke griff in seine Jackentasche und beförderte einen Siegelring hervor. »Und wie sieht es hiermit aus?«

Roscher blieb stehen. »Woher haben Sie den?«

»Eine der beiden Leichen an Bord der ›Wilhelmine‹ trug diesen Ring am Finger. Es war der Matrose.«

Roscher nahm den Ring in die Hand und begutachtete ihn genau. »Das ist das Wappen von Wilhelm Bellingrodt. Kaffeezweig und Löwe.«

»Und wer ist dieser Wilhelm Bellingrodt?«

Roscher setzte sich wieder hinter seinen Schreibtisch. Die Jovialität, die er bei Haukes Eintreten noch zur Schau gestellt hatte, war gänzlich verschwunden. Auf seiner Stirn zeigten sich zwei Falten.

»Wilhelm Bellingrodt ist einer der reichsten Kaffeehändler der Stadt. Ein Emporkömmling, laut und überheblich. Aber: Er hat einen Riecher für gute Geschäfte. Das weiß man hier zu schätzen.«

»Und der Ring?«

»Bellingrodt strebte schon immer nach Höherem. Jetzt will er unbedingt Freiherr von Kaisers Gnaden werden, heißt es. So, wie die Ohlendorff-Brüder mit ihrem Guano es vor einigen Jahren wurden. Aber ich sage Ihnen, das wird dem Bellingrodt nicht reichen. Da muss schon ein Grafentitel her. Mindestens. Er macht keinen Hehl aus seinen Absichten.« Roscher seufzte, als schmerze ihn dieses unhanseatische Benehmen.

»Was können Sie mir noch über ihn sagen?«

»Der Mann kam als Kind eines Kolonialwarenhändlers in die Stadt, begann eine Kaufmannslehre, übernahm bald nach seinem zwanzigsten Geburtstag das Geschäft des Vaters, spezialisierte sich auf Kaffee, wurde dank seiner Rücksichtslosigkeit reich, heiratete die Tochter eines Grafen aus dem Schlesischen, wurde Vater von zwei Söhnen und ist per Du mit Bismarck.«

»Wie kommt ein Matrose an diesen Ring?«

»Wie alt war der Tote?«, fragte Roscher.

»Etwa Mitte zwanzig. Wie alt sind die Söhne von Wilhelm Bellingrodt?«

Roscher ließ den Ring wortlos in seine Jackentasche gleiten. Hauke runzelte die Stirn, während Roscher zum Garderobenständer ging, den Mantel anzog und den Hut aufsetzte.

»Ich werde Sie aus zwei Gründen persönlich zur Villa Bellingrodt nach Hamm begleiten, Herr Kommissar.« Der Polizeirat griff nach seinem Spazierstock. »Erstens interessiert mich die Antwort auf Ihre Frage auch, und zweitens kommen Sie in dem Aufzug«, er musterte Hauke von oben bis unten, »bei Bellingrodt nicht einmal durch den Boteneingang.«

KAPITEL 3

Heirath! Ein junger Geschäftsmann, welchem es an passender Damenbekanntschaft mangelt, wünscht sich mit einer gebildeten, häuslich erzogenen Dame im Alter von 22–26 Jahren zu verheirathen. Mark 15–20 000 Vermögen erwünscht. Fotografie Bedingung. Verschwiegenheit Ehrensache.

Originalauszug: Hamburger Nachrichten, 8. September 1896

Sophie stand vor dem Schreibtisch ihres Arbeitgebers und reichte ihm die Gästeliste für den Ball. Konsul Winter, ein stattlicher Mann um die fünfzig, mit grauen Schläfen und ersten Falten, studierte die Seiten in seiner Hand aufmerksam. Er nickte hier und da, während er bei dem einen oder anderen Namen die Stirn runzelte. »Wie viele sind es?«

»Zweiundachtzig.«

Winter legte die Seiten auf den Tisch. »Nun, da fehlen noch einige Namen.« Er öffnete die obere Schublade seines Schreibtisches und reichte ihr eine weitere Liste. »Nehmen Sie es sich nicht zu Herzen, Fräulein Struwe. Diese Namen können Sie nicht kennen. Es sind Geschäftspartner und Persönlichkeiten der Stadt, deren Kontakte für meine Familie und mein Unternehmen wichtig sind.« Unter seinem gut gepflegten Vollbart, in den sich ebenfalls bereits silberne Fäden hineinzogen, lächelte er. »Gesellschaftliche Anlässe, wie der Abschiedsball einer jungen Dame, sind in einer Kaufmannsstadt wie Hamburg immer auch ein geschäftliches Tête-à-Tête. Niemand hier tut oder denkt etwas, ohne seinen Gewinn dabei maximieren zu wollen.« Sophie überflog die Seiten. »Wir wären dann bei hundertsechsundsiebzig Gästen, Fräulein Struwe. Ich hoffe, das bereitet Ihnen keine Umstände.«

Sophies Knie wurden weich, während sie im Kopf auch schon die Menüfolge änderte und die Zahl des Personals für den

Abend verdoppelte. Um mehr Platz zu schaffen, würde wohl eines dieser modernen Büfetts nötig sein, wie sie in London gerade en vogue waren. Gott sei Dank hatte der Kaiser kürzlich so etwas ausgerichtet, sodass Sophie sich auf der sicheren Seite wähnte.

»Nein, ganz und gar nicht«, sagte sie mit trockenem Hals. Es blieb nur noch knapp ein Monat, bis man die Tochter des Hauses verabschieden wollte. Vier Wochen, um einen Ball dieser Größe zu organisieren! Die Namen auf dem weißen Papier begannen vor Sophies Augen zu tanzen.

»Ein Name auf Ihrer Liste fehlt jedoch, Fräulein Struwe.«

Sophie ahnte, welcher es sein könnte. »Familie Bellingrodt?«

»Ja.«

Sie zögerte. »Nun, Clara bat darum, den Namen zu streichen.« Mehr wollte sie nicht sagen, aber der ängstliche Blick ihres Zöglings im Zug war Sophie nicht entgangen.

Der Konsul war aufgestanden, um aus einem mit Elfenbein-Intarsien verzierten Kästchen eine Zigarre zu nehmen. »Vielleicht kommt auch Johann, der ältere Bruder von Alfons.« Er schien Sophies Worte nicht gehört zu haben. Fachmännisch begutachtete er die Zigarre in seiner Hand, rollte sie zwischen den Fingern und horchte daran. »Er müsste eigentlich schon aus Südamerika zurück sein.« Er griff zu einer kleinen Zigarrenschere und knipste das Ende der teuren Tabakrolle ab.

Schweigend beobachtete Sophie die Prozedur, die Konsul Winter stets nach dem Mittagessen vollzog. Jetzt ging er zu einer brennenden Kerze, die auf dem Kaminsims stand. Über der Flamme eines Holzspans, den er aus einem Fidibushalter genommen hatte, drehte er nun das Ende der Zigarre, bis sich ein leichter Aschering gebildet hatte. Erst jetzt nahm er den ersten Zug.

»Der alte Bellingrodt hatte Johann ...«, Konsul Winter paffte den Rauch in den Raum, Sophie unterdrückte ein Husten, »... auf seine Kaffeeplantagen nach Brasilien geschickt ... damit der junge Mann das Geschäft lerne. Das muss jetzt drei Jahre her sein.« Der Konsul nahm die Zigarre aus seinem Mund. »Dabei ist er gar kein geborener Kaufmann. Man sollte Kinder nicht zwingen, etwas zu tun, was nicht ihrer Natur entspricht. Sie werden niemals den gewünschten Erfolg haben.«

Sophie wollte gerade ihre Bedenken hinsichtlich der Bellingrodts äußern, als ihr Arbeitgeber abwiegelte. »Ich will die Bellingrodts auf dem Ball sehen, Fräulein Struwe. Ebenso alle anderen Leute auf der Liste. Vor allem diesen Architekten Martin Haller. Er war es, der das neue Rathaus entwarf. Ja, ich denke, ich werde seine Dienste in absehbarer Zeit benötigen.«

Sophie horchte auf. »Sie wollen umziehen?«

»Aber nein! Meine Schwester Frieda kommt nach Hamburg. Sie braucht eine angemessene Unterkunft. Sobald Sie, liebes Fräulein Struwe, erst mal verheiratet sind, benötigen die Kinder eine weibliche Hand, die sich um sie kümmert. Meine Schwester erklärte sich dazu bereit.« Sophie spürte einen Stich in ihrem Herzen. So schnell war sie zu ersetzen?

Konsul Winter holte aus einem mannshohen Tresor an der Wand hinter seinem Schreibtisch eine eiserne Kassette. Er stellte sie auf den Tisch, schob die Zigarre zwischen seine Zähne, öffnete den Deckel und nahm einige Geldscheine heraus.

»Zweihundert Mark. Das dürfte für erste Auslagen reichen. Die Belege geben Sie am besten Buchhalter Gehling. Er wird Ihnen bei Bedarf mehr Geld geben. Und seien Sie nicht knauserig! Claras Ball soll in die Geschichte der Stadt eingehen. Bitte regeln Sie die Sache mit den Bellingrodts. Am besten noch heute«, fügte er hinzu. »Ich erwarte, Wilhelm Bellingrodt auf dem Ball in bester Laune vorzufinden, Fräulein Struwe.«

»Natürlich, Herr Konsul.«

KAPITEL 4

Knaben, die gut beaufsichtigt, gepflegt und in der Schule besonders gefördert werden wollen, nimmt d. Leiter einer höheren Lehranstalt auf dem Lande in der Nähe Hamburgs in Pension u. Unterricht. Preis 650 M p.a.

Originalauszug: Hamburger Nachrichten, 12. September 1896

Die Villa in Hamm hatte Wilhelm Bellingrodt vor einigen Jahren vom Stararchitekten Martin Haller bauen lassen, erklärte Roscher, während er und Hauke vor dem Portal aus der Kutsche stiegen. Mit seinem eckigen Wehrturm samt Fahne darauf, den unzähligen Fenstern und Säulen wirkte das weiß getünchte zweistöckige Gebäude wie das Palais eines Fürsten.

»Zentralheizung?«

Roscher nickte. »Ja, und elektrisches Licht. Die Badestube soll größer als das Schlafzimmer des Kaisers sein und ganz im Stil eines türkischen Hammam gebaut, heißt es. Die Wanne sei aus einem einzigen Marmorblock geschlagen und aus Italien mit einem Segelschiff nach Hamburg expediert worden.« Er stellte sich neben Hauke. »Natürlich gibt es im ganzen Haus fließend warmes Wasser, drei Toiletten und allen Schnickschnack, den unsere Zeit im Angebot hat. Bellingrodt weiß, wie man die Leute beeindruckt.« Schweigend betrachteten sie den Palast. »Hamm ist für seine schmucken Villen bekannt. Meine Frau wartet sehnsüchtig auf eine Einladung bei den Bellingrodts«, sagte Roscher.

Sie traten zum Portal. Ein Glasdach schützte die ankommenden Gäste vor Wind und Wetter. Zwei hohe Lampen links und rechts vom Windfang gestalteten das Ein- und Aussteigen der Vornehmen auch bei Dunkelheit sicher und bequem. Diese Villa konnte es mit dem Kieler Schloss problemlos aufnehmen, fand Hauke und überlegte, ob Sophie hier auch gern einmal zu Gast sein würde.

»Seit dem großen Brand von '42 wird in der Stadt gebaut, gebaut und noch mehr gebaut.« Roscher läutete. »Überall errichten sie neue Häuser und Prachtalleen. Dann ist da noch der Jungfernstieg an der Alster mit seinen elektrischen Kandelabern.« Er läutete ein weiteres Mal. »Die Gängeviertel um St. Katharinen werden demnächst niedergelegt, um für eine große Einkaufsstraße zwischen Berliner Bahnhof und dem neuen Rathaus Platz zu machen. Würde mich nicht wundern, wenn sie nach unserem Bürgermeister Mönckeberg benannt würde.« Roscher runzelte die Stirn, als noch immer niemand die Tür geöffnet hatte. »Hamburg erfindet sich vollkommen neu, mein lieber Sötje. Der Senat jedenfalls hat sich vorgenommen, es mit London und Paris, zumindest aber mit Berlin aufzunehmen. Gut, dass die Kaufleute in der Stadt so reich sind. Der Spaß kostet eine Menge Geld.«

Ungehalten wollte Roscher gerade mit dem Knauf seines Gehstocks an die hohe Eichentür schlagen, als diese von einem Livrierten geöffnet wurde. Überrascht musterte der Diener die beiden Fremden von oben bis unten. Kurz taxierte er Haukes gesellschaftlichen Status anhand der Cordhose und der dicken Baumwolljacke sowie der Mütze. Wohl in der Annahme, hier einen Amtsherren mit einem einfachen Bediensteten vor sich zu haben, wandte er sich Polizeirat Roscher zu.

»Ich wünsche, den Hausherren zu sprechen«, sagte dieser.

»Ich bedaure. Herr Bellingrodt befindet sich in einer Besprechung. Er möchte nicht gestört werden. Wenn ich Sie bitten dürfte, später noch einmal wiederzukommen.«

Bevor der Diener die Tür vor seiner Nase zuschlagen konnte, trat Roscher einen Schritt vor. »Es handelt sich um eine wichtige Angelegenheit.« Er schob die Tür mit dem Knauf seines Stocks wieder auf. Dann reichte er dem Mann seine Karte. »Ich bin überzeugt, dass die Herrschaften wissen wollen, welche Nachricht wir zu bringen haben.« Der Butler zögerte noch immer. Also zog Roscher verärgert den Siegelring der Bellingrodts aus seiner Jackentasche, den er Hauke in seinem Büro abgenommen hatte.

Der Butler erkannte das Wappen. Sogleich öffnete er die Tür zum Vestibül, jedoch nicht, ohne zuvor einen weiteren kritischen Blick auf Hauke zu werfen, als überlege er, ob man noch eilig das Silber fortschließen sollte.

Roscher und Hauke traten in die Empfangshalle, während der Bedienstete mit der Karte davoneilte.

Das Vestibül war nicht minder imposant als die Fassade des Hauses. Säulen trugen eine schwere Stuckdecke, deren Mitte ein eindrucksvoller Kronleuchter zierte. Ein im griechischen Stil gehaltener marmorner Fliesenboden glänzte unter Haukes Lederstiefeln. Überall befanden sich elektrische Leuchter an den Wänden. An der Längsseite standen drei halbhohe Marmorsäulen mit Büsten darauf. Eine zeigte den Kaiser, eine weitere den ehemaligen Reichskanzler Otto von Bismarck und die letzte den verstorbenen Generalfeldmarschall von Moltke, den man im Reich »den großen Schweiger« genannt hatte. Hauke hatte den Mann leider nie getroffen, doch er war sich sicher, sie hätten sich bestens verstanden.

Zwei goldgerahmte Gemälde hingen links und rechts von einer halb offenen Flügeltür am anderen Ende der Halle. Aus dem Salon dahinter drangen leise, sehnsüchtige Klavierklänge. Brahms, dachte Hauke, der wusste, dass der Musiker den Pfeffersäcken seiner Heimatstadt Hamburg schon vor Jahren den Rücken gekehrt hatte, weil diese seiner Ansicht nach in Sachen Kunst zu geizig waren. Sophie hingegen liebte den Komponisten. Und so hatte Hauke sich seit ihrem Kennenlernen eher unfreiwillig zu einem Kenner der Brahms'schen Musik entwickelt.

Zu Haukes Rechten befand sich eine marmorne Treppe, auf deren schillerndem Weiß ein dicker roter Teppich in den ersten Stock führte. Hauke vermutete, dass oben die privaten Gemächer des Hausherrn und seiner Familie liegen mussten. Gegenüber dieser Treppe gab es drei hohe Portaltüren. Sie erinnerten sehr an die Saaltüren eines großen Opernhauses, und Hauke vermutete dahinter einen Festsaal. Bellingrodt hatte an nichts gespart, so viel stand fest. »Sie waren schon einmal hier?«, wollte er von Roscher wissen.

»Nein«, sagte dieser, während er Bismarcks Büste genauer betrachtete. »Ein weiterer Grund, warum ich Sie begleiten wollte.« Er trat zu Hauke. »Übrigens zählt man Bellingrodt noch immer zu den Freunden des alten Reichskanzlers«, flüsterte er. »Zwar haben nach dessen Entlassung die Einladungen für Bellingrodt an den kaiserlichen Hof auffallend abgenommen, doch strategische Rückschläge scheinen Bellingrodt nicht in die Knie zu zwingen, sondern eher anzuspornen. Er sei öfter in Berlin als hier, hörte ich.«

»Und wer betreibt das Geschäft? Die Söhne?«

»Das nehme ich an.«

Hauke bemerkte, dass die sanften Klaviertöne verstummt waren. Kurz darauf trat eine Dame durch die Salontür in die Halle. Sie trug ein dunkelblaues Seidenkleid mit allerlei Spitze an Ärmeln und Kragen. Durch ihre kunstvoll aufgesteckten Haare zogen einzelne graue Strähnen, die silbern glänzten. Sie kam die drei Stufen in die Halle herunter und eilte direkt auf Polizeirat Roscher zu.

»Sie sind von der Polizei, nicht wahr? Gibt es Neues?« Ängstlich schaute sie zwischen den überraschten Männern hin und her. Als sie keine Antwort erhielt, wurde sie sichtlich unsicher. »Sie sind doch von der Polizei?«

Roscher nickte zögerlich. »Ja, wir sind von der Kriminalpolizei.« Er verbeugte sich. »Polizeirat Roscher, mein Name. Ich hatte noch nicht das Vergnügen. Darf ich fragen, was Sie genau meinten, als Sie fragten, ob es etwas Neues gäbe?« Hauke registrierte, dass Roscher ihn nicht vorgestellt hatte.

Mit dem erschreckten Blick eines Kindes, das man beim Stibitzen eines Kekses erwischt hat, sah die Hausherrin auf ihre zitternden Hände hinunter. »Ich dachte …«, stotterte sie, »… aber ich muss mich wohl geirrt haben. Bitte verzeihen Sie, meine Herren«, hauchte sie, als sie den Diener sah, der zurück in die Halle kam. »Ich denke, Sie haben Wichtiges mit meinem Mann zu besprechen. Ich alte Frau plappere und plappere nur dummes Zeug.« Mit diesen Worten drehte sie sich um, eilte den roten Teppich hinauf in den ersten Stock.

Der Diener trat auf die Besucher zu. Er schien die Frau nicht bemerkt zu haben. »Bitte folgen Sie mir, Herr Polizeirat. Man wird Sie im Herrenzimmer empfangen.«

Hauke und Roscher folgten dem Butler in die hinteren Räume des Hauses. Sie gingen an mehreren Vitrinen mit Sammlungen goldglänzender Schnupftabakdosen und Orden vorbei, passierten Legionen chinesischer Vasen und Meissener Porzellan auf Anrichten.

Der Butler klopfte an eine Tür.

»Solln reinkommen, aber flott«, dröhnte es aus dem Inneren des Raumes. »Hab meine Zeit ja nicht gestohlen!«

Hauke ließ Polizeirat Roscher den Vortritt.

Auf der einer Seite des Raumes reichten Bücherregale, gefüllt mit ledergebundenen Folianten, bis zur dunkel getäfelten Decke hinauf. Davor befanden sich zwei Ohrensessel nahe einem Kamin, auf dessen Sims mehrere Familienfotos in silbernen Rahmen gereiht waren. Nahe den Sesseln entdeckte Hauke einen reich verzierten Schrank, auf dem zahllose Kristallkaraffen standen. Sicherlich enthielten sie die allerbesten Cognacs und Liköre für Bellingrodts Gäste. Hirschgeweihe an den Wänden und dunkle Ölgemälde mit Jagdszenen darauf ließen den Raum unnötig düster wirken. Obwohl die Terrassentür zum Garten hin offen war, hing kalter Zigarrenrauch in der Luft. Neben einem runden Kartentisch wartete der ungeduldige Hausherr. Hauke schätzte ihn auf Anfang sechzig. Der breitschultrige Mann trug einen Anzug, der geschickt die Beleibtheit seines Trägers verbarg, der einem guten Mahl und dem dazu passenden Tropfen offenbar nicht abgeneigt zu sein schien. Der üppige graue Vollbart verlieh Bellingrodt etwas Wildes, obwohl er nach bester Manier gepflegt und gestutzt war. Vielleicht waren es auch nur seine Augen, eisgrau und niemals einen Widerspruch duldend, die die jetzt eintretenden Männer abschätzten.

Mit der rechten Hand klopfte Wilhelm Bellingrodt auf die Tischplatte neben sich. »Also, was haben Sie zu sagen? Machen Sie es kurz. Ich habe Gäste.« Mit dem Kopf nickte er durch die offene Terrassentür hinaus. Dort stand eine Gruppe dunkel gekleideter Herren in ein Gespräch vertieft.

Unter ihnen konnte Hauke einen Generaloberst entdecken und einen Major. Polizeirat Roscher schien überrascht zu sein, die Männer hier zu sehen. In diesem Moment löste sich aus der Gruppe ein junger Mann. Er war die jüngere Ausgabe von Wilhelm Bellingrodt, obwohl er keinen Vollbart trug, sondern nur einen breiten Schnauzer und sehr viel schlanker als der Hausherr war. Ja, fast schon dürr. Hauke schätzte ihn auf Anfang zwanzig.

Er trat herein. »Vater, Senator Hachmann möchte sich verabschieden.« Da entdeckte der junge Mann die beiden Besucher. »Polizeirat Roscher. Was führt Sie hierher?« Er reichte erst Roscher und dann Hauke die Hand. »Alfons Bellingrodt, angenehm. Was können wir für Sie tun?«

»Exakt das versuche ich gerade herauszufinden, Junge.«

Der Polizeirat drückte das Kreuz durch. »Eine Angelegenheit, Herr Bellingrodt, bei der Sie meinen Kollegen aus Kiel, Kommissar Sötje, unterstützen könnten. Wir werden uns kurzfassen.«

Hauke trat vor. »Es gab ein Schiffsunglück auf der Elbe, nahe den Schleusen zum Nord-Ostsee-Kanal.«

Wilhelm Bellingrodt musterte Hauke abschätzend von oben bis unten. »Kaiser-Wilhelm-Kanal, Mann! Seit einem Jahr heißt er Kaiser-Wilhelm-Kanal!«, korrigierte er Hauke scharf.

Hauke, der sich wie viele andere noch immer nicht an den neuen Namen des Kanals zwischen Kiel und Elbe hatte gewöhnen können, ging auf diesen Tadel nicht ein. »Es gab Tote.«

»Was interessiert mich das?«, wollte Bellingrodt scharf wissen.

»Ein Matrose trug einen Ring an seinem Finger, den Sie kennen könnten.«

»Ich kenne weder Matrosen noch Hafenarbeiter. Diese Leute gehören nicht zu meinem Bekanntenkreis. Schon gar nicht jetzt, wo wir mit einem Streik im Hafen rechnen müssen.«

Roscher reichte Bellingrodt den Siegelring. »Kennen Sie diesen Ring?«

Hauke hatte längst bemerkt, dass der Hausherr, wie auch sein Sohn, Ringe mit identischem Wappen trugen: ein Löwe und ein Zweig. Bellingrodt brummte etwas Unverständliches.

»Das ist der Ring meines Bruders Johann«, erklärte Alfons für den Vater. »Es gibt nur drei Ringe dieser Art. Mein Bruder und ich erhielten unsere jeweils zum einundzwanzigsten Geburtstag von unserem Vater.«

»Das interessiert keinen, Alfons. Halt den Mund!«, schnauzte der Hausherr seinen Sohn an. Der zuckte unmerklich zusammen. »Wie sind Sie an den Ring gekommen?«

»Wir würden gern mit Ihrem Sohn Johann sprechen, Herr Bellingrodt«, sagte Hauke, ohne dessen Frage zu beantworten.

»Das wird nicht möglich sein. Mein ältester Sohn ist seit fast drei Jahren in Brasilien.« Bellingrodt wandte sich an Roscher. »Also, sagen Sie schon, was das mit dem Matrosen auf sich hat.«

Roscher zögerte. Hauke aber hatte nicht den Eindruck, dass Wilhelm Bellingrodt Schonung erwartete. »Der unbekannte Matrose trug den Ring an seinem Finger. Der Mann ist tot. Er war stark verbrannt, sodass eine eindeutige Identifizierung nicht möglich ist.« Wie erwartet, zeigte Bellingrodt keine Regung. »Wir haben die Pflicht zu prüfen, wer der Tote war.«

»Es kann nicht mein Bruder gewesen sein«, sagte Alfons Bellingrodt erschrocken. »Johann ist in Brasilien, wie mein Vater schon sagte. Und außerdem würde er sich nicht auf Schiffen herumtreiben. Er ist ein Bellingrodt.«

»Und wie erklären Sie sich, dass der Ring an Bord eines Ewers war?«, wollte Hauke wissen.

»Jemand wird Johann den Ring gestohlen haben«, blaffte der Hausherr.

»Und Ihr Sohn hat niemandem davon erzählt?«, wollte Hauke wissen. »Nach drei Jahren müsste er doch den Verlust bemerkt haben. Wann hatten Sie das letzte Mal Kontakt?«

»Er meldet sich mehrmals im Monat im Kontor!«, polterte der Hausherr. »Telegramme und Nachrichten sowie persönliche Briefe an seine Mutter.« Bellingrodt wandte sich an Polizeirat Roscher. »Sie verschwenden meine Zeit.« Damit schien die Angelegenheit für ihn erledigt zu sein. Er drehte sich zur Terrassentür um, wo die Herren auf ihn warteten.

»Wann erwarten Sie Ihren Sohn zurück?«, rief Hauke ihm nach, doch Bellingrodt beachtete ihn nicht weiter. Hauke drehte sich zu Alfons Bellingrodt. »Wann?«

»Johann dürfte bereits auf einem Schiff nach Hamburg sein.«

»Besitzt Ihre Firma eigene Ewer zum Transport des Kaffees?«, wollte Hauke wissen.

»Nein«, erklärte Alfons, »wir beauftragen Kapitäne. Es wäre zu teuer, eigene Schiffe vorrätig zu halten. Warum?« Hauke schob den jungen Mann zur Seite und folgte dem Hausherrn auf die Terrasse.

»Kennen Sie den Eigner des Ewers ›Wilhelmine‹, Herr Bellingrodt?«

Neugierig drehten sich die anderen Herren zu Hauke herum. Bellingrodt jedoch nicht. »Sie gehen mir auf die Nerven, Mann«, zischte er. »Verlassen Sie mein Haus.«

Gerade wollte Hauke etwas erwidern, als sich eine Hand auf seine Schulter legte. »Danke, dass Sie uns Ihre Zeit geschenkt haben, Herr Bellingrodt«, sagte Polizeirat Roscher und zog Hauke mit sich. »Wir werden Sie über neue Kenntnisstände informieren.« Mit einem knappen Nicken grüßte er die anderen Herren.

Alfons Bellingrodt geleitete Hauke und Roscher hinaus. »Bitte verzeihen Sie das grobe Benehmen meines Vaters. Es sind keine einfachen Zeiten, wie Sie wissen. Im Hafen braut sich Ärger zusammen, und auf meinen älteren Bruder ist Vater derzeit nicht gut zu sprechen.«

»Ach, und warum?«, wollte Hauke wissen.

Alfons Bellingrodt lächelte. »Unbedeutende Familienangelegenheiten. Es hat nichts mit Kaffee zu tun. Frauen und dergleichen.« Er lachte, als wüsste jeder, was gemeint sei. Sie erreichten das Vestibül mit den Marmorbüsten.

»Welche Position haben eigentlich Sie in der Firma, Herr Bellingrodt?«, wollte Hauke wissen.

»Mein Vater leitet die Firma, aber er überträgt mir zunehmend mehr Aufgaben für den nationalen Handel.«

»Sie scheinen mir noch recht jung für eine solche Verantwortung«, gab Roscher zu bedenken.

»Ich bin dreiundzwanzig Jahre alt. Als Sohn eines Kaufmanns lernt man noch vor dem ABC, mit Aktiva und Passiva umzugehen.« Er hielt Hauke und Roscher die Haustür auf, und die Herren traten hinaus, als Hauke sich noch einmal umdrehte.

»Ob Sie wohl eine Fotografie Ihres Bruders für uns hätten?«

»Wofür?«

»Ich möchte sicherstellen, dass der Tote nicht Ihr Bruder ist. Eine reine Formsache.«

Alfons zögerte. »Ich wüsste nicht, wie der Tote mein Bruder sein könnte. Aber ich lasse Ihnen natürlich ein Bild meines Bruders zukommen, sofern wir eines haben.«

Roscher reichte Alfons Bellingrodt die Hand zum Abschied. »Es tut uns leid, wenn wir ungelegen kamen. Sagen Sie Ihrem Bruder nach seiner Ankunft, er möge sich umgehend im Stadthaus melden.« Mit einem Gruß verließen sie die Villa.

Zurück in der Kutsche schüttelte der Polizeirat mehrmals den Kopf. »Wenn ich Ihnen einen Rat geben darf, Sötje, dann provozieren Sie Leute wie Bellingrodt besser nicht. Er hat genügend Macht, jedem in der Stadt das Leben zur Hölle zu machen.«

»Ihnen auch?«

Roscher schwieg. Erst als die Kutsche durch das große Tor in die Ohlendorffstraße rollte, wandte sich Roscher erneut an Hauke. »Sie kommen zu einer höchst unpassenden Zeit in die Stadt, Herr Kommissar«, erklärte er.

»Wie darf ich das verstehen?«

»In diesen Tagen ist der Hafen ein Pulverfass. – Wissen Sie eigentlich, wer dort draußen auf der Terrasse stand?« Roscher erwartete keine Antwort. »Der oberste Polizeiherr der Stadt, Senator Gerhard Hachmann.«

»Ihr Vorgesetzter?«

»Ja. Außerdem der Präses der Handelskammer, Carl Laeisz, der Präsident der Hamburger Bürgerschaft, Siegmund Hinrichsen, und der Vorsitzende der Hamburger Freihafen-Lagerhaus-Gesellschaft sowie mehrere Offiziere. Es gibt keinen Zweifel, dass es um den möglichen Streik der Hafenarbeiter ging. Kein gutes Zeichen, wenn Sie mich fragen.«

»Hm.« Politischer Stadttratsch interessierte Hauke derzeit wenig.

»Meine Leute werden die Schutzpolizei unterstützen müssen, wenn es zu Ausschreitungen im Hafen kommt«, erklärte Roscher weiter. »Und die, mein Lieber, werden kommen. Es brodelt seit Wochen in der Stadt. Schon im Frühjahr haben fast zweihundert Kaffeeverleserinnen kurz gestreikt. Natürlich ohne Erfolg. Aber auch die Männer werden unruhig. Sie wollen bessere Arbeit und mehr Rechte. Dumm nur, dass eine Kaufmannsstadt wie Hamburg sich keine Verhandlungen aufzwingen lässt. Nein, man wird schießen.«

»Und Ihre Leute sind dann mittendrin.«

Die Kutsche rollte auf die Hammer Landstraße Richtung Westen. »Die meisten meiner Leute waren früher beim Militär. Ein Schuss wird sie nicht erschrecken. Darum geht es nicht.« Er umfasste den Griff seines Gehstocks fester, bis die Knöchel weiß hervortraten. »Nein, man wird meine Männer abziehen und den Schutzmannschaften zuweisen. Ein Polizeirat ohne Polizisten. Wo hätte man das schon gesehen? – Dies, lieber Sötje, ist der erste Schritt, die Kriminalpolizei in Hamburg erst in Teilen und dann ganz abzuschaffen.«

»Ich verstehe. Die Männer bei Bellingrodt …«

»… sind jene, die den Streik nutzen könnten, um mich und meine Männer loszuwerden. Diese Herren möchten alles beim Alten lassen, Sötje: keine neumodischen Fotoerkennungsmethoden, keine Spezialeinheit für Kapitalverbrechen, kein Polizeirat, der ihnen lästig ist.«

Hauke nickte zustimmend. »Ja, das Neue muss immer erst den Sturm des Alten überleben.«

Jetzt lächelte Roscher. »Wohl gesprochen, Herr Kapitän. – Oder dachten Sie, ich wüsste nicht genau, wer da vor mir auf der Holzbank sitzt? Ihr Vorgesetzter hatte Sie als dickköpfigen, rechthaberischen und neugierigen Kerl bereits avisiert. Er meinte noch, Sie seien der beste Mann in seinem Kommissariat, nur würden Sie immer Ihr eigenes Süppchen kochen.« Er musterte Hauke streng. »Wenn ich Ihnen einen Rat geben darf: Solange Sie in meiner Stadt sind, halten Sie sich an meine Regeln.«

Hauke sagte nichts dazu. »Ist Ihnen etwas in der Villa der Bellingrodts aufgefallen?«, fragte er stattdessen.

Roscher sah ihn fragend an.

»Die Fotografien auf dem Kaminsims im Herrenzimmer. Es waren zwölf Fotografien, und keine davon zeigte zwei Söhne. Stets nur diesen Alfons.«

»Nun, vielleicht wurden die Bilder gemacht, als Johann Bellingrodt bereits in Brasilien war.«

Hauke sagte nichts. Manchmal sah man mehr, einfach nur durch die Dinge, die fehlten.

Vor dem Fenster, hinter hohen Zäunen, erhoben sich repräsentable Villen zu beiden Seiten der Straße, umsäumt von stattlichen Eichen. Je näher sie dem Berliner Tor kamen, das den östlichen Zugang zur Stadt markierte, desto schmaler wurden die Gärten vor den Häusern. Wolken zogen von Westen her auf. Der Himmel wurde mit jeder Minute dunkler. Es würde bald regnen.

»Was wollen Sie eigentlich mit dem Foto, Sötje?«

»Ich werde versuchen, die Anatomie von Johann Bellingrodt mit der des Toten zu vergleichen. Es könnte helfen, auch wenn das Gesicht des Matrosen völlig verbrannt war. Ich werde die Fotografie zur Polizeistation nach Brunsbüttel schicken lassen. Noch wurde der Leichnam nicht beerdigt.«

»Um Gottes willen! Glauben Sie wirklich, dass der Tote Johann Bellingrodt sein könnte? Warum sollte der Mann auf einem Schiff mitfahren, dass heimlich Kaffee transportiert?«

»Warum ist Johann Bellingrodt in Brasilien, sein Ring aber hier?«

Roscher seufzte. »Nein, Sötje, das sind wilde Spekulationen. Ein Bellingrodt hat es nicht nötig, Kaffee zu schmuggeln. Sehen Sie sich an, wie reich der Alte ist.«

»Den Ring, bitte.« Hauke hielt Roscher seine offene Hand hin.

»Der Tote kann unmöglich Johann Bellingrodt gewesen sein, Herr Kommissar.« Roscher griff in seine Jackentasche und zog den Siegelring hervor.

»Ich werde das Personal befragen, ob Johann Bellingrodt bereits zurückgekommen ist.«

»Das werden Sie nicht!«

»Darf ich erfahren, warum nicht?«, wollte Hauke wissen.

»Weil Sie keine Befugnisse in dieser Stadt haben.«

»Nun, dann werden Sie mir eben die nötigen Befugnisse geben müssen.«

Roscher schüttelte den Kopf. »Verstehen Sie es nicht, oder wollen Sie es nicht verstehen, Sötje? Es handelte sich um einen Unfall. Es gibt keinen Grund für die Hamburger Polizei, aktiv zu werden. Kein Mord, nichts.«

»Nun, es geht um Schmuggel im großen Stil, dem in der Vergangenheit bereits mehrere Menschen zum Opfer gefallen sind. Darunter ein ermordeter Polizist. Herr Polizeirat, ich muss wissen, ob der Tote Johann Bellingrodt ist oder nicht. Sollte er es sein, dann frage ich mich, was der Sohn eines reichen Kaufmanns auf einem Schmugglerschiff zu suchen hatte.«

»Vermutungen, Sötje. Alles nur Vermutungen. Wenn Sie herausfinden wollen, wie ein goldener Siegelring an den Finger eines Schmugglers gekommen ist, dann empfehle ich Ihnen, einen Blick in die Sammlung unserer Photographischen Anstalt im Stadthaus zu werfen. Wir haben dort ein Verbrecheralbum und Fotografien von kriminellen Subjekten in der Stadt angefertigt, katalogisiert und mit typischen Merkmalen versehen. Vielleicht finden Sie ja dort Ihren toten Matrosen. Ich bin mir sicher, dass es sich um ein polizeilich bekanntes Subjekt handelt und nicht um den Sohn eines einflussreichen Kaffeehändlers«, erklärte der Polizeirat energisch. »Sie müssen sich mit der Sichtung des Archivs aber beeilen, Sötje. Wie Sie ja wissen: Die Geier kreisen bereits über dem Stadthaus.«

»Haben Sie von dem Fall in La Plata gehört?«, fragte Hauke, ohne auf Roscher einzugehen. »Vor vier Jahren konnte ein Doppelmord mit Hilfe von Fingerabdrücken aufgeklärt werden.«

»Ich erinnere mich. Es stand vor einiger Zeit im ›Criminal-Correspondenten‹.«

»Seit Anfang des Jahres ist die Daktyloskopie in ganz Argentinien im Einsatz. Ein eigens eingerichtetes Büro für Statistik und Erkennungswesen ist in –«

»Nur eine Modeerscheinung. Mehr nicht.«

Hauke schwieg. Seinem Erachten nach war die Bertillonage, wie sie in Hamburg praktiziert wurde, zu unpräzise. Verdächtige anhand von Maßen und Fotografien eindeutig zu identifizieren, war bisher wenig erfolgreich. Hauke wusste nur zu gut, wie Menschen ihr Äußeres verändern konnten, wenn sie nur wollten. Auch das harte Leben auf der Straße, im Gefängnis oder im Irrenhaus veränderte Aussehen, Haltung, Gesichtszüge, ja, den ganzen Menschen. Hauke hatte es am eigenen Leib erfahren müssen. Und genau darum hielt er die Bertillonage für untauglich in der Praxis. Gerade wollte er sich auf einen weiteren Streit mit Roscher einlassen, als er innehielt. Er durfte den Mann nicht verärgern, denn ohne dessen Erlaubnis und Unterstützung würde er in Hamburg nichts erreichen. »Ich werde mir die Bilder gern ansehen«, sagte er darum und zwang sich zu einem kurzen Lächeln. »Wer weiß, vielleicht belehren Sie mich eines Besseren.«

Hinterm Berliner Tor war kaum noch ein Durchkommen. Fuhrwerke und Kutschen, fliegende Händler und eine Herde Schafe versperrten den Weg. »Ich steige am Hopfenmarkt aus«, erklärte Hauke. Er wollte allein sein, um nachdenken zu können.

»Sie sollten mit Oberzollinspektor Jensen sprechen, Herr Kommissar. Ich werde Sie vom Stadthaus aus per Telegramm für morgen früh avisieren. Rechnen Sie aber nicht mit großer Unterstützung. Allein die Tatsache, dass Sie vermuten, der geschmuggelte Kaffee könne aus Hamburg stammen, wird dem Mann nicht gefallen. Der Zoll ist sehr stolz darauf, keine einzige Kaffeebohne aus dem Freihafen zu lassen, die nicht ordnungsgemäß verzollt wurde. Und bezüglich des Eigners der ›Wilhelmine‹ werde ich im Register des Amtsgerichts nachsehen lassen. Das Schiffsregister für Altona lasse ich ebenfalls prüfen. Ich benötige aber noch einige Angaben …«

Hauke zog einen Zettel aus seiner Jackentasche. »Sechzehn Meter lang, vier Meter breit, zwölf Tonnen, nachträglich ausgerüstet mit einer Dampfmaschine, wahrscheinlich von der Junge-Werft in Wewelsfleth. Könnte früher ein Heringslogger gewesen sein. Mindestens fünfzehn Jahre alt. Alle Kennzeichnungen hatte man entfernt.«

Roscher steckte den Zettel ein. »Wo finde ich Sie?«

»Pension Seifert, Kleine Reichenstraße 11. Am Fischmarkt.«

Als sie den Hopfenmarkt erreicht hatten, stieg Hauke aus der Kutsche. Er tippte mit dem Zeigefinger an seine Mütze, nickte Roscher kurz zu und ging Richtung Hafen.

KAPITEL 5

Große Preise zahlt für Herrengarderobe, Fracks, Gebisse, Mobilien und Ramsch jeder Art H. Brager, Alter Steinweg 24, Parterre.

Originalauszug: Hamburger Nachrichten, 5. Oktober 1896

Sie hatte oben am Treppenabsatz gewartet, bis die beiden Polizisten gegangen waren. Ihr Herz schlug heftig, während sich ihre Hände um das Geländer krallten. Sie mussten doch wissen, wo er war! Erst vorgestern hatte sie Frau Senatorin Hachmann gebeten, sie möge ihren Gatten unauffällig nach Johann befragen. Und nun kam die Polizei ins Haus! Das musste etwas bedeuten.

Es war ihr alles aus den Händen geglitten. Sie hätte den Streit verhindern müssen, doch wie? Keiner von ihnen hatte je auf sie gehört. Vorsichtig ging sie Stufe für Stufe hinunter, zurück in die Halle. Sie hörte Stimmen. Waren die Polizisten etwa noch da? Vielleicht könnte sie sie ja doch fragen. Die Tage und Nächte ohne Schlaf mussten endlich ein Ende finden. Eine Tür ging auf. Aber es war nur ihr Mann, der aus dem Herrenzimmer kam. Er schien wütend zu sein. Sie erschrak. Hatte er sie lauschen sehen? Sie widerstand dem Impuls, die Stufen hinaufzulaufen, um sich in ihrem Zimmer einzuschließen. Da entdeckte er sie. Mit wenigen Schritten war er bei ihr. Alfons folgte ihm.

»Was wollten die Herren, Wilhelm?«, flüsterte sie.

Er baute sich vor ihr auf. Sie hielt den Atem an.

»Dein missratener Sohn ist tot, Amalie!«, spie er aus. »Er hat bekommen, was er verdiente!«

Sie zuckte zusammen, als hätte er sie geschlagen.

Ohne ein weiteres Wort drehte er sich um und rief nach dem Diener, der sogleich Mantel und Hut brachte.

»Du fährst in die Stadt?«, fragte sie leise.

»Einen Bellingrodt betrügt man nicht!«, donnerte Wilhelm Bellingrodts Stimme durch das Vestibül. Dann ging er.

»Was ist denn passiert, Alfons?« Ihre Stimme zitterte.

»Ein Schiffsbrand auf der Elbe. Der Tote trug Johanns Ring«, erklärte Alfons knapp und eilte dem Vater nach.

KAPITEL 6

Ein grüner allseits sprechender Papagei bill. zu verkaufen.
Nach Herrn Strelow fragen! Nicht nach Frau Strelow. Reeperbahn 8.

Originalauszug: Hamburger Nachrichten, 9. September 1896

Während Sophie ein passendes Wort suchte, um die Villa der Bellingrodts beschreiben zu können, fuhr die Mietkutsche den Weg zum Haus hinauf. Stattlich. Ja, diese Villa war beeindruckend und stattlich, entschied Sophie. Ihrer Ansicht nach konnte man an der Art, wie Leute sich nach außen gaben, viel über ihr Inneres erfahren. Daher war sie sehr gespannt auf Amalie Bellingrodt, die sie an diesem frühen Abend unangekündigt aufsuchten, um eine Einladung zum Ball zu überreichen.

Während Clara mit gerafften Röcken aus der Kutsche stieg, fragte sie zum wiederholten Mal, ob man die Bellingrodt-Söhne nicht von der Einladung ausnehmen könnte. Sie weigerte sich standhaft, darüber Auskunft zu geben, was damals vorgefallen war und vor allem, mit welchem der männlichen Bellingrodts.

»Dein Vater hat dich gebeten, die Familie einzuladen.« Sophie richtete ihren Mantel. »Das schließt die Söhne nun einmal ein. Und nun lass endlich gut sein, Kind«, versuchte Sophie, das leidige Thema zu beenden, das Clara die gesamte Fahrt hierher immer wieder aufgebracht hatte.

»Ich möchte sie aber nicht auf meinem Ball sehen«, maulte Clara vor sich hin.

»Sei beruhigt, ich werde dich keine Sekunde allein lassen.« Sophie bezahlte den Kutscher, der wieder zurück in die Stadt fuhr. Als sie sich umdrehte, merkte sie, dass trotz der hereinbrechenden Dunkelheit in keinem der vielen Fenster der Villa Licht brannte. Schon befürchtete sie, sie könnten umsonst gekommen sein.

»Haben Sie es meinem Vater überhaupt gesagt? Ich meine, wenn er wüsste, dann würde er doch –«

Sophie ließ die nörgelnde Clara stehen. Mit gerunzelter Stirn ging sie auf das Portal zu. Die Tür war nur angelehnt. Vorsichtig schob sie sie ein wenig auf. »Hallo?« Ihre Stimme hallte durch die Dunkelheit im Haus.

»Wo sind denn die Dienstboten? Und warum ist die Tür offen?«, fragte Clara überrascht hinter ihr.

Sophie antwortete nicht, sondern schob den Türflügel weiter auf. Gemeinsam betraten sie das Haus. Niemand hatte im Vestibül den Kronleuchter eingeschaltet. Sophies Augen brauchten einen Moment, bis sie sich an das schummrige Licht gewöhnt hatten. Da entdeckte sie einen Körper am Fuße der Treppe liegen.

»Tante Amalie!«, rief Clara.

Sie eilten hinüber. Sophie kniete sich neben die gestürzte Frau. Das Blut an der Stirn Amalie Bellingrodts war bereits getrocknet.

»Ist sie tot?«

Erleichtert bemerkte Sophie, dass sich das Dekolleté der Frau hob und senkte. »Nein. Sie ist ohnmächtig. Wir müssen sie auf ein Sofa legen und das Mieder öffnen. Riechsalz!«

»Ich besitze keines«, jammerte Clara.

Sophie wusste, dass das junge Mädchen kein Riechsalz bei sich führte. Warum auch? Das Kind besaß eine derart vorteilhafte Figur, dass sie kein Mieder benötigte, welches sie regelmäßig ohnmächtig werden ließ.

»Geh und hole Hilfe! Irgendwo im Haus muss doch jemand sein.« Clara rannte los. »Und bring Riechsalz mit!«, rief Sophie ihr noch nach. Sie tätschelte die kalte Hand Amalie Bellingrodts, während Clara in dem riesengroßen Haus eine Menschenseele suchte.

»Frau Bellingrodt, können Sie mich hören?« Sophie gab der Hausherrin einige leichte Schläge auf die Wangen.

Endlich schlug die Frau ihre Augen auf. »Was ist passiert? Wer sind Sie?« Im selben Moment schien sie sich zu erinnern.

Ihre Augen weiteten sich in Angst. Sie schlug Sophies Hand fort und versuchte, sich aufzurichten. »Nein, nein! Lassen Sie mich.« Tränen liefen über Amalie Bellingrodts Gesicht.

Sophie versuchte noch, die aufgebrachte Frau zu beruhigen, als Clara mit dem Butler und zwei Dienstmädchen herbeigelaufen kam, die sie unten in der Küche beim Abendessen gefunden hatte.

Gemeinsam brachte man die schluchzende Amalie Bellingrodt in ihr Schlafzimmer in der ersten Etage. Betroffen erfuhren alle vom Tod Johann Bellingrodts.

»Wo ist der Hausherr?«, fragte Sophie den bestürzt aussehenden Butler und hörte, dass die Herren in der Stadt seien. »Lassen Sie ihn holen.«

»Nein!«, rief Amalie Bellingrodt vom Bett her, auf das man sie gelegt hatte. »Ich will Wilhelm nicht sehen.«

Erstaunt sahen Clara und Sophie sich an.

»Bitte, bleiben Sie bei mir, Fräulein Struwe. Und du auch, Clara.«

Sophie bat den Butler um Laudanum. Während der Mann das Gewünschte holte, halfen Clara und Sophie der noch immer weinenden Frau aus den Kleidern und brachten sie zu Bett. Kurz darauf kam der Mann mit einem kleinen braunen Fläschchen und einem Teelöffel auf einem silbernen Tablett. Sophie dankte ihm. Gern hätte sie ihn gefragt, wie es sein konnte, dass die Dame des Hauses unbemerkt verletzt am Fuße der Treppe hatte liegen können. Aber es war nicht an ihr, den Mann zu maßregeln.

Sophie zählte die Tropfen ab, während sie und Clara von Amalie Bellingrodt erfuhren, was vorgefallen war.

»Wie furchtbar«, murmelte Clara.

Sophie fragte sich, ob das Kind in den letzten zwölf Stunden nicht zu viel vom Leid in der Welt gehört hatte. Erst die Begegnung mit den Nonnen im Zug und nun dies hier. Erwachsenwerden war eigentlich eine gute Sache, doch musste es alles auf einmal sein? Sie zählte weiter. Dann wandte sie sich der Frau im Bett zu, die immer wieder mit einem Taschentuch die Tränen aus ihrem Gesicht wischte. »Nehmen Sie, Frau Bellingrodt. Es wird Sie beruhigen.«

Amalie Bellingrodt schluckte die bittere Medizin, und ihre Tränen versiegten langsam. »Er hat gesagt, dass es Johann recht geschieht. Wie kann ein Vater nur so etwas sagen?«

Unter einem Vorwand schickte Sophie Clara nach unten in den Salon. Dann setzte sie sich an den Bettrand und nahm Amalie Bellingrodts Hand in ihre. »Was ist geschehen?«

»Johann soll seinen Vater betrogen haben.«

»Wurde er darum nach Brasilien geschickt?«

»Nein. Es war wegen einer jungen Frau, die er heiraten wollte. Sie war nicht aus unseren Kreisen. Außerdem hatte Wilhelm andere Pläne für Johann. Höhere Pläne. Wilhelm hatte bereits alles vorbereitet.« Sie schluchzte in ihr Taschentuch. »Aber Johann blieb dabei. Er wollte ein einfaches Mädchen heiraten. Sein Vater verbot es ihm und schickte ihn nach Brasilien. Ich habe Johann nicht mehr wiedergesehen.«

»Kannten Sie das Mädchen?«

Amalie Bellingrodt schüttelte den Kopf. »Jemand kam bald nach Johanns Abreise und fragte nach ihm. Mein Mann jagte die Person fort.« Sie rang um Fassung. »Was müssen Sie nur von unserer Familie denken, Fräulein Struwe.«

»Bitte nicht, Frau Bellingrodt. Sie haben die schrecklichste Nachricht erhalten, die eine Mutter jemals hören muss.«

Dankbar lächelte Amalie Bellingrodt Sophie hinter dem Tränenschleier an. Dann bat sie um Stift und Papier von ihrem Sekretär, der beim Fenster stand. Sophie erhob sich und reichte ihr das Gewünschte. Mit zitternden Händen schrieb Amalie Bellingrodt einige Zeilen und legte diese dann in einen gefütterten Umschlag. »Bitte, Fräulein Struwe, finden Sie die junge Frau und geben Sie ihr diesen Brief. Sie muss es wissen.«

Sophie schluckte. »Da steht kein Name.«

»Ich weiß nicht, wie sie heißt.« Langsam begann das Laudanum zu wirken, und Müdigkeit überfiel Amalie Bellingrodt.

»Haben Sie denn keine Adresse?«

»Schulden soll mein Johann gehabt haben … Spielschulden«, murmelte sie mit geschlossenen Augen. »Den Vater bestohlen … Schlimme Dinge.« Ihre Worte wurden immer leiser. »Warum tut er das nur?« Die arme Frau wehrte sich nicht mehr gegen die Müdigkeit und fiel in einen unruhigen Schlaf.

Sophie schlich aus dem Raum. Auf dem Weg nach unten bemerkte sie das Personal, wie es in einer Ecke stand und tuschelte. Sie trat zu dem Butler und gab Anweisung, eines der Dienstmädchen solle diese Nacht bei der Herrin bleiben.

»Und lassen Sie eine Kutsche für Fräulein Clara und mich holen.«

Als Sophie die Tür zum Salon öffnete, fand sie Clara auf dem Sofa vor. Tief in Gedanken versunken, starrte das junge Mädchen in die sterbenden Flammen des Kamins. Man hatte ihr einen Teller mit belegten Broten gebracht. Doch Clara hatte nichts davon angerührt.

»Es ist spät«, sagte Sophie leise und legte die Hand auf Claras Arm. »Dein Vater wird sich schon Sorgen um dich machen.«

Clara rührte sich nicht. »Ich mochte Johann früher. Er war lustig und spielte mit uns Verstecken.« Sophie setzte sich neben sie. »Als Mutter noch lebte, waren wir öfter bei Tante Amalie. Aber seit Mutter … Ich habe Johann danach nur selten gesehen. Er war acht Jahre älter als ich.« Sie schwieg eine Weile. »In den letzten Jahren muss er sich sehr verändert haben. Wie traurig all das ist.« Sie drehte sich zu Sophie. »Was wollte er nur auf dem Schiff?«

»Ich weiß es nicht.«

Schweigend verließen sie bald darauf die Villa Bellingrodt. Als die Kutsche durch das Tor auf die nächtliche Straße rumpelte, schreckte Clara auf. »Wir haben ganz vergessen, die Einladung zu überreichen.«

»Ich denke nicht, dass die Bellingrodts kommen werden«, sagte Sophie und horchte auf den Regen, der auf das Dach der Kutsche prasselte.

»Das habe ich bestimmt nicht gewollt, Fräulein Struwe«, flüsterte Clara.

»Was hast du nicht gewollt?«

»Ich hätte alles getan, damit die Bellingrodts nicht zu meinem Ball kommen. Ich habe gebetet, etwas möge dazwischenkommen. Aber doch nicht so etwas.«

»Liebes, es ist nicht deine Schuld.«

Schweigend starrte Clara aus dem Fenster in die Dunkelheit. »Wir müssen mit meinem Vater reden«, sagte sie leise. »Er wird entscheiden, ob der Ball verschoben werden soll. Und dann werden wir einen Kondolenzbesuch abstatten müssen, sobald es Tante Amalie besser geht.«

»Alles zu seiner Zeit. Jetzt fahren wir erst einmal nach Hause.« Es schien Sophie so unfassbar, dass eine Mutter ihr eigenes Kind beerdigen musste.

Die Kutsche rumpelte über das Kopfsteinpflaster, durch leere Straßen.

»Was steht in dem Brief?«, fragte Clara unvermittelt und schaute auf Sophies Schoß, wo diese noch immer den Brief von Amalie Bellingrodt in Händen hielt.

»Deine Großtante bat mich um einen Gefallen.«

»Für wen ist der Brief? Es steht kein Name darauf.«

»Das ist eine private Angelegenheit.« Aber Sophie wusste, dass Clara keine Ruhe geben würde. »Also gut«, seufzte sie. »Johann war einer jungen Dame zugetan, die von dem Unglück in Kenntnis gesetzt werden muss.« Mehr gedachte Sophie nicht zu sagen.

»Ach«, entschied Clara, »dann werden wir ihr den Brief bringen. Unverzüglich. Wo wohnt sie? Der Kutscher wird uns hinfahren.«

Es war erstaunlich, wie sehr junge Menschen Leid ertragen konnten, wenn sie dem Tatendrang seinen Willen ließen. Sophie erklärte ihr, unter dem Siegel der Verschwiegenheit, dass weder Wohnort noch Name der Dame bekannt seien.

»Oh«, hauchte Clara und überlegte. »Nun gut, dann werden wir sie eben suchen müssen.«

»Wir?« Sophie musterte das Mädchen neben sich. »Sofern es eine Möglichkeit gibt, die junge Frau überhaupt zu finden, werde *ich* es tun. Du wirst dich brav um deine Studien kümmern und mir bei den Vorbereitungen zum Ball helfen.« Clara wollte widersprechen, aber Sophie hob energisch die Hand. »Keine Widerrede. Ich weiß nicht einmal, ob überhaupt jemand gefunden werden kann.«

Clara schien jetzt hellwach. »Eine heimliche Verlobung. Ich bin mir sicher, dass Johann mit der schönen Unbekannten verlobt war. Warum sonst ist sie mitten in der Nacht vor dem Haus gewesen und wollte ihn sprechen? Aber, wer weiß ... Nach all den Jahren, da hat sie vielleicht jemand anderen geheiratet. Vielleicht ist sie sehr unglücklich und –«

»Clara, hast du gelauscht?«, unterbrach Sophie den romantischen Redeschwall.

»Oh, nein. Also, nicht wirklich. Ich stand nur zufällig vor der Tür. Ich meine ... Bitte, sagen Sie es nicht meinem Vater, liebes Fräulein Struwe.«

Das würde Sophie nicht tun, denn dann müsste sie von dem Brief erzählen. Und welche Ansicht Konsul Winter zu der Suche nach einer Unbekannten haben könnte, war Sophie schon jetzt klar. Sie beschränkte sich darauf, das Kind tadelnd anzuschauen. Dann drehte sie sich zum Fenster, damit Clara ihr Lächeln nicht bemerkte. Natürlich würde sie versuchen, die junge Frau zu finden. Schließlich galt es, einer trauernden Mutter ein wenig Seelenfrieden zu geben. Und außerdem freute sich Sophie, ein neues kleines Geheimnis lösen zu können. Gleich morgen früh würde sie Hauke eine Nachricht schicken. Er würde wissen, wie man in einer großen Stadt wie Hamburg eine Frau ohne Namen finden konnte.

KAPITEL 7

Vereitelter Selbstmord. Gestern Nachmittag bemerkten zwei die Bankstraße passierende junge Leute durch ein kleines Fenster einen männlichen Körper in einem Keller an der Wand hängen. Sie eilten in den Keller, dessen Thür unverschlossen war, und schnitten einen Mann, welcher dort einen Selbstmordversuch gemacht hatte, ab. Mit Hülfe von Nachbaren gelang es, ihn wieder zum Bewußtsein zu bringen. Der Mann will die That aus Verzweiflung über die Untreue seiner Frau begangen haben.

Originalauszug: Hamburger Nachrichten, 12. Oktober 1896

Es war fast Mitternacht, als Hauke eilig seine kleine Kammer unterm Dach verließ. Wieder einmal legte sich eiserne Enge um seinen Brustkorb. Auf der schmalen Stiege überkam ihn bereits der erste Schwindel. Schnell stützte er sich an der Wand ab. Stolpernd erreichte er die Haustür. Er riss sie auf und taumelte hinaus. Erleichtert sog er die frische Nachtluft tief in seine Lungen. Sein Herzschlag ging schnell, pumpte das Blut durch den Körper. Er wartete, dass der Anfall vorüberging.

Es hätte nicht mehr lange gedauert, und die Angst hätte wieder einmal Besitz von seinem Kopf ergriffen, um ihn niederzureißen. Aber nach all den Jahren hatte Hauke gelernt, die ersten Anzeichen richtig zu deuten. Und es schien ihm fast, als kämen die Anfälle immer seltener. Einen Arzt würde er deswegen nicht aufsuchen. Niemals. Auch wenn der Einsatz hoch war, denn es ging um nichts weniger als seinen Verstand.

Bisher war Hauke im Kampf gegen die Geister der Vergangenheit siegreich geblieben, und er hoffte, dass es auch so bleiben würde. Noch hatte niemand im Kommissariat eine Ahnung davon, wie es um ihn stand. Hauke lehnte sich an die kühle Hauswand der Pension. Er horchte in sich hinein. Der

Schweiß zwischen seinen Schulterblättern begann zu trocknen. Ihn fröstelte. Erleichtert spürte er, wie sich mit jedem Atemzug sein Herzschlag beruhigte. Gleich würde alles vorbei sein.

Hauke konnte nie voraussagen, wann die Angst kam. Sie hatte sich tief in ihm eingenistet, seit er damals mit seinem Schiff … Schnell schob er den Gedanken beiseite. Er würde damit leben müssen. Und seit Sophie bei ihm war, hatte er endlich die Kraft gefunden, jedem einzelnen Anfall entgegenzutreten, wann immer der Wahnsinn zum Duell rief.

Manchmal fürchtete Hauke, die Angstzustände könnten eines Tages seine Urteilsfähigkeit beeinträchtigen. Er wusste nicht, wann es so weit sein würde.

Er trat auf den menschenleeren Fischmarkt. Nieselregen fiel auf das Kopfsteinpflaster und ließ es glänzen. Um das Licht zweier Gaslampen hatte sich ein Nebelschleier wie ein Heiligenschein gebildet. Hauke ging die Brandstwiete hinunter, Richtung Hafen. Seine Schritte hallten von den Wänden der Häuser wider. Nur selten sah er in einem Fenster eine brennende Kerze stehen. Die Luft schmeckte nach all dem Rauch, der aus den Schornsteinen der Stadt quoll. Er mischte sich mit dem Salz des fernen Meeres und dem Gestank von Unrat. Irgendwo im Hafen ertönte ein Typhon.

Bald schon hatte Hauke das Ende der Brandstwiete erreicht, wo diese auf eine Uferstraße traf, die am Zollkanal entlangführte. An der Ecke der beiden Straßen befand sich ein äußerst stattlicher, ja, fast schon schlossähnlicher Bau. Er begann in der Brandstwiete und führte um die Ecke herum. Zwei aneinandergestellte Türme bildeten den Haupteingang zu dem fünfstöckigen Gebäude, dessen Name »Dovenhof« auf einem großen Messingschild nachzulesen war. Das imposante Gebäude schien neu zu sein, denn der helle Stein war noch nicht vom Ruß der Schornsteine geschwärzt. Links und rechts neben dem noblen Eingang prangten unzählige Firmenschilder, deren polierte Oberflächen sich im Schein mehrerer elektrischer Lampen spiegelten, die an der Hauswand angebracht waren. Vom Dovenhof aus hatte man freien Blick auf die Speicherstadt, die auf der anderen Seite des Zollkanals lag. Hauke vermutete, dass viele Firmen von dort drüben hier ihren repräsentativen Sitz hatten.

Er überquerte die gespenstisch leere Straße und ging zu einer halbhohen Brüstung, die verhinderte, dass die Leute des Nachts in das schmierig glänzende Wasser des Kanals hinunterfielen. Hauke stellte sich an das Geländer und holte den Tabakbeutel aus seiner Jackentasche. Er stopfte den Kopf seiner Pfeife. Dann zog er die kleine Schachtel Zündhölzer hervor und strich ein Hölzchen über die raue Seitenfläche, bis sich der rote Kopf entzündete. Die Flamme an den Tabak haltend, paffte er einige Male kurz, bis der Virginia anständig glühte. Jetzt lehnte sich Hauke mit den Armen auf das kalte Metall des Zauns und begutachtete ausgiebig die andere Seite des Kanals.

Ja, es war eine Stadt in der Stadt, dort drüben. Hohe Lagerhäuser hinter flachen Kaischuppen. Die Speicherstadt ging von hier bis hinunter zum Binnenhafen. Aber links von Hauke konnte man schemenhaft eine große Baustelle erkennen. Die Speicherstadt war noch lange nicht fertig. Es fehlte noch ein ganzes Stück Richtung Osten, doch schon jetzt waren die fertigen Gebäude beeindruckend. Prächtig verzierte Kohlebogenlampen, die auf den Brücken standen, tauchten den Kanal und die angrenzenden Fassaden in eine Aureole weißen Lichts. Jeder Giebel, jeder Turm, jede Verzierung an Fenstern und Türen, jeder Ladehaken unter den Kupferhauben an den Dächern erinnerte Hauke an eine überdimensionale Burg.

Einzig die flachen Zollschuppen am Kanal störten das elegante Bild. Sie waren der Beweis, dass der Kaiser im fernen Berlin am Erfolg der Hamburger Speicherstadt ebenfalls verdienen wollte. Jetzt herrschte dort, wie in der ganzen Stadt, für kurze Zeit ein wenig Ruhe. Nur vereinzelt traten Zöllner auf ihren Kontrollgängen durch den Schein einer Lampe.

Gleich morgen früh würde Hauke dort drüben Erkundigungen einholen. Vielleicht kannte jemand die »Wilhelmine« und ihren Eigner. Irgendjemand musste wissen, wem der Kahn gehört hatte. Außerdem interessierte Hauke die Frage, warum niemand Auskünfte über die Ladung Kaffee eingefordert hatte. Einen Teil davon hatten die vom Feuerschein angelockten Leute sicherlich noch in der Nacht »retten« können. Wie viel Kaffee in diesen Wochen wohl in den guten Stuben der braven Dithmarscher getrunken werden würde?

Hauke stieß sich vom Gitter ab, ließ den Dovenhof hinter sich und schlenderte gemächlich Richtung Westen, wo der Binnenhafen und die Landungsbrücken irgendwann beginnen mussten. Je näher er dem Binnenhafen kam, desto mehr Schuten dümpelten unten im Wasser. Schuten waren Kähne, mit denen die Ewerführer die Waren von den großen Seeschiffen in die Fleete zwischen den hohen Speichern brachten. Die Schutenschubser, wie man die Männer mit den Peekhaken in der Hand manchmal nannte, ließen die Waren dann von den Quartiersleuten direkt von Bord auf die einzelnen Böden der Kunden hieven.

Hauke hatte die Brooksbrücke noch nicht erreicht, als er plötzlich stehen blieb. In seinem Nacken kribbelte es. Er schaute zum Himmel, wo er zwischen zwei Regenwolken die Sterne des Pegasus über den Dächern der Speicherstadt ausmachen konnte. Bedächtig nahm er die Pfeife aus dem Mund und klopfte sie an der Hacke seines Stiefels aus. Gerade noch konnte er im Licht einer Laterne die Gestalt eines Mannes sehen, der eilig in einem Hauseingang verschwand. Er hatte sich also nicht geirrt. Jemand verfolgte ihn. Langsam ging Hauke weiter, während er die Pfeife in seine Jackentasche gleiten ließ. Er fragte sich, was der Kerl im Sinn haben mochte. Nun, er würde ihn wohl fragen müssen.

Da entdeckte er einen schmalen Gang zwischen zwei Häusern zu seiner Rechten. Gemächlich wechselte Hauke die Straßenseite. Dann huschte er flink in die Dunkelheit zwischen den Hauswänden und machte sich bereit. Seinen Rücken dicht an das kalte Gemäuer gedrückt, wartete er.

Er hörte Schritte näher kommen. Erst schnell, dann zögerlicher, bis sie verstummten. Stille. Angespannt horchte Hauke. Jetzt waren sie wieder da. Als Hauke den Schatten bemerkte, sprang er vor. Mit einem Satz griff er nach der Jacke seines Verfolgers und riss ihn herum. Der Hut des Mannes flog im hohen Bogen auf die Straße. Es war eine Melone! Hauke stockte. Er war sicher, sein Verfolger habe eine Mütze auf dem Kopf getragen.

»Hilfe!«, brüllte der Mann. »Überfall!«

Hauke ließ die Jacke los. Die Person vor ihm war kleiner und schmächtiger. Das war nicht der Kerl, der ihm nachgeschlichen war! Hauke fuhr herum, doch er konnte seinen Verfolger nicht entdecken. Verdammt!

»Ich gebe Ihnen alles, was ich habe, aber tun Sie mir nichts!«, stammelte der Mann vor ihm und fummelte in seinem Mantel nach der Börse.

Eine Entschuldigung murmelnd, hob Hauke den Hut vom Boden, wischte den Dreck ab und reichte ihn seinem Besitzer. Dann ließ er den zitternden Mann stehen und ging wütend fort.

Als Hauke bald darauf die knarzenden Stufen zum Dachgeschoss der Pension wieder hinaufstieg, fragte er sich, wer ein Interesse haben könnte, ihn zu verfolgen. War es nur ein kleiner Dieb gewesen, oder steckte mehr dahinter? Er trat in die dunkle Kammer, entzündete die Kerze auf dem Tisch und setzte sich auf das Bett. Mit einem Griff zog er einen Holzkasten darunter hervor, den er gleich nach seiner Ankunft dort deponiert hatte. Er legte ihn auf die Decke neben sich, öffnete den Deckel und nahm seinen Webley-Revolver zur Hand. Zwar trug man bei der Kriminalpolizei in Hamburg keine Waffen im Dienst, aber er gehörte nicht zu den Hamburgern. Und solange er nicht wusste, mit wem er es hier zu tun hatte, würde sein Revolver nicht weit entfernt sein.

KAPITEL 8

Als von See eingehend oder nach See ausgehend haben diejenigen Waaren zu gelten, welche die Zollgrenze auf der Elbe bei Cuxhaven oder die Zollgrenze auf der Kieler Föhrde überschreiten und in demselben Transportmittel oder unter Änderung desselben, ohne dazwischenliegende Lagerung am Land, in das Freihafengebiet ein- oder aus demselben ausgeführt werden.

Bekanntmachung der Stadt Hamburg, betreffend Zollangelegenheiten, 1896

Das Hauptzollamt St. Annen lag am Ende des Sandtorquais, dort, wo die St.-Annen-Brücke über das Fleet ging. Es war ein u-förmig angelegtes Verwaltungsgebäude mit drei Etagen. Alle Zollangelegenheiten der Speicherstadt gingen hier über Hunderte identisch aussehende Schreibtische, landeten in Ordnern, die auf hölzernen Aktenwagen durch die endlos langen Gänge geschoben wurden, erhielten Stempel und Vermerke. Während unten die Männer in grüner Uniform das Sagen hatten, regierten in den Etagen darüber jene mit Ärmelschonern und Stift hinterm Ohr. Die schiere Größe des Hauptzollamtes und seine Emsigkeit im Inneren ließen Hauke erahnen, welche Mengen an Gütern im Freihafen täglich ein- und wieder ausgeführt wurden: Tee, Gewürze, Kaffee, Salpeter, Guano, Kohle, Gemüse, Felle, Nüsse, Waffen, Kleider, Sonnenschirme, Felle und vieles mehr.

Hauke hatte sich früh auf den Weg gemacht. Ein Beamter wies ihn an, in der Buchhalterei nach Oberzollinspektor Jensen Ausschau zu halten, dem die Zollmannschaften und das Tagesgeschäft oblägen. Die Buchhalterei war eine Halle, die der Länge nach von einem hüfthohen Holzgeländer in zwei Teile geteilt wurde. Jenseits saßen Zollbeamte auf unbequemen

Hockern an einfachen Schreibtischen. Vor jedem Mann standen auf der Tischfläche eine drehbare Halterung für Stempel, ein tintengetränktes Stempelkissen und eine Schale mit Bleistiften und Füllfederhaltern. Aus hohen Fenstern zur Linken der Männer fiel das Licht auf all die verschiedenen Formulare vor ihnen, die sie zuvor aus beschrifteten Regalen gezogen hatten, die am Ende der Halle an der Wand standen. Jenseits der Absperrung warteten einige Kaufleute und Boten der Kontore mit Mappen unterm Arm.

Hauke klopfte an die Tür der Amtsstube, in der er Oberzollinspektor Jensen vermutete.

Jensen war ein Mittsechziger von gerader Statur und mit schlohweißem Haar. Während Hauke versuchte, dem Mann zu erklären, dass es unumgänglich sei, Ermittlungen in der Speicherstadt durchzuführen, schaute der Oberzollinspektor immer wieder durch ein Fenster, das zu den Schreibern in die Halle ging. Streng beobachtete er den Fleiß seiner Untergebenen, während Hauke seinen Fall vorbrachte.

»Natürlich rechtfertigt ein Schiffsunglück auf der Elbe keine Ermittlungen der Kieler Kriminalpolizei in Ihrer Speicherstadt, Herr Oberzollinspektor«, schloss Hauke, »aber es gibt seit mehreren Monaten Hinweise auf organisierten Schmuggel im Ostseeraum, denen ich nachgehen muss. Der Untergang der ›Wilhelmine‹ war nur der letzte Vorfall.«

Jensen drehte sich herum. »Sie glauben also, dreiste Kerle bringen unter den Augen meiner Männer Kaffee aus dem Freihafen und zeigen mir dann eine lange Nase?«

Hauke schwieg.

»Hm«, grummelte Jensen. Er trug die grüne Uniformjacke der Zöllner offen, die er jetzt über seinem Bauch zuknöpfte. Er setzte seine Dienstmütze auf. Wortlos straffte er den Rücken und verließ seine Amtsstube. Verwirrt folgte Hauke ihm.

Wie ein General bei der Inspektion seiner Männer schritt Jensen die Reihe Schreibtische ab, an denen nun noch eifriger geschrieben und gestempelt wurde.

»Was Sie da sagen, Herr Kommissar, ist unmöglich. Unter

meiner Leitung kommt es hier seit Jahren zu keinen Vorfällen dieser Art. Vielleicht versucht mal einer der Hafenarbeiter, eine Handvoll Rohkaffee hinauszuschmuggeln oder ein paar Blätter Tee, aber auch den erwischen wir.« Er drehte sich zu Hauke. »Schmuggel gibt es bei mir nicht!«, brüllte er. Seine Stimme ging durch die Halle wie ein Schlachtruf. Die Männer an den Tischen hoben neugierig ihre Köpfe.

Hauke verzichtete darauf, den Mann vom Offensichtlichen zu überzeugen. Ein Streit würde ihm nichts bringen. »Da bin ich mir sicher, Herr Oberzollinspektor«, lenkte er darum ein. »Aber mit dem Verdacht ist es wie mit der Lüge: Steht sie erst einmal im Raum, wird man sie selten wieder los.« Hauke trat einen Schritt näher an den Beamten heran. »Sie sollten den Verdacht aus der Welt schaffen lassen, solange er noch nicht die Runde gemacht hat.«

»Sie erpressen mich?«

»Helfen Sie mir, die Wahrheit zu finden.« Hauke wusste, dass er mit den Besonderheiten des Hamburger Freihandels nicht vertraut war. Er war nicht nur auf Roscher, sondern auch auf Leute wie Jensen angewiesen. Und das wurmte ihn mehr, als er zugeben wollte. »Polizeirat Roscher lässt gerade die Register in Hamburg und Altona prüfen, um den Eigner der ›Wilhelmine‹ zu finden. Das aber kann dauern. Vielleicht weiß einer Ihrer Leute mehr.«

Der Mann schnaufte. »Meistens gehören die Kähne den Kapitänen selbst.«

»Ja, aber unser ist tot. Wir können ihn nicht mehr fragen.«

»Soso, und darum wollen Sie also bei mir herumschnüffeln.« Jensen schüttelte den Kopf. »Nein, Herr Kommissar, da werden Sie woanders suchen müssen, denn bei mir geht alles mit rechten Dingen zu. Hier wird kein Krümel geschmuggelt.«

Hauke überlegte kurz. Er musste seine Strategie ändern. »Als ich gestern mit Polizeirat Roscher in der Villa Bellingrodt war und Senator Hachmann sowie Herrn Laeisz von der Handelskammer und all den anderen begegnete, waren die Herren voll des Lobes für den neuen Freihafen und seine Männer vom

Hauptzollamt.« Zufrieden bemerkte Hauke, wie Jensen zögerte, als er die Namen hörte.

Hauke fragte sich, wo die Wahrheit endete und die Pflicht zur Lüge begann, wenn es galt, ein wichtiges Ziel zu erreichen. »Ich bitte Sie, mir Einblick in die Unterlagen zu gewähren, aus denen hervorgeht, welche Schiffe wann hier be- und entladen wurden. Ich brauche den Zeitraum der letzten zwölf Monate bis vor einer Woche. Ich muss wissen, wann die ›Wilhelmine‹ hier war, welche Ladung sie offiziell an Bord hatte, wo die Ladung aufgenommen wurde und wohin sie transportiert werden sollte.«

Verächtlich schnaufte Jensen.

»Ich könnte natürlich auch höhere Stellen um Amtshilfe bitten.« Für diese unverhohlene Drohung erntete Hauke einen angewiderten Blick, als sei er der verschimmelte Apfel in Dichter Schillers oberster Schublade.

Aber Jensen lenkte dann doch unerwartet ein. »Ich denke, die Behörden in Kiel könnten von unserer Zollinspektion so einiges lernen.« Er nahm seinen Weg am Geländer entlang wieder auf. Laut und vernehmlich empfahl er seinem Gast, die modernen Vorzüge der Speicherstadt zu begutachten und zu Hause bekannt zu machen. »Sehen Sie sich die Zollabfertigungshalle mit dem Staatsspeicher an, Herr Kommissar. Sie hat einen eigenen Ladeturm samt Aufzug für die fünf Etagen. Dahinter liegt das Postamt 14 mit Paketabfertigung, Entkartungszimmer, Postschalterhalle und natürlich der Zollabfertigung. Sicherlich wissen Sie, dass bei uns fünf Mal am Tag die Post an die Kontore und Empfänger ausgeliefert wird. Jedes Amt ist mit Telefonapparaten, Rohrpost und elektrischem Licht ausgestattet. Alles höchst effizient und modern. Und Sie wollen nur alte Listen einsehen?« Er lachte trocken. Dann brüllte er plötzlich: »Zollanwärter Detlefsen! Sofort zu mir!«

Ein junger Mann, der vor einem Regal am Ende der Buchhalterei stand, zuckte zusammen. Schnell legte er den Stapel Zettel in seiner Hand zur Seite und kam herbeigelaufen. Dabei schlabberte die grüne Uniform an seinem dürren Leib. Hauke schätzte den jungen Mann auf kaum mehr als achtzehn Jahre. Als er Hauke und den Zollinspektor erreicht hatte, salutierte er zackig. »Jawohl, Herr Oberzollinspektor!«

»Dies ist Zollanwärter Hans Detlefsen, Herr Kommissar. Er hat gestern seine erste Anwärterprüfung erfolgreich absolviert.« Der junge Mann lächelte stolz, was Jensen nicht verborgen blieb. »Das ist kein Grund, um dumm zu grinsen, Junge!« Sofort verschwand das Lächeln wieder. »Er wird Ihnen die Listen besorgen. Da es sich um wichtige Zolldokumente handelt, werden Sie die Ein- und Ausfuhrlisten an dem Tisch dort drüben einsehen.« Er wies zu einem wackeligen Tisch in einer Ecke. »Detlefsen wird bei Ihnen bleiben.«

Hauke nickte. »Danach würde ich mir gern Ihre Speicherstadt genauer ansehen.«

Oberzollinspektor Jensen grunzte etwas Unverständliches. Dann wandte er sich an den jungen Mann. »Detlefsen, Sie werden den Herrn Kommissar begleiten, solange er bei uns im Freihafen ist. Und wenn er sich überzeugt hat, dass alles ordnungsgemäß vonstattengeht, kann er seine Heimreise antreten.« Er bohrte seinen Zeigefinger in die schmale Brust des jungen Mannes. »Sie werden dafür sorgen, dass der Mann nicht eine Minute allein an den Kais herumläuft, verstanden? Der Hafen ist für Fremde gefährlich.«

»Jawoll, Herr Oberzollinspektor!«

Für einen Moment war Hauke überrascht. Einen Aufpasser konnte er jetzt wirklich nicht gebrauchen. Er ärgerte sich, so ausgetrickst worden zu sein. Bevor er sich zähneknirschend bei Jensen bedanken konnte, war dieser auch schon wieder in seinem Amtszimmer verschwunden.

Hauke wollte sich gerade dem neuen Begleiter zuwenden, als dieser flüsterte: »Ein Kriminalkommissar … ist das so etwas wie ein englischer Inspector?« Bevor Hauke antworten konnte, zog Zollanwärter Detlefsen ein kleines Büchlein aus seiner Jackentasche und zeigte es Hauke. Dabei sah er kurz über die Schulter, ob einer der anderen Beamten es gesehen haben könnte. »›Späte Rache‹«, flüsterte Detlefsen, »von einem gewissen Arthur Conan Doyle. Darin ermittelt ein Detektiv mit dem Namen Sherlock Holmes in einem verzwickten Mordfall. Ein Inspector Lestrade vom Scotland Yard kommt darin auch vor. Das ist doch das Gleiche wie ein kaiserlicher Kriminalkommissar, oder?«

Hauke nahm das dünne Heft zur Hand. »So etwas lesen Sie, Zollanwärter Detlefsen?«

Das Gesicht des Jungen lief rot an. Schnell nahm er Hauke seinen Schatz aus der Hand und stopfte ihn zurück in die Tasche. »Nur manchmal.«

Hauke musste grinsen. »Ich weiß nicht, was in der Geschichte von diesem Doyle steht, aber ich denke, wir fangen erst einmal mit der Realität an. Holen Sie mir die Listen des letzten Jahres.«

Etwas weniger zackig als noch vorhin sagte Detlefsen: »Sofort, Herr Kriminalkommissar«, und eilte los.

Es dauerte eine ganze Weile, bis der junge Mann mit einem Rollwagen zurückkam. Geschickt zirkelte er das Gefährt an den Schreibtischen vorbei, wobei sich der Stapel auf dem Wagen gefährlich zur Seite neigte. Hauke seufzte.

»Wie viele Ausfuhren gab es denn?«, fragte er ungläubig.

Detlefsen taxierte die Menge. »Oh, das sind nur die letzten vier Monate. Das allein sind schon einige hundert, würde ich sagen.« Er nahm auf einem Holzschemel einige Meter entfernt Platz und wartete.

Hauke seufzte. »Nun denn, wat mutt, dat mutt.« Er nahm die oberste Akte vom Stapel und schlug sie auf. »Sie fragen sich sicherlich, Detlefsen, warum ein Kommissar aus Kiel hier sitzt und Listen durchgeht. Nun, wir haben es wahrscheinlich mit Kaffeeschmuggel und Mord zu tun.« Er legte ein Blatt zur Seite und nahm die nächste Liste zur Hand. »Das ist etwas anderes als eine englische Detektivgeschichte, oder?« Haukes Finger fuhr die Spalte mit den Namen der Schiffe entlang. »Ich könnte ein wenig Hilfe bei der Sichtung gebrauchen, junger Mann. Im Gegensatz zu mir sind Sie Kenner in Zoll- und Hafendingen.«

Zögerlich erhob Detlefsen sich. »Ich weiß nicht, ob es mir gestattet ist, Herr Kommissar.«

Hauke runzelte die Stirn. »Verstehe.« Jetzt hob er die Liste vor sich näher an seine Augen. »Ich kann das hier nicht lesen. Könnte dieses Wort ›Kaffee‹ heißen?« Er reichte Detlefsen das Papier.

Dieser entzifferte das Wort und schüttelte dann den Kopf. »Kohle. Der Dampfer ›Helmingaard‹ bringt zweimal die Woche Kohle nach Hamburg. Er landet sie drüben am Reihersteig, auf der anderen Elbseite an.« Mit dem Finger wies Detlefsen auf einen Eintrag. »Hier steht es.«

Hauke seufzte. »Ich wäre Ihnen sehr verbunden, Herr Zollanwärter, wenn Sie mir zur Hand gehen könnten, weil ich ansonsten hier noch bis zum Weihnachtsfest sitzen müsste. Und das möchte Ihr Vorgesetzter sicherlich nicht.«

Detlefsen grinste. Dann nahm er gegenüber Hauke Platz und griff nach einer Akte. Gemeinsam gingen sie Papiere und Listen Namen für Namen und Ladung für Ladung durch. Als um sieben Uhr fast alle Beamten die Buchhalterei verlassen hatten, kam jemand an ihren Tisch. »Wir müssen jetzt das Licht löschen, der Herr«, sagte der Mann, der bereits Hut und Mantel trug.

Hauke rieb seinen Nacken. Seine Knochen schmerzten. Er drückte den Rücken durch. Sie hatten nichts gefunden. Hauke ärgerte sich, all die Stunden vertan zu haben. Am Tag des Unglücks hatte nur ein Schiff dieser Größe mit Kaffee an Bord den Freihafen verlassen. Es war die Tjalk »Anne-Marie« auf ihrem Weg nach Dänemark. Sie war aber schon mit dem auslaufenden Wasser die Elbe hinuntergefahren und hatte somit Stunden vor der »Wilhelmine« die Einfahrt in den Nord-Ostsee-Kanal passiert.

Der Aktenstapel vor Hauke schien kaum kleiner geworden zu sein. »Wir sollten Schluss machen.«

»Vielleicht wurde der Ewer nicht im Freihafen beladen, sondern außerhalb«, gab Detlefsen zu bedenken. »Manche Röstereien liegen in Altona. Sie verschiffen die Ware von dort aus weiter. Das bedeutet aber, dass Sie Akteneinsicht in die Ausfuhrlisten von Altona beantragen müssen.«

Hauke seufzte. Wohl oder übel würde er zum Zoll nach Altona fahren müssen, um sich dort ein weiteres Mal mit einem selbstgefälligen Oberzollinspektor abgeben zu müssen. Die Wahrscheinlichkeit, dass Jensen für ihn diese Information mittels eines Telegramms einholen würde, war sehr gering. Hauke merkte, dass er müde wurde.

Als sie aus dem Hauptzollamt traten, war die Abendluft über dem Hafen kühl. Hauke zündete sich eine Pfeife an. Während er das Streichholz an den Tabak hielt, schaute er den Kai am Fuße der rot geklinkerten Speicher hinunter. Mit einer knappen Bewegung warf er das abgebrannte Streichholz in den Rinnstein und begann zu paffen. Schnell merkte er, dass er aufgebrachter war, als er dachte, denn der Pfeifenkopf in seiner Hand wurde bald schon recht heiß. All die letzten Stunden, vertane Zeit, dachte er ärgerlich. Tief atmete er die salzige Hafenluft ein. Der Geruch von Tang und Öl mischte sich mit dem von Kohleschwaden, die aus den Schornsteinen schräg über die Dächer der Stadt zogen.

»Was werden Sie jetzt tun, Herr Kommissar?«

»Denken.«

Sie gingen Richtung St.-Annen-Brücke, wo die Zollstation stand. Ein Beamter trat gerade aus dem kleinen Wärterhäuschen, um ein herbeirumpelndes Fuhrwerk zu prüfen.

»Halt! Grenzbeamte!«, rief er dem Kutscher zu.

»Klei di an'n Mors, Grashüpper«, brummte dieser. Knurrig ließ er die Durchsuchung seines leeren Fuhrwerks sowie seiner Person und sogar die seines Pferdes über sich ergehen.

Hauke beobachtete den Vorgang genau. Er musste anerkennen, dass der Beamte äußerst penibel seinen Dienst versah, während ein zweiter Beamter in der Tür stand und ihn dabei stets im Auge behielt.

»Letztens haben sie einen Trauerzug kontrolliert«, flüsterte Detlefsen. »Da waren zwei tote Arbeiter und zwei Särge. Es hatte alles seine Ordnung. Aber dann hat Zöllner Mommsen«, er nickte zu dem Beamten, der gerade die Unterseite des Fuhrwerks inspizierte, »einen der Särge öffnen lassen. Und da ...« Detlefsen machte eine theatralische Pause, wobei er Hauke auffordernd ansah.

»Ja? Und was lag da drinnen?«, fragte Hauke endlich.

Detlefsen grinste zufrieden. »Zwei Leichen.«

»Ach, und im anderen Sarg?«

»Der war randvoll mit Tee.« Detlefsen nickte anerkennend zu Zöllner Mommsen. »Er bekam eine Belobigung von höchster Stelle.«

Als die Kontrolle von Mensch, Tier und Gefährt beendet war, winkte der Zöllner den Kutscher durch und wandte sich dem Nächsten zu. »Moin, Hans!«, rief Mommsen. »Büst spät dran, mien Jung.«

»Moin, Herr Zollinspektor.« Detlefsen trat näher. »Ich habe einen Sonderauftrag«, meinte er ernst.

»Oha.« Anerkennend nickte Zöllner Mommsen, wobei er ein Grinsen unterdrückte. »Das klingt ja sehr geheim.« Er zwinkerte Detlefsen zu, als er ihn durchwinkte.

Hauke hingegen kontrollierte der Mann vorschriftsmäßig, obwohl Detlefsen versicherte, dass es sich bei dem Fremden um einen kaiserlichen Kriminalbeamten handele. »Dienst ist Dienst, Junge«, war Mommsens Antwort. Dann ließ er sich den Inhalt von Haukes Taschen zeigen.

Als die Prozedur beendet war, gingen Hauke und Zollanwärter Detlefsen über die Eisenträgerbrücke, die über den Zollkanal führte. Drüben begann Hamburg.

»Morgen früh machen wir mit einer Besichtigung der Speicher weiter«, sagte Hauke. »Jetzt ist Feierabend. Komm gut nach Hause, Junge.«

Der junge Mann salutierte eilig. »Jo, tschüss auch!«, rief er und lief los.

Hauke machte sich ebenfalls auf den Weg, als sein Magen laut knurrte. Und er hoffte, seine Pensionswirtin würde ihm noch ein paar Brote mit Speck und Wurst machen, bevor er zu

Bett ging. Vielleicht gab es sogar noch irgendwo ein Bier für ihn. Seine Laune besserte sich ein wenig.

Er bemerkte nicht die Gestalt, die lautlos aus dem Schatten eines Hauses trat und dem Kommissar Richtung Fischmarkt folgte.

KAPITEL 9

Gesucht! Erzieherin nach Auswärts f. Kinder 6–13 Jahre. Selbständig zu unterrichten für 1A Haus. Etwas Musik und franz. Sprachkenntn. erforderl. Anständige Bildung vorausgesetzt, Stütze d. Dame des Hauses. Englisches Bureau. Ferdinandstr. 25, II.

Originalauszug: Hamburger Nachrichten, 1. Oktober 1896

Sophie war noch einmal zur Villa Bellingrodt zurückgekehrt. Unter dem Vorwand, der leidenden Frau ein Mittel zur Stärkung bringen zu wollen, hatte sie sich Zugang zum Ankleidezimmer der Hausherrin verschafft. Amalie Bellingrodt lag auf einer Chaiselongue. Ihr Gesicht war krankhaft blass, und die Augen waren stark gerötet. Die kleine Frau wirkte noch zerbrechlicher als zuvor. Ein Tablett mit einem Teller Bouillabaisse stand unangetastet auf dem Beistelltisch.

»Sie müssen mir mehr über die Unbekannte erzählen, liebe Frau Bellingrodt. Auch wenn ich ein wenig kriminalistische Erfahrung habe, da mein künftiger Mann …« Sophie räusperte sich. »So brauche ich doch einen Namen oder eine Adresse oder wenigstens eine genaue Beschreibung der Person.«

Die Frau auf dem Sofa drehte ihren Kopf zur Seite. »Ich weiß doch nicht, wer sie ist. Sie stand eines Nachts vor der Tür. Ich habe sie nur kurz gesehen. Sie erinnerte mich an eine Verkäuferin im Kaufhaus Tietz. Ihre glänzenden roten Haare waren mir gleich aufgefallen. Aber ich kann es nicht beschwören. Und es ist ja auch schon so lange her. Ich hatte dort einen Hut für unsere Köchin gekauft. Blaue Veilchen auf Stroh mit einem in Samt eingefassten Rand.« Amalie Bellingrodt sah Sophie aus verquollenen Augen an. »Es war unumgänglich. Ich musste dorthin. Unsere Herta wollte zu Senatorin Hachmann wechseln. Wer hätte dann für uns gekocht? Es ist heutzutage so schwer, gutes Personal zu finden.«

Sophie nahm in einem tiefen Sessel Platz. »Und bei Tietz wurden Sie von einer jungen Frau bedient, die große Ähnlichkeit mit der Unbekannten vor Ihrem Haus hatte?«

Amalie Bellingrodt nickte. »Ich denke schon. Ich bin nie wieder bei Tietz gewesen, weil ich meine Garderobe selbstredend dort nicht schneidern lassen kann. Obwohl das Kaufhaus zugegebenermaßen recht hübsch ist.«

Sophie unterdrückte ihre Ungeduld. »Denken Sie, dass Ihr Gatte mir sagen könnte, wo ich die junge Frau –«

»Nein, bitte nicht!«, flehte Amalie Bellingrodt und griff nach Sophies Hand. Ihre Finger waren eisig. Kurz zuckte Sophie zurück. »Bitte, Fräulein Struwe, er darf nicht wissen, dass Sie mir helfen. Sie müssen mir versprechen, dass Sie weder Wilhelm noch Alfons etwas sagen.«

»Aber, warum …?«

»Bitte, versprechen Sie es! Und fragen Sie nicht weiter.«

Über die Heftigkeit erschrocken, nickte Sophie. Amalie Bellingrodt schloss die Augen, und Sophie nahm dies als Aufforderung zu gehen. An der Tür drehte sie sich noch einmal um. »Ich tue, was ich kann, Frau Bellingrodt. Wenn Ihnen aber noch etwas einfällt, lassen Sie es mich bitte wissen.«

Amalie Bellingrodt zauderte einen Moment. »Können Sie ein Geheimnis wahren, Fräulein Struwe?«

Sophie trat zur Chaiselongue zurück.

»Ich hätte vor einigen Monaten meinen Jungen schon einmal fast verloren. Johann hatte vor seiner Abreise aus Brasilien einen Reitunfall gehabt. Etwas soll mit dem Sattel gewesen sein. Das Pferd musste getötet werden, aber Johann habe viel Glück gehabt, sagte man mir. Und als er dann endlich hier war, habe ich ihn nicht einmal zu Gesicht bekommen. Gleich als seine Kutsche vorfuhr, zitierte Wilhelm ihn ins Herrenzimmer. Sie haben sich entsetzlich gestritten! Es war schrecklich.« Beschämt legte sie die Hände vor ihr Gesicht. »Wilhelm schrie, dass er ab sofort nur noch einen Sohn habe. Alfons. Und dann verwies mein Mann Johann des Hauses. Ich stand oben an der Treppe, als Johann fortlief. Und nun ist er … tot.«

Es zerriss Sophie das Herz zu sehen, wie sehr die Mutter litt. »Und Alfons?«, fragte Sophie vorsichtig.

»Ihm kommt jetzt die Rolle des Erstgeborenen zu«, flüsterte Amalie Bellingrodt. »Wilhelm wird ihm alles beibringen, was nötig ist, um die Firma zu leiten. Alfons ist noch jung, aber er gibt sich redlich Mühe, seinen Vater nicht zu enttäuschen. Er stand all die Jahre immer in Johanns Schatten.«

»Darf ich fragen, worum es in dem Streit ging?«

Amalie Bellingrodt zögerte lange. »Jemand fälschte die Unterschrift meines Mannes, um sich Geld von der Bank auszahlen zu lassen«, murmelte sie kaum hörbar. »Und dann sind da zwielichtige Personen, die Schuldscheine von Johann haben. Wilhelm hat die ersten davon anstandslos bezahlt, aber es werden immer mehr.«

»Geld? Schuldscheine? Wofür denn das?«

»Johann war in Hamburg wohl dem Kartenspiel mehr zugeneigt, als ich dachte. Und dann soll er in Brasilien mit dem Geld seines Vaters spekuliert haben. Dreißigtausend Mark.« Sie sah Sophie lange an. »Mein Sohn führte ein Doppelleben, Fräulein Struwe. Und ich habe es nicht geahnt. Mein Mann meinte, dass Johanns … also, die Person, die mein Sohn heiraten wollte, wohl auch aus dem Milieu aus Spielhöllen und Schlimmerem stammen müsse.«

Sophie legte ihre Hand auf Amalie Bellingrodts Arm. »Danke, dass Sie mich ins Vertrauen gezogen haben. Ich werde dieses Vertrauen nicht missbrauchen.«

Amalie Bellingrodt lächelte schwach. »Wilhelm wird sicherlich aus Alfons einen guten Nachfolger machen. Das Wohl der Firma steht über allem.«

Gerade wollte Sophie die Tür schließen, als Amalie Bellingrodt sie ein letztes Mal aufhielt. »Wilhelm will Johann in einem Armengrab verscharren lassen, weil er doch nicht mehr sein Sohn ist«, gestand sie.

Tief in Gedanken verließ Sophie kurz darauf die Villa in Hamm.

KAPITEL 10

Militär-Pädagogium: concessioniert, beste Erfolge, bereitet vor für einjährige Freiwilligen- und Fähnrichs-Berufung, für alle Schul-Examina. Leutnant Curfuß.

Originalauszug: Hamburger Nachrichten, 9. Oktober 1896

Am nächsten Morgen stürzte Zollanwärter Detlefsen aus der Tür des Hauptzollamtes. »'tschuldigung«, nuschelte er Hauke zu, der vor dem Eingang auf ihn gewartet hatte. Schnell setzte Detlefsen seine Schirmmütze auf, wobei er mit ernstem Gesicht den Sitz seiner viel zu großen Uniform prüfte.

»Nun, ich nehme an, Oberzollinspektor Jensen gab noch Anweisungen, wie mit mir in der Speicherstadt zu verfahren sei.« Das Gesicht des jungen Mannes lief rot an. Hauke wäre lieber allein umhergegangen, hätte sich unter die Kaiarbeiter gemischt, sie in Gespräche verwickelt oder einem der Speicherböden einen Besuch abgestattet, statt von einem unreifen Jüngling in auffälliger grüner Uniform begleitet zu werden. »Nun, sei es drum: Was wollen Sie mir als Erstes zeigen, Zollanwärter Detlefsen?«

Eifrig wies dieser nach links. »Der Herr Oberzollinspektor sagte, ich solle Ihnen erst die Zollabfertigungshalle, dann den Staatsspeicher in Block D und dann die Schuppen am Sandtorhafen zeigen.«

Hauke nickte und überlegte, wie er seinen Aufpasser loswerden könne. Die nächste halbe Stunde plapperte der junge Mann munter über alles, was er vom Hamburger Freihafen und seiner Speicherstadt wusste. »Alles, was in die Speicherstadt reinkommt, kann hier gelagert, veredelt und verkauft werden. Die Waren dürfen den Freihafen nur nicht verlassen. Erst wenn sie rausgehen, wird Zoll fällig. Und dafür sind wir von den Zollmannschaften da.« Detlefsens Begeisterung nötigte Hauke bald schon ein Lächeln ab.

»Wie alt sind Sie eigentlich, Detlefsen?«

»Siebzehn, Herr Kommissar. Ich bin der jüngste Anwärter, den der Hamburger Zoll je hatte.«

Anerkennend nickte Hauke. »Ihre Eltern müssen stolz auf Sie sein, Detlefsen. Würden Sie mir erlauben, Herr Zollanwärter, dass ich ›Du‹ zu Ihnen sage?« Kurz dachte er an seinen eigenen Sohn, den er nie gesehen hatte, und spürte einen feinen Stich im Herzen.

»Jo, dürfen Sie, Herr Kommissar. Ich bin Hans«, strahlte sein Begleiter und reichte ihm die Hand.

»Erzähle mir etwas über den Kaffeehandel, Junge.« Hauke schlug ihm aufmunternd auf die Schulter, wobei er sich ein wenig schäbig fühlte, denn dieses Angebot hatte einen sehr pragmatischen Zweck. Früher oder später würde er den Zollanwärter bitten müssen, gegen den ausdrücklichen Befehl seines Vorgesetzten zu handeln.

»Tscha, also«, begann Hans, »die Kaffeehändler haben in der Stadt eine Menge zu sagen. Sie sind die Einzigen, die ein eigenes Kontor in ihren Speichern haben dürfen. Das haben sie damals schon klargemacht, als das hier alles noch geplant wurde. Alle anderen Händler haben ihre Kontore außerhalb der Speicherstadt. Viele drüben im Dovenhof.« Hauke erinnerte sich an den Prachtbau auf der anderen Seite des Zollkanals, den er bei seinem nächtlichen Gang durch die Stadt gesehen hatte. »Dorthin habe ich letzte Woche eine wichtige Depesche bringen müssen.« Hans' Gesicht strahlte. »Das ist das feinste Kontorhaus in der ganzen Stadt. Hunderte Büros gibt es dort und einen dieser neuen Pa-ter-nos-ter.«

»Und, hast du dich getraut, damit zu fahren?«

Hans schüttelte den Kopf. »Nee, meine Mutter hätte mir den Holzlöffel um die Ohren gehauen. Höllenmaschine, hat sie gesagt.« Er griente breit. »Ober ick bün keen Bangbüx! Das nächste Mal fahre ich bestimmt.« Sie wichen Quartiersleuten aus, die schwungvoll Fässer eine Rampe hinaufrollten. Hans schwärmte weiter. »Zentralheizung gibt's im Dovenhof auch, und eine Rohrpost hat Ohlendorff einbauen lassen.«

»Ohlendorff?« Der Name kam Hauke bekannt vor. Waren das nicht die Eigner des ausgebrannten Seglers? Kommissar Roscher hatte es erwähnt.

»Ja, die Brüder Ohlendorff haben früher mit Guano gehandelt. Darum nennen die Leute sie heute noch hinter ihrem Rücken Schietbarone.« Er grinste frech. »Soll aber gut düngen, dieser Vogelmist aus Südamerika.«

»Was kannst du mir über Wilhelm Bellingrodt sagen?«

Hans überlegte. »Bellingrodt & Söhne? Na, die haben hier einen eigenen Privatspeicher, gleich bei der neuen Kaffeebörse.«

»Privatspeicher?«

»Jo, den kann der alte Bellingrodt betreiben, ohne bei den Quartiersleuten einlagern zu müssen, so wie die anderen Händler. Denen gefällt das dann auch nicht. Nur kommt keiner gegen den Bellingrodt an. Wir fertigen manchmal acht bis zehn Schiffe aus Übersee pro Monat allein für Bellingrodt ab.«

Ein Mann in dunkelblauer Uniform kam auf sie zu. Er wirkte wie der Portier eines feinen Hotels. Hans nahm Haltung an. »Moin, Herr Kastellan.«

»Moin, Zollanwärter Detlefsen. Und, sind wir schon preußischer Grenzbeamter?«

»Nein, Herr Hinrichs«, antwortete Hans. »Nächste Woche, wenn alles gut geht.«

Der Mann musterte Hauke von oben bis unten, ohne seine Hände vom Rücken zu nehmen. »Und Sie sind der Kommissar aus Kiel, nehme ich an.«

»Sötje.« Hauke reichte ihm die Hand.

»Kastellan Leopold Hinrichs. Ich bin der Majordomus der Speicherstadt, wenn Sie so wollen.«

»Das trifft sich gut«, sagte Hauke. »Ich wollte auch mit Ihrem Vorgesetzten von der Lagerhausgesellschaft sprechen. Sie, als deren Kastellan, wissen doch sicherlich über alle Mieter in den Speichern Bescheid.«

Hinrichs nickte. »So ist es. Kein Quartiersmann und kein Händler, den ich nicht kenne. Ich bin sozusagen der Portier der Speicherstadt. Habe aber leider keine Befugnisse, mit Ihnen zu sprechen. Unsere Mieter genießen absolute Diskretion. Wenden Sie sich an meine Vorgesetzten. Alles, was ich weiß, wissen die Herren dort oben auch.« Er kam einen Schritt näher. »Aber seien Sie gewiss: Hier schmuggelt keiner.« Mit diesen Worten beendete er das kurze Gespräch und setzte seine Runde fort. »Tschüss, Hans.«

»Tschüss, Herr Hinrichs.«

Hauke schaute dem Kastellan nachdenklich hinterher. Wie sollte man Leute vom Augenscheinlichen überzeugen, wenn sie es nicht wahrhaben wollten?

»Na, dann lass uns man zu Bellingrodts Privatspeicher gehen«, sagte Hauke schließlich zu seinem Begleiter.

Der fuhr herum. »Aber, das geht nicht, Herr Kommissar. Oberzollinspektor Jensen gab Anweisung –«

Hauke wusste, was jetzt kommen würde. Er unterbrach Hans. »Je schneller ich Antworten auf meine Fragen habe, Junge, desto schneller ist der Herr Oberzollinspektor mich wieder los. Wenn hier nichts geschmuggelt wird, werde ich das bald wissen. Also, lass uns gehen.« Er hatte absichtlich einen harschen Ton angeschlagen.

Trotzdem war Hans hin- und hergerissen. »Ich darf Ihnen alles zeigen, außer den Speicher von Bellingrodt & Söhne«, stotterte der.

»Gut, dann wirst du ihn mir nicht zeigen, sondern ich werde ihn finden. Und wenn ich hineingehe, wirst du vor der Tür auf mich warten. Dann hast du nichts falsch gemacht.« Hauke marschierte los.

Bald hörte er die eiligen Schritte hinter sich. »Sie dürfen mich aber nicht verraten, Herr Kommissar.« Hans klang beunruhigt.

»Wenn du mich nicht verrätst.« Er klopfte dem Jungen auf die Schulter, der unter dem Gewicht seiner Hand nach vorn stolperte.

KAPITEL 11

Hunold's Hafenrundfahrten: Tägl. große 1½ stündliche Rundfahrt durch alle Häfen von der »Petersen«. Abfahrt 10 Uhr Roosenbrücke. Dann Besichtigung eines großen Auswandererdampfers.

Originalauszug: Hamburger Nachrichten, 6. Oktober 1896

Die Buchstaben auf der ganzen Länge der Gebäudefront wiesen jeden schon von Weitem darauf hin, dass hier die Firma Bellingrodt & Söhne ihren Speicher hatte. Die goldfarbenen Lettern über den Fenstern der ersten Etage leuchteten in der Herbstsonne, die sich für einen kurzen Moment durch die Wolkendecke über der Stadt gezwängt hatte. Vor dem Gebäude wartete ein Fuhrwerk mit einem alten Gaul, dessen Kopf tief in einem Futtersack um seinen Hals hing. Als Hauke zum Eingang trat, wurde gerade eine Hieve Kaffeesäcke aus einer Luke im obersten Stockwerk gebracht. Das Sackbündel baumelte an einem schweren Eisenhaken, der an einem dicken Seil hing.

Jetzt rief einer von oben: »Ünnerrut!«, dann folgte ein »Winde ab!«, und die Hieve machte sich lautlos auf ihren Weg nach unten, vorbei an fünf weiteren Speicherböden. Als sie unten angekommen war, hieß es nur kurz »Sinniiig!«. Der Mann am Boden zog die Hieve ein Stück weiter zur Seite. »Los, lat scheeten!«, rief er nach oben, und die Ware wurde am Boden abgesetzt.

Hauke war von der Schnelligkeit beeindruckt, mit der die Männer das Fuhrwerk beluden, während einer den jetzt leeren Haken wieder nach oben schickte. Hans hatte erzählt, dass man hier nicht mit Flaschenzügen und Muskelkraft die tonnenschwere Fracht bewegte, sondern mit hydraulisch betriebenen Winden arbeitete. Das Druckwasser kam aus dem nahen Maschinenhaus am Sandtorquai, wo die großen Pumpen standen, die es in die Leitungen pressten.

Jemand zog Hauke am Jackenärmel ein Stück zur Seite. »Wenn ju keen dicken Kopp hebben wullt, geist du beder anne Siet.«

Hauke drehte sich zu dem Mann, der mit einem Nicken zu einem neuen Paket Kaffeesäcke wies, das gefährlich schnell über seinem Kopf näher kam. Hauke trat beiseite. »Wo gehen all die Säcke hin?«

»Nach 'n Güterbahnhof. Und dann nach Berlin. Die Leute da wollen ja am Sonntag auch mal 'n schön' Tass' Kaff' aus Hamburch haben.«

»Schnack nich so veel! Pack an!«, rief ein anderer.

»Wo finde ich den Quartiersmann?«

»Boben, ünners Dach. Is ober keen Quartiersmann. Is nur een *Logerverwalter.*« Das letzte Wort sprach er betont vornehm aus. Die Männer lachten.

»Danke.«

»Da nich für.« Der Mann tippte an den Schirm seiner Mütze und machte sich wieder an die Arbeit.

Hauke trat in das Gebäude. Eine eiserne Treppe führte an kahlen Steinwänden entlang, von Speicherboden zu Speicherboden, weiter und weiter nach oben. Das schmale Treppenauge zwischen den Stufen schien sich endlos in den Himmel zu schrauben. Kurz zögerte Hauke. Dann setzte er den Fuß auf die erste Stufe.

Es besteht kein Grund zur Unruhe, sagte er sich, während er spürte, dass sein Herz bereits wild zu pochen begann. Er würde sich auf die Schritte konzentrieren, in der Hoffnung, die stetig näher kommenden Wände ignorieren zu können. Ruhig und tief einatmen.

Er hatte den Absatz zum ersten Boden erreicht. Seine Hand lag auf dem kalten Metall des Geländers. Staub wirbelte in der Luft. Ein Junge von etwa elf Jahren, gekleidet in einen Anzug mit zu kurzen Ärmeln, kam ihm von oben entgegen. Unterm Arm trug er zwei schwere Kontobücher.

»Ist der Verwalter oben?«, fragte Hauke.

Der Kleine nickte. »Ja, Herr Heise weist die Ware für Berlin zur Auslieferung an«, sagte der Junge in tadellosem Hochdeutsch. »Der Herr kann im Kontor auf ihn warten«, schlug er vor und wies zu einer Tür, auf der »Für Besucher« stand.

Der Gedanke, in einem fensterlosen Kontor auf den Lagerverwalter warten zu müssen, behagte Hauke noch weniger, als die Stufen hinaufzusteigen. Immerhin gab es hier hohe Fenster zum Kai hinaus. Hauke dankte dem Jungen und ging weiter. Langsam, Stufe für Stufe, Herzschlag für Herzschlag erklomm er die Treppe. Er bemerkte, wie die altbekannte Übelkeit langsam in ihm aufstieg. Ihr würde der Eisenring folgen, der sich um seine Brust legte und immer enger wurde. Schon jetzt fühlte er, wie sich Schweiß zwischen seinen Schulterblättern sammelte. Gleich würde ihn der Schwindel zwingen, stehen zu bleiben. Am schlimmsten war es, wenn ihn die Angst zu ersticken überfiel. Sie kündigte sich mit einem Rauschen in den Ohren an, als wäre er in einen schweren Sturm geraten. Wogen von Panik würden ihn zu Boden zwingen. Am Ende gefolgt von einer erlösenden Ohnmacht.

Früher hatte Hauke nie derartige Todesängste ausstehen müssen. Dieser Fluch hatte erst in der einen Nacht vor England begonnen, als seine »Revenge« mit Mann und Maus in der eisigen Nordsee versank. Nur er hatte überlebt. Kurz flammten Bilder ertrinkender Männer in seinem Kopf auf, hörte er sie schreien. Schon wurden seine Knie weich. Er hatte damals überlebt. Aber um welchen Preis? Hauke blieb stehen und schloss die Augen. Wie immer, wenn die brüllenden Horden der Vergangenheit ihn einholten, zwang er sich zur Ruhe.

Langsam, nicht zu tief atmen, sagte er sich.

Leise begann er, die Besegelung seines toten Schiffes zu murmeln. Eine Methode, die er sich in der Zelle einer Irrenanstalt zu eigen gemacht hatte, wo sie versucht hatten, mit Eisbädern seinem verlorenen Gedächtnis auf die Sprünge zu helfen oder den ehrlosen Kapitän endgültig zu brechen. Simulant, hieß es im Prozess. Ihnen war weder das eine noch das andere gelungen.

Das monotone Aufsagen der Besegelung war damals wie heute sein einziger Weg aus einer Hölle von Schuld.

Wie ein alter Mann setzte Hauke seinen Fuß auf die nächste Stufe, während die Wände um ihn herum immer näher und näher kamen. Schon berührten sie fast seine Schulter. Kalter Schweiß begann ihm über den Rücken zu laufen, während er, wie ein verwirrter Narr, vor sich hinbrabbelte ... Klüver, Binnenklüver, Vor-Stag, Focksegel, Vor-Untermarssegel, Vor-Obermars, Vor-Bram, Vor-Royal.

An einem Fenster blieb er stehen. Draußen, am Sandtorquai, wurde gerade ein Dampfschiff entladen. Er konnte es kaum erkennen. Alles war verschwommen. Er musste sich zwingen, das Schiff dort unten zu fixieren. Es war ein Holländer. Seine Lippen bewegten sich unablässig, während er die Stirn an die kühle Glasscheibe legte. Er wartete. Dann, ganz langsam, wurde er wieder Herr über Körper und Geist.

Die Anfälle kamen nicht mehr so häufig wie früher, aber sie besaßen noch immer die Kraft, ihn zu einem Häuflein Elend werden zu lassen. Gott sei Dank hatte Sophie ihn noch nie in diesem Zustand erlebt!

Es dauerte einige Zeit, bis Hauke die oberste Etage erreicht hatte. Erst jetzt bemerkte er den Geruch von aromatischem Kaffee, der in seine Nase zog, seinen Geist umfing und ihn von den Resten der Angst in seinem Körper erlöste. Er öffnete die Tür zum fünften Boden und trat ein.

Säcke stapelten sich vom Boden bis zur Decke. Es mussten Hunderte sein. Sie bildeten Gänge, durch die Hauke nun ging, um den Verwalter zu finden. Die Jutesäcke waren mit Zahlen und Buchstaben gekennzeichnet, Kolumbien, Guatemala, Santos. Säcke, wohin das Auge auch ging. Durch hohe Fensterreihen zum Kai, aber auch zum Fleet nach hinten hinaus, fiel Licht herein. Es war erstaunlich hell hier. Dabei waren die elektrischen Glühbirnen an der Decke noch nicht einmal angeschaltet. Zu seiner Rechten bemerkte Hauke eine Luke, die zum Kai führte, sowie eine weitere auf der anderen Seite des Speichers, die zum Fleet hin offen standen, sodass ein frischer Windzug durch den Boden wehte.

»Kann ich Ihnen helfen?«, fragte jemand.

Hauke drehte sich um. Vor ihm stand ein blasser Mann um die sechzig mit Nickelbrille und Ärmelschonern. Hauke zog seinen Dienstausweis aus der Tasche und stellte sich vor. »Und wer sind Sie?«

»Hermann Heise. Ich bin der Lagerverwalter von Bellingrodt & Söhne.«

»Kein Quartiersmann?«

»Nein. Dies ist ein Privatspeicher. Da braucht man keine Quartiersleute. Ich bin seit dreißig Jahren als Angestellter für die Firma Bellingrodt tätig.«

»Haben Sie schon immer hier gearbeitet?«

»Nein, erst im Speicher auf der anderen Elbseite, drüben am Reiherstieg. Als vor acht Jahren die neue Speicherstadt eröffnet wurde und bald darauf der Privatspeicher fertig war, wurde ich hier der Lagerverwalter. Warum wollen Sie das wissen?«

»Ich versuche, all das zu verstehen. Warum ein Privatspeicher? Warum lagert die Firma Bellingrodt nicht bei den Quartiersleuten ein, wie alle anderen es tun?«

»Herr Bellingrodt mag seinen wertvollen Kaffee nicht von Fremden ruinieren lassen, sagte er«, wich der Verwalter aus, wobei er seine Brille vom Nasenrücken nahm und mit einem Taschentuch zu putzen begann. »Was kann ich für Sie tun, Herr Kommissar?« Heise blinzelte. »Sie müssen verstehen, dass ich viel zu tun habe.«

»Lassen Sie sich nicht von mir aufhalten. Ich möchte nur wissen, wie in einem Speicher gearbeitet wird. Für Außenstehende ist all das hier doch recht kompliziert.«

»Wenn Sie meinen.« Heise wandte sich einer Bodenwaage zu, die nahe der offenen Luke zum Kai stand.

Ein Mann mit Weste und Melone auf dem Kopf wartete dort bereits ungeduldig auf ihn. Verwalter Heise stellte den finster dreinblickenden Mann als den vereidigten Wäger Möhrs vor. Der Mann grummelte etwas, ohne sich von der Arbeit ablenken zu lassen. Zwei Arbeiter hoben gerade ein Stück weiter einen schweren Sack Kaffee von einem Stapel. Dabei schlugen sie Griepen – kurze Doppelhaken – in das grobe Jutegewebe des Sacks, um ihn besser greifen zu können. Der Sack fiel auf eine bereitstehende Karre, die der eine Arbeiter nun zu der im Boden eingelassenen Waage rollte.

Die Männer hatten von der jahrelangen harten Arbeit kraftvolle, breite Rücken. Lange würden sie hier nicht mehr schleppen können, obwohl keiner von ihnen älter als Mitte dreißig sein konnte, vermutete Hauke. Jetzt stellte sich einer der beiden neben den Wäger.

»Wir kaufen den Rohkaffee zumeist in Südamerika«, erklärte Heise, während er den Arbeiter aufmerksam beobachtete, der jetzt schwere Eisengewichte aus einer hölzernen Kiste nahm und auf ein hängendes Tablett am Ende des Hebelarms stellte, das gegenüber den Säcken hing. Dabei spähte Wäger Möhrs dem Mann über die Schulter und machte Eintragungen in seiner Liste.

»Nach der Ankunft wird der Rohkaffee gereinigt und von den Frauen verlesen. Hier lagern wir den Kaffee entweder bis zum Weiterverkauf oder für die Veredelung. Sie haben es vielleicht gerochen: Wir haben unsere eigenen Röstmaschinen. Dann verpacken wir den Kaffee und machen ihn versandfertig.«

»Dreehünnertsüsstein«, summierte der Arbeiter.

»Dreehünnertsüsstein«, wiederholte Wäger Möhrs, während er die Zahl in seine Liste schrieb. Auch Verwalter Heise trug sie in die Spalte eines großen Buches ein, das auf einem nahen Stehpult lag.

»Wir machen gerade eine Ladung Santos für eine Rösterei in Berlin fertig«, erklärte Heise. »In jedem Sack sind sechzig Kilo Kaffee, aber während der Lagerung trocknen die Bohnen aus. Da wird der Sack dann schon mal leichter.«

Hauke fragte sich, ob jemand diese Differenzen für seine Zwecke nutzen könnte. Doch sogleich verwarf er den Gedanken. Um derart viel Kaffee zu stehlen, wie er vor Kurzem im Elbwasser geschwommen war, bedurfte es anderer Mengen.

»Kann jemand Kaffee aus dem Speicher bringen, ohne dass es bemerkt wird?«

Heise schüttelte den Kopf. »Unmöglich. Alles was hereinkommt oder hinausgeht, wird vom vereidigten Wäger in Gewichtslisten festgehalten.« Er legte seine Hand auf die aufgeschlagenen Seiten des Buches. »In unserem Speicher halten wir es zudem auch noch einmal fest. Doppeltunddreifache Buchführung, nennt es Herr Bellingrodt.«

»Die Ware wird auch bei Lieferung gewogen?«

»Ja, unten im Schuppen am Kai. Manchmal ist es so, dass die Säcke beschädigt sind und darum weniger wiegen. Herr Möhrs und die anderen vereidigten Wäger sorgen dafür, dass die Händler nicht für verloren gegangenen Kaffee zahlen müssen, den sie nie geliefert bekamen.«

Hier werden Mengen bewegt, die schon eher mit jenen auf der »Wilhelmine« übereinstimmten, überlegte Hauke. Ihm war aber schleierhaft, wie große Mengen Kaffees bei derart vielen Kontrollen abhandenkommen konnten, ohne dass es jemand merkte. Es sei denn … Hauke sah sich den Lagerverwalter noch einmal genauer an.

»Was ist, wenn in den Listen Fehler gemacht werden? Beim Aufsummieren, zum Beispiel?«

Der Wäger brummte etwas Unverständliches, und Heises Augen hinter den dicken Brillengläsern wurden größer. »Fehler? Nein! Sollte es zu Unstimmigkeiten auch nur bei der Addition kommen, stoppen die Zöllner die Auslieferung sofort. Die gesamte Ladung muss dann noch einmal entladen und neu gewogen werden. Das kostet Zeit und Geld. Und dem Wäger würde es schlecht ergehen, wenn das passiert.« Heise musterte Hauke fragend. »Warum wollen Sie all das so genau wissen?«

»Es gab ein Schiffsunglück auf der Elbe. Ein Ewer fing Feuer und kenterte. Er hatte gerösteten Kaffee an Bord. Kaffee, der offenbar niemandem gehörte.«

»Schmuggel?« Heise drehte sich eilig wieder zu seinem Buch. »Aber, wie kann ich Ihnen da helfen?«

Hauke hatte den Eindruck, dass dieser Heise nervös wurde. Er fragte sich, warum. »Ich muss wissen, wie Lagerung und Verschiffung vonstattengehen.«

»Herr Bellingrodt weiß Bescheid?«, fragte der Verwalter vorsichtig.

»Ich sprach gestern mit ihm in dieser Angelegenheit«, wich Hauke geschickt aus.

»Nun denn. Wenn Herr Bellingrodt nichts dagegen hat …«, murmelte Heise. »Lassen Sie mich noch diese Charge abzeichnen.«

Hauke beobachtete die Männer, insbesondere diesen Heise. Wäger Möhrs und der Verwalter summierten jetzt ihre Eintragungen und prüften die Ergebnisse. Es schien alles seine Ordnung zu haben, denn Möhrs unterschrieb die Gewichtslisten für den Zoll. Mit einer knappen Bewegung schloss Heise sein schwarzes Lagerbuch und legte es so energisch auf das Pult, dass vor ihm eine Staubwolke durch die Luft tanzte.

Jetzt verfolgten die drei Männer, wie die Arbeiter um die Säcke einige feste Seile legten und alles zusammenbanden. Einer beugte sich aus der Luke, wobei er sich an der schmalen, senkrecht am Mauerwerk angebrachten Eisenstange festhielt. Er holte von draußen den schweren Windenhaken dichter heran, und der andere befestigte das Paket daran.

»Hieve rut!« Gemeinsam schoben sie die Kaffeesäcke über den Rand, sodass die Säcke in der Luft über dem Kai hingen.

»Ünnerrut!« Der Mann sah nach unten. Alles klar. »Winde ab!« Der Mann an der Stange drückte diese hinunter, und die Ladung machte sich lautlos, wie von Geisterhand, auf den Weg zum Kai.

Als die Ladung kurz darauf verstaut war und das Fuhrwerk seine wertvolle Fracht mitgenommen hatte, kam Heise mit einer Buddel Köm und zwei kleinen Gläsern. Verwalter und Wäger tranken auf die erfolgreiche Verladung. Dann machte sich der vereidigte Wäger auf zum nächsten Comptoir, wo seine Dienste ebenfalls benötigt wurden.

Kurz darauf gingen Hauke und Heise die Stufen zum Kontor in der ersten Etage hinunter. Dabei kamen sie an der offenen Tür zum vierten Boden vorbei. Dort entdeckte Hauke Frauen, die mit gebeugtem Rücken an unzähligen Tischen saßen und Kaffeebohnen sortierten. Gerade hoben zwei von ihnen einen der schweren Säcke über eine Tischkante. Ein Schwall blassgrauer Bohnen ergoss sich auf den langen Tisch.

»Sie verlesen den Rohkaffee. Wir nennen sie Kaffee-Miedjes. Wenn die Frauen auch nur eine einzige schlechte Bohne übersehen, ruiniert der Stinker die ganze Charge.« Hauke fiel auf, dass keine der Frauen auch nur ein Wort sprach. Ungewöhnlich für Frauen, dachte er.

Im Boden darunter herrschte ein Höllenlärm. »Hier wird geröstet«, rief Heise gegen den Geräuschpegel an und öffnete die Tür. Wunderbarer, intensiver Kaffeegeruch trat sogleich in Haukes Nase, der ihn an müßige Stunden bei Kuchen und Sahne erinnerte. Mitten im Raum thronte eine hochmoderne Anlage aus rot glänzendem Messing, vor deren Auslass eine breite Metallpfanne stand, in die sich soeben der frisch gemahlene Kaffee ergoss.

»Gerösteter Kaffee bringt auf dem Markt sehr viel mehr als Rohkaffee. Die Firma Bellingrodt war bis vor Kurzem der einzige Kaffeehändler, der die Ware im Freihafen auch röstete. Aber die Ersten ziehen bereits nach.«

Interessant, dachte Hauke, dem klar wurde, dass ein Schmuggler den größten Gewinn nur dann machen konnte, wenn er aus Rohkaffee gerösteten Kaffee machte und die Ware dann zollfrei verkaufte.

Hauke folgte Heise ins Hochparterre, wo das Kontor lag, das auch gleich als Probenraum diente. Auf der einen Seite entdeckte er einen windschiefen Schreibtisch mit einem klapprigen Stuhl dahinter. Kaufmann Bellingrodt schien auf die repräsentative Ausstattung seines Speicherstadt-Kontors weniger Wert zu legen als auf die Ausstattung seiner Villa, ging es Hauke durch den Kopf.

Auffallend war das Regal auf der gegenüberliegenden Seite. Alle Böden waren vollgepackt mit beschrifteten Papiertüten und Blechdosen. Hauke vermutete darin die wertvollen Bohnen. Auf einem Kohleofen in der Ecke pfiff gerade ein Wasserkessel, als die beiden Männer den Raum betraten. Hauke bemerkte an einem Stehpult in der Ecke einen Schreiber, der auf Heise zuging. »Der neue Santos ist gleich fertig, Herr Lagerverwalter.« Der Mann trat zum Ofen.

»Lassen Sie man gut sein, Meier. Ich mache das. Nehmen Sie die Proben für Nottebohm und bringen Sie sie rüber. Herr Bellingrodt will heute noch ein Angebot haben.« Der Lagerverwalter stellte sein Lagerbuch in ein Regal und nahm einen Topflappen vom Haken. Hauke hatte den Eindruck, dass Heise keine Zuhörer bei diesem Gespräch wünschte. »Ich weiß nicht, ob ich Ihnen helfen kann, Herr Kommissar. Unser Herr Bellingrodt senior und sein Sohn Alfons stehen der Firma vor. Ich bin ja nur der Lagerverwalter«, entschuldigte sich der kleine Mann. Er goss das kochende Wasser in eine bereitstehende Emaillekanne. Mit einem Holzlöffel rührte er um.

Wieder stieg Hauke der Geruch frischen Kaffees in die Nase. Er sog das malzig-würzige Aroma tief ein. »Mit den Herren Bellingrodt hatte ich bereits das Vergnügen. Was mich interessiert, ist eher allgemeiner Natur.« Das schien den kleinen Mann ein wenig zu beruhigen, denn er lächelte. »Wie viele Leute arbeiten bei Ihnen im Speicher?«

»Oh, das kommt darauf an, wie viel zu tun ist. Bei mir im Kontor sind zwei Schreiber, ein Bürogehilfe und ein Laufbursche.« Hauke überlegte, dass dies der Junge sein musste, dem er im Treppenhaus begegnet war. »Dann habe ich vier Männer für die Lagerung der Säcke, drei Maschinisten, oben unterm Dach, und manchmal bis zu zweihundert Kaffee-Miedjes.« Er goss die schwarzbraune Flüssigkeit in kleine Tassen.

»Ist dieses Kontor das einzige der Firma Bellingrodt?«, wollte Hauke wissen und versuchte, sich nicht von dem herrlichen Kaffeegeruch ablenken zu lassen.

»Anfangs ja, aber seit einiger Zeit gibt es ein weiteres, drüben im Dovenhof. Das Tagesgeschäft aber machen wir hier. Es sind eher die ausländischen Dinge, die drüben abgewickelt werden.«

Wie zur Bestätigung trat ein Mann mit Gehstock und Zylinder in diesem Moment herein. »Heise«, rief er und reichte dem Lagerverwalter die Hand. Hauke nickte er munter zu. »Ist die Ladung aus Guatemala schon da? Darboven wartet.«

Der Lagerverwalter beugte sich über seinen Tisch und reichte dem Herrn ein Telegramm. »Dies ging heute früh im Dovenhof für Sie ein, Herr Pauli. Das Schiff hat Puerto Barrios vor vier Tagen verlassen und in Charleston Kohle aufgenommen. Sobald sie Amsterdam passiert haben, erfahren wir es von unserem dortigen Büro. Ich hätte hier aber noch etwas für Herrn Darboven.« Heise drehte sich zum Regal, zog eine der beschrifteten Tüten hervor und reichte sie dem Mann. »Afrikanischer, gerade reingekommen. Vier für zehn, sagt Herr Bellingrodt.«

Skeptisch öffnete der Besucher die Tüte und ließ einige Bohnen in seine Hand gleiten. Sie waren klein und gräulich. Prüfend roch er daran. »Gut, wir sehen mal.« Er lupfte den Zylinder und eilte davon.

Heise erklärte, dass es sich um einen Einkäufer der Rösterei Darboven handelte. »Netter Mann, aber immer in Eile.«

Nun reichte Heise dem Kommissar eine Tasse. Hauke hatte schon lange keinen echten Bohnenkaffee mehr getrunken. Derartiges kam bei Fräulein Bender, seiner Vermieterin in Kiel, nur an großen Feiertagen auf den Tisch. Und dann auch nur mit Milch. Hauke schaute sich nach einem Milchkännchen um, konnte aber keines entdecken. Nun, dann würde er den Kaffee eben schwarz trinken. Er pustete in die Tasse hinein und lächelte, als das Aroma seine Nase emporstieg. Heise hingegen schlürfte. Erstaunt hob Hauke den Kopf, während Heise den Kaffee in jeden Winkel seines Mundes schob, noch ein wenig Luft zwischen den Zähnen einsog, um dann alles in einen Eimer neben dem Tisch zu spucken. Zufrieden nickte Heise.

Kurz überlegte Hauke, ob man dies eigentümliche Verhalten auch von ihm erwartete. Doch er entschied sich dagegen. Genüsslich nahm er den ersten Schluck. Er war sicher, Schokolade und Haselnuss zu schmecken. »Wie viel bringt eigentlich ein Kilo Röstkaffee am Markt?«

»Weniger, als Sie annehmen. Auf jedes Päckchen Kaffee von

dreihundert Gramm, das das Zollgebiet verlässt, werden hundertfünfzig Prozent Zoll draufgeschlagen.«

Kurz überschlug Hauke, wie hoch der Gewinn des geschmuggelten Kaffees auf der »Wilhelmine« gewesen sein könnte. Bei einem Ladenpreis von vier Mark fünfzig pro Kilo waren also zwei Mark siebzig an den Kaiser zu zahlen. Bei der Ladung des Ewers von etwa einer Tonne hätten die Schmuggler mit nur einer Fahrt fast zweitausend Mark verdient. Hauke stieß einen Pfiff aus. Fragend drehte Heise sich zu ihm.

»Was ist Ihre Aufgabe hier im Speicher, Herr Lagerverwalter?«

»Ich nehme die Ware an, kontrolliere die Order und die Lieferung, prüfe die Qualität des Kaffees, fülle Zollpapiere aus, beaufsichtige die Kaffee-Miedjes und die Arbeiter, leite verkauften und gereinigten Rohkaffee an Röstereien im ganzen Reich weiter oder lasse auf Bestellung rösten, verpacken und versenden.« Heise machte eine Eintragung in einer Mappe mit einigen losen Zetteln.

»Wie verschiffen Sie den Kaffee? In Blechdosen?«

Heise nickte. »Gerösteter Kaffee, ja. Rohkaffee in Säcken.«

»Und gemahlener Kaffee?«

»Der wird nur selten nachgefragt. Wenn aber, dann wird er in Platten gepresst, die wir in festes Papier und Leinen verpacken.«

So wie die Ladung der »Wilhelmine«, dachte Hauke.

»Gibt es andere Kaffeehändler, die gemahlenen Kaffee verkaufen?«

Heise schüttelte den Kopf. »Nicht viele bisher. Es könnte aber ein lukratives Geschäft werden.«

»Ist Ihnen in den letzten Monaten etwas Ungewöhnliches zu Ohren gekommen? Oder etwas hier im Speicher aufgefallen?«, wollte Hauke beiläufig wissen und nippte an seinem Kaffee.

»Was meinen Sie?«

»Streitigkeiten unter Kaffeehändlern? Verschwundene Lieferungen? Dinge, die so nicht hätten sein dürfen. Derartiges.«

»Verschwundene Lieferungen? Nun, nicht jedes Schiff

kommt sicher im Hamburger Hafen an. Stürme, verdorbene Ladung, die über Bord geworfen werden muss. Das passiert immer wieder. Und jeder Händler ist dagegen versichert.«

»Gab es einen solchen Vorfall in letzter Zeit bei Bellingrodt & Söhne?«

»Nicht, dass ich wüsste.«

»Wer sind die größten Konkurrenten der Firma Bellingrodt & Söhne?«

Heise überlegte. »Konkurrenten? Nun ja, alle, nehme ich an. Viele sind neidisch und reden schlecht über Herrn Bellingrodt senior. Aber ich kann Ihnen sagen, dass er kein schlechter Mensch ist. Als meine Frau vor einigen Jahren krank wurde, bezahlte er die Arztrechnungen und erkundigte sich stets nach ihrem Wohlbefinden.«

Das konnte Hauke sich von dem polternden Kaufmann kaum vorstellen. Er nahm noch einen Schluck. »Kennen Sie eigentlich Johann Bellingrodt?«

Der alte Mann schaute ihn überrascht an. »Ja, natürlich. Warum?«

»Welches Verhältnis hatten Vater und Sohn?«

»Hatten? Warum hatten?« Heise ließ sich auf einen Hocker fallen. »Ist etwas passiert? Warum interessiert sich die Polizei für Johann?«

»Wann haben Sie ihn das letzte Mal gesehen?« Hauke bemerkte, dass die Hände des Mannes zu zittern begannen.

»Der Junge war früher oft bei mir auf den Böden. Damals, als wir noch das Lager am Reiherstieg hatten. Und später dann hier. Aber Johann will kein Kaufmann werden wie sein Vater.«

»Ist das der Grund, warum Vater und Sohn sich nicht gut verstehen?« Hauke dachte an Alfons, der zum Abschied in der Villa anmerkte, dass es Familienprobleme gebe.

Heise zögerte. »Johann ist ein gut aussehender junger Mann. Er hat Schlag bei den Frauen, wenn Sie verstehen. Aber er ist ein guter Junge. Manchmal vielleicht etwas rebellisch, aber sonst … Ist *er* auf dem Ewer gewesen?«, fragte er dann leise. »Sie sagten doch, dass es einen Unfall gegeben habe.«

Hauke nickte. »Es sieht ganz so aus.«

Heise starrte seine zitternden Hände an. Es schien Hauke, als müsse der kleine Mann vor ihm eine wichtige Entscheidung treffen. »Ich habe von Johann Bellingrodt einen Brief erhalten«, sagte er schließlich. »Er schrieb, er sei auf dem Weg zurück nach Hamburg.«

»Wann war das?«

»Vor zwei Monaten. Er schrieb, er wolle ein neues Leben anfangen. Hier in Hamburg. Aber nicht als Sohn eines reichen Kaffeehändlers. Er wollte etwas mit eigenen Händen schaffen, sagte er. Der Johann neigte ein wenig zum Sozialismus, befürchte ist.« Jetzt flüsterte Heise. »Ich glaube, er ist heimlich in die Gewerkschaft eingetreten.«

»War Johann Bellingrodt körperlich in der Lage, auf einem Schiff anzuheuern?«

»Aber ja. Er ist in den Jahren groß und kräftig geworden. Ein rechter Mann.«

»Etwa einen Meter fünfundachtzig groß, volles blondes Haar, kein Bart, keine Tätowierungen, wie Seeleute sie ab und an haben?« Heise nickte. »Wann haben Sie ihn das letzte Mal gesehen, Herr Heise?«, fragte Hauke ein zweites Mal.

»Am Tag vor seiner Abreise vor drei Jahren.«

»Wissen Sie, ob Johann Bellingrodt damals den Siegelring seiner Familie am Finger trug?«

Der Lagerverwalter bedauerte. Er könne sich nicht erinnern.

Als Hauke sich bald darauf verabschiedete, ließ er einen nachdenklichen alten Mann zurück.

KAPITEL 12

Gestohlen wurden in der letzten Nacht: Einem Bewohner des Grindelbergs ein amerikanisches Fahrrad mit vergoldeten Kurbeln im Werthe von 460 M; einem Bewohner der Lilienstraße eine silberne Zylinderuhr; einem an der Meißnerstraße wohnhaften Kutscher ein Portemonnaie mit 9 M Inhalt; zwei in einem Vergnügungs-Etablissement in St. Pauli beschäftigten Dienstmädchen aus ihren unverschlossenen Commoden 10 M bzw. 80 M …

Originalauszug: Hamburger Nachrichten, 12. Oktober 1896

Die vier Männer hatten sich eine Nische zwischen den Kisten und Sackstapeln im Abfertigungsschuppen am Zollkanal gesucht, wo die Zollbeamten sie nicht sehen oder hören konnten. Drei von ihnen rauchten kleine Meerschaumpfeifen, deren Köpfe teerbraun verfärbt waren. Nur einer hielt eine Zigarre in der Hand. Immer wieder huschten seine Augen hinüber zur Brooksbrücke, wo Uniformierte die Hafenkarten all jener verlangten, die in die Speicherstadt hereinkamen. Es waren zumeist Männer in Arbeiterkleidung, die ihre Karte vorweisen mussten. Jene mit Zylinder und weißem Kragen ließen die Grashüpfer in ihren grünen Uniformen oftmals ungehindert passieren.

Arbeiter, die die Speicherstadt verlassen wollten, wurden leibesvisitiert, um Schmuggelware zu finden. Häufig waren es Päckchen mit Gewürzen und Tee sowie Kaffeebohnen, aber auch Sonnenschirme und Seidenstoffe erfreuten sich größter Beliebtheit. Bei den Herren mit Zylinder reichte so manchem Beamten jedoch ein freundlicher Gruß.

»Die Gewerkschaft ziert sich noch immer, wie eine Jungfrau«, beklagte sich der mit der Zigarre. »Vorläufig kein Streik. Sie wollen eine friedliche Lösung, hab ich gehört. Das ist nicht gut für unsere Sache.«

Den breitschultrigen Kerl mit eckigem Schädel neben ihm, von dem alle wussten, dass er aus Dithmarschen kam, interessierte das nicht. »Wann krieg ich meinen Anteil?«

»Genau. Ich will auch mein Geld!«, mischte sich der mit dem schütteren Haar ein.

»Erst die Ware, dann das Geld«, erwiderte der mit der Zigarre.

Der Vierte, er war kleiner als alle anderen und hatte das Erscheinungsbild eines nass gewordenen Wiesels, grinste herausfordernd. »Du sagst doch immer, du hättest einen guten Draht zu dem Herrn. Dann sag ihm gefälligst, dass die letzte Lieferung kapeister ging und in der Elbe landete. Nicht unsere Schuld. Er muss zahlen. Wi hebbt dat Risiko, nich der piekfeine Herr.«

Wieder glühte das Ende der Zigarre auf. »Das mit dem abgesoffenen Seelenverkäufer weiß er längst. Unser Kunde hat Verpflichtungen, denen auch er nachkommen muss.«

Das Wiesel lachte leise auf. »Red nicht so gestochen. *Verpflichtungen, denen er nachkommen muss*«, wiederholte er affektiert. »Mir egal, ob der seine Ware bekommen hat oder ob sie absoff. Ich will mein Geld. Vierzig Mark. So war es abgemacht. Sonst machst du das ab jetzt allein.« Die anderen nickten.

Blitzschnell ergriff der mit der Zigarre den Jackenkragen seines Gegenübers. »Hör zu«, zischte er, »du undankbarer Hund. Wenn ich nicht gewesen wäre, wärest du schon längst am Galgen.« Er schubste ihn gegen einige aufgestapelte Kisten. »Und jetzt halt die Klappe.«

Auf der anderen Seite des Kanals lungerten unterdessen rund zehn Männer herum. Die Hände tief in den Hosentaschen versteckt, warteten sie darauf, dass jemand Bestimmtes zu ihnen kam und ihnen Hafenkarten in die Hand drückte, damit sie in die Speicherstadt gehen konnten. Doch derjenige war noch immer nicht aufgetaucht. Die Sache lief aus dem Ruder, so viel stand für den mit der Zigarre fest. Erst der abgesoffene Ewer, dann dieser Kieler Kommissar und jetzt meuterten auch noch seine Leute. Er fluchte.

»Wie geht's jetzt weiter?«, wollte einer wissen.

»Die Ersatzware liegt bereit. Wir müssen sie nur noch abholen.« Dafür aber brauchte er die wartenden Männer dort drüben. Das mit den Hafenkarten dauerte einfach zu lange. Sein Plan, die Leute als Streikbrecher einzuschleusen, war gut gewesen. Nur waren die verdammten Gewerkschaften zu langsam. Der Streik hatte noch immer nicht begonnen. Er brauchte die Männer aber heute. In der Nacht sollte alles über die Bühne gehen. Die Ware lag im Lager bereit. Sie hatten kaum mehr als eine Stunde zum Verladen. Und der Kapitän hatte vorab eine Menge Scheine verlangt, nur damit er zu einem bestimmten Zeitpunkt an einem bestimmten Kai anlegte und keine Fragen stellte. Wenn sie mit der Ware nicht rechtzeitig dort waren, waren Geld und Schiff futsch. Nervös zog er an seiner Zigarre. Die ganze Sache entwickelte sich nicht gut. Vielleicht hätte er aufhören sollen, als er noch die Gelegenheit hatte. Jetzt aber konnte er nur noch hoffen, lebend aus der Scheiße rauszukommen. Eines aber war ihm klar: Wenn er in die Hölle ging, dann nicht allein.

»Was hat das zu bedeuten?«, tönte da plötzlich eine Stimme hinter ihnen. Die Männer fuhren herum.

»Ausweisen! Aber flott!«, befahl der Zöllner den drei Männern vor sich.

Der Vierte, der mit der Zigarre, aber war verschwunden.

KAPITEL 13

»Wo sollten Wehr & Waffen her,
wenn nicht der Zoll, die Steuer wär.
Wer dient dem Kaiser wohl treuer
als die Beamten von Zoll und Steuer.«

Wahlspruch der kaiserlichen Zöllner

Als Hauke aus dem Gebäude trat, erwartete ihn die warme Herbstsonne. Erst jetzt merkte er, wie kühl es im Privatspeicher der Bellingrodts gewesen war. Kurz streckte er sein Gesicht den Strahlen der Sonne entgegen und atmete die ölige Hafenluft tief ein. Möwen kreischten über seinem Kopf. Das Hämmern von den Werften auf der anderen Elbseite war zu hören. Die Rufe der Schauermänner von den Schiffen mischten sich mit dem Quietschen der Eisenkräne am Kai.

Hans saß nicht weit entfernt auf einem Stapel Kisten und packte gerade seine Stullen aus. Als Hauke auf ihn zukam, sprang er hastig auf. Mit dem halb ausgewickelten Brot in der rechten Hand, überlegte er offenbar, wie er denn nun salutieren sollte.

»Setzen Sie sich, Zollanwärter Detlefsen«, lächelte Hauke.

Dieser aber zögerte. »Es ist zwölf Uhr, Herr Kommissar. Da ist im Zollamt immer Pause. Ich dachte …« Unschlüssig betrachtete er seine Brotscheiben, als könnten sie ihm sagen, ob er etwas falsch gemacht hatte.

Hauke setzte sich auf die Kisten. »Iss ruhig.«

Dankbar nahm Hans wieder Platz. Herzhaft biss er in den dick mit Speck belegten Klapper.

Wieder musste Hauke an seinen eigenen, toten Sohn denken, der die Geburt nicht überlebt hatte. Ebenso wenig wie dessen Mutter. Erst Monate später erfuhr er von ihrem Tod. Noch immer fragte er sich, ob alles anders gekommen wäre, wenn er bei seiner Frau geblieben wäre, statt an Bord der »Revenge«

zu gehen. Jetzt gab es Sophie in seinem Leben. Einem neuen Leben. Doch wie lange würde das, was der Mensch Schicksal nennt, sie bei ihm lassen? Würde er auch sie verlieren?

Glücklicherweise kam in diesem Moment ein Mann vom Hauptzollamt auf ihn zu, sodass die düsteren Gedanken vorerst verschwanden.

Der Beamte tippte an seine Mütze. »Sind Sie der Kommissar aus Kiel?«

Hauke nickte. Der Zöllner überreichte ihm ein Telegramm. Es war eine Nachricht von Polizeirat Roscher. »Keine Einträge zum Ewer ›Wilhelmine‹ – STOP – falscher Name – STOP – Könnte die ›Stör‹ gewesen sein – STOP – Heimathafen Cuxhaven – STOP – '94 verkauft nach Rostock – STOP – Eigner Joost Klüver samt Schiff seit Überführung vermisst.«

Langsam faltete Hauke das Telegramm zusammen und steckte es in seine Jackentasche. Soso, dachte er, da fährt also seit zwei Jahren jemand mit einem gestohlenen Schiff Kaffee hin und her. Hauke fragte sich, ob dieser Joost Klüver wohl noch lebte oder das gleiche Schicksal erleiden musste wie der Beamte aus Rendsburg. Er steckte das Telegramm in seine Jackentasche, wobei er Hans' neugierigen Blick bemerkte.

»Hat deine Mutter dir das Brot geschmiert?« Der Junge nickte und kaute weiter. »Du bist aus Hamburg?«, wollte Hauke wissen, doch seine Augen tasteten den Sandtorquai ab. Schon seit sie das Hauptzollamt verlassen hatten, fühlte er wieder dieses feine Kribbeln im Nacken. Er wusste, dass sie beobachtet wurden.

Hauke hörte Hans' Worten nur halb zu, als dieser ihm erzählte, dass sein Vater einmal ein kleines Eisenwarengeschäft in der Nähe betrieben habe. »Da drüben war es.« Der Finger des Jungen wies auf einen Punkt zwischen Block M und N. »Es lag vier Stufen über der Straße, hatte ein Lager im Hof und eine Wohnung in der ersten Etage. Detlefsen & Sohn hieß es.« Er lächelte. »Der Sohn, das bin ich. Ich habe nämlich sonst nur Schwestern.«

»Ihr habt hier gelebt?«

Hans nickte und biss nochmals in sein Brot. Mit vollem Mund erzählte er, dass der Senat damals beschlossen hatte, alle Häuser auf der Wandrahm-Halbinsel niederzulegen, um dort die neue Speicherstadt zu errichten.

»Unser Haus gehörte zum ersten Bauabschnitt. Sie haben es '84 abgerissen. Das ganze Viertel wurde abgerissen.« Sein Kiefer zermahlte das Brot. »Wir sind dann zu einer Tante nach Barmbek gezogen. Mein Vater starb an dem Tag, an dem der Kaiser die Speicherstadt eröffnete. 29. Oktober 1888. Meine Mutter sagt immer, es sei das gebrochene Herz gewesen.« Erschrocken hielt er inne. Derart respektloses Geplapper gegen den Kaiser könnte ihn die Anstellung als Zollinspektor kosten.

»Schon gut, Junge. Frauen sehen die Dinge oft anders als wir Männer.« Er musste an Sophie denken. »Aber nicht unbedingt falsch. – Habt ihr euer Geschäft woanders eröffnen können?«, wollte er beiläufig wissen. Hans schüttelte den Kopf. Also keine Firma Detlefsen & Sohn mehr. »Na ja, du bist als künftiger Zollbeamter nach Hause zurückgekehrt«, versuchte Hauke, den jungen Mann zu trösten. »Das zählt.«

Der Junge setzte sich ein wenig aufrechter hin. »Eine Uniform habe ich ja schon.« Er wischte ein paar Krümel von der grünen Hose. »Und wenn ich die nächste Prüfung bestehe, bekomme ich auch einen Säbel.« Er strahlte bei dem Gedanken daran. Plötzlich sprang er auf, nahm Haltung an. »Halt! Grenzbeamte! – Wiederholen, Anwärter Detlefsen!«, rief er mit verstellter Stimme, die Hauke sehr an Oberzollinspektor Jensen erinnerte. Hans salutierte. »Halt! Grenzbeamte!«, wiederholte er. »Zollanwärter Detlefsen, was heißt Freihafen? – Man darf nichts finden, nichts geschenkt kriegen und nichts kaufen.« Wieder riss Hans schmissig die Hand an seine Schirmmütze. »Was noch, Detlefsen? – Diebstahl ist ein Zollvergehen und bedeutet den Verlust der Hafenkarte und Freihafenverbot, Herr Oberzollinspektor!« Jetzt schlug Hans die Hacken seiner Stiefel gegeneinander. »Welche Artikel aus privaten Transitlagern benötigen keinen amtlichen Mitverschluss, Anwärter Detlefsen? – Finnische Butter, kandierte Südfrüchte, Ingwer,

Sukkade, Paradieskörner. Sie können nicht mit einheimischen Früchten verwechselt werden, Herr Oberzollinspektor. – Worauf, Detlefsen, ist, außer auf Beutel und Taschen, besonders zu achten? – Verstecke: dicke Bäuche, fette Ärsche, steife Arme, hohe Hüte! – Zollanwärter Detlefsen, hiermit sind Sie Reichsgrenzaufseher! An den Säbel! Säbel Marsch! Und eins, und eins!«

Schon marschierte Hans mit einem imaginären Säbel an der Seite um Hauke und den Kistenstapel herum. Nach drei Runden setzte er sich wieder neben ihn. »Und eine solide Stelle mit Pension werde ich dann auch haben. Jetzt schon kann ich Muddern 'n büschen Haushaltsgeld dazugeben.« Er runzelte die Stirn. »Finden Sie nicht auch, Herr Kommissar, dass so ein Zollinspektor mehr Respekt bekommt als ein einfacher Eisenwarenhändler?«

Hauke verstand, was er meinte. »Na, und die Uniform steht dir auch ganz prächtig, Junge. Ich bin mir sicher, dass das den jungen Damen nicht entgehen wird, wenn es erst einmal so weit ist.«

Ein leichtes Rot legte sich auf Hans' Wangen. »Meinen Sie?«

Hauke erhob sich. »Gut, mein junger Aufpasser …« Er legte seine Hand auf Hans' Schulter. »Jetzt werden wir erst einmal richtig essen gehen.« Ihm war nicht entgangen, wie hastig Hans seine Brotscheiben verschlungen hatte. Und da junge Männer stets mehr Hunger hatten, als ihre Mütter glauben wollten, hatte Hauke beschlossen, ihn einzuladen. Außerdem hatte sein eigener Magen zu knurren begonnen, während der Geruch von geräuchertem Speck in seine Nase gestiegen war. »Wo bekommt man denn hier eine gute Suppe?«

Eilig faltete Hans das jetzt leere Brotpapier zusammen und stopfte es in die Tasche. »Drüben, in der Kaffeeklappe Nummer 5. Wir müssen nur nach Steinwerder übersetzen.«

»Kaffeeklappe? Was ist das?«

»Da können die Arbeiter für wenig Geld ordentliche Hausmannskost bekommen. Eigentlich heißen sie ja ›Speise- und Kaffeehallen‹«, Hans spitzte die Lippen bei dem Wort. »Aber die Leute sagen lieber Kaffeeklappe, weil es da 'nen anständigen Bohnenkaffee gibt und nicht so 'n Muckefuck.«

»Darfst du denn den Freihafen verlassen?«

»Die Freihafengrenze ist erst dahinter, also hinterm Reiherstieg. Ich habe ja den Befehl, Sie überall im Freihafen zu begleiten.« Er grinste.

»Richtig. Und wenn ich unbedingt in einer Kaffeeklappe auf der anderen Elbseite essen will, musst du wohl oder übel mitkommen«, lächelte Hauke ebenfalls.

Sie gingen Richtung Kehrwieder, wo die Fähren zur anderen Elbseite ablegten. »Gibt es dort drüben eigentlich auch Kaffeelager?«, wollte Hauke wissen, denn er erinnerte sich, dass die Firma Bellingrodt & Söhne vor vielen Jahren dort ihre Lager betrieben haben sollte.

Hans schüttelte den Kopf. »Nein, da werden nur Schiffe gebaut. Blohm & Voss hat dort seine Werft. Aber es gibt noch 'n paar alte Schuppen drüben. Da lagern sie alles, was stinkt und Dreck macht. Also Guano, Salpeter, Kohlen und so etwas.« Sie liefen einen Steg hinunter, der den Kai mit dem schaukelnden kleinen Boot verband.

Da entdeckte Hauke einen Kerl, der ihm zuvor schon aufgefallen war. Er war untersetzt, aber das mochte täuschen, denn er ging ein wenig gebeugt. Seine Schultern waren breit, der Körperbau kräftig, die Kleidung bestand aus einer derben Leinenhose und einer dunklen Jacke. Die Mütze auf dem Kopf hatte er tief in die Stirn gezogen. Unter all den Hafenarbeitern fiel er nicht auf. Einzig, dass er eine Zigarre rauchte, zeigte Hauke, dass der Mann wohl kaum zu den einfachen Kaiarbeitern oder Schauerleuten zählte. Er könnte der Vize einer Gruppe von Schauerleuten sein, die an den Kais Schiffe entluden. Hauke überlegte, ob der Kerl sein Verfolger gewesen sein könnte.

KAPITEL 14

Gebrannter Caffee, hochfeine Mischung je Pfund 1,40 Mark, besteht aus Java, Guatemala, Maracaibo, Afrikaner, Santos, empfiehlt das Haus Jencke & Co., Hermannstr. 25, Fernsprecher 1088

Originalauszug: Hamburger Nachrichten, 9. September 1896

Die kleine Fähre bot kaum genügend Platz für all die Arbeiter, die auf die andere Elbseite übersetzen mussten. Einen Tunnel auf die andere Seite des Hafens gab es ja leider nicht. Und so schipperte ein Heer kleiner Boote zwischen den Kais auf beiden Seiten der Elbe hin und her, um all die Männer zur Arbeit und zurück zu befördern. Dicht gedrängt standen jetzt rund dreißig von ihnen an Bord und hielten sich an über ihren Köpfen eigens dafür angebrachten Eisenstangen fest. Hauke entdeckte den Rücken seines Verfolgers zwischen ihnen.

Jetzt legte der kleine Kahn ab. Der schwere Rauch, der sich aus dem Schornstein schob, trieb den Männern die Tränen in die Augen, während selbst kleine Wellen die Fähre gefährlich hin und her schaukeln ließen. Das Boot, kaum mehr als eine Nussschale, bahnte sich seinen Weg zwischen unzähligen Schuten hindurch, die die Ware von den Schiffen zu den Speichern brachten. Man hatte fast die Mitte des Flusses erreicht, als das lang anhaltende Tuten eines Typhons durch den Hafen tönte. Von Backbord näherte sich schnell ein schwarzer Koloss mit mehreren Sendemasten an Deck und einem mächtigen Schornstein mitschiffs. Hastig riss der Kapitän der Fähre das Ruder herum, als der Dampfer sie auch schon fast erreicht hatte. Gefährlich neigte sich der kleine Kahn zur Seite. Wasser spritzte über die Reling. Einige Männer murrten auf. Nicht so der Kerl mit der Zigarre, den Hauke aus dem Augenwinkel beobachtete. Er wandte Hauke noch immer den Rücken zu. Er will nicht, dass ich sein Gesicht sehe, dachte Hauke, während sich die hohe Bordwand des Schiffes dicht an ihnen vorbeischob.

»Das ist die ›Phoenicia‹«, rief Hans gegen den Lärm. »Sie wurde bei uns in Hamburg gebaut. Zwölf Knoten. Hundertzwanzig Mann Besatzung und über zweitausend Passagiere. Sie schafft die Strecke zwischen Hamburg und New York in nur dreizehn Tagen.«

»Ein Auswanderer?«

Hans nickte. »Wäre ich nicht zum Zoll gekommen, hätte ich mich nach Amerika aufgemacht.«

Schon hatte das Schiff sie passiert. Schnell fuhr es weiter, elbabwärts, während es eine Rauchfahne zurückließ und die kleine Fähre unter Haukes Stiefeln unruhig über die Kämme der Heckwellen hüpfte.

Kurz darauf legte die Fähre auf der anderen Elbseite an. Die Ebbe hatte bereits eingesetzt, und der Wasserspiegel im Fluss sank von Minute zu Minute, sodass die Männer die Stufen einer eisernen Leiter zum Kai hinaufklettern mussten. Oben angekommen, suchte Hauke die Gestalt seines Verfolgers. Der aber war verschwunden. Hauke fuhr herum. Er hatte ihn verloren. Auf der Fähre, die bereits wieder abgelegt hatte, um zurück zur Speicherstadt zu tuckern, waren nur drei Männer. Keiner von ihnen hatte Ähnlichkeit mit dem zigarrerauchenden Kerl.

»Verdammt«, murmelte Hauke.

»Da drüben ist die Kaffeeklappe, Herr Kommissar«, sagte Hans, der Haukes Fluchen nicht gehört hatte. Er wies mit ausgestrecktem Arm zu einem Eckhaus aus rotem Backstein, dessen erste Etage mit Zahngiebeln über den Fenstern verziert war. Es war fast ein Uhr, und Scharen hungriger Männer strömten durch die beiden Türen in die Kantine. Die linke verschluckte all jene in derben Hosen, mit Leinenjacken und Schirmmützen. Die rechte Tür aber schien für die höheren Herren reserviert zu sein. Ein uniformierter Portier stand davor. Sobald er jemanden mit Zylinder und Gehstock, einem feinen Mantel oder wenigstens Weste und weißem Kragen auf sich zukommen sah, öffnete er die Tür. Allen anderen blieb der Eintritt verwehrt. Hans musterte seine Uniform.

»Was ist, Junge?«

»Ich habe noch keinen Säbel«, entschuldigte er sich bei Hauke. »Hätte ich meine letzte Prüfung abgelegt, dann könnten wir sicherlich ins Herrenzimmer gehen, nehme ich an.« Er schien zu bedauern, dass er dem Herrn Kommissar nicht den vornehmen Teil des Lokals präsentieren konnte.

»Lass man gut sein, Hans. Mir ist heute nicht nach feiner Tischdecke und Damastserviette.«

Sie traten durch die linke Tür in einen kurzen Flur, der sie in einen Speisesaal führte. Der Geruch von Erbsensuppe hing schwer in der Luft, und Haukes Magen begann umgehend mit einem fordernden Knurren. An langen Tischen saßen die Arbeiter auf Bänken und Stühlen, tief gebeugt über ihre Suppenschüsseln. Löffel schlugen gegen Geschirr, mattes Raunen ging durch die Reihen, Männer schoben knarzende Stühle zurück, um sich zu setzen oder einen Nachschlag zu holen.

Am Ende des Saales gab es ein deckenhohes Schiebefenster, hinter dem offenbar die Küche lag. Auf einer schwarzen Tafel daneben konnte man das Menü für heute lesen: »Hamburger Erbsensuppe mit Speck für dreißig Pfennig«. Durch das Fenster sah man Frauen in weißen Schürzen, wie sie in großen Töpfen rührten oder leere Schüsseln mit Suppe füllten, die sie dann den wartenden Männern hinausreichten.

Eine stattliche Person mit hochgesteckten silbernen Haaren beäugte jeden Handschlag der Frauen kritisch. Keine Frage, sie war der General der Speisehalle Nummer 5. Im typisch hamburgischen Plattdeutsch wies sie eine der Küchenhelferinnen gerade an, den Speck nicht zu dick zu schneiden, und eine andere, die Schüsseln nicht so vollzumachen.

Ein Arbeiter in der Reihe protestierte: »Wat, keen ordentlichen Speck? Schall ick dürr as 'n Flunder to 'n Quai gohn?«

Die Fäuste in ihre Hüften gestemmt, drehte sich die Vorsteherin dem Krakeeler zu und stellte klar: »Du büst all een

Flunder. Un Flundern eeten keen Speck!« Die Männer in der Reihe lachten.

Hauke und Hans stellten sich an. Schnell bekamen sie eine Schüssel mit dampfender Erbsensuppe, auf der eine dicke Scheibe Graubrot lag. Hauke bezahlte. Dann dirigierte er Hans in die Nähe eines der Fenster, die zur Straße hinausgingen. Sie hatten sich soeben gesetzt, als mehrere Pferdewagen vor der Kaffee- und Speisehalle Nummer 5 über das Kopfsteinpflaster rumpelten. Kaum war die Sicht wieder frei, bemerkte Hauke ihn! Der Kerl mit der Zigarre unterhielt sich gerade mit zwei Kumpanen. Dabei steckten sie die Köpfe dicht zusammen und schauten auffallend oft über ihre Schultern, hinüber zur Kaffeeklappe. Hauke prägte sich die Gesichter der Männer genau ein. Er fragte sich, ob einer von ihnen jener Kerl war, der ihn gestern Nacht verfolgt hatte, oder ob es nur ein einfacher Dieb gewesen sein mochte. Es ärgerte ihn, dass er im Halbdunkel der Laternen das Gesicht seines Verfolgers nicht hatte erkennen können. Noch einmal musterte er die Männer auf der anderen Straßenseite. Im Fotoarchiv des Stadthauses würde er auf alle Fälle eine Menge zu tun haben.

Schweigend schlürften sie ihre Suppe, wobei Hans fast fertig war, bevor Hauke auch nur die Hälfte geschafft hatte. In diesem Moment bemerkte er aus dem Augenwinkel eine Gruppe Männer, die soeben den Saal betraten. Doch statt sich um eine Schüssel Suppe anzustellen, blieben sie an der Längswand des Raumes stehen und musterten die Männer an den Tischen. Etwas sagte Hauke, dass es gleich Ärger geben würde. Und er sollte recht behalten, denn jetzt erhob einer der Männer seine Stimme. Dabei reckte er die Faust in die Luft. »Arbeiter! Es wird schon bald gestreikt!«, schrie er in den Saal hinein. »Streik! Hört ihr?« Er wartete, bis er sicher war, die Aufmerksamkeit aller zu haben. »Ohne euch, Genossen, machen die Pfeffersäcke keinen Profit! Ohne euch, Brüder, müssten die feinen Herren dicke Suppe mit Brot essen. So wie ihr!« Jetzt drehte sich auch der Letzte zu dem Redner um. »Ihr arbeitet vierzehn Stunden am Tag für einen Hungerlohn. Kaum einer von euch kann von diesen Almosen seine Familie ernähren. Eure Kinder sterben, weil es kein sauberes Wasser gibt und weil ihr euch keinen Arzt leisten könnt! Ihr arbeitet, bis ihr tot umfallt! Und wofür? Damit die da«, er wies mit dem Finger zu der Wand, hinter der das Herrenzimmer lag, »in Saus und Braus leben. Mit Rotwein und Braten, schnieker Villa und Kutsche!« Das war zwar übertrieben, denn die Männer auf der anderen Seite der Wand waren kaum mehr als höhere Angestellte. Jene, von denen er sprach, fand man auf dieser Seite der Elbe eher selten. Die geballte Faust des Mannes fuhr gen Himmel. »Mehr Lohn für die Arbeiterklasse! Und einen Zehnstundentag, sage ich!«

Die Genossen hinter ihm skandierten: »Streik! Damit das Elend ein Ende hat!«

In diesem Moment kam die Vorsteherin durch eine kleine Seitentür aus der Küche gelaufen. Eine Suppenkelle über dem Kopf schwingend, hielt sie zeternd auf den Redner zu. »Wat wullt ju heer in miehn fein' Salon? Wenn ju dat nich god genog is, dann rut! Hier is nix mit Revolutschons-Geschrei!« Die Suppenkelle ging auf der Schulter des Redners nieder, der mindestens zwei Köpfe größer war als sie. Der Mann schrie auf. »Rut hier, heff ick secht! Aber bannich flott, oder ick hol de Gendarms!«

Der Redner versuchte noch, sich die Frau vom Leib zu halten, als ein Schmerzensschrei durch den Saal ging. Einer der Genossen presste seine Hände auf die Nase. Offenbar hatte die Frau beim Ausholen das Riechorgan des Mannes erwischt. Es kümmerte sie wenig. Schon holte sie zum nächsten Schlag aus. So schnell es ging, traten die eben noch kampfbereiten Arbeiter den Rückzug an, wobei sie ihren verletzten Genossen stützten. Im Hinausstolpern warf der Letzte von ihnen noch schnell einen Stapel Flugblätter in den Raum, deren Papier wie Herbstblätter auf Tische und Schüsseln segelte.

»Sozialisten-Bengels!«, rief die Frau ihnen nach.

Kaum war der Tumult vorbei, bemerkte Hauke, dass sich etwas im Saal verändert hatte. Eine bleierne Stille lag in der Luft. Einige Männer hoben die Zettel vom Boden auf und begannen zu lesen. Andere unterhielten sich, erst leise, dann immer erregter.

»Vier Mark bekomme ich am Tag«, sagte einer. »Davon kann ich gerade mal die Miete für das armselige Zimmer zahlen, in dem wir zu fünft wohnen.«

»Ich hab nicht mal genug Geld, um nach der Arbeit nach Hause zu fahren. Und zu Fuß ist es zu weit. Manchmal schlafe ich wie ein Streuner auf der Bank.« Einige Männer nickten. Es schien ihnen nicht anders zu gehen.

»Und? Wie lange wollen wir noch warten?«

Weiter hinten erhob sich einer und rief in den Raum: »Schluss jetzt! Ein Arbeiter, der auf seine Ehre hält, rührt während des Streiks kein Stück Arbeit im Hafen an!«

Jemand rief: »Weg mit der Obrigkeit!«, als einige Arbeiter begannen, im Takt mit ihren Löffeln auf den Tisch zu schlagen.

Zollanwärter Hans Detlefsen saß kreidebleich vor Hauke, der ruhig seine Suppe weiterlöffelte. »Alles gut, Junge«, raunte er Hans zu. »Iss.« Ängstlich beugte sich Hans über die Reste in seiner Schüssel.

Hauke hatte bemerkt, dass einer der Arbeiter an ihrem Tisch sie schon eine ganze Zeit musterte. Jetzt raunte er seinem Nachbarn etwas zu. Die Männer drehten ihre Köpfe zu Hauke und Hans.

»Wer seid ihr?«, wollte der eine wissen. »Wir haben euch hier noch nie gesehen. Seid ihr von der Politischen?« Bei der Frage nach der politischen Polizei drehten sich auch andere zu ihnen um.

Kurz fragte Hauke sich, ob man ihm mittlerweile den Polizisten ansehen konnte. »Nein, sind wir nicht«, sagte er klar und deutlich, schließlich war er von der Kriminalpolizei und nicht von der politischen Polizei.

Der Mann musterte Hans, der sich tiefer über seine Schüssel beugte. »Nee«, überlegte er laut. »Der Kleine ist wohl eher ein kleiner Grabsch-Vize, mehr nicht.« Er wandte sich an Hauke. »Aber bei dir bin ich mir nicht so sicher. Woher kommst du denn so?«

Unbeirrt löffelte Hauke weiter. »Aus Kiel. Bin vorgestern angekommen.« Die Wahrheit war immer die beste Waffe.

Eine Hand legte sich auf seine Schulter. »Kommst von einem Schiff, richtig?« Hauke schwieg. »Welches ist es denn?« Schon begannen die ersten Männer, sie zu umringen.

»Genau, von welchem Kahn kommst du?«, wollte ein anderer wissen. »Müsstest du ja eigentlich wissen, wenn du tatsächlich 'n Seemann bist.«

Fraglos hielt man ihn für einen Spion der Obrigkeit. Hauke schob noch ein paar Löffel Suppe in sich hinein und biss kräftig von der dicken Scheibe Brot ab. Gemächlich kaute er, während die Männer ihn aus finsteren Gesichtern anstarrten. Ihm war klar, dass Hans keine Prügelei überstehen würde. Jetzt erhob Hauke sich zur vollen Größe. An den lautesten Agitator gewandt, sagte er nur leise: »Es könnte sein, dass ihr irgendwann Hilfe bei eurem Streik braucht.«

»Von wem?«

»Von den Matrosen auf den Schiffen. Wenn ihr streikt, wird es noch immer Männer geben, die eure Arbeit machen wollen. Arme Schweine gibt es genug.«

»Streikbrecher?«

Hauke musterte jeden der Männer vor sich genau. »Wenn aber keine Waren mehr im Hafen ankommen, kann auch nichts gelöscht werden. Ihr braucht die Matrosen auf eurer Seite. Und die Ewerführer.« Er schob den Redner vor sich zur Seite. »Denkt drüber nach.«

Verwirrt sahen die Männer einander an, während Hauke Hans ein Zeichen gab aufzustehen. Ohne Eile bahnten sie sich einen Weg durch die Menge, während Hans dicht hinter Hauke blieb. Dann verließen sie den Saal. Roscher hatte recht gehabt. Die Stimmung unter den Leuten war explosiv.

»Das wird Konsequenzen haben«, sagte Hans mit bebender Stimme, als sie wieder auf der Straße standen. Er zitterte. »Ganz bestimmt wird das Konsequenzen haben. Erst letzte Woche hat Oberzollinspektor Jensen gesagt, dass Streik ungesetzlich ist. Das hat er gesagt. Dieses Gesindel soll froh sein, überhaupt Arbeit zu haben.« Die Worte purzelten nur so aus seinem Mund, während er neben Hauke herging, der zur Fähre hinüberlief. »Unsere Aufgabe ist es, für Ordnung zu sorgen. So ein Streik bringt die Dinge durcheinander. Wer weiß, wo das enden wird. Die Herren würden am liebsten alle Arbeiter entlassen. Aber, ein Hafen ohne Arbeiter?« Er schüttelte den Kopf.

Hauke ließ ihn reden. Er hatte ein Stück weiter die beiden Kerle entdeckt, die mit dem Zigarrenmann getuschelt hatten. Etwas sagte ihm, dass der Ärger noch nicht vorbei war, denn die Männer warteten. Und Hauke ahnte, auf wen.

Um auf die Fähre zu kommen, mussten sie an ihnen vorbei. Ohne auf das Geplapper zu hören, bugsierte Hauke den jungen Zöllner nach links, wo gerade ein Trupp Arbeiter von der Schicht aus einer Gasse kam. Müde und dreckig waren auch sie auf dem Weg zur Fähre, die gerade über Wellen hüpfend auf den Kai zuhielt.

Hauke schubste Hans durch die Menge der Arbeiter, die so eine Mauer zwischen ihnen und den beiden Kerlen bildeten. Verwirrt hielt Hans mit seinem Monolog inne.

»Morgen zeigst du mir die Kaffeebörse, Junge«, sagte Hauke und schob ihn weiter. »Für heute soll es erst einmal reichen.«

Er sah zu den beiden Kerlen zurück, die noch immer rauchend in der Nähe des Eingangs der Kaffeeklappe warteten. Wäre der Junge nicht hier gewesen, hätte Hauke es nur zu gern mit den beiden aufgenommen. So aber musste er sich gedulden. Schnell kletterten sie im Schutz der Schichtarbeiter die Leiter zur Fähre hinunter.

Als der Kahn abgelegt hatte und auf die Mitte des Flusses zuhielt, entdeckte Hauke die beiden, wie sie wütend oben am Kai standen. Munter salutierte er zu ihnen hinüber.

KAPITEL 15

Patriotische Kundgebung. Anläßlich des heutigen Geburtstages der Kaiserin hat die Seewarte die Dienstflagge der kaiserlichen Reichsmarine entfaltet. Ebenfalls haben mehrere am Hafen gelegene Fabrik-Etablissements sowie im Hafen liegende Schiffe Flaggenschmuck gehisst.

Originalauszug: Hamburger Generalanzeiger, 22. Oktober 1896

Der herbstliche Nachmittag zeigte sich von seiner schönsten Seite. Weiße Schwäne glitten nahe der Lombardsbrücke unter hängenden Weidenzweigen über das silbrig glänzende Wasser der Alster oder ließen sich von Spaziergängern am Bootsanleger nahe dem Alsterpavillon mit Brot füttern. Die Ahornbäume, die den Jungfernstieg auf ganzer Länge säumten, standen in buntem Laub. Einige Damen hatten ein letztes Mal ihre Sonnenschirme aufgespannt und flanierten am Alsterufer entlang. Herausgeputzte junge Mädchen spazierten neben ihren stolzen Müttern daher, auf der Suche nach einer guten Partie oder wenigstens einem hübschen Hut.

Lächelnd beobachtete Sophie das nachmittägliche Treiben. Sie liebte diese Stadt schon jetzt. Vielleicht war es aber auch nur die Vorfreude auf ein erstes Treffen mit ihrem Verlobten an diesem gediegenen Ort.

Der weiße Alsterpavillon am Jungfernstieg zeigte zwischen heißer Schokolade und Sahnetorten ein derart charmantes hanseatisches Ambiente, dass Sophie ihm bereits verfallen war, als sie ihn zum ersten Mal betrat. Er wirkte wie eine königliche Orangerie, mit seinen hohen Fenstern und runden Gartentischchen unter emporragenden Palmen. Der betörende Duft von Orchideen in der Luft mischte sich mit der herben Note guten Kaffees. Das Murmeln gepflegter Unterhaltung schwebte über allem, während Kellner mit ernster Miene und vollen Tabletts emsig durch die Gänge eilten.

Sophie überlegte, wo sie auf Hauke warten wollte. Sollte sie hinaus auf die Terrasse gehen, um von dort die vorbeiflanierenden Hamburger unauffällig beobachten zu können? Sicherlich würde ihr Verlobter sie dort gleich entdecken, wenn er den Jungfernstieg entlangkam. Oder sollte sie lieber an einem der Fenster Platz nehmen, um den letzten Booten zuzuschauen, die mit geblähten Segeln auf dem Wasser umherglitten?

Was für ein Luxus, dachte sie, dass ich mir über derartige Dinge Gedanken machen darf. Für einen kurzen Moment hoffte sie, ihre Zukunft in dieser Stadt verbringen zu dürfen.

Lächelnd nahm sie am nächstgelegenen freien Tisch Platz, der gleich neben einer Palme stand. Von hier konnte sie den Eingang gut sehen und dennoch die Segelboote und weißen Alsterdampfer betrachten. Sie hatte sich gerade hingesetzt, als sie Hauke auch schon entdeckte. Zwar trug er nicht seine schmucke Kapitänsuniform, aber ein stattlicher Mann war er dennoch. Groß gewachsen, breite Schultern und dichtes braunes Haar, wache Augen und, Gott sei Dank, keinen Bart. Sie winkte ihm zu. Schnell zog sie ihren linken Handschuh aus, um ihren Ringfinger zu präsentieren, an dem der goldene Verlobungsring steckte. Sobald Hauke sie erreicht hatte, erhob sie sich von ihrem Stuhl und gab ihm, in aller Öffentlichkeit, einen Kuss.

Eine ältere Dame am Nebentisch atmete indigniert ein, wohl um ihr Missfallen über eine derartig zügellose Vertrautheit vor aller Augen kundzutun. Sophie lächelte die Fremde kokett an und hielt ihr den Verlobungsring entgegen. Schnaufend drehte die Dame sich zurück zum Tisch, beugte sich ein wenig vor und flüsterte ihrer üppig ausgestatteten Freundin, deren Mantel ein Fuchskragen zierte, etwas zu. Das tote Tier über den fleischigen Schultern besagter Freundin starrte aus gläsernen Augen verzweifelt auf den unter vielen Schichten Rüschen verpackten Busen.

»Welch stürmische Begrüßung, meine Liebe«, lachte Hauke. »Habe ich so etwas denn verdient?« Er setzte seine Mütze ab.

»Eigentlich nicht, Liebster, denn du hast dich leider nicht umgezogen. Und dann wieder doch, denn du bist heute außerordentlich pünktlich.« Mit diesen Worten wies sie ihn auf einen Vorfall in der Vergangenheit hin, wo er sie in einem Gartenlokal glatt vergessen hatte, weil er mit seinen Gedanken bei einem Mordfall gewesen war.

»Dass ihr Frauen immer so ein gutes Gedächtnis haben müsst.«

Sie bestellten Kaffee und Stachelbeertorte mit Sahne.

»Wie ist es dir ergangen, Liebster? Wo hast du dich einquartiert? Wie kommst du mit deinem Fall voran? Ich muss dir dringend –«

Hauke hob beide Hände. »Nicht so schnell! Ich bin nur ein einfacher Seemann.«

»Du *warst* ein Seemann. Jetzt bist du ein Kriminalkommissar und dazu noch mein Verlobter. Dein Leben hat sich geändert.«

»Bitte verzeih. Es ist nur, weil ich gerade vom Hafen komme ... Es ist nun einmal in mir drin.«

Das war Sophie nur allzu bewusst. Und es schmerzte sie, denn in seinem früheren Leben hatte es eine Frau und ein Kind gegeben. Auch, wenn beide längst verstorben waren, so spürte Sophie stets einen feinen Stich, wenn sie darüber nachdachte. Aber wenn sie und Hauke eine gemeinsame Zukunft haben wollten, durfte sie nicht so oft in seine Vergangenheit zurückschauen. Erging es nicht Lots Frau in der Bibel schon schlecht genug, als sie sich umdrehte und zur Salzsäule erstarrte? Die Zukunft lag vor und nicht hinter ihnen.

»Konntest du etwas wegen der Schmuggler herausfinden?«, wechselte sie schnell das Thema.

»Im Zollamt scheint man kein Interesse zu haben.« Hauke streckte den Bauch vor, neigte den Kopf bis zur Brust hinunter, sodass er ein Doppelkinn hatte. Mit tief sonorer Stimme grummelte er: »Bei mir gibt es keine Schmuggler, Sie ... Sie Kommissar, Sie!«

Sophie lachte. »Wer war denn das?«

»Oberzollinspektor Jensen. – Ich kann ihn ja verstehen. Sollten sich Schmuggler seit Monaten unter seinen Augen herumtreiben, wird er Rede und Antwort stehen müssen. Er hat mir sogar einen Bewacher zur Seite gestellt. Ein junger Kerl namens Hans.«

»Ist es gefährlich?«, fragte Sophie leise. Sie würde sich niemals an den Gedanken gewöhnen können, Hauke womöglich an irgendwelches kriminelles Gesindel verlieren zu müssen.

Er legte seine Hand auf ihre. »Ich verspreche dir, ich werde vorsichtig sein.« Sie lächelte matt. »Erzähle, wie ist es dir ergangen?«

Sie setzte sich etwas gerader hin. »Claras Ball nimmt langsam höfische Dimensionen an. Auf Wunsch ihres Vaters erwarten wir mehr als hundertachtzig Gäste. Ich weiß gar nicht, wo ich all diese Menschen unterbringen soll. Der Saal fasst nur knapp hundert Tänzer und Tänzerinnen, wenn ich das Büfett im Esszimmer aufbauen lasse. Ich vermute –«

»Gehört denn so etwas zu deinen Aufgaben?«

Sie lächelte. »Nun, Clara hat keine Mutter, und der Köchin oder dem ersten Diener möchte Konsul Winter diese Aufgabe nicht überlassen. Außerdem liegt mir das Mädchen sehr am Herzen.« Sie unterbrach ihren Satz, denn ein recht trauriger Gedanke überfiel sie. Was war schlimmer: das Schicksal eines Kindes, das seine Mutter verlor, oder eine Mutter, die ihren toten Sohn nicht einmal beerdigen durfte?

»Bedrückt dich etwas?«, wollte Hauke wissen.

Zögerlich berichtete Sophie, was sie und Clara am gestrigen Abend in der Villa der Bellingrodts erlebt hatten.

»Frau Bellingrodt?« Hauke erinnerte sich an die etwas verwirrte Dame, die aus dem Salon gekommen war. »Du kennst sie?«

Sophie hatte mittlerweile die Stimme ein wenig gesenkt. »Nicht wirklich. Offenbar ist ihr Sohn kürzlich bei einem tragischen Schiffsunglück ums Leben gekommen.«

Ach, wie interessant, dachte Hauke. Die Herren hatten doch behauptet, dass Johann Bellingrodt auf dem Weg nach Hamburg sei und sich bester Gesundheit erfreue. Das musste Roscher umgehend erfahren. Sie würden die beiden Bellingrodts vorladen und befragen müssen. Ebenso die Dame des Hauses. Plötzlich wurde Hauke ganz unruhig. Mit aller Gewalt unterdrückte er den Impuls, aufzuspringen und ins nahe Stadthaus zu laufen.

Sophies Stimme wurde noch leiser, fast schon flüsterte sie. »Die arme Frau ist am Boden zerstört, weil ihr Mann sich weigert, den Sohn standesgemäß zu beerdigen.«

Hauke horchte auf. »Warum denn das?«

»Johann soll Geldschulden gehabt haben und …«, sie sah sich um, ob die Frauen am Nebentisch etwas hören könnten, »… er soll in die Kasse der Firma gegriffen haben.«

»Ach.« Auch Heise hatte so etwas angedeutet.

»Und dann ist da wohl auch eine nicht standesgemäße Liaison zwischen Johann und einer Unbekannten gewesen.«

»Ach.« Heise war, was die Zahl der Damen in Johanns Leben anging, etwas großzügiger gewesen.

»Ich darf dir das alles gar nicht erzählen. Aber, ich brauche deine Hilfe.«

»Ach.« Er fragte sich, warum ihn das nicht überraschte. Er hatte in ihren Augen den leicht fiebrigen Glanz entdeckt, den er bereits kannte und der ihm auch dieses Mal ein mulmiges Gefühl im Magen bescherte.

Sophie hielt mit gerunzelter Stirn inne. »Warum sagst du immer ›Ach‹?«

»Tue ich das? Entschuldige. Erzähle weiter, Liebste«, forderte Hauke und hoffte, nicht allzu ungeduldig zu klingen.

»Frau Bellingrodt bat mich um einen Gefallen. Sie möchte, dass ich besagte junge Dame finde und ihr einen Brief überreiche.«

»Wer ist die Frau?«

»Das weiß sie nicht. Nach Johanns Abreise stand des Nachts eine Unbekannte vor der Tür und verlangte, den Hausherrn zu sprechen. Herr Bellingrodt aber jagte sie fort. Seine Frau vermutet eine romantische Beziehung zwischen ihrem Sohn Johann und der jungen Frau mit roten Haaren.«

Sophie bemerkte, wie sich die Dame am Nebentisch unauffällig ein wenig zu ihnen drehte, als sie den Namen Bellingrodt hörte. Nun beugte sich Sophie noch weiter zu Hauke über den Tisch. Schon berührten sich ihre Köpfe fast. »Frau Bellingrodt bat mich, die junge Frau zu suchen und ihr vom Tod Johanns zu berichten. Sie sagte, dies sei das Einzige, was sie noch für ihren Sohn tun könne.« Sophie öffnete die Tasche auf ihrem Schoß und holte den Brief hervor.

Hauke gefiel all das nicht. Egal wo er auftauchte, überall hörte er den Namen Bellingrodt. »Ich war derjenige, der gestern die traurige Nachricht überbrachte, Sophie«, sagte er etwas forscher, als er beabsichtigte. »Und ich muss dich bitten, der Mutter den Gefallen auszuschlagen.«

»Warum das?« Sophies Augen weiteten sich, und ihr Mund wurde ein wenig schmaler.

Normalerweise fand Hauke dieses erboste Gesicht eher niedlich, doch heute beunruhigte es ihn, denn er ahnte dahinter den Dickkopf seiner Verlobten. »Das kann ich dir nicht sagen, Sophie.«

»Du verbietest mir, einer armen Frau zur Seite zu stehen, ohne dass du mir einen Grund dafür gibst?«

»Es geht nicht, Liebste. Bitte verstehe das. Die Herren Bellingrodt haben Polizeirat Roscher und mich angelogen.« Offenbar war der tote Matrose auf der »Wilhelmine« doch Bellingrodts ältester Sohn gewesen.

»Aber das hat doch nichts mit dem Brief zu tun, Hauke.«

»Bitte, Sophie. Halte dich von den Bellingrodts fern, bis ich mehr weiß.« Er wollte ihr nichts von dem Kaffeeschmuggel oder dem toten Polizisten aus Rendsburg erzählen, den Fischer draußen in der Kieler Förde in ihrem Netz gefunden hatten.

Trotzig lehnte sich Sophie auf ihrem Stuhl zurück. »Ich habe es der Mutter versprochen. Es tut mir leid, Hauke. Ich werde die junge Frau finden und ihr den Brief geben. Das eine hat mit dem anderen nichts zu tun. Und ich möchte dich bitten, dass du mir bei der Suche hilfst.« Sie zögerte. »Bitte, Hauke, diese Stadt ist groß. Ich kenne hier niemanden. Ich kann doch nicht von Tür zu Tür gehen und die Leute fragen, ob sie eine Frau mit roten Haaren kennen.«

Hauke nahm einen Schluck Kaffee. Vorsichtig stellte er die Tasse zurück auf den Unterteller.

»Du weißt, dass ich es auch ohne dich schaffe«, insistierte sie. Er schwieg. »Es ist auch bestimmt nicht gefährlich. Ich bin nur ein weiblicher Postbote, mehr nicht.«

Hauke seufzte. »Es ist nicht gut, wenn die Verlobte eines Kommissars sich in laufende Ermittlungen –«

Vom Nachbartisch her kam ein verächtliches Schnaufen.

»Unsinn! Ich erweise einer todunglücklichen Mutter einen Gefallen. Mehr nicht. Das hat nichts mit deinem Fall zu tun.« Sie erhob sich. »Wenn du so freundlich sein würdest, dich zu erinnern, dass ich schon ganz andere Menschen für dich gefunden habe? Menschen, die ohne mich wahrscheinlich nicht mehr leben würden.« Sie ließ Hauke am Tisch sitzen, bahnte sich energisch einen Weg zwischen den Stühlen der Gäste, vorbei an hohen Palmen und Orchideenbouquets. Wütend rauschte sie hinaus.

Die Frau schüttelte den Kopf, als sei alles nur Haukes Schuld. Seufzend ließ er sich die Rechnung bringen und bezahlte.

Du hast recht, Liebes, hätte er Sophie gern noch gesagt, du hast kürzlich jemandem das Leben gerettet. Nur hätte ich dich dabei fast verloren.

KAPITEL 16

Eine in der Nähe der neu begründeten Villencolonie Hochkamp bei Blankenese gelegene Villa, 12 Zimmer, Küche und Zubehör sowie 26 000 Fuß großer Garten, ist für den Preis von 20 000 Mark zu verkaufen.

Originalauszug: Hamburger Nachrichten, 9. September 1896

Wütend marschierte sie die Alsterarkaden entlang, wo die Leute zum neuen Rathaus hinüberflanierten, das bald eröffnet werden sollte. Wie konnte er nur von ihr erwarten, dass sie ihr Versprechen brach? Wenn er ihr nicht helfen wollte, dann würde sie sich eben selbst helfen. Und anfangen würde sie in diesem Warenhaus, von dem Amalie Bellingrodt gesprochen hatte. Dort sollte eine Verkäuferin Ähnlichkeit mit besagter geheimnisvoller Dame gehabt haben. Also, auf zum Großen Burstah!

Sophie stürmte den Alten Wall entlang, vorbei an der Börse. Überall Menschen, die hierhin oder dorthin schlenderten. Nirgends war ein Durchkommen. Einen alten Mann mit Gehstock hätte sie fast umgeworfen, als der aus einer Tür heraustrat. Am Adolphsplatz zwängte sie sich zwischen Mietdroschken hindurch, die auf Kundschaft warteten. Sophie überquerte eilig die Straße, als eine bimmelnde Straßenbahn einige Händler aufscheuchte, die mit ihren Wägelchen im Weg standen. Noch immer wütend auf ihren Verlobten, überholte sie einige Kindermädchen, die nebeneinander einherschlenderten und die Kinderwagen ihrer Herrschaften gemütlich vor sich hin schoben.

Wie gern hätte Sophie-Luise Struwe all diese Leute angeschrien, nur um für einen kurzen Moment die Wut in sich loszuwerden. Aber natürlich tat sie dies nicht. Ihre Mutter hätte sich vor Scham im Grab umgedreht, wenn sie die Tochter wie eine Furie durch die Straßen hätte rennen sehen.

Ich muss mich beruhigen, mahnte Sophie sich. Ein kühler Kopf ist mehr wert als tausend Kanonen, hatte ihre Mutter immer gesagt. Und so versuchte Sophie, sich ebendiesen kühlen Kopf zurückzuerobern. Es war nicht leicht.

Als sie das vierstöckige Gebäude des Warenhauses Tietz erreicht hatte, staunte sie nicht schlecht. Es war ein elegantes Haus mit enorm großen Fenstern. Hier also hatte Amalie Bellingrodt den Hut für ihre Köchin gekauft. Sophie seufzte. Es war schon einige Zeit her, dass Frau Bellingrodt die rothaarige Frau hier gesehen haben wollte. Die Wahrscheinlichkeit, dass die junge Frau hier noch arbeitete und zudem genau die Gesuchte war, schien Sophie nicht sehr hoch. Aber dieser Hinweis war nun einmal der einzige, den sie überhaupt hatte, um mit der Suche nach der schönen Unbekannten zu beginnen.

Der Schutzmann, den Sophie an der Ecke nach dem Kaufhaus Tietz gefragt hatte, meinte, dass man bei dem Juden Tietz skandalöserweise Frauen statt Männer einstelle. Zudem, warnte er sie, herrsche dort sozialdemokratischer Schlendrian. »Sind Sie sicher, dass Sie dort einkaufen wollen, Fräulein?«, hatte er gefragt. Sie hatte nichtssagend gelächelt und ihn stehen lassen.

Die Menschenmenge vor dem Eingang des Kaufhauses aber schien sich von besagtem Schlendrian nicht beeindrucken zu lassen. Man bewunderte vor den Schaufenstern munter plappernd die ausgestellten Kleider und Schuhe, Hüte und Taschen.

Gemeinsam mit einer aufgeregt schwatzenden Gruppe von Frauen betrat Sophie den »Konsumtempel«, wie der Schutzmann das Kaufhaus abfällig genannt hatte. Sie wusste nicht, was ein Konsumtempel sein sollte, doch als sie die elegant geschwungenen Treppen mit ihren filigranen Geländern gegenüber dem Eingang sah, die sich beidseitig über Balustraden mehrerer Etagen bis unter ein hohes Glasdach wanden, war sie nichts weniger als überwältigt. In hohen Regalen an den Wänden befanden sich Stoffe aller Qualitäten, Flaschen, Tiegel, Töpfe und Pfannen, Lampen, Tischdecken, Servietten und vieles andere mehr. Sogar an den Geländern der Balustraden hing Ware, darunter elegante Kinderwagen und persische Teppiche.

Die Trikotagenabteilung mit ihren Seidenballen und Samtbändern, Perlmuttknöpfen in allen Größen und Farben sowie Nähutensilien befand sich im Erdgeschoss, links von Sophie. Hinter einem langen Tisch warteten zwei adrette Verkäuferinnen in unauffälliger Dienstuniform auf Kundinnen. Zu Sophies Rechten konnten die Damen Luxuswaren wie Parfüm für sich oder, ein Stückchen weiter, Zigarren für den Gatten kaufen.

Atemlos glitt Sophies Blick über all die Herrlichkeiten. Sie entdeckte elegante Frauen, die die Stufen in die erste Etage hinaufschwebten, wo eine Auswahl moderner Hüte auf Ständern stand.

So etwas Wunderbares hatte sie noch nie gesehen. Egal was passierte, entschied sie überwältigt, sie würde diese herrliche Stadt niemals wieder verlassen! In diesem Moment bahnte sich die Herbstsonne über Hamburg ihren Weg durch das hohe Glasdach von Tietz' Kaufhaus, hinunter zu den geschliffenen Parfümflakons auf den Anrichten, wo sie wie übergroße Diamanten um die Wette glitzerten. Einige dezent angebrachte Schilder wiesen die werte Kundschaft darauf hin, dass im Kaufhaus Hermann Tietz kein Kaufzwang bestehe. Sogleich ertappte sich Sophie dabei, wie sie den Inhalt ihres Portemonnaies überschlug. Bevor sie diese Schatzkammer verließ, würde sie unbedingt noch in die zweite Etage gehen müssen, wo einmal in der Stunde aktuelle Pariser Mode vorgeführt werden sollte, wie Sophie soeben auf einer Tafel am Fuß des Treppenaufgangs lesen konnte.

Da fiel ihr der Briefumschlag von Frau Bellingrodt in ihrer Manteltasche ein. Er erinnerte sie daran, dass sie noch etwas Wichtiges zu erledigen hatte. Und so bahnte sie sich einen Weg hinauf in den ersten Stock, wo die Putzmacherabteilung lag. Sophie war erstaunt, wie viele Hüte unterschiedlichster Größen, Farben und Formen hier angeboten wurden. Überall entdeckte sie Damen jedes Alters, die sich von adrett gekleideten jungen Verkäuferinnen beraten ließen, dies oder jenes anprobierten und sich vor den Spiegeln an den Wänden drehten. Sophie suchte unter dem Personal eine Frau mit auffallend rotem Haar.

»Kann ich Ihnen helfen?«, fragte plötzlich jemand hinter ihr.

Sophie drehte sich um und stand vor einer Verkäuferin mit streng hochgestecktem Haar. Erst wollte Sophie verneinen, besann sich dann aber eines Besseren. »Ich suche eine junge Dame, die hier arbeiten soll. Sie empfahl einer Freundin von mir einen wunderschönen Hut«, plapperte Sophie drauflos.

Die Verkäuferin lächelte unverbindlich. »Können Sie mir den Hut beschreiben? Vielleicht haben wir ein ähnliches Modell noch im Hause.«

»Nein, danke, eigentlich geht es mir um besagte Verkäuferin.« Sophie musste sich eingestehen, dass sie nicht darüber nachgedacht hatte, was sie eigentlich sagen wollte.

Das Lächeln der Frau war gewichen. »Nun, wenn Sie so großen Wert darauf legen, von einer bestimmten Angestellten bedient zu werden, helfe ich Ihnen natürlich auch hier gern. Ist sie Putzmacherin aus unserem Hause? Sie müssen wissen, das Kaufhaus Tietz fertigt die meisten Modelle selbst an. Wie heißt sie denn?«

Jede der Verkäuferinnen trug ein kleines Schild am Revers, auf dem der Name der Trägerin eingraviert war. Diese hieß Fräulein Iwersen. Sophie spürte, wie ihre Hände nass wurden. »Das weiß ich leider nicht, Fräulein Iwersen. Die Gattin des Kaufmanns Bellingrodt sagte nur, dass die junge Dame flammenrote Haare gehabt haben soll.« Die Situation drohte peinlich zu werden.

Die Verkäuferin überlegte. »Ich denke, es ist das Beste, wenn ich den Herrn Abteilungsleiter hole.« Mit diesen Worten verschwand sie in der Menge. Sophie konnte noch sehen, wie sie durch eine unauffällige Tür schlüpfte, um bald darauf mit einem elegant gekleideten Herrn zurückzukehren.

Der Mann war etwa fünfzig Jahre alt und trug unter seinem modisch geschnittenen Gehrock eine recht farbenfrohe Weste sowie eine dazu passende dunkelgrüne Krawatte. Auf seiner Nase klemmte ein Zwicker, der seine Augen stark vergrößerte. Der Vollbart war penibel gepflegt, doch Sophie vermutete, dass er ihn färbte, denn während seine Augenbrauen bereits grau waren, glänzte der Bart in stolzem Schwarz. »Was kann ich für Sie tun, meine Dame?«

Sophie, die sich mittlerweile entschlossen hatte, der Wahrheit zu folgen, statt sich dumme Ausreden ausdenken zu müssen, kam gleich zum Thema. »Ich suche eine junge Verkäuferin, die vor einiger Zeit Ihre Kundin Amalie Bellingrodt bediente.«

»Möchte sich die Kundin beschweren?« Der Mann schien sichtlich beunruhigt.

»Nein, ich habe für Ihre Angestellte einen Brief der Kundin.« Sie hielt dem Mann das unbeschriftete Kuvert hin. Gerade wollte er danach greifen, als Sophie es schnell zurück in ihre Manteltasche steckte. »Frau Bellingrodt bat mich dringend, den Brief persönlich zu überreichen.«

Der Mann runzelte die Stirn voll Missfallen. »Was ist in dem Brief enthalten?« Er legte seine Hände auf den Rücken, was ihm wohl die Erscheinung eines strengen Lehrers geben sollte. Die Freundlichkeit eines Verkäufers jedenfalls hatte er jetzt abgelegt.

Sophie lächelte. »Ein Dankesbrief, nehme ich an.«

Der Mann drückte seinen Rücken ein wenig mehr durch, wohl um entschlossener zu wirken. »Ich kann Ihnen leider nicht helfen, meine Dame. Eine rothaarige Verkäuferin arbeitet nicht im Kaufhaus Hermann Tietz.« Gerade wollte Sophie widersprechen, als der Mann sie unterbrach. »Glauben Sie mir, Fräulein, ich kenne jede einzelne Verkäuferin bei uns. Nicht wahr, Fräulein …« Er beugte sich zu dem Schild am Revers der Angestellten neben ihm. »Iwersen?« Diese nickte beflissentlich. »Es steht Ihnen natürlich frei, meine Dame, sich noch ein wenig bei uns umzusehen.« Jetzt war er wieder der galante Verkäufer all der Herrlichkeiten in diesem Tempel. »Sollten Sie einen Wunsch haben, den wir erfüllen können, ist es uns eine Ehre, Ihnen zu Diensten zu sein.« Mit einer Verbeugung verabschiedete er sich und ließ Sophie stehen.

Wütend sah sie ihm und dem Fräulein Iwersen nach. Er hatte sich nicht einmal Mühe gemacht, darüber nachzudenken, ob eine Rothaarige unter all den weiblichen Angestellten gewesen sein könnte. Am liebsten hätte Sophie mit dem Fuß aufgestampft, doch das schickte sich natürlich nicht für eine erwachsene Frau.

Enttäuschung machte sich in ihr breit. Sollte die Suche wirklich enden, bevor sie überhaupt begonnen hatte? Sie hatte sich so auf dieses kleine Abenteuer gefreut. Dass es aber derart klein sein würde, hatte sie nicht für möglich gehalten. Mist, sie war so sicher gewesen, die geheimnisvolle junge Frau finden zu können. Beim letzten Abenteuer war sie wirklich gut gewesen, außerdem hatte es ihr viel Spaß gemacht, für die Kriminalpolizei ein kleines Rätsel zu lösen. Im Geheimen hatte sie sich sogar vorgestellt, wie es sein würde, wenn sie öfter ermitteln könnte, so wie Hauke es tat. Natürlich wusste sie, dass Frauen niemals Polizisten werden konnten. Der Gedanke war vollkommen abwegig. Doch träumen durfte man ja wohl? Jetzt aber, hier bei Tietz, schien ihr kleiner Erfolg in der Vergangenheit nichts weiter als Glück gewesen zu sein.

Enttäuscht musste sie zugeben, dass sie hier und heute versagt hatte. Sie würde zu der trauernden Mutter gehen müssen, um ihre Unfähigkeit einzugestehen. Eine Unfähigkeit, die niemand bemerkt hätte, wenn sie nicht so eitel gewesen wäre, ja, vermessen und dreist, anzudeuten, etwas von Polizeiarbeit zu verstehen.

Die Lust an der Modenschau war Sophie jetzt vergangen. Mit elendem Gefühl in der Magengegend machte sie sich auf den Weg hinaus auf die Straße. Als sie gerade den Eingang erreichte, kam eine junge Frau auf sie zugeeilt. Auch sie trug die graue Uniform einer Verkäuferin des Kaufhauses Hermann Tietz. »Sie suchen Marie? Marie Fischer?«

Sophie blieb stehen. »Hat sie rote Haare?«

Die junge Frau nickte eifrig. »Ja, sie sagt immer, dass sie von einer irischen Hexe abstamme. Das stimmt aber nicht. Ich weiß, dass ihr Vater Geldbriefträger in Altona ist.« Sie kam einen Schritt näher. »Können Sie mir sagen, ob es Marie gut geht?«

»War sie denn krank?«

Die junge Frau druckste ein wenig herum. Dann erfuhr Sophie, dass Marie von heute auf morgen ihre Anstellung im Kaufhaus Hermann Tietz verloren hatte. »›Ein gefallenes Mädchen‹, sagte der Herr Abteilungsleiter, und wir sollten uns ihr Schicksal zur Warnung nehmen«, flüsterte sie. »Aber Marie war keine von denen«, fügte sie entschieden hinzu.

»Wissen Sie, wer der Vater des Kindes war?« Sophie hatte da so eine Ahnung, doch die Verkäuferin schüttelte den Kopf.

»Marie hat kein Sterbenswörtchen über ihn gesagt. Bitte, Fräulein, sagen Sie mir, wo sie ist? Ich mache mir große Sorgen um Marie.«

»Wo wohnt Marie Fischer denn?«

»Bei ihren Eltern in Altona. Palmaille 58. Ich wollte eigentlich mal hingehen, aber irgendwie kam immer etwas dazwischen.« Sie lächelte entschuldigend.

»Sind Sie und Marie gute Freundinnen?«

Sie nickte. »Wir kennen uns noch aus der Schule. Ich habe ihr die Anstellung bei Tietz besorgt. Marie wollte ja eigentlich Stenotypistin werden. Wenn es nicht so vermessen wäre, wer weiß, vielleicht könnte sie sogar auf die Universität gehen. Marie ist wirklich sehr klug. Und dabei so hübsch.«

Sophie nahm ihre Hände. »Ich verspreche Ihnen, dass ich Marie bitten werde, sich bei Ihnen zu melden, sobald ich sie finde. Wie heißen Sie denn, Fräulein?«

»Sagen Sie ihr, Dorothea hat gefragt. Dorothea Ritter. Sie weiß, wer ich bin und wo ich wohne.« Schnell eilte sie an ihren Platz zurück, wo sie bereits von einer Kundin erwartet wurde.

KAPITEL 17

Verschiedenes. Bezüglich des Gebrauchs und der Aufbewahrung von Chemikalien hat Schulrath Mahraun die Hauptlehrer der öffentlichen Volksschulen in Anlass eines Specialfalles angewiesen, dass die mit dem Unterricht in Chemie betrauten Lehrer eine Revision des Bestandes an Chemikalien vornehmen sowie eine akkurate Beschriftung der Flaschen und Behältnisse einführen und regelmäßig zu kontrollieren haben, da hierbei absichtlich oder unabsichtlich Vertauschungen in der Vergangenheit vorgenommen wurden, sehr zum Nachteile der Lehrerschaft und einiger Schüler.

Originalauszug: Hamburger Nachrichten, 1. Oktober 1896

Nach seinem Treffen mit Sophie im Alsterpavillon war Hauke sofort zum Stadthaus geeilt, das nur wenige Minuten entfernt lag. Der Polizeirat aber war nicht in seinem Büro.

»Heute ist Bürgerschaftssitzung«, hatte der Uniformierte am Eingang nur gesagt und offenbar erwartet, dass Hauke die Bedeutung dieser Tatsache in ihrer Gänze erkennen würde. Da dem augenscheinlich nicht so war, erklärte er, dass der Herr Polizeirat ins Rathaus gegangen sei, um für eventuelle Fragen der Herren Abgeordneten und Senatoren zur Verfügung zu stehen. Hauke dachte an die Geier, die laut Roscher bereits über dem Stadthaus kreisten.

»Das kann bis in den späten Abend dauern, Herr Kommissar.«

Hauke hinterließ Roscher eine dringende Nachricht, in der er ihn darüber informierte, dass Wilhelm Bellingrodts Sohn wohl doch an Bord des Ewers gewesen sei. »Dies wirft ein neues Licht auf den Schmuggelfall«, schrieb Hauke eilig auf das Papier. »Ich schlage daher eine sofortige Befragung des

W. B. im Stadthaus vor.« Danach machte er sich wieder auf den Weg in den Hafen. Er gedachte nicht, noch mehr Zeit zu verschwenden.

Als er kurz darauf den Hopfenmarkt überquerte, schlug das Kirchspiel von St. Nikolai gerade fünf Mal. Es war Zeit, mit jenen Männern zu sprechen, die tagein tagaus beim Sandtorquai arbeiteten. Und diese Leute fand man am ehesten in den Hafenkneipen. Der »Veermaster« war eines der bekanntesten Etablissements, wo die Vizes vom Sandtorquai ihre Leute für das Be- und Entladen der Schiffe anheuerten. Das hatte Hans ihm gesagt. Jetzt trat Hauke die vier Stufen ins Souterrain eines schäbigen Hauses hinunter, wo sich die einfache Gaststätte befand. Er spürte noch die Strahlen der Sonne in seinem Rücken, als ihm durch die offene Tür auch schon der schale Geruch von Bier und Rauch entgegenschlug. Im nächsten Moment hatte ihn die Dunkelheit verschluckt.

Seine Augen brauchten einen Moment, bis sie sich an das schummrige Licht gewöhnt hatten. Gegenüber dem Eingang lag der Tresen der Kaschemme. Dahinter stand eine Matrone mit einer fleckigen Schürze vor dem ausladenden Bauch. Sie schenkte gerade schäumendes Bier in angeschlagene Gläser, während ihr Mann in einer Ecke saß und mit einem Gast tuschelte. Als die beiden Männer Hauke bemerkten, unterbrachen sie ihr Gespräch und begutachteten den Neuankömmling von oben bis unten.

Zufrieden stellte Hauke fest, dass er hier genau richtig war. Er sah sich um. An einem Tisch saßen drei Hafenarbeiter und kloppten Skat.

»Achtthein!« – »Jo!« – »Twinnich!« – »Jo, heff ick!« – »Zwo?« – »Jo!« – »Passe.« Einer nahm die Karten aus der Mitte und sortierte sie in das Blatt auf seiner Hand ein, wobei er siegessicher dreinschaute und an einem Zigarrenstummel kaute.

Das helle Licht des Tages fand kaum seinen Weg durch die dreckigen Fenster. Petroleumlampen mussten das übernehmen.

Hauke setzte sich an einen Tisch in der Ecke, wo bereits ein Arbeiter saß. Der Mann hing vornübergebeugt und schnarchte leise vor sich hin. Von hier aus konnte Hauke genau sehen, wer hereinkam oder hinausging.

Schon kam der Kneipier hinterm Tresen vor. »Beer?«

Hauke nickte. Bevor der Wirt aber das Bier für Hauke holte, legte er seine Hand auf die Schulter des Schlafenden. Grob rüttelte er den Mann. »Opstohn! Wer nix drinken deiht, muss rut.«

Erschreckt hob der Mann seinen Kopf. Er schien zu überlegen, wo er sich befand. Dann griff er eilig nach dem Glas vor sich und trank all das schaumlose Bier darin in einem Zug aus. »Noch eens«, murmelte er. »Noch jümmer nix?«, wollte er vom Wirt wissen.

»Nee«, grummelte der, nahm das leere Glas und ging, um es wieder aufzufüllen. Der Mann legte seinen Kopf zurück auf die Tischplatte.

Da kam ein anderer an Haukes Tisch, der zuvor am Tresen gelehnt hatte. Er trug die Kluft der Hafenarbeiter und musste noch jung sein, denn sein Rücken war von der harten Arbeit noch nicht gebeugt. Ein voller, wirrer Bart bedeckte den Großteil seines Gesichts, sodass Hauke nur schwer das Alter schätzen konnte. Der Mann setzte sich ohne ein Wort. Hauke bemerkte die grün und braun angelaufene rechte Hand des Mannes. »Wie ist denn das passiert?«

Der Arbeiter musterte geringschätzig die geschwollenen Finger. »Gequetscht. War meine Schuld. Passiert hier leicht.«

Da die Männer meist nur Tagelöhner im Hafen waren und darum keine dieser neuen Krankenversicherungen hatten oder Geld für einen Arzt, mussten sie bei Unfällen hoffen, dass es nicht so schlimm sein würde. Und warten, bis alles ausgeheilt war.

»Der arme Kerl«, wechselte der Mann das Thema und nickte zu dem Schlafenden. »Er wartet seit fünf Stunden, dass irgendein Vize reinkommt und Leute im Hafen braucht.« Schweigend schauten die beiden Männer den Schlafenden an. »Er hat drei Kinder und eine kranke Frau. Aber nur, wenn der Wirt einen

Gast mag, bekommt der auch eine Arbeit. Die Vizes verhandeln mit den Wirten, nicht mit den Leuten an den Tischen. Und die Halsabschneider verdienen dann an der Vermittlung und an den Bieren, die die Männer hier trinken müssen, während sie warten.« Er machte eine reibende Bewegung mit Daumen und Zeigefinger. »Wer nicht genug säuft, bekommt auch nix zu tun. Jeder Handschlag im Hafen hängt vom Wohlwollen dieser Aasgeier ab.« Er sah zum Wirt hinüber. »Wer sich mit denen nicht gut stellt, krepiert.«

Hauke fragte sich, ob der Mann vor ihm einer der Gewerkschaftler sein könnte, die die Hafenleute zum Streik aufforderten. Bildung jedenfalls schien der Kerl zu haben. Wer in so einer Kneipe benutzte schon das Wort »Wohlwollen«?

Ein Junge, kaum älter als sechs oder sieben Jahre, kam angelaufen und stellte vor Hauke einen Krug Bier auf den Tisch, den er zuvor nur mit beiden Händen hatte halten können. »Wohl bekomm's, der Herr.«

Hauke nahm das Glas hoch und prostete dem Fremden zu. Das Bier war hell und leicht.

»Arbeit suchen Sie aber nicht, oder?«, wollte der Mann wissen.

»Bin neu in der Stadt.«

»Kaptein?« Hauke nickte. »Mannschaften gibt es hier nicht. Hier suchen nur Kaiarbeiter und Schutenschubser eine Anstellung.«

»Schutenschubser?«

»Ewerführer, wenn man es vornehm mag.« Der Mann nahm einen großen Schluck aus seinem Glas.

»Ich suche keine Mannschaft. Habe kein Schiff. Will nur ein Bier trinken.«

Der Mann stellte sein Glas auf den Tisch. »Ist es nicht etwas früh am Tag für ein Bier?«

Hauke grinste. »Dito.« Sie lächelten beide. »Also, was willst du von mir? Hast dich doch nicht ohne Grund zu mir gesetzt?«

Der Fremde zögerte. »Ich habe Sie gesehen. Sie waren im Speicher von Bellingrodt.«

»Und?«

»Jemand meinte, Sie sind ein Kommissar aus Kiel.«

»Ach.«

»Wenn dem so ist, dann habe ich ein Rätsel für Sie«, fuhr der Fremde fort. »Wer verzeiht jede Lüge, jeden Betrug, aber niemals eine geflickte Hose?« Jetzt erhob sich der Mann und leerte sein Bier in einem Zug. »Wahrlich, ich sage euch, dass die Zöllner und die Huren euch vorangehen in das Reich Gottes.« Dann tippte er an seine Mütze und verließ ohne ein weiteres Wort die Kellerkneipe.

Zöllner? Huren? Reich Gottes? Geflickte Hosen?

Hauke sprang auf und eilte ihm nach. Mit zwei Schritten hatte er die Stufen zur Straße genommen. Die Sonne blendete ihn. Blinzelnd stand er auf dem Trottoir, während die Leute geschäftig um ihn herumeilten. Er sah nach links und rechts, doch der Fremde war verschwunden.

Ärgerlich kehrte Hauke zurück zu seinem Bier. Er nahm es und ging zum Tresen hinüber. »Wer war der Mann, der eben bei mir am Tisch saß?«, wollte er von der Wirtin wissen.

Sie zuckte mit den Achseln. »Kenn ick nich.«

»Und Ihr Mann, hat der ihn schon einmal hier gesehen?«

Sie rief ihren Mann. Doch auch der schüttelte den Kopf.

»Sind Sie von der Polizei?«, wollte er lauernd wissen.

Hauke nahm noch einen Schluck, statt zu antworten. Wer war der Fremde? Auf alle Fälle nicht jener, der ihn nach seiner Ankunft in der Stadt verfolgt hatte. Dafür war er zu groß. Und was sollte das Rätsel aus Matthäus 21, Vers 31? Etwas sagte Hauke, dass dieses Treffen kein Zufall war und dass er den Mann wiedersehen würde. Leider hatte er hinter dem wilden Bart kein Gesicht ausmachen können, das er im Archiv von Roscher hätte suchen können. Mist.

Es war Zeit, zurück in den Freihafen zu gehen, wo Hans sicherlich schon auf ihn wartete. Hauke holte zwei Groschen aus der Jackentasche und ließ sie auf den Tresen klimpern. Als die Wirtin danach griff, präsentierte er ihr seinen Dienstausweis. »Und wenn ich nachher wiederkomme, hat der Mann da drüben Arbeit.« Er wies zu dem Schlafenden hinüber. »Wenn nicht, lasse ich den Laden schließen.«

Natürlich war das eine vollkommen leere Drohung. Aber das wusste die Frau ja nicht. Zögernd nickte die Wirtin.

Grimmig starrte sie Hauke nach, als er den Keller verließ.

KAPITEL 18

Zugerichtet wurde gestern Abend eine Dame in der Allee von ihrem Hunde. Derselbe balgte sich mit einem anderen Hunde, und als seine Herrin versuchte, beide Hunde auseinanderzubringen, wurde ihr von ihrem Vierbeiner der Daumen der rechten Hand fast abgebissen und außerdem der rechte Arm zerfetzt.

Originalauszug: Hamburger Nachrichten, 5. September 1896

Die Palmaille war eine breite Straße mit hohen Bäumen auf einem Mittelstreifen, der zum Flanieren einlud. Vierstöckige hübsche Häuser säumten die prächtige Straße zu beiden Seiten. Ihre Fronten waren mit Erkern, kleinen Balkonen und aufwendigem Dekor verziert. Sie verlief parallel zur Elbe, zwischen Hamburg und Altona. An der Palmaille lebten die besserverdienenden Angestellten und Beamten mit ihren Familien. Sophie stand jetzt vor Nummer 58. In einem so stattlichen Haus würde sie auch gern wohnen, sollten sie und Hauke in der Stadt bleiben. Sie fragte sich, ob ein Kriminalkommissar wohl genügend Salär erhielt, um hier eine Wohnung zu beziehen. Natürlich müssten sie zuvor endlich heiraten. Das aber hatte sich in den letzten Jahren als schwieriges Unterfangen herausgestellt. Sie seufzte.

Es hatte zu nieseln begonnen, darum schlüpfte Sophie schnell in den Hauseingang. Sie öffnete die geschnitzte Eingangstür und trat ins Foyer. Dieses hatte man mit einem Marmorfußboden mit verschnörkelten Arabesken versehen, die sich wie Schlangen links und rechts nahe der Wand entlangwanden. Acht Stufen führten ins Hochparterre, wo der vornehme Eingangsbereich in ein pragmatisch wirkendes Treppenhaus überging. Sophie nahm die blank gewienerten Holzstufen in den dritten Stock. Es roch nach Bohnerwachs und Bratkartoffeln. Jemand übte am Klavier einen Walzer von Chopin. Im dritten Stock blieb Sophie vor einer eichenen Tür mit blumenreichem Bleiglasdekor stehen. Das Namensschild unter dem Türklopfer sagte ihr, dass hier Familie Fischer wohnte. Sophie zögerte, als ihre Hand sich auf den Klopfer mit dem Löwenkopf aus Messing legte. Was sollte sie Marie Fischer sagen? Sollte sie ihr den Brief mit einigen Worten des Bedauerns einfach überreichen? Sophie überlegte, dass ihr Verlobter sicherlich schon öfter mit der Mitteilung über den Tod eines Menschen vor einer Tür gestanden hatte. Sie schluckte. Es war schwerer, als sie gedacht hatte. Dann hob sie den Klopfer und ließ ihn auf die Tür fallen.

Es dauerte einen Moment, bis sie Schritte auf dem Flur hinter der Tür hörte. Eine rundliche Frau um die fünfzig öffnete. Sie wischte ihre mehligen Hände in der Schürze ab und schob eine rote Locke aus ihrem freundlich lächelnden Gesicht. »Ja bitte?«

»Guten Tag, Frau Fischer, mein Name ist Sophie-Luise Struwe. Ich komme mit einer Nachricht für Ihre Tochter Marie. Sie ist von Frau Bellingrodt ...«

In diesem Moment trat hinter der Frau ein Mann in grauer Wolljacke hervor. In der einen Hand hielt er eine Zeitung und in der anderen eine Zigarre. »Bellingrodt? Diesen Namen will ich nie wieder in meinem Hause hören!«

»Aber Hermann, du kannst doch nicht so unfreundlich zu dem Fräulein sein.«

Ihr Mann schob sie grob zur Seite. »Wer immer sie ist, sie ist hier nicht willkommen.«

Sophie ahnte, warum der Vater auf die Bellingrodts nicht gut zu sprechen war. Dorothea hatte da so eine Andeutung gemacht. »Ich möchte Sie nicht lange stören, Herr Fischer. Ich habe Ihrer Tochter Marie nur einen Brief zu übergeben. Ist sie da?«

»Ich habe keine Tochter mehr.« Mit diesen Worten knallte er die Tür zu.

Sprachlos starrte Sophie auf den Türklopfer, als könne der ihr erklären, was eben passiert war. Doch das dämlich glotzende Tier schwieg.

Unschlüssig, was sie nun tun sollte, trat Sophie zwei Schritte zurück. Das empfahl sie stets den Kindern des Konsuls, wenn diese sich darüber beklagten, dass die Aufgaben im Unterricht zu kompliziert für ihre kleinen Köpfe seien. »Tretet zwei Schritte zurück und seht euch alles aus der Distanz an. Viele Dinge ergeben dann erst einen Sinn.«

Kopfschüttelnd stand sie vor der verschlossenen Wohnungstür. Sollte sie noch einmal anklopfen? Oder sollte sie den Brief einfach vor die Tür legen und aufs Beste hoffen?

War ihre Suche nach Marie Fischer hier etwa schon zu Ende? Was würde Hauke an ihrer Stelle tun? Wut kroch in ihr hoch. Das Benehmen von diesem Herrn Fischer war eine Frechheit. So viel war klar. »Verdammt«, zischte Sophie und stapfte die Stufen hinunter. Sie brauchte jetzt erst einmal frische Luft, um einen klaren Gedanken fassen zu können.

Als sie bereits den Treppenabsatz der nächsten Etage erreicht hatte, hörte sie über sich eine Tür leise aufgehen.

»Fräulein Struwe, bitte warten Sie einen Moment«, vernahm Sophie die Stimme von Frau Fischer. So geräuschlos wie möglich eilte Maries Mutter die Stufen zu Sophie hinunter. In ihrer Hand hielt sie einen Stapel Briefe, die mit einem Wollfaden zusammengebunden waren. »Wir wissen nicht, wo unsere Marie ist.« Sie reichte Sophie die Briefe. Es mochten an die zwanzig sein. Jeder trug eine exotische Briefmarke und Stempel auf dem Umschlag.

»Wann haben Sie Ihre Tochter zuletzt gesehen, Frau Fischer?«

Die Frau schien nach Worten zu suchen. »Mein Mann schämt sich so sehr. Er ist doch Beamter. Er muss auf seinen guten Ruf achten. Was hätten die Nachbarn gesagt, wenn …?« Sie schniefte und fummelte mit einer Hand ein Taschentuch aus der Tasche ihrer Schürze.

»Es stimmt also, was man bei Tietz sagt?«

Die Frau nickte heftig. »Bitte, bringen Sie Marie diese Briefe. Sie sind aus Brasilien, glaube ich. Er muss sie doch geliebt haben, wenn er ihr so viele Briefe schreibt, oder? Der letzte Brief kam vor zwei Monaten. Ich habe keinen einzigen gelesen.« Sie überlegte. »Denken Sie, ich hätte es tun sollen? Ich hatte mehrmals versucht, dem Absender zu schreiben, aber es steht ja kein Name drauf, nur eine Adresse. Und ich wusste nicht, was ich hätte sagen sollen. Oh, ich hoffe so sehr, dass es meiner Marie gut geht.«

Sophie war sicher, dass die Briefe von Johann Bellingrodt sein mussten, denn als Absender war ein Kontor der Firma Bellingrodt in Vassouras, Brasilien, angegeben.

»Denken Sie, Ihre Tochter könnte bei Freunden oder Verwandten auf dem Land sein? Oder vielleicht zum … Vater des Kindes gereist sein?«

Die Mutter schüttelte den Kopf. »Sie hat kein Geld, um große Reisen zu machen. Und Verwandte haben wir nicht, die sie in ihrem Zustand aufgenommen hätten. Wir sind sehr christlich.«

»Christlich? Verstehe. – Kam sie nie, um nach Post zu fragen?«

Die Frau biss sich auf die Unterlippe. »Mein Mann hat sie jedes Mal fortgejagt, bevor ich ihr die Briefe geben konnte«, flüsterte sie kaum hörbar. »Ich habe mein Kind seit zwei Jahren nicht mehr gesehen.«

»War jemals ein junger Mann bei Ihnen, um seine Aufwartung zu machen?« Wieder schüttelte sie den Kopf. Frau Fischer hatte Johann Bellingrodt also noch nie gesehen. »Hatte je ein Mitglied der Familie Bellingrodt versucht, zu Ihnen Kontakt aufzunehmen?«

Die Augen der Mutter wurden groß. »Warum sollten sie? Marie hat sich doch selbst in diese Lage gebracht. Natürlich wäre es ehrenhaft gewesen, wenn sie finanziell –«

In diesem Moment wurde die Wohnungstür über den Köpfen der beiden Frauen aufgerissen. »Mathilde!«, dröhnte die Stimme Hermann Fischers durch das Treppenhaus.

Die Frau zuckte zusammen. Mit einem Knall schlug die Tür wieder zu. »Sagen Sie meiner Tochter, dass ich ihr alles verzeihe.« Die Mutter drehte sich um und eilte die Stufen wieder hinauf. »Sie soll sich bei mir melden. Aber so, dass der Vater es nicht merkt«, fügte sie noch schnell hinzu, während sie bereits nach oben lief.

»Warten Sie, Frau Fischer!« Sophie beugte sich über das Geländer. »Marie hat rote Haare? So wie Sie?«

»Ja.«

»Haben Sie eine Fotografie von ihr?«

Frau Fischer schüttelte den Kopf. »Eine Fotografie? Nein.«

Dem Schließen der Wohnungstür und dem Klappern einer Kette, die jemand davorlegte, folgte einsame Stille im Treppenhaus. Nur die traurigen Töne des Klaviers waren in der Ferne zu hören.

Sophie überlegte, was sie jetzt tun konnte. Marie war also verschwunden. Und Johann Bellingrodt war tot. Wo aber war das Kind der beiden, so es denn eines gegeben hatte? Denn schwanger gewesen zu sein bedeutete noch lange nicht, dass das Kind oder auch nur die Mutter überlebt hatten. Ein Schauder lief Sophie über den Rücken. Und dass Johann Bellingrodt der Vater sein könnte, war nicht mehr als eine Vermutung. Sophie musste unbedingt Marie Fischer finden! Dort, wo sie war, waren auch die Antworten auf all jene Fragen, die ihr gerade durch den Kopf schossen. Doch wo mit der Suche beginnen? Und wie? Ohne eine Fotografie von Marie würden ihre Nachforschungen mit Gewissheit erfolglos bleiben.

Da fiel ihr ein, dass sie im Ankleidezimmer von Johanns Mutter viele in Silber gerahmte Familienfotos gesehen hatte. Vermutlich ließ der Patriarch Bellingrodt alle Fotografien im Haus nur vom besten und teuersten Fotografen der Stadt machen. Sophie fragte sich, ob im Falle einer wirklichen Liebe zwischen Johann und Marie der junge Mann vor seiner Abreise noch eine Fotografie von sich und seiner Liebsten hatte anfertigen lassen. Drei Jahre in Brasilien waren eine lange Zeit und bedurften sicherlich der einen oder anderen Erinnerung. Dass dem jungen Mann Marie Fischer am Herzen gelegen hatte, bewiesen die vielen Briefe, die Sophie in ihrer Hand hielt.

KAPITEL 19

New York. (Telegramm). Im Durchschnitt werden dem US-Schatzamt 200.000 $ Gold täglich entnommen, meistens, um es auszugeben.

Originalauszug: Hamburger Nachrichten, 14. Oktober 1896

Der Saal der Kaffeebörse war hoch. Säulen trugen die überladene Stuckdecke, die über die Jahre durch all den Zigarrenrauch der Kaufleute eine gelbliche Patina angenommen hatte.

»Zwei franko Geld!«, rief ein Mann im Gehrock und mit einer Melone auf dem Kopf.

»Santos Geld! Zwei Geld Superior!«, rief ein anderer.

Nervös pafften die Kaffeehändler an ihren Zigarren. Ihre Gesichter zeigten äußerste Konzentration. Ein Fehler jetzt, eine falsche Einschätzung der kommenden Wetterverhältnisse in Brasilien oder in Guatemala, und schon könnte die eigene Firma ruiniert sein. Wenn in einigen Monaten dann die Ware geliefert würde und nicht annähernd der erwarteten Qualität entsprach, war es aus. Andererseits aber könnten auch ungeahnte Gewinne just in diesem Moment in der Luft liegen, wenn man nur schnell genug sein Gebot abgab, bevor die Konkurrenz es tat.

Herren mit Zylinder auf dem Kopf eilten zwischen viereckigen Podesten hin und her, auf denen die Makler hinter hölzernen Geländern standen. Einer erteilte gerade den Zuschlag: »Von Ihnen an Sie!« Siebenhundert Sack Rohkaffee à sechzig Kilo hatten soeben den Besitzer gewechselt. Rohkaffee, der noch an südamerikanischen Sträuchern wachsen musste, denn in diesen Wochen wurden auf den Plantagen erst jene Früchte geerntet, die man bereits im letzten Jahr verkauft hatte.

Hauke bemerkte einen Händler leise fluchen, während der erfolgreiche Käufer breit grinsend an ihm vorbeischlenderte. Hier, am Sandtorquai 14, spielten sich turbulente Szenen dieser

Art täglich zwischen zehn Uhr morgens und halb eins mittags ab. Der Kommissar ging durch die Menge. Hier und da schnappte er ein paar Worte im Händlerjargon auf, die er nicht verstand. Da bemerkte er zwei Männer.

»Königsberger, kommen Sie mal her!«, rief ein Herr in gestreifter Hose, mit Frack und Zylinder, einem anderen Mann zu.

Dieser ging zögerlich auf ihn zu. Er zog seinen Hut und deutete eine Verbeugung an. »Herr Nottebohm. Was kann ich für Sie tun?«

»Haben Sie den Markt abgeklappert? Die Partie in meinem Speicher muss endlich weg.«

»Ja, Herr Nottebohm, aber keiner will den Usambara haben.«

»Waren Sie auch bei Bellingrodt?«

»Ja.«

»Und, was hat er gesagt?«

Der Mann stockte einen Moment. »Nottebohm, hat er gesagt, der Nottebohm, der kann mich am Arsch lecken.«

»Und wenn ich es tue, nimmt er dann die Partie?«

Was der Makler daraufhin sagte, konnte Hauke nicht mehr hören, denn ein weiterer Herr hatte sich aus der Menge gelöst und kam auf Hauke zu.

»Guten Tag. Sie müssen der Kommissar aus Kiel sein.« Der Mittvierziger reichte Hauke die Hand. »Eduard Lassally, mein Name. Ich bin Vorsitzender des ›Vereins der am Caffeehandel beteiligten Firmen‹.« Er wies auf die umhereilenden Händler im Saal. »Also, von all dem hier.«

»Ich werde Ihre Zeit nicht allzu lange in Anspruch nehmen, Herr Lassally. Ich ermittle in einem Fall, in dem Kaffee eine zentrale Rolle spielt. Darum versuche ich zu verstehen, wie der Handel funktioniert.«

Der Mann machte große Augen. »Oh, haben Sie denn so viel Zeit mitgebracht? Der Kaffeehandel ist eine Kunst, die sich über Generationen entwickelt hat. Von der Fertigkeit, guten von schlechtem Kaffee zu unterscheiden, bis hin zum Verhandeln von Verträgen oder der richtigen Nase für den richtigen Moment, etwas zu verkaufen oder zu kaufen. In den letzten Jahren ist der Handel mit Kaffee immer diffiziler geworden. Vor allem, seit wir unsere Terminbörse hier in Hamburg haben«, fügte er nicht ohne Stolz hinzu.

Er führte Hauke zu einem offenen Fenster, wo eine Gruppe von Herren ihre Zigarren rauchten. Sie waren in ein Gespräch vertieft, das sie ebenso gut in chinesischem Mandarin hätten halten können. Hauke verstand kein Wort.

»Darf ich vorstellen …« Lassally unterbrach die Herren. »Das ist Kommissar Sötje aus Kiel.«

Der Älteste in der Runde ergriff Haukes Hand. »Geht es um den verdammten Schmuggel? Na, endlich kommt mal einer und kümmert sich.«

Lassally nickte. »Sie sehen, Herr Kommissar, Sie sind uns mehr als willkommen. Seit etwa zwei Jahren haben wir den Verdacht, dass gerösteter und teils gemahlener Kaffee auf illegale Weise auf den deutschen Markt kommt. Wir können es nicht beweisen, aber …«

Die Herren nickten zustimmend, wobei sie ihre Zigarren wieder in den Mund schoben. »Es scheint nicht viel zu sein, wenn man davon ausgeht, dass allein im letzten Jahr mehr als zwei Millionen Sack über Hamburg gehandelt wurden. Vielleicht waren es zehn oder elf geschmuggelte Tonnen Gerösteter.«

Diese Zahl übertraf Haukes bisherige Vermutungen über die Aktivitäten der Bande um ein Vielfaches.

»Aber der Kaffeehandel ist wie eine Orchidee. Zart und empfindlich«, erklärte ein kleiner Herr mit Zwicker auf der Nase. »Wenn das Gleichgewicht von allem gestört ist, merkt es jeder von uns an seinen Büchern.«

»Außerdem«, unterbrach ihn ein anderer und hob seinen Zeigefinger wie ein Lehrer, »wenn es erst einmal anfängt, hört es nicht mehr auf. Wo ein fauler Fisch ist, finden sich bald noch mehr!«

Die anderen Kaufleute nickten zustimmend.

»Jo, auch wenn es heute noch nicht viel ist, aber wir merken es doch. Denken Sie doch mal daran, meine Herren, wie der Preis fiel, als Bellingrodt seine verdammte Privatrösterei aufmachte. Seine fixen Ideen haben mich eine Menge Umsatz im letzten Jahr gekostet!« Wütend paffte der Sprecher eine Rauchwolke in die Runde. Seine Wange zierte eine Narbe.

»So ist es! Die Ordnung der Dinge sichert jedem von uns den Profit. Den Agenten ebenso wie den Maklern und den Händlern oder den Röstereien. Und plötzlich soll es anders sein? Da macht der Herr alles selbst?«, meinte ein Dicker zunehmend verärgert. »Wo soll das denn hinführen?«

Hauke hörte aufmerksam zu. Steckte jemand hinter dem Schmugglerring, der dank Wilhelm Bellingrodt Verluste einfuhr?

»Sein Sohn Johann soll sogar eine Agentur in Santos geleitet haben, um für seinen gierigen Vater Plantagen ausfindig zu machen, die er kaufen kann!« Der Sprecher schüttelte den Kopf. »Man ist entweder Fleisch oder Fisch! Beides geht nicht. Händler und Produzent, wo kämen wir denn hin!«

Man schien nicht nur auf Wilhelm Bellingrodt wütend zu sein. Auch die Söhne hatten offenbar wenig Freunde hier. Hauke dachte an die Toten auf der »Wilhelmine«. Er würde die Akte noch einmal lesen. Vielleicht hatte er etwas übersehen, und es gab Hinweise auf einen der Herren hier am Fenster.

In diesem Moment hörte man lautes Lachen aus dem hinteren Teil des Börsensaals kommen. Die Männer am Fenster drehten sich zur Quelle der Belustigung um. Dort, wo die hohen Tafeln mit den Schiffsdaten und Einlaufzeiten, den Preisen und Wetterberichten aus Südamerika und Afrika hingen, hatten sich einige Männer versammelt.

»Was ist denn da los?«, murmelte Lassally und ging hinüber. Hauke folgte ihm. Auch der Portier der Kaffeebörse kam eilig herbeigelaufen und drängelte sich durch die Menge, hinüber zu einer kleineren Tafel, die auf Augenhöhe angebracht war. Hier hingen Verkaufs- und Gesuchzettel. Ein besonders großer, handschriftlicher Zettel schien die Ursache für das Gaudium zu sein. Der Portier riss den Zettel von der Wand.

»Was ist los, Mahling?«

Der Portier drehte sich mit rotem Gesicht um. »Jemand hat, gänzlich ohne mein Zutun, Herr Lassally, ich kann es Ihnen auf mein Wort versichern … einen Zettel … ungenehmigt … Das hätte ich doch niemals ausgehängt, ohne Ihre Erlaubnis!«

»Zeigen Sie mal.« Lassally nahm dem Portier der Kaffeebörse den Wisch ab und las. Dann lachte auch er. »Das wäre zu schön, um wahr zu sein.« Einige stimmten zu.

»Und was ist, wenn es stimmt und Bellingrodt tatsächlich seine Firma verkaufen will?«, wollte einer wissen.

Das Lachen erstarb für einen Moment. Die Herren überschlugen mögliche Aktiva und Passiva der Firma Bellingrodt, wägten ab, wie hoch die Investitionen für einen Kauf sein müssten und welch mögliche Profite sich daraus ergäben.

»Tüddelkram!«, rief einer. »Bevor der verkauft, bauen wir Wein am Stintfang an.«

Das Lachen erhob sich erneut. Man war allgemein sicher, dass es sich bei dem Zettel um einen Scherz handeln musste.

»Und was ist mit der Anzeige im heutigen ›Hamburger Correspondenten‹?«, rief einer in der hinteren Reihe, während er eine Zeitung in seiner Hand über den Köpfen der Männer hin und her wedelte. »Da steht, Bellingrodt sei pleite!«

Ein überraschtes Raunen ging durch den Raum. Jemand entriss dem Rufer das Blatt. Die anderen Männer liefen auseinander, um noch irgendwo ein weiteres Exemplar zu ergattern.

Hauke zog Lassally beiseite. »Wer könnte das gewesen sein?«, fragte er den Kaffeehändler.

»Wer auch immer das getan hat, hat sich wenig ehrenhaft verhalten, sofern tatsächlich kein Verkauf geplant ist.« Lassally wirkte angespannt. »Wilhelm Bellingrodt hat viele Neider. Er ist so … penetrant. Man ist hier einfach bescheidener. Hanseatischer, wenn Sie so wollen. Bellingrodt stand vor einigen Jahren tatsächlich kurz vor dem Bankrott. Der neue Speicher, die Villa in Hamm, Automobile. Aber er erholte sich erstaunlich rasch. Vielleicht waren daran seine guten Kontakte zum Kaiserhof nicht ganz unschuldig.«

»Neider in der Kaufmannschaft also?«

Lassally wiegte den Kopf hin und her. »Es ist vielleicht doch eher ein Sportsgeist, den er bei der Konkurrenz entfacht hat.«

»Und der Aushang eben? Oder die Anzeige in der Zeitung? Das klingt für mich nach Rufschädigung und nicht nach sportlichem Geist.«

Lassally stellte sich ein Stückchen weiter hinter eine Säule. »Nicht, dass wir hier alle Engel wären, aber hanseatische Kaufmannsehre ist in unsere Seelen eingebrannt. So etwas Kindisches wie Gerüchte in die Welt setzen würde keiner der Herren tun. Sollte dem doch so sein, würde er umgehend aus dem ›Verein der am Caffeehandel beteiligten Firmen‹ ausgeschlossen werden. So unsere Satzung.«

Hauke hatte da zwar seine Zweifel, denn wenn es um Profit ging, war jeder Hamburger sein eigener Freund, aber das war hier nicht das Thema. »Mussten seinetwegen Unternehmen Insolvenz anmelden?«

Lassally holte tief Luft. »Keines der großen. Aber viele kleinere Händler und auch einige Röstereien klagen über Schwierigkeiten. Bellingrodts Preise sind so niedrig, dass keiner mithalten kann.«

»Kennen Sie den Eigner des Ewers ›Wilhelmine‹?«

Lassally überlegte. Dann schüttelte er den Kopf. »Warum?«

»Das Schiff verunglückte auf der Elbe.«

»Ich hörte davon. Johann Bellingrodt soll an Bord gewesen sein, sagt man.«

Erstaunt bemerkte Hauke, wie flink die Gerüchteküche in der Stadt war. »Ich muss mehr über diesen Ewer und seinen Eigner wissen. Es könnte auch sein, dass das Schiff als ›Stör‹ bekannt war.«

Eine steile Falte legte sich bei Lassally auf die Stirn. »Gut, ich werde mich umhören. Ich kann aber nichts garantieren.« Da trat ein Herr mit Zylinder auf die beiden zu. Bevor er etwas sagen konnte, reichte Lassally Hauke die Hand. »Wenn wir noch behilflich sein können, sagen Sie gern Bescheid, Herr Kommissar.« Dann wandte er sich dem Neuankömmling zu.

Als Hauke den Saal verließ, war ihm klar, dass hier keine Krähe der anderen ein Auge aushacken würde. Wenn er etwas in der Kaffeebörse erfahren konnte, dann lediglich zu Bellingrodt. Interessant schien Hauke, dass die Firma vor einigen Jahren Geldprobleme gehabt haben sollte, just zu der Zeit, als der Privatspeicher errichtet und die pompöse Villa gebaut worden waren. Es musste etwa zu der Zeit gewesen sein, als Johann Bellingrodt Hamburg verließ, der tote Sohn, auf den der Vater offensichtlich nicht gut zu sprechen war.

Als Hauke vor die Tür trat, unterhielt sich Hans gerade mit einem anderen Zollbeamten. Er bemerkte Hauke und kam sogleich auf ihn zugelaufen. »Herr Kommissar, die Buchhalterei hat die Zollunterlagen der letzten zehn Monate von Bellingrodt & Söhne geprüft. Diese ›Wilhelmine‹ hat nicht ein einziges Mal am Sandtorquai angelegt. Auch kein Ewer namens ›Stör‹.«

»Hm«, murmelte Hauke, dem das gar nicht gefiel. Nicht nur, dass er bei seinen Nachforschungen zum Schmugglerring nicht vorankam, nein, jetzt jagte er auch noch ein Geisterschiff.

Er seufzte. »Gut, Hans, dann gehen wir jetzt noch einmal zu Herrn Heise.«

»Aber der Lagerverwalter wird doch sicherlich die Listen und Papiere ins Hauptkontor im Dovenhof bringen lassen. Müssten wir nicht dorthin?«

Hauke erinnerte sich an den Jungen, der ihm mit den dicken Kontobüchern entgegengekommen war. »Ja, aber mich interessiert das Gedächtnis von Herrn Heise. Nicht die Bücher des Herrn Bellingrodt.« Denn diese konnten mittlerweile manipuliert worden sein, überlegte er. Das aber sagte er dem eifrigen jungen Zöllner lieber nicht. Es war nur eine Idee, der Hauke nachgehen wollte.

KAPITEL 20

Der Hamburg-Eimsbüttler-Turnverein unternahm am Sonnabend und Sonntag seine diesjährige Nachtturnfahrt in die im vollsten Blütenschmucke prangende Heide.

Originalauszug: Hamburger Nachrichten, 7. September 1896

»Fräulein Struwe, treten Sie ein.« Konsul Winter saß hinter seinem opulenten Schreibtisch. Er wirkte ernst. Mit flauem Gefühl im Magen fragte Sophie sich, warum ihr Arbeitgeber sie sprechen wollte. Ob es um die Vorbereitungen zum Ball ging? Die Liste all der Dinge, die noch erledigt werden mussten, wurde von Tag zu Tag länger. Oder handelte es sich um den Brief von Amalie Bellingrodt? Hatte Clara etwa ihrem Vater davon erzählt? Sie hatte doch versprochen zu schweigen. Oje, Konsul Winter würde ihr eine mächtige Standpauke halten, weil sie sich in die privaten Dinge der Familie Bellingrodt einmischte.

Sophie trat näher an den Schreibtisch, als ihr Arbeitgeber sie mit einem gänzlich anderen Thema überraschte.

»Clara und ich wurden zur Beerdigung von Johann Bellingrodt geladen. Das Kind benötigt noch entsprechende Kleider. Bitte kümmern Sie sich darum.«

Sophie war überrascht. Hatte Amalie Bellingrodt nicht gesagt, ihr Mann würde den Sohn in einem Armengrab verscharren lassen?

Konsul Winter bemerkte Sophies Zögern. »Ja, ja, ich habe sie auch gehört, diese Gerüchte, wonach der Alte sich weigerte, für seinen Erstgeborenen eine standesgemäße Beisetzung auszurichten. Alles nur böses Geplapper. Natürlich wird Bellingrodt seinen Sohn in der Familiengruft beisetzen lassen.« Der Konsul seufzte. »Wie schrecklich muss es sein, das eigene Kind zu Grabe zu tragen«, murmelte er.

Erleichtert wollte Sophie gerade den Raum verlassen, als ihr

Arbeitgeber sie noch einmal zurückrief. »Bevor ich es vergesse, Fräulein Struwe: Was um alles in der Welt hat meine Tochter veranlasst, einem Kloster eintausend Mark zu schenken?«

»Oh«, hauchte Sophie. Den Vorfall hatte sie in all dem Durcheinander ganz vergessen. Schuldbewusst trat sie zurück an den Schreibtisch. Konsul Winter schien von der Spende seiner Tochter wenig erbaut zu sein. »Nun ja, Clara erfuhr von dem Kloster auf der Großen Freiheit. In der Gegend scheint ein, wie soll ich sagen, wildes Pflaster zu sein.«

»Ich weiß, Fräulein Struwe. Aber woher weiß es meine Tochter?«

Sophie schluckte. »Wir trafen zwei Nonnen im Zug. Sie kümmern sich in einem Waisenheim um Kinder, denen es –«

»Ich weiß, was ein Kinderheim ist«, unterbrach Konsul Winter sie. »Mich interessiert, warum Clara es für angebracht hält, so viel Geld zu spenden. Hätten nicht auch fünfzig Mark gereicht?« Seine Stimme wurde lauter.

»Sie haben natürlich recht, Herr Konsul. Ich denke, Clara muss noch lernen, mit ihrer neuen Freiheit verantwortungsvoll umzugehen«, bemerkte Sophie vage. »Vielleicht sollten Sie Ihre Großzügigkeit in kleinere Portionen teilen«, merkte sie vorsichtig an.

»Wie bitte?«

»Ein freies Taschengeld in jedem Monat scheint mir für den Anfang eine gute Idee zu sein. Das ist eine überschaubare Summe. Dazu ein wenig Unterricht in Buchführung und ein Besuch in Ihrer Firma, wo Clara mehr über die Geschäfte lernt. Vielleicht auch ein Besuch der Börse. Immerhin planen Sie doch den Börsengang im kommenden Jahr.«

»In meiner Firma? Geschäfte? Börse? Was reden Sie da, Fräulein Struwe?«

»Verzeihen Sie, Herr Konsul, aber Clara sollte lernen, dass Geld verdient werden muss, bevor man es – selbst in bester Absicht – unbedacht ausgibt. Sie wird irgendwann einem großen Haushalt vorstehen. Sie wird auch Entscheidungen in häuslichen Gelddingen treffen müssen.«

»Dafür wird sie einen Mann haben.«

Sophie dachte an ihren Vater, der all seinen Reichtum verlor und die Tochter verarmt zurückließ. »Das Schicksal ist manchmal hart, Herr Konsul. Da ist es gut, wenn Frauen auch in diesen Dingen bewandert sind. Und sei es nur zur Stütze des Gatten.«

Konsul Winter verzog sein Gesicht, als müsste er eine zu große Kröte schlucken. Er trat an das Fenster seines Arbeitszimmers.

Besorgt wurde Sophie klar, dass sie wohl mal wieder zu weit gegangen war. Konsul Winter hatte alles Recht der Welt, die aufsässige Lehrerin aus seinem Haus zu werfen. So mancher Arbeitgeber hätte dies ohne Zögern getan.

»Hm«, grummelte Winter nach einiger Zeit. »Ich werde Clara die Firma zeigen. Ja, ich werde ihr ein paar Unterrichtsstunden mit meinem Buchhalter erlauben. Ein Rundgang durch die neuen Produktionshallen wäre wohl auch sinnvoll«, sinnierte er weiter. »Dann werde ich ihr eine tägliche Lektüre empfehlen, die ihrer künftigen Position als Gattin eines Industriellen entspricht. Natürlich nicht über Gebühr. Gerade so viel, dass es ihren Charakter ein wenig formt, aber nicht verformt. Sie soll schließlich eine Frau werden und kein Mann.«

Sophie nickte erleichtert. Gerade, als sie den Raum verlassen wollte, hörte sie die Stimme ihres Arbeitgebers ein letztes Mal.

»Aber mit in die Börse nehme ich Clara nicht! Was sollen die Herren dort von mir denken?«

Die kleine Glocke über der Tür bimmelte. Sophie trat in das Atelier von Georg Koppmann am Neuen Wall 5. Ein Telefonat mit der Villa Bellingrodt hatte ihre Vermutung bestätigt, dass die Familie stets ein und denselben Fotografen beschäftigte. Erschüttert aber war sie, als Amalie Bellingrodt ihr flüsternd erzählte, dass ihr Mann vor einigen Monaten alle Fotografien, die Johann zeigten, hatte entfernen lassen. Auch jene aus ihrem Ankleidezimmer.

Der Kaufmann wurde Sophie immer unsympathischer.

Koppmann hatte es in der Stadt zu einer gewissen Berühmtheit gebracht, als der Senat ihn vor einigen Jahren damit beauftragte, all jene Gebäude auf dem Wandrahm und beim Kehrwieder ein letztes Mal zu fotografieren, bevor sie der neuen Speicherstadt weichen mussten. Für manchen Hamburger war es noch heute eine patriotische Pflicht, sich von diesem Künstler ablichten zu lassen.

Das Ladengeschäft bestand hauptsächlich aus einem Raum mit tiefen Sesseln und einem Tisch, wo die Kunden Platz nehmen konnten, um sich die Stapel Hamburger Ansichtskarten anzusehen, die auf einem kleinen Regal lagen. Eine großformatige und in Gold gerahmte Fotografie des Kaisers hing an der Wand gegenüber dem Eingang. Daneben entdeckte Sophie ein kleineres Bild. Es zeigte die geschmückte Brooksbrücke, anlässlich der Feierlichkeiten zur Einweihung der neuen Speicherstadt vor acht Jahren.

Sophie ging an den Ladentresen, als auch schon ein Herr mittleren Alters durch einen Vorhang trat, der den hinteren Teil des Geschäftes vom vorderen trennte. Er kam auf Sophie zu und deutete eine Verbeugung an. »Georg Koppmann. Stets zu Diensten. Was kann ich für die Dame tun?«

In diesem Moment fiel Sophie ein, dass sie unmöglich nach Johann Bellingrodt und einer fremden Rothaarigen fragen konnte, ohne dass dies auf den Fotografen verdächtig wirken musste. Wahrscheinlich würde Koppmann es bei nächster Gelegenheit seinem guten Kunden Bellingrodt erzählen. Nein, so ging es nicht. Sie entschloss sich zu einer kleinen Lüge, die eigentlich gar keine war.

»Ich möchte eine dieser Fotografien von mir machen lassen. Es soll ein Geschenk für meinen Verlobten werden.« Sie lächelte. Ein wenig beschämt beichtete sie, noch niemals fotografiert worden zu sein.

Der Mann lächelte unter seinem breiten Schnauzer. »Das höre ich oft. Das Fotografieren ist aber ganz bestimmt kein Teufelswerk.« Er holte ein dickes ledergebundenes Album und schlug es auf. »Schauen Sie, Leute aus allen gesellschaftlichen

Kreisen kommen zu mir, um sich bei Koppmann ablichten zu lassen.« Er blätterte ein wenig. »Fotografien halten die Vergangenheit für einen Moment fest, damit man ihn als schöne Erinnerung mit in die Zukunft nehmen kann.«

Sophie schaute sich die Menschen auf den Bildern genau an. Einige fühlten sich in ihrer Haut offenbar nicht wohl. Misstrauisch starrten sie in die Kamera. Anders zwei rauchende Männer, von denen einer mit überschlagenem Bein auf einem Stuhl saß. Frech lächelten sie in die Kamera.

»Ja, auch Künstler kommen zu mir.«

Da Sophie nicht wusste, wie Johann Bellingrodt aussah, prüfte sie jede Fotografie mit einem jungen Pärchen darauf sehr genau. Einige trugen typische Hamburger Trachten, auf anderen Fotografien waren die Abgelichteten bereits zu alt, um die Gesuchten sein zu können.

»In meinem Studio finden Sie Tapeten mit unterschiedlichen Hintergrundmotiven«, erklärte Koppmann. »Derzeit beliebt sind griechische Ruinen, wie die Akropolis oder der Tempel des Apollo. Ich bitte sodann meine Kunden, eine bestimmte Position einzunehmen und in dieser so lange zu verharren, bis das Magnesium verbrannt ist. Es wird einen kleinen Blitz geben, der jedoch gänzlich ungefährlich ist.« Er bemerkte Sophies Skepsis und lachte. »Sie sehen ja, dass alle meine Kunden diesen kleinen Schreck wohl überstanden haben. Nach der Aufnahme bitte ich um einige Tage Geduld. Dann können Sie Ihre Fotografie abholen.« Er griff zu einem der silbernen Rahmen. »Auf Wunsch fügen wir das Bild auch gleich ein.«

Sophie lächelte. Ja, ein solches Geschenk würde Hauke sicherlich sehr gefallen. Und nach ihrem kleinen Streit im Alsterpavillon war es dieses Mal an ihr, den ersten Schritt zu tun.

»Darf ich fragen, was so eine Fotografie kosten würde?«

Koppmann lächelte und zog eine Liste unter dem Tresen hervor, auf der die Preise standen. Ein kleines Bild, in der Größe ihrer Bibel zu Hause, würde sie drei Mark kosten. Für den Silberrahmen würde sie noch einmal vier Mark berappen müssen. Das war ihr ganzer Wochenlohn.

»Sie können auch bei Abholung zahlen, Fräulein.«

Sophie überlegte, ob sie überhaupt gut genug für ein Bild gekleidet war. Mit der Hand fuhr sie an ihr Haar. Der Fotograf lächelte aufmunternd. »Sie sehen reizend aus. Vollkommen perfekt. Wir können, wenn Sie es wünschen, sogleich beginnen.«

Er führte sie in einen hellen Raum, in dessen Mitte eine hölzerne Kiste auf einem Gestell stand. Aus dem einen Ende der Kiste lugte eine Art Messingrohr hervor. Der mittlere Teil erinnerte Sophie an eine Ziehharmonika.

So etwas hatte sie noch nie gesehen, und sie überlegte, ob sie nicht doch lieber gehen sollte. Unterdessen zog der Fotograf an einer Schnur eine Tapete von der Decke des Raumes herunter. Ein italienisches Panorama kam zum Vorschein. Jetzt nahm der Mann einen kleinen Tisch und einen Stuhl, die er vor die Landschaft stellte.

»Nehmen Sie bitte Platz. – Ein wenig mehr zur Seite.« Er legte den Kopf schief. »Ja, so sieht es ganz wunderbar aus.«

»Ihr Atelier wurde mir von einem Freund empfohlen. Johann Bellingrodt«, sagte Sophie und beobachtete den Fotografen, wie er ein Paar Accessoires zusammensuchte, die er auf dem Tisch anrichtete. Dabei wirkte er sehr konzentriert. »Er hatte sich mit seiner Verlobten vor etwa drei Jahren fotografieren lassen, bevor er nach Brasilien abreiste.«

Koppmann drückte Sophie ein kleines Büchlein in die Hand. »Aufschlagen bitte«, sagte er kurz, dann trat er zurück, betrachtete das Arrangement mit Dame, schüttelte den Kopf, kam näher, drehte den Kerzenleuchter auf dem Tisch ein wenig nach links. »Besser«, murmelte er und begab sich hinter den Kasten.

»Die Verlobte hatte rote Haare«, fuhr Sophie unbeirrt fort. Sie fühlte sich entsetzlich unwohl. »Welche Farbe haben rote Haare eigentlich auf den Fotografien?«

Koppmann nahm eine Platte von einem Regal zur Hand, öffnete eine Klappe an dem Kasten und stellte sie hinein. Was er genau machte, konnte Sophie nicht erkennen. Als er unter einem dunklen Tuch hinter der Kamera verschwand, hörte sie ihn nur sagen: »Schwarz. Rote Haare erscheinen auf einer Fotografie schwarz.«

Gespannt starrte Sophie den Kasten an, hinter dem der Fotograf gebeugt stand. Plötzlich erhellte ein Blitz den Raum. Für einen Moment schmerzten Sophies Augen.

»Sehen Sie, war doch halb so schlimm.« Der Fotograf lachte freundlich und geleitete Sophie wieder nach vorn, in den Verkaufsraum. »Ich habe hier übrigens eine Fotografie vom jungen Herrn Bellingrodt und seiner hübschen Verlobten.« Der Mann ging zu einer Anrichte und nahm ein Bild heraus. »Sie hat tatsächlich rote Haare.« Er zeigte Sophie die Pappe.

Sophies Herz klopfte. Endlich hatte Marie Fischer ein Gesicht. Ein sehr hübsches dazu, mit Stupsnase und klugen Augen.

»Wer weiß«, meinte Koppmann, »vielleicht wird man in hundert Jahren farbige Fotografien machen können, und dann wären die schönen Haare der jungen Dame auf den Bildern auch tatsächlich rot.«

»Fertigen Sie von allen Arbeiten Kopien an?«

»Nein«, sagte der Fotograf. »Dieses Bild ist ein besonders gut gelungenes Beispiel meiner Arbeit. Der rechte Moment wurde festgehalten.« Wohlwollend betrachtete er das Paar auf dem Bild, das sich zärtlich anschaute, statt in die Kamera zu sehen. »Herr Bellingrodt erlaubte mir, dass ich es zu Ansichtszwecken behalte. Er selbst ließ zwei Bilder anfertigen.«

Am liebsten hätte Sophie gejubelt! »Darf ich mir die Fotografie ausleihen?« Sophie setzte ihr charmantestes Lächeln auf.

»Warum?«, wollte Koppmann misstrauisch wissen.

»Nun«, begann Sophie, »Marie hat ihr Bild durch eine Ungeschicklichkeit ruiniert. Und ich kann mir vorstellen, dass sie nicht weiß, dass es eine Kopie gibt. Vielleicht möchte sie es noch einmal haben. Marie ist so untröstlich, dass sie keine Erinnerung an ihren Verlobten hat.«

Koppmann senkte den Kopf. »Ja, ich habe von dem tragischen Unfall gehört.« Er seufzte.

»Bitte, Herr Koppmann, überlassen Sie das Bild der armen Marie. Ich bezahle es auch.«

Doch der Fotograf schüttelte den Kopf. »Oh nein, nehmen Sie es bitte und geben Sie es der jungen Dame als Geschenk unseres Hauses. Es soll eine schöne Erinnerung für sie sein.«

Sophie bedankte sich herzlich und verließ eilig das Atelier. Sie hatte, was sie wollte, aber sie fühlte sich wegen der Lüge ein wenig schäbig.

KAPITEL 21

Über die umstrittene Geschoßwirkung kleinkalibriger Gewehre hat Oberst H. Bircher Erhebungen angestellt. Nach Bircher wird in Zukunft die Zahl der Todten im Verhältnis zu den Verwundeten nicht steigen. Verhältnis wie folgt: Bisherige Feldschlacht: Kopf 12, Rumpf 18, obere Extremitäten 30, untere 40 v. H. Künftige Feldschlacht: Kopf 20, Rumpf 15, obere Ex. 30, untere 35 v. H. Eine Zunahme schwerer Verletzungen ist nicht zu erwarten, trotz großer Knochensplitterungen auf weite Entfernungen …

Originalauszug: Hamburger Nachrichten, 8. Oktober 1896

»Meinen Sie, ich sollte Oberzollinspektor Jensen Bericht erstatten?« Hans versuchte, mit Hauke Schritt zu halten. Sie wichen einem Fuhrgespann mit großen Weinfässern darauf aus.

»Das ist eine gute Idee, Junge. Geh gleich rüber.« Hauke wäre nichts lieber gewesen, als seinen Bewacher loszuwerden. Er knurrte vor sich hin. Vielleicht war er zu voreilig gewesen zu vermuten, der Schmuggel könne vom Bellingrodt-Speicher aus organisiert worden sein. Welchen Grund sollte ein reicher Mann wie Wilhelm Bellingrodt haben, seine Existenz aufs Spiel zu setzen? Schließlich wollte er am Kaiserhof hoch hinaus. Hingegen gab es eine Menge Kaffeehändler in der Stadt mit deutlich besseren Motiven. Zumal die »Wilhelmine« niemals am Sandtorquai angelegt haben sollte. Nun, der verdammte Kahn konnte natürlich überall beladen worden sein. Falls der Ewer nur bis Altona gefahren war, musste er dort umgehend seine Untersuchungen aufnehmen.

Jetzt aber wollte er erst einmal in Erfahrung bringen, wer durch Bellingrodt in Schwierigkeiten geraten war. Vielleicht konnte Lagerverwalter Heise ihm weiterhelfen, während Herr Lassally sich im Verein umhörte.

Während Hauke über den Sandtorquai eilte, überlegte er, dass für einen Schmuggel genügend verschwiegene Helfer nötig waren, die alles unbemerkt abwickelten, Zugang zum Freihafen hatten, aber dort nicht auffielen. Männer, die auch vor Mord nicht zurückschreckten. Hauke fiel der vermisste Eigner ein, der seinen gerade gekauften Ewer nach Rostock hatte bringen wollen, dort aber niemals ankam. Man müsste nachfragen, ob der Mann zwischenzeitlich gefunden worden war.

Er dachte an Amalie Bellingrodt. Ob sie mehr über die Machenschaften ihres Sohnes Johann wusste, als sie bisher gesagt hatte? Hauke beschloss, mit Sophie über die Dame zu reden, denn ihr schienen die menschlichen Wirrungen weit weniger ein Geheimnis zu sein als ihm. Hauke erinnerte sich, wie sie beide über ihren Vorschlag, man solle auch Frauen als Kriminalistinnen einstellen, herzlich gelacht hatten.

Unterdes hörte er hinter sich Hans aufgeregt plappern. »Ich kann dem Herrn Oberzollinspektor ja gar keinen Bericht erstatten, Herr Kommissar. Ich soll Sie doch im Auge behalten.« Der Zollanwärter lief neben Hauke her. »Wo gehen wir denn überhaupt hin?«

»Zu Heise«, erklärte Hauke und warf auch schon die Tür zum Speicher auf. Immer zwei Stufen auf einmal nehmend, eilte er in den ersten Stock, wo er Heise anzutreffen hoffte. Der Mann musste ihm mehr über Wilhelm Bellingrodts Konkurrenz erzählen.

Als sie aber ins Kontor traten, war der Lagerverwalter nicht dort. Auch der Gehilfe und die beiden Schreiber fehlten. Stattdessen herrschte in dem kleinen Raum ein unübersehbares Chaos. Jemand hatte unzählige Seiten aus den Kontobüchern gerissen und sie auf dem Boden verstreut. Sie lagen zwischen Scherben zerschmetterter Tassen, Stiften und aufgerissenen Probentüten. Das Regal zu Haukes Rechten war umgestoßen worden und lag halb auf dem Pult, an dem Verwalter Heise gestern noch gestanden hatte. Der Kessel lag mitten in einer Wasserlache auf dem Boden, umgeben von blässlichen Kaffeebohnen. Hauke hockte sich hin und strich mit dem Finger durch das Nass auf dem Holzboden.

»Kalt«, murmelte er. Im Ofen jedoch glimmte noch ein Feuer. Es war ein Glück, dass der Ofen nicht umgestoßen worden war. Das Feuer hätte nicht nur diesen Speicher in Schutt und Asche gelegt.

»Herr Kommissar«, flüsterte Hans. »Hören Sie? Da ist gar nichts.«

Hauke horchte. »Du hast recht, Junge. Totenstill.« Er sprang auf und eilte zurück ins Treppenhaus. Dann stürmte Hauke auf den nächsten Speicherboden. »Herr Heise?«, rief er in die Dunkelheit hinein. Niemand antwortete.

»Wo sind denn die Arbeiter und die Kaffee-Miedjes hin?«, fragte Hans hinter ihm. »Es wird doch noch gar nicht gestreikt, oder?«

Hauke lief die Stufen zum nächsten Boden hinauf. Etwas aber sagte ihm, dass es nicht mehr nötig war zu rennen. Im obersten Boden, dort, wo der Lagerverwalter erst gestern die Lieferung für Berlin fertig gemacht hatte, war es düster. Keine der Glühbirnen brannte, obwohl draußen schwere Regenwolken aufgezogen waren und es früh dunkel wurde. Das wenige Licht, das sich noch hereinstahl, kam durch die Fenster.

Als Hauke eintrat, fielen erste schwere Tropfen auf das Dach über ihren Köpfen. Hauke gab Hans ein Zeichen, sich hinter ihm zu halten. Schritt für Schritt tasteten sie sich vorwärts. Hauke blieb im Halbdunkel bei einem Stapel mit Kaffeesäcken stehen und horchte erneut. Er fragte sich, ob derjenige, der im Kontor gewütet hatte, noch im Gebäude war. Es ärgerte ihn, dass er keine Waffe trug. Sein Webley-Revolver lag in der Kiste unter dem Bett in der Pension.

Darauf bedacht, keinen unnötigen Lärm zu machen, schlich er um die gestapelten Säcke herum, dorthin, wo die Bodenwaage war. In dem Moment bemerkte er einen Schatten!

Mit einer knappen Armbewegung nach hinten hielt Hauke den Jungen davon ab, weiterzugehen. Er wollte ihm den Anblick ersparen, der sich keine drei Meter weiter bot. Doch es war zu spät. Hans hatte Heise bereits entdeckt. Stockend sog der Junge nun die staubige Luft ein, während er auf den leblosen Körper starrte, der an einem Seil von der Decke hing.

Hauke trat zwischen Hans und den Toten, um dem Jungen die Sicht zu versperren. »Zollanwärter Detlefsen!«, brüllte er in das entsetzte Gesicht. »Sie werden sofort Ihrem Vorgesetzten Meldung machen. Sagen Sie ihm, Kommissar Sötje sei vor Ort. Weitere Beamte werden zur Sicherung umgehend benötigt. Sofort, Mann!«

Hans brauchte einen Moment, bis er Haukes Worte begriff. Mit schneeweißem Gesicht salutierte er, wobei seine Hand flatterig zur Mütze hochfuhr. Dann drehte er sich um und rannte die eiserne Treppe hinunter, als sei der leibhaftige Teufel hinter ihm her. Hauke hörte seine verklingenden Schritte auf der Eisentreppe.

Als er sicher war, dass Hans fort war, ging er zur Tür zurück, wo er den Lichtschalter für die Glühbirnen vermutete. Er drehte ihn herum. Sogleich flackerte das Licht auf und erhellte die Gänge zwischen den gestapelten Säcken.

Langsam ging Hauke zu dem leblosen Körper zurück. Er fragte sich, ob er den Tod des Mannes hätte verhindern können, wenn er nur früher gekommen wäre. Hauke griff nach der schlaffen Hand des Lagerverwalters. Sie war bereits kalt.

Jetzt tasteten seine Augen das Bild Zentimeter für Zentimeter ab. Der Strick am Eisenträger. Ein seemännischer Palstek. Im Nacken des Toten, ein Henkersknoten. Die Schuhe des Mannes hingen fast einen Meter über dem Boden, jedoch lag weit und breit kein Stuhl oder eine Leiter herum. Wie war der Mann dort hinaufgekommen? Falls eine andere Person beteiligt gewesen war, stellte sich die Frage, wie man Herrn Heise dort hochgeschafft haben konnte. Der alte Mann musste sich doch gewehrt haben. Hauke untersuchte die Hände des Toten und das Gesicht. Er fand weder Kratzspuren noch blaue Flecken noch sonst irgendwelche Hinweise auf einen Kampf.

Unablässig prasselte jetzt der Regen auf das Dach. Das Licht der wenigen Glühlampen war zu spärlich, um viel sehen zu können. Es reichte kaum, die Fußabdrücke im Staub zu erkennen. Hauke hockte sich hinunter. Heises Füße hingen dicht vor seinem Gesicht. Kein Abdruck eines Stuhls oder einer Leiter war im Staub auszumachen. Stattdessen schien jemand grob Spuren verwischt zu haben.

Hauke prüfte Heises Schuhsohlen. Sie waren glatt und aus altem Leder. Im Staub zu seinen Füßen aber befanden sich auffallend viele Abdrücke von großen Stiefeln, deren linke Sohle ein Loch aufwies. Wenn Hauke sich nicht täuschte und das diffuse Licht ihn nicht foppte, lag dieser Abdruck über den Schleifspuren.

»Na, wenigstens das«, murmelte Hauke. Er erhob sich. Jetzt tasteten seine Augen jede Ritze im Boden ab, jede Lücke zwischen den Säcken an den Wänden, jeden Winkel und jede Ecke. Vielleicht lag hier irgendetwas, das nicht hierhergehörte.

»Was ist hier los?«, rief plötzlich eine Stimme durch den Speicherboden. Hauke fuhr herum. Er hatte Alfons Bellingrodt nicht kommen hören.

Im nächsten Moment hatte Bellingrodt den toten Lagerverwalter entdeckt. »Mein Gott!« Er stolperte zurück. »So nehmen Sie ihn doch ab.« Der junge Mann hielt sich die Hand vor den Mund.

»Das geht leider nicht, Herr Bellingrodt.« Hauke richtete sich zu seiner vollen Größe auf und schritt auf den jungen Bellingrodt zu, um zu verhindern, dass dieser mögliche Spuren zerstörte. Hauke schob den Mann ins Treppenhaus zurück.

»Was ist passiert?«

Diese Frage erübrigte sich eigentlich. »Warum sind Sie hier, Herr Bellingrodt?«, fragte Hauke ihn. »Und warum haben Sie die Polizei belogen, als Sie sagten, Ihr Bruder sei noch in Brasilien?«

»Das sind Familienangelegenheiten«, entfuhr es dem Mann.

»Die Kriminalpolizei bittet Sie um Ihre Mithilfe im Fall von Schmuggel in Tateinheit mit mehreren Fällen von Mord.« Er dachte an den verschwundenen Schiffseigner und den toten Polizisten im Fischernetz. Hauke trat dichter an Bellingrodt heran, den eine schwere Parfümwolke umgab. Er bemerkte, wie die Augen des Mannes unruhig hin und her gingen, als suchten sie etwas. Hastig drehte Bellingrodt seinen Kopf von Hauke fort. Etwas stimmte nicht mit dem Mann, überlegte Hauke. War er betrunken?

»Mord? Was soll der Unsinn? Herr Heise hat sich selbst getötet. Er hatte schon lange ein schweres Gemüt.« Bellingrodt versuchte, sich wegzudrehen.

»Ich habe nicht von Herrn Heise geredet. Allerdings konnte ich bisher keinen Hinweis auf eine Selbsttötung Ihres Verwalters finden, Herr Bellingrodt. Ein Abschiedsbrief fehlt. Menschen, die ihrem Leben ein Ende setzen wollen, hinterlassen in der Regel ein solches Schreiben.« Hauke musterte Alfons Bellingrodt genau. Der schien ihm recht nervös. Andererseits reagierten die Menschen sehr unterschiedlich, sobald ihnen der Tod begegnete. »Und jetzt frage ich Sie noch einmal: Was machen Sie hier?«

Bellingrodt klopfte sich unsichtbaren Schmutz von den Schultern seines Mantels. »Ich brauchte von Herrn Heise einige Papiere. Als ich das Chaos unten sah, machte ich mir Sorgen und kam hoch.« Er machte Anstalten, die Treppe hinunterzugehen.

»Was macht Ihnen solche Angst, Herr Bellingrodt?«

Der Mann blieb stehen. »Ich werde meinem Vater erklären müssen, was passiert ist.« Sein Lächeln misslang. »Es wird ihm nicht gefallen.«

»Litt Herr Heise früher schon einmal unter Schwermut?«

In diesem Moment hörte er den Lärm herannahender Schritte. Kurz darauf wurde unten die Tür aufgestoßen, und Roschers Stimme drang bis zum Dach hinauf.

»Eingang absperren. Verdächtige Subjekte festhalten. Personalien ermitteln.«

Hauke ließ Bellingrodt nicht aus den Augen, auf dessen Stirn Schweißperlen standen. Sie hörten Stiefel die Stufen hinaufpoltern.

»Wir sind hier oben«, rief Hauke Roscher zu.

Bald darauf erschien der Kopf des Polizeirats am Treppenabsatz.

»Herr Bellingrodt möchte seine frühere Aussage über den Aufenthaltsort seines Bruders korrigieren«, erklärte Hauke, ohne Alfons Bellingrodt aus den Augen zu lassen. »Am besten lassen Sie ihn gleich mit ins Stadthaus nehmen.«

Roscher wies einen seiner Männer an, den Herrn nach unten zu geleiten. Dann trat er zu Hauke hinauf. »Himmel«, entfuhr es Roscher. »Ich dachte schon, es wäre der kleine Bellingrodt gewesen, der tot ist. Der Vater hätte mich umgebracht.«

»Haben Sie meine Nachricht erhalten?«, wollte Hauke wissen, als sie vor dem Toten standen.

Roscher nickte. »Er ahnte also, dass es sein Sohn war, der auf dem Ewer fuhr.«

»Was werden Sie tun?«

»Was Johann Bellingrodt wohl auf dem Ewer zu suchen hatte?«, überlegte Roscher, während er in den Speicher ging.

»Was werden Sie gegen Wilhelm Bellingrodt unternehmen?«

Roscher antwortete nicht. Stattdessen stellte er sich vor den hängenden Toten und betrachtete ihn interessiert. »Wer ist es?«

»Der Lagerverwalter der Firma, Hermann Heise. Und es sieht vorerst nicht nach Selbstmord aus. Nirgends konnte ich einen Abschiedsbrief finden, und das Kontor unten wurde durchwühlt.«

»Soso.« Gemeinsam begannen die beiden Kommissare, den Ort zu untersuchen.

»Sie waren aber schnell hier«, bemerkte Hauke beiläufig, als er die Luke zum Fleet hin öffnete und durch den starken Regen hinunter in den grauen Schlick schaute. Es herrschte gerade Ebbe. Ein glitzerndes Rinnsal mäanderte in der Mitte zwischen den roten Speicherwänden Richtung Elbe. Einige Schuten lagen im Schlamm und warteten darauf, dass das Wasser zurückkommen würde, damit die Arbeit weitergehen konnte. Der Windenhaken hing ordnungsgemäß an seiner höchsten Position unter dem vorkragenden kleinen Kupferdach über Haukes Kopf.

»Von hier ist er nicht geflohen«, rief Hauke nach hinten.

»Der Täter muss die Treppe genommen haben. Oder er ist noch im Haus.«

Roscher rief den Männern im Treppenhaus zu, sie sollten das Gebäude durchsuchen.

»Wir müssten auch ein paar Worte mit Kastellan Leopold Hinrichs reden.« Hauke erinnerte sich an den Mann, der aussah wie ein Hotelportier. »Als Kastellan der Lagerhausgesellschaft weiß er vielleicht etwas oder hat etwas bemerkt.«

»Ich rede mit ihm«, murmelte Roscher.

Hauke prüfte unterdessen die Fenster. »Also, Roscher, wie kann es sein, dass Sie so schnell hier waren? Zollanwärter Detlefsen ist sicherlich erst zu seinem Vorgesetzten gelaufen und nicht zu Ihnen«, fragte Hauke noch einmal.

Roscher beugte sich gerade über einen halbhohen Sackstapel. »Telefonapparate. Jensen rief mich sofort an.« Er fluchte kurz. »Haben Sie hier irgendwo eine Lampe gesehen? Diese drei Glühbirnen helfen nicht. Hier hinten ist es stockfinster.«

Noch immer baumelte der Tote am Seil. »Sollten wir ihn nicht abnehmen?«, fragte Hans leise, der zurückgekommen war und nun verloren zwischen den Sackstapeln stand, keine zwei Meter vom toten Verwalter entfernt. Der Junge klang jetzt schon ein wenig gefasster.

»Gleich«, sagte Hauke, denn er hatte zwischen den Fußbodenbrettern etwas entdeckt. Mit seinem ausklappbaren Messer pulte er den Gegenstand aus der Ritze hervor. »Ein Knopf.«

Roscher kam. Sie gingen unter eine der Glühlampen und schauten sich das Fundstück genauer an. »Messing, poliert, abgerundete Kanten«, sagte Roscher, während Hauke zurück zum Toten ging und dessen Jacke untersuchte.

»Horn.« Er kam zurück. »Herr Heise ist also nicht der Besitzer des Knopfes gewesen.«

»Nein, und die Arbeiter dürften so ein feines Verschlussstück an ihren Arbeitsjacken wohl auch nicht vermissen. Wem also könnte der Knopf gehören? Vielleicht einem Kunden?«

»Unwahrscheinlich. Kunden sind selten hier oben. Wenn überhaupt, dann gehen sie nur bis zum Hochparterre.« Hauke dachte an das Durcheinander dort. Da fiel ihm wieder Alfons Bellingrodt ein. »Herrn Bellingrodt junior könnte so ein Knopf fehlen. Haben Sie ihn schon ins Stadthaus bringen lassen?«

»Nein, nach Hause.«

»Wie bitte?«

»Ich weiß, das gefällt Ihnen nicht«, unterbrach Roscher ihn. »Aber Sie müssen noch eine Menge über diese Stadt lernen.«

Er ließ den Knopf in seine Jackentasche gleiten und verließ den Speicherboden. Im Treppenhaus gab Roscher den Männern Anweisungen, wie mit dem Leichnam zu verfahren sei.

»Bringen Sie den Toten zu Dr. Simmons ins Allgemeine Krankenhaus in der Lohmühlenstraße. Sagen Sie ihm, meine Frau erwarte ihn zur Soiree am Samstag. Und die Sache mit dem Toten sei dringend.«

Hauke eilte ihm nach. »Werden Sie die Bellingrodts überhaupt befragen?«

Roscher drehte sich auf dem Absatz zu Hauke. »Wir werden sehen.«

KAPITEL 22

Der plötzliche Tod der deutschen Gouvernante Alma Weiner in Palermo beschäftigt noch immer die dortige Criminalpolizei, weil verschiedene Umstände, besonders zwei vorgefundene Briefe mit allerlei düsteren Todesahnungen, anscheinend gegen die Annahme sprechen, daß hier ein bloßer Unglücksfall vorliege. Bekanntlich fand man die Leiche mit zerschmettertem Schädel unter dem Fenster ihres Zimmers. Kurz vor der That sah man sie in großer Aufregung aus dem Zimmer ihres Herrn, dem Gutsbesitzer Benjamino, eilen.

Originalauszug: Hamburger Nachrichten, 20. Oktober 1896

Schlaflos lag Sophie in der Dunkelheit. Der Tag hatte sie aufgewühlt, und zugleich plagte sie ein schlechtes Gewissen, denn sie war mit den Vorbereitungen für Claras Ball nicht vorangekommen. Statt mit dem Floristen die Blumenarrangements zu besprechen, hatte sie Amalie Bellingrodt einen Besuch abgestattet. Statt der Köchin Anweisungen für das Büfett zu geben, hatte sie das Kaufhaus Tietz aufgesucht und war beim Fotografen Koppmann gewesen. Nein, so durfte es nicht weitergehen. Andererseits war es für heute zu spät, noch etwas von all den Dringlichkeiten zu erledigen, die auf ihrer Liste standen. Es musste bereits nach Mitternacht sein.

Im Haus war es still. Der Regen vor ihrem Fenster rauschte durch die Bäume im nächtlichen Park und schlug gegen die Fensterscheiben. Sophie zündete die Kerze auf ihrem Nachtschrank an und kuschelte sich schnell unter ihre Decke, denn im Zimmer war es bereits herbstkalt. Da fiel ihr Blick auf das Bündel Briefe, die Frau Fischer ihr heimlich zugesteckt hatte.

Jene Mutter, die ihr Kind in größter Not hatte fallen lassen, damit die Nachbarn nicht schlecht über die Tochter oder die

Familie redeten. Sophie konnte es nicht glauben. Sie dachte an ihre eigene Mutter, die schon vor Jahren gestorben war und die in ihren Träumen stets wie ein wohlmeinender Engel erschien, bis Sophie alt genug war, allein durch das Leben zu geben. Hätte dieser Engel ebenso wie Frau Fischer gehandelt? Sophie wurde übel.

Schnell schlug sie die Bettdecke zur Seite und tapste barfuß zum Tisch, wo eine Karaffe mit Wasser stand. Energisch goss sie das Glas voll und trank es in einem Zug aus. Nein, ihre Mutter hätte so eine Grausamkeit niemals begangen.

Sie starrte auf das Briefbündel. Sollte sie sie wirklich lesen? Schließlich waren die Zeilen sehr privat und mitnichten an sie gerichtet.

»Ach was«, murmelte sie und nahm den Stapel. Dann huschte sie zurück unter die warme Federdecke in ihrem Bett.

Sie löste die Wollschnur und betrachtete lange das erste Kuvert. Die Absenderadresse war ein Büro in Vassouras, Brasilien. Vier Briefmarken bedeckten den oberen Rand des Umschlags, der niemals seine Empfängerin erreicht hatte. Die Schrift des Absenders war elegant geschwungen, mit einigen eckigen Kanten, die auf einen männlichen Schreiber schließen ließen. Bei Jungen war man hinsichtlich des Schönschreibens immer noch sehr viel nachlässiger als bei Mädchen, wusste die Lehrerin Sophie Struwe.

Sophie zögerte. Hatte sie das Recht, die Briefe von Johann Bellingrodt zu lesen? Ja! Und nicht nur das. Sie hatte sogar die Pflicht, es zu tun, denn aus ihnen könnte sie vielleicht erfahren, wo Marie Fischer zu finden war. Und ihr Kind.

Sie öffnete den ersten von achtundzwanzig Umschlägen.

KAPITEL 23

In einem Baume des längs der Lübeck-Hamburger-Eisenbahn führenden Wegs zwischen Claudius- und Hammerstraße war heute Vormittag die Leiche eines in der Mathildenstraße hier wohnhaft gewesenen Maurerarbeitsmannes gefunden, welcher sich in der verflossenen Nacht erhängte, nachdem am Tage zuvor er sich mit seiner Frau gezankt hatte und diese schließlich die Haustreppe hinunterwarf, wobei sie schwere Verletzungen erlitt. Beide sind tot.

Originalauszug: Hamburger Nachrichten, 14. Oktober 1896

Er starrte den Türgriff an. Minutenlang. Sein Inneres war zerrissen. Der Vater hatte ihn zu sich bestellt für Punkt sieben. Die Standuhr in der Halle tickte erbarmungslos. Er war vier Minuten zu spät. Seine Hände waren kalt und nass. Er wusste, er durfte nicht zu nahe an den großen Schreibtisch treten, weil der Vater es sonst merken würde. Er prüfte seinen Atem und den Sitz seines Anzugs, den er seit gestern nicht gewechselt hatte. Bis zum Morgengrauen hatte er am Tisch gesessen. Das Glück schien auf seiner Seite zu sein, aber dann hatte er doch alles verloren. Und noch viel mehr. Mit zittrigen Fingern ging er durch seine Haare, während er sich zum hundertsten Mal fragte, ob es jetzt so weit war. Es war ja so oder so nur eine Frage der Zeit, bis der Alte alles herausfand. Heute oder morgen, das war eigentlich egal. Als die Polizisten plötzlich im Herrenzimmer standen, hatte er noch gedacht, dass nun alles vorbei sein müsse. Aber dann waren sie nur wegen Johann gekommen. Wieder einmal war er dem Schicksal von der Schippe gesprungen. Warum nicht jetzt auch? Er lächelte schief. Vielleicht war er in Wahrheit ein Glückskind. Er durfte nur nicht die Nerven verlieren.

Vorsichtig legte er die Hand auf die Klinke, als könne sie

glühend heiß sein. Dann drückte er sie hinunter und öffnete die Tür.

Der Vater hockte in seinem Arbeitszimmer, wie eine Spinne in ihrem Netz. Telefonapparate zur Linken, Papiere zur Rechten. Zwei Schreiber, die ihm aus dem Nebenzimmer immer neue Akten und Briefe zur Unterschrift reichten.

»Du bist zu spät!«

»Entschuldigung, Vater, ich wurde aufgehalten.«

»Was hast du mir zu sagen?«

Seine Kehle war trocken. Er hielt Abstand von dem riesigen Schreibtisch, hinter dem der Vater saß. »Was meinst du, Vater?« Aufmerksam beobachtete er die Hand des bulligen Mannes, wie sie den Füller umkrallte und mit knappen Strichen Anmerkungen auf ein Stück Papier kratzte. Die Hand, die ihn immer grün und blau geschlagen hatte.

»Ich habe Kaufangebote bekommen, Junge.« Wilhelm Bellingrodt sah auf. »Es gibt Leute, die glauben, Bellingrodt & Söhne stünde zum Verkauf.«

Nervös lächelte Alfons. »Ein schlechter Scherz. Wir haben in der Börse herzlich darüber gelacht.«

Wilhelm Bellingrodt schien anderer Meinung zu sein. Seine Faust schlug mit einer Gewalt auf den Schreibtisch, dass das Tintenfass einen Hüpfer machte. »Scherz? Ein Kaufmann kennt keine Scherze!«, brüllte er.

Einer der Schreiber im Nebenraum erhob sich und schloss die Tür zum Arbeitszimmer.

»Wann begreifst du, dass nichts in dieser Stadt ohne einen Grund geschieht? Wer hat dieses Gerücht in Umlauf gebracht?«

Alfons schwieg betreten. Gern wäre er hinausgegangen, nein, gerannt. So wie früher, wenn der Vater den Rohrstock aus dem Schrank holte.

»Du wirst umgehend Lassally fragen, wer dahintersteckt.« Bellingrodt wandte sich wieder seinen Papieren zu. »Was ist mit diesem undankbaren Heise? War das seine Idee?«

Eifrig kam Alfons einen Schritt vor. Zumindest hier hatte er nichts falsch gemacht. »Die Polizei hat den Toten mitgenommen und den Speicher bis morgen gesperrt. Sie suchen alles ab. Das Kontor wurde verwüstet. Die Schreiber sichten gerade die Akten, ob etwas fehlt. Wir können morgen Mittag die Arbeit wieder aufnehmen.«

»Gesperrt? Ich komme nicht mehr in mein eigenes Kontor? Das war der Roscher! Ein ganz Hintertriebener ist das. Den werde ich im Auge behalten, solange er noch etwas in der Stadt zu sagen hat. Irgendwelche Lieferausfälle, für die wir ihn verantwortlich machen können?«

»Keine. Nur Danzig müssen wir auf übermorgen verschieben. Der Schaden ist überschaubar.«

»Überschaubar?« Der Vater starrte ihn lange an. Unwillkürlich trat der Sohn einen Schritt zurück. »Das, Alfons, entscheide ich. Für diese Angelegenheit wird jemand bluten müssen.« Er erhob sich von seinem Stuhl. Alfons widerstand dem Impuls, das Arbeitszimmer seines Vaters zu verlassen. »Ich werde eine offizielle Beschwerde an Senator Hachmann schicken. Mit Bürgermeister Mönckeberg rede ich heute Nachmittag. Wir müssen dafür sorgen, dass die Gerüchte aufhören und der Betrieb wieder aufgenommen wird. Und wir müssen Roscher loswerden.« Er stellte sich dicht vor Alfons auf. »Wer will mir schaden, Alfons? Sag es mir!«

Der Vater stand jetzt direkt vor ihm. Alfons hielt die Luft an. »Ich weiß es nicht, Vater.«

Plötzlich hob Bellingrodt die Hand. Alfons zuckte zusammen. Doch statt zu schlagen, legte der Vater ihm die Hand auf die Schulter. Er führte ihn zum Fenster. »Sag mir, Alfons, hast du dich um die Sache mit dieser Person gekümmert, wie ich es dir auftrug?«

»Ich habe ihr Geld geboten. Viel Geld.«

»Hat sie es angenommen?«

Alfons schluckte. Dann nickte er, obwohl es eine Lüge war.

»Ich warne dich, Junge. Wenn die Person noch einmal hier erscheint, habe ich auch keinen zweiten Sohn mehr.«

»Das wird sie nicht. Ich schwöre es dir.«

KAPITEL 24

Steckbrief. Gegen das Dienstmädchen Marie Clara Schiefer, geboren am 18. Mai 1876 zu Leubsdorf, welche flüchtig ist resp. sich verborgen hält, ist die Untersuchungshaft wegen gewerbsmäßiger Unzucht verhängt. Es wird ersucht, dieselbe zu verhaften und in das nächste Gefängniß abzuliefern und hierher Nachricht zu geben.

Hamburg, den 25. September 1896, Amtsgerichtsrat Grode

Die warme Herbstsonne weckte Sophie. Langsam öffnete sie die Augen. Ihr Rücken schmerzte. Die Briefseiten auf ihrem Schoß glitten zu Boden. Ebenso ein zerknülltes Taschentuch. Ihr Mund war trocken, und sie brauchte einige Minuten, um sich zu sammeln. Unten in der Halle schlug die Standuhr. Sie zählte leise mit. »Himmel, schon acht!« Sie warf die Decke zur Seite und sprang aus dem Bett. Eilig zog sie ihre Kleider an, richtete ihre Haare, putzte die Zähne über der Waschschüssel und prüfte den Sitz ihrer Bluse. Dann lief sie hinunter.

Im Wintergarten hatten die Bediensteten bereits begonnen, den Frühstückstisch abzudecken. Sophie wandte sich an eines der Mädchen. »Wo ist Fräulein Clara, Henny?«

Das Mädchen in adretter weißer Rüschenschürze und mit Häubchen auf dem Kopf knickste. »Konsul Winter lässt Ihnen ausrichten, dass er mit seiner Tochter zur Putzmacherin Helmer nach Eppendorf fahre, um für die Reise nach London angemessene Damenhüte für das Fräulein Clara fertigen zu lassen.«

Sophie atmete erleichtert auf. Man hatte ihre Abwesenheit also nicht bemerkt.

»Möchten Sie noch essen, Fräulein Struwe?«

»Nein, danke«, erwiderte Sophie und eilte hinaus, um ihren Mantel zu holen. »Ich habe in der Stadt zu tun.«

Als Sophie die elektrische Straßenbahn in der Dorotheenstraße bestieg, leuchtete der Himmel über der Stadt in strahlendem Blau. Nichts erinnerte an das schwere Gewitter der letzten Nacht. Eine Brise kam von der Alster her und versprach einen wunderschönen Herbsttag. Sophie setzte sich neben eine ältliche Dame auf die Bank, als der Wagen auch schon ruckelnd losfuhr.

In der Tasche auf Sophies Schoß befanden sich all die Briefe, über denen sie letzte Nacht eingeschlafen war. Johann Bellingrodt hatte darin von seiner Reise nach Brasilien berichtet, von den Menschen, die ihm begegnet waren, und dem Urwald nahe der Hauptstadt. Obwohl sein Vater ihn »in die Verbannung« geschickt hatte, wie Johann schrieb, schien der junge Mann dem fremden Land einiges abgewinnen zu können. Er beschrieb Brasilien in so schönen und bunten Farben, dass Sophie am liebsten sofort den nächsten Dampfer nach Südamerika bestiegen hätte. Johann schmiedete Pläne für eine gemeinsame Zukunft mit Marie. Es folgten noch einige Briefe, in denen er von dem Land und all den Möglichkeiten sprach. Dann aber wurden die Briefe kürzer. Er fragte sich, warum er keine Antwort von ihr erhielt. Es war offensichtlich, dass der junge Mann keine Ahnung davon hatte, in welch misslicher Lage sich Marie befand. Die letzten beiden Briefe waren erst vor einigen Monaten in Hamburg angekommen. Darin kündigte Johann Bellingrodt an, er würde gegen den Willen des Vaters früher zurückkommen. Er bat Marie um ein letztes Gespräch. Der arme junge Mann schien anzunehmen, dass Marie ihn nicht mehr liebte. Dieser Brief hatte Sophie zum Weinen gebracht, und er hatte ihr klargemacht, dass ihre Suche jetzt umso dringlicher war. Sophie seufzte. Was mochte Marie in der Zwischenzeit widerfahren sein? Vielleicht hatte sie einen anderen Mann gefunden, der sie und das Kind aufnahm. Vielleicht lebte sie auch gar nicht mehr in der Stadt, und Sophies Suche war vollkommen sinnlos. Unruhe machte sich wie so oft in den letzten Tagen in Sophie breit.

Die Straßenbahn fuhr gerade über den Osterbekkanal.

Sophie konnte einen kurzen Moment einige Ruderer auf der Alster sehen, die in schlanken Booten ein letztes Mal gegeneinander antraten, bevor die Saison zu Ende war.

Hinter der Brücke entdeckte sie eine Schar Kinder in ärmlichen Einheitskleidern, die sittsam in Zweierreihen auf dem Gehsteig gingen. Sie konnten kaum älter als fünf oder sechs Jahre sein und wurden von einer verhärmt wirkenden Aufsichtsperson begleitet.

»Sehen Sie sich diese Gören an!«, forderte da plötzlich die Frau neben Sophie und wies mit dem Zeigefinger zu den Kindern. »Die laufen hier herum, als schämten sie sich nicht.« Ihr Mund wurde spitz. »Die Mütter, nichts als liederliche Mädchen. Alles uneheliche Bälger.« Da drehte sich die Person zu Sophie, wohl um Zustimmung für ihre Empörung zu erhalten. »Die sind vom Waisenhaus in der Schulstraße.« Sophie reagierte nicht. Sie wollte nicht unhöflich sein, aber in ihr brodelte etwas. Jetzt drehte sich die Frau zu den anderen Fahrgästen. »Gesindel und Kriminelle, sage ich nur. Und wir müssen für sie aufkommen!« Einige Fahrgäste nickten, andere taten, als hätten sie das Krakeelen der Frau nicht gehört.

Sophie widerstand dem Wunsch, ihren Platz zu wechseln. Stattdessen fragte sie sich, ob Marie ihr Kind in eine dieser Anstalten hatte geben müssen. Ihr wurde schwindelig, als sie darüber nachdachte. Dann aber war da Wut in ihr. Die reichen Bellingrodts hätten helfen können, schließlich hatte Marie sie aufgesucht, nachdem Johann fortgeschickt worden war. Stattdessen hatten auch sie sie fortgejagt. Nicht zum ersten Mal fragte Sophie sich, ob sie nicht doch mit Wilhelm Bellingrodt reden solle. Schließlich war es zum Streit zwischen ihm und Marie gekommen. Hatte sie ihm gesagt, dass sie ein Kind von Johann erwartete? Natürlich hatte sie das.

An der Haltestelle des Allgemeinen Krankenhauses in der Lohmühlenstraße stiegen viele Leute aus. Erleichtert atmete Sophie auf, als auch die Frau neben ihr die Straßenbahn verließ.

Die Fahrt ging weiter, und sie erreichten den Pferdemarkt,

wo der Fahrer eine Schleife fuhr, um den Rückweg anzutreten. Sophie stieg aus und wandte sich der Baustelle des neuen Rathauses zu, das schon im nächsten Jahr eingeweiht werden sollte. Der Platz davor war schon jetzt von Schaulustigen bevölkert, die staunend das prachtvolle Gebäude mit seinem eckigen Uhrenturm unter der kupfernen Turmspitze betrachteten, die ein vergoldeter Reichsadler krönte. Über dem Eingangsportal polierte ein Bauarbeiter einige goldene Lettern, die man zur steten Mahnung angebracht hatte: »Libertatem quam peperere maiores digne studeat servare posteritas.« – Die Freiheit, die die Väter erwarben, möge die Nachwelt würdig zu erhalten trachten.

Ein hübscher Spruch, fand Sophie, aber wieder einmal schienen die Mütter im Weltenlauf keine Rolle zu spielen. Andererseits änderte sich gerade diese Welt. Das Alte wurde abgeschüttelt, und schon bald würde ein neues Jahrhundert beginnen. Wer weiß, vielleicht würde sich auch für Frauen etwas ändern.

Sophie folgte der Straße Richtung Börse und erreichte kurz darauf das Stadthaus, den Sitz der Hamburger Polizeibehörde. Dieser war eindeutig stattlicher als jenes Gebäude in Kiel. Mit einer Selbstverständlichkeit, die sie selbst überraschte, trat Sophie durch die hohe Eingangstür und ging direkt auf einen Uniformierten zu, der hinter einem hohen Pult saß. »Na, Fräuleinchen, was kann ich für Sie tun?«

»Ich suche Kommissar Sötje.«

Bedauerlicherweise fand der Mann keinen Kommissar Sötje in seiner Liste. Als Sophie ihm verständlich machte, dass besagter Kommissar aus Kiel sei, wusste der Beamte gleich, wer gemeint war.

»Ach, den meinen Sie. Na, der ist bei Polizeirat Roscher. Zweiter Stock, Stube 217.«

Leider hatte das Gebäude keinen dieser neuen Paternoster, von denen man so oft hörte. Gern hätte Sophie so einen Automaten einmal gesehen und vielleicht sogar ausprobiert. Sie nahm die Treppe in die zweite Etage hinauf.

Als sie die Tür mit der Nummer 217 erreicht hatte, erklärte

ein Mann mit Ärmelschonern und einem Berg Akten auf dem Arm, dass Polizeirat Roscher und Kommissar Sötje nicht im Haus seien. Man habe einen Vorfall in der Speicherstadt zu untersuchen.

»Wann erwarten Sie die Herren zurück?«

»Das kann dauern.«

»Gut. Ich werde warten«, entschied Sophie und setzte sich auf eine Holzbank. Sie hoffte, einen genügend energischen Eindruck zu machen, damit der Schreiber sie nicht fortschickte. Der aber schien keine Einwände zu haben. Er setzte seinen Weg fort und verschwand hinter einer der vielen Türen auf dem Gang.

Emsig eilten Beamte vorbei, schob ein Schreiber Aktenwagen von Tür zu Tür, brachten zwei Uniformierte einen gefesselten, vierschrötig aussehenden Kerl in eine der Amtsstuben. Interessiert beobachtete Sophie das geschäftige Treiben im Kommissariat. Akten wurden hin und her getragen, Männer in Arbeiterkleidung gingen lachend in den Amtszimmern ein und aus, und Sophie vermutete, dass es Kommissare in Zivil sein mussten. So wie Hauke es auch war. Niemand schien sie zu bemerken. Vielleicht hielt man sie für eine Zeugin oder eine aufmerksame Hamburgerin, die Anzeige erstatten wollte.

Das Warten dauerte nun schon eine ganze Weile, und Sophie bedauerte, nicht gefrühstückt zu haben. Da bemerkte sie auf der gegenüberliegenden Wand eine Tafel, an die jemand Steckbriefe gesuchter Personen gehängt hatte. Neugierig erhob Sophie sich und begann, die Aushänge zu lesen, von denen einige auch mit Fotografien versehen worden waren. Ein flüchtiger Kaufmann wurde wegen Betrugs ebenso gesucht wie ein Dienstmädchen wegen gewerblicher Unzucht und ein Hausierer wegen Bettelns.

Da entdeckte sie eine Zeichnung. Lange starrte sie das Bild an. Dann wurde ihr schwindelig.

KAPITEL 25

Laut Meldung aus London ist der Erzbischof von Canterbury, Benson, gestern Vormittag während des Gottesdienstes in der Hawardenkirche von Pfarrer Gladstone vom Schlage getroffen worden. Der Pfarrer war in der Kirche anwesend und sprach gerade ein längeres Gebet, als der Erzbischof zu Boden sank.

Originalauszug: Hamburger Nachrichten, 12. Oktober 1896

»Er hat mit uns gespielt, Herr Polizeirat!« Empört ging Hauke neben Polizeirat Roscher her, der die gesamte Fahrt von Hamm zurück ins Stadthaus Ausflüchte gesucht hatte. Sie stiegen die Treppe in die zweite Etage hinauf.

»Sie begreifen noch immer nicht, Sötje. Wir müssen hier mit Takt vorgehen, weil uns sonst –«

»Ich weiß, ich weiß! Familie Bellingrodt wird morgen ihren Sohn beerdigen. Den Mann vorher zu befragen, wäre taktlos. Dennoch müssen wir wissen, warum Wilhelm Bellingrodt gelogen hat und warum sein Sohn auf einem Schmuggelschiff war, verdammt! Und solange wir den Bericht des Gerichtsmediziners nicht haben, müssen wir im Fall Heise von Mord ausgehen. Ich kann nicht verstehen, Herr Polizeirat, warum Sie sich gegen solide Ermittlungsarbeit …«

Sie waren gerade um die Ecke gegangen, als Hauke Sophie auf der Bank sitzen sah. Ihr Gesicht war unnatürlich blass. Sie starrte auf die Wand mit den Steckbriefen. Hauke eilte zu ihr. »Sophie! Was ist passiert?« Erst als er neben ihr saß und ihre Hand in seine nahm, bemerkte sie ihn. Ohne ein Wort zu sagen, hielt sie ihm eine Zeichnung hin, die sie offenbar von der Wand abgenommen hatte. Darauf suchte die Polizei Hinweise zur Identität einer toten Frau mit roten Haaren, die vor zwei Wochen bei der Slamatjenbrücke aus dem Alsterfleet geborgen worden war. Neben der Personenbeschreibung war eine Zeichnung zu sehen.

»Das ist Marie Fischer«, sagte Sophie leise.

»Wer ist Marie Fischer?«, wollte Polizeirat Roscher von Hauke wissen.

»Die Geliebte von –«

Sophie zuckte zusammen. »Nein«, unterbrach sie Hauke. »Sie war nicht seine Geliebte. Johann Bellingrodt liebte sie.« Sie holte die Briefe aus ihrer Tasche. »Er und Marie haben wahrscheinlich ein gemeinsames Kind.« Sie reichte die Umschläge Polizeirat Roscher. »Wie starb sie?«, fragte sie leise.

Die Männer schwiegen. Der Name der Brücke ließ auf ein gewisses, moralisch verwerfliches Gewerbe schließen, dem Frauen nachgingen. Man nannte die Brücke nicht umsonst die der »schlampigen Mädchen«. Hauke nahm Sophie den Steckbrief aus der Hand. »Es könnte ein Unfall gewesen sein.«

Roscher wies einen vorbeieilenden Beamten an, ihm die Akte der Toten aus dem Fleet zu besorgen und den zuständigen Schutzmann, der den Fall aufgenommen habe, sofort herzubeordern.

Sophie drehte sich zu Hauke um. »Wir müssen das Kind suchen, Hauke.«

»Weißt du denn, wo Marie Fischer gelebt hat?«

Sie schüttelte den Kopf. »Die Eltern haben sie verstoßen, und ihre Kolleginnen bei Tietz wissen es auch nicht. Aber vielleicht wohnte sie in der Nähe von dieser Slamatjenbrücke. Jemand müsste dort die Leute fragen.«

Roscher trat zu Sophie. »Wir werden Ihre Angaben prüfen, Fräulein …«

»Struwe, Sophie-Luise Struwe.« Sophie erhob sich und reichte Roscher die Hand. »Ich bin die Verlobte von Kommissar Sötje.«

Roscher legte den Kopf ein wenig zur Seite. »Sie arbeiten für die Kieler Kriminalpolizei?«

»Nein, leider nicht.«

»Leider? Soso.«

»Wer informiert die Eltern vom Tod der Tochter?«, wollte Sophie wissen.

»Nun, sollte es tatsächlich …« Roscher räusperte sich. Als er sah, dass Sophie nicht im Geringsten geschockt wirkte oder gar gedachte, ohnmächtig zu werden, sprach er weiter: »… kein Unfall gewesen sein, werden wir die Ermittlungen übernehmen. Den Eltern werde ich persönlich diese unangenehme Nachricht überbringen, sobald ich Näheres weiß.«

»Sie wohnen in der Palmaille Nummer 58«, sagte Sophie erleichtert, die schon befürchtet hatte, ein weiteres Mal dort hingehen zu müssen. »Wo ist die Tote jetzt?«

»Bis jemand den Leichnam abholt, in der Pathologie des Krankenhauses in der Lohmühlenstraße.«

»Danke.« Sophie überlegte, dass sie gerade erst an genau diesem Krankenhaus vorbeigefahren war.

»Machen Sie sich keine Sorgen, Fräulein Struwe. Wir kümmern uns ab jetzt um alles.« Mit diesen Worten geleitete Polizeirat Roscher sie zur Treppe, während Hauke mit dem Steckbrief in der Hand geistesabwesend auf der Bank saß. »Soll ich Ihnen eine Kutsche ordern lassen?«

»Danke, nein, Herr Polizeirat, ich gehe zu Fuß. Sorgen Sie nur dafür, dass der Mörder gefunden wird.«

»Mörder?«

»Ja, ich glaube nicht einen Moment daran, dass sie ihrem Leben selbst ein Ende setzte. Sie war eine Kämpferin. Und sie hatte ein Kind.«

»Und ein Unfall käme für Sie nicht in Frage?«

»Nein, das war Mord.« Sie reichte Roscher einen zusammengefalteten Zettel. »Während ich gewartet habe, habe ich alles aufgeschrieben, was ich bisher über Marie Fischer herausgefunden habe.« Dann ging sie die Stufen hinunter.

Als der Polizeirat zu Hauke zurückkehrte, nickte er anerkennend. »Das nenne ich mal eine Frau. Was für ein Glück, dass es nicht meine ist.«

»Schon wieder der Name Bellingrodt«, murmelte Hauke.

KAPITEL 26

Steckbrief-Erledigung. Der unterm 22. Mai 1896 hinter den Kaufmann Carl Alfons Theodor Bertholomäus Knoop, geboren am 1. März 1867 zu Glückstadt, erlassene Steckbrief (Nr. 121 de 1896) ist wegen Todes desselben erledigt.

Der Untersuchungsrichter bei dem Königlichen Landgerichte zu Altona, 24. Oktober 1896

Schweigend schauten die beiden Männer aus dem Fenster im zweiten Stock des Stadthauses hinunter auf die fünf Straßen, die sich dort trafen. Die Sonne stand um diese Zeit hoch, sodass der Platz unter ihnen in ein herbstlich-warmes Licht getaucht war. Herren in Anzug und mit Melone hasteten Richtung Börse, vorbei an Mietdroschken, die auf Fahrgäste warteten. Elegante Damen schritten unter ihren Sonnenschirmen Richtung Jungfernstieg. Ein letztes Aufbäumen des Sommers. Doch es würde nicht mehr lange andauern, denn der Oktober hatte längst die Hälfte seiner Tage hinter sich. Ein junger Mann auf einem Niederrad kam aus der Admiralitätsstraße gefahren und schoss in gefährlicher Manier quer über den Platz. Dabei überholte er ein Fuhrwerk. Das Pferd davor erschrak, tänzelte aufgeregt im Geschirr, als der Radfahrer so plötzlich an ihm vorbeisauste. Der Kutscher hatte einige Mühe, das erschreckte Tier zu beruhigen, als der Fahrradfahrer auch schon in einer der Straßen verschwunden war.

»Es hat ihn nicht kommen hören«, sagte Hauke.

Roscher nickte langsam. »Sonst machen diese Dinger mit ihren Metallreifen immer einen Höllenlärm. Aber seit dieser Schotte …«

»Dunlop.«

»Genau … seit der den luftgefüllten Gummireifen erfand, kommt es auf den Straßen immer öfter zu Unfällen. Meines

Erachtens sind die Dinger Mordinstrumente. Sie fahren viel zu schnell. Es gibt welche in der Bürgerschaft, die sie verbieten wollen.«

»Die Fahrräder sollten eine Glocke oder Ähnliches haben«, schlug Hauke vor. »Vielleicht wären solche Fahrräder auch etwas für die Uniformierten auf der Straße«, überlegte er.

Eigentlich konnte er den Polizeirat recht gut leiden. Es gab wenige Menschen, mit denen es ihm leichtfiel, zu schweigen und sich dennoch zu unterhalten. Frauen zählten für Hauke nicht in diese Kategorie Gesprächspartner. Sie, und vor allem Sophie, waren ihm häufig ein unerklärliches Mysterium, umschwebt von einer Wolke aus Worten. Ein ständig sprechendes Phänomen, das Hauke aus Liebe zu seiner Verlobten versuchte zu enträtseln. Er war sich jedoch nicht sicher, ob er es jemals schaffen würde. Als Sophie vorhin auf dem Flur von Marie Fischer erzählt hatte, war ihm klar geworden, dass er ihr im Alsterpavillon hätte besser zuhören müssen. Er seufzte.

Es war seine Aufgabe, sie zu beschützen. Aber wie sollte er das tun, wenn ihr Dickkopf sie immer wieder in Gefahr brachte?

Er hatte schon einmal eine große Liebe verloren. Noch einmal würde er es nicht zulassen.

»Ist der Tote auf der ›Wilhelmine‹ nun Johann Bellingrodt oder nicht?«, lenkte Roscher Hauke ab, als könne er seine Gedanken lesen.

»Oberflächlich gesehen passt die Physiognomie des Toten zum Erscheinungsbild von Johann Bellingrodt: Größe, Haarfarbe, generelles Aussehen, vermutliches Alter.«

»Dennoch zweifeln Sie. Warum?«

»Weil es jeder sein könnte. Die Größe des Toten dürfte ein Großteil aller Männer seines Alters haben. Ein Meter fünfundachtzig ist nicht ungewöhnlich in unseren Breitengraden. Ebenso finden sich blonde Haare hier häufig. Kein Muttermal, keine Narbe, nichts. Fingerabdrücke wären hilfreich gewesen.«

Roscher drehte sich wieder zum Fenster. »Ach ja, Sie sind ja ein Verfechter dieser neumodischen Spielerei.«

Hauke wollte widersprechen, überlegte es sich aber anders. »Ich denke, Herr Polizeirat, dass Ihre Photographische Anstalt samt Archiv und die Daktyloskopie zusammen unschlagbar in der Verbrechensbekämpfung sein könnten.«

»Möglich. Ich befürchte nur, dass es schon bald keine Rolle mehr spielen wird.«

Unten auf der Straße trieb ein kleiner Junge rennend sein Trudelband, einen eisernen schmalen Fassring, mit einem Stöckchen die Straße entlang.

»Der Bericht des Gerichtsmediziners Simmons zum Fall Heise liegt übrigens auf meinem Tisch.« Roscher wies zu einer Akte. »Er konnte keinen Hinweis auf einen Kampf finden.«

»Und das verwüstete Kontor? Die Fußabdrücke?«, fragte Hauke.

»Vielleicht hat ihn jemand gezwungen, die Schlinge um seinen Hals zu legen«, meinte Roscher halbherzig. »Ich hörte kürzlich von einem Fall, wo das Opfer mit Opium gefügig gemacht wurde.«

Hauke runzelte die Stirn. »Wurde ein Abschiedsbrief bei ihm zu Hause gefunden?«

»Nein.«

Eine vornehme Dame mit einem Pudel an der Leine wechselte die Straßenseite, während das Tier nervös einige spielende Kinder ankläffte. »Herr Heise machte auf mich nicht den Eindruck eines Mannes, der sich spontan das Leben nimmt und vergisst, einen Abschiedsbrief zu schreiben. Außerdem würde es nicht das Chaos im Kontor erklären.«

»Sie wissen ja auch nicht, dass der arme Mann vor Kurzem seine schwer kranke Frau verlor, nachdem seine beiden Kinder bei der Choleraepidemie '92 starben. Wem hätte er einen Brief hinterlassen sollen?«

Zwei Schutzmänner traten aus dem Eingang des Stadthauses auf die Straße, um ihre Runde zu beginnen.

»Warum tötete der Mann sich gerade jetzt? Wer hatte den Arbeitern und Gehilfen für den Tag freigegeben?«

»Niemand«, erklärte Roscher. »Als die Leute zur Arbeit

wollten, war die Tür verschlossen. Nach einer Weile gingen alle wieder.«

Hauke drehte sich zu Roscher um. »Ach, interessant. Als ich dort ankam, war die Tür offen. Jemand hatte also einen Schlüssel, um hineinzukommen. – Wann waren die Leute vor der Tür?«

»Halb sieben in der Frühe.«

»Ich war Stunden später dort. In der Zwischenzeit muss jemand die Tür aufgeschlossen und das Kontor verwüstet haben.« Hauke dachte an Alfons Bellingrodt, der so plötzlich aufgetaucht war.

»Oder aber, Herr Heise war noch gar nicht im Kontor, als die Leute vor der Tür standen. Er kam später, verwüstete alles im Wahn und erhängte sich.«

Hauke schüttelte den Kopf. »Plötzlich auftretender Wahn? Nein, Herr Polizeirat. Ich halte mich an die Bellingrodts. Wann werden Sie sie befragen?«

»Gar nicht.«

»Verdammt, Roscher! Warum schützen Sie diese Leute?«

Roscher fuhr herum. »Ich schütze sie nicht!«

Hauke starrte ihn verständnislos an.

»Hören Sie, Sötje«, sagte Roscher in etwas ruhigerem Ton. »Bevor ich mich mit Bellingrodt anlege, muss ich Beweise in der Hand haben. Wilde Anschuldigungen gegen einen mächtigen Mann wie ihn führen nur dazu, dass das Stadthaus noch früher zugemacht wird. Es reicht schon, dass meine Leute den Speicher noch einmal auf den Kopf stellen. Der Mann tobt.« Roscher drehte sich wieder zum Fenster. »Sie ahnen gar nicht, Sötje, was ich mir vom Bürgermeister, Senator Hachmann und jedem anderen in der Stadt anhören muss.«

Hauke schwieg. Das politische Pflaster in dieser Stadt war rutschiger als die Planken eines Nordkapfahrers bei Eisregen.

»Aber meine Männer waren nicht untätig, Sötje. Der letzte Eigner des gesunkenen Ewers, Joost Klüver, ist wahrscheinlich lange tot. Ich habe in Rostock nachfragen lassen, was aus der Vermisstensache geworden ist. Man sagte uns, dass Wochen nach dem Verschwinden ein Toter gefunden wurde. Jedenfalls, was davon übrig war. Es sah sehr nach Klüver aus. Erschlagen.«

»Wer immer den Kahn klaute und den armen Mann über Bord warf: Er muss gefälschte Papiere für den Ewer gehabt haben. Anders ist es nicht zu erklären, dass der Ewer unbehelligt in die Häfen einfuhr.«

Roscher nickte. »Dem stimme ich zu.«

Hauke las noch einmal den Zettel, den Sophie dem Polizeirat überreicht hatte. »Was ist mit dem Verdacht, dass Johann Bellingrodt Unterschriften fälschte, um an das Geld seines Vaters zu kommen? Erging Anzeige?«

»Nein. Das hätte mich auch gewundert. Derartiges machen die Familien unter sich aus.« In diesem Moment klopfte es hinter den beiden Männern an der Tür. »Herein!«

Ein uniformierter Schutzmann trat in den Raum. Er knallte die Hacken seiner Stiefel zusammen und salutierte. »Schutzmann Schröder meldet sich zur Stelle.«

»Stehen Sie bequem.« Roscher nahm hinter seinem Schreibtisch Platz, auf dem die Akte zu Marie Fischer lag. Es war kaum mehr als ein Pappordner mit vier Blättern darin. »Was können Sie mir zu der Toten aus dem Alsterfleet sagen, die vor zwei Wochen gefunden wurde?«

Der Mann nahm seine Pickelhaube ab. Überlegte, wo er den Lederhelm abstellen sollte. Roscher nickte zu einem Stuhl in der Ecke. Schutzmann Schröder, ein Riese von einem Kerl, entledigte sich seines preußischen Kopfschmucks und trat zurück an den Schreibtisch. Jetzt zog er aus der Jackentasche seiner Uniform einen Block. Er klappte ihn auf, blätterte einige Seiten vor und zurück. Dann begann er, das Geschriebene vorzutragen.

Danach fanden ein paar Jungen am 7. Oktober gegen sechs Uhr in der Frühe einen leblosen Frauenkörper unterhalb der Slamatjenbrücke. »Die Tote war etwa einen Meter fünfundsechzig groß und wog circa sechzig Kilogramm. Besonderes Merkmal: rote Haare. Das Kleid der Toten hatte sich an einem Eisenhaken am Brückenpfeiler verfangen. Die Jungen waren während der Ebbe im trockengefallenen Alsterfleet auf der

Suche nach Sachen gewesen, die die Schuten immer wieder verlieren oder die die Leute ins Wasser werfen. Es war sechs Uhr vierzehn, als die Jungen Ewald Klein, Karl Mertens und Siegfried Leiner, alle elf Jahre alt, in die Wache kamen, um den Fund zu melden.« Schröder hob den Kopf. »Die Jungen sind mir persönlich bekannt, da sie im Laden ›Ladage & Oelke‹ kürzlich Ratten ausgesetzt hatten. Sie wurden natürlich erwischt. – Ich denke, dank einer ordentlichen Standpauke nach dem Vorfall meinten die Jungen, es sei besser, sich mit mir gut zu stellen.« Er las weiter. »Ich fuhr mit zwei Schutzleuten und dem polizeilichen Fuhrwerk zur Slamatjenbrücke, die wir um sechs Uhr achtundvierzig erreichten. Die Jungen versicherten, die Tote nicht angefasst zu haben. Ich machte eine Skizze zu Fundort und Leichenstellung.«

Er riss den Zettel aus seinem Buch und reichte ihn Polizeirat Roscher.

»Dann beförderten wir den Leichnam auf das Fuhrwerk, deckten ihn ab und suchten im Schlick nach Gegenständen, die die Frau hätten ausweisen können. Da die Flut kam, mussten wir unsere Suche abbrechen. Ich ließ die Tote zu Gerichtsmediziner Dr. Simmons bringen, da nicht klar war, ob es ein Unfall war oder nicht. Sie hatte eine schlimme Wunde am Hinterkopf. Mein Bericht ging um elf Uhr achtzehn an meinen Reviervorsteher. Ein Durchschlag in die Registratur. In der Kartei konnte ich die Frau nicht finden, woraus zu schließen wäre, dass sie in dieser Stadt in den letzten Jahren nicht wegen Unzucht oder sonstiger Vergehen verhaftet worden war. Sie machte auf mich auch nicht den Eindruck einer Frau, mit der wir es schon einmal zu tun gehabt haben könnten. Ich ließ vor ihrem Abtransport zu Dr. Simmons noch eine Zeichnung anfertigen, um durch einen Aushang in allen Revieren Name und Wohnort erfahren zu können.«

Hauke, der jetzt die Zeichnung betrachtete, nickte anerkennend. Ihm waren tollpatschige Polizisten zur Genüge über den Weg gelaufen, die dank Unwissenheit Spuren zerstörten oder sogar Tatverdächtige laufen ließen. »Was haben Sie noch?«

Schutzmann Schröder steckte das Büchlein wieder zurück in die Tasche. »Ich habe die Anwohner und das Personal der Geschäfte nahe der Brücke befragt, ob jemand die Frau kennt. Leider ohne Erfolg.« Der Mann überlegte. »Die Tote trug ein dunkelgraues Baumwollkleid und Schnürstiefel sowie eine kurze Jacke«, fuhr er dann fort. »Alles wirkte sauber und einfach. Ihr Hut muss mit der Ebbe fortgespült worden sein. Keine Papiere, keine Tasche. Am rechten Zeigefinger trug sie einen schlichten goldenen Ring. Darin eine Gravur: 17.10.1893. Es könnte sich um einen echten Verlobungsring handeln. Für einen Lügenring ist er zu teuer.«

»Lügenring?«, wollte Hauke wissen.

»Ja, viele Frauen kaufen beim Trödler günstig vergoldete Kupferringe, um sich einen ehrbaren Anstrich zu geben.«

»Sagen Sie mal, Schröder«, mischte Roscher sich ein, »ist diese Vorgehensweise bei Todesfällen in Ihrem Revier üblich?«

Der Mann nahm Haltung an. »Nein, Herr Polizeirat. Ich habe mir erlaubt, den ›Criminal-Correspondenten‹ zu abonnieren. Entschuldigen Sie, wenn ich meine Befugnisse überschritten habe.«

»Nein, guter Mann, Sie sind vorbildlich vorgegangen.«

»Denken Sie, Schutzmann Schröder«, wollte Hauke seinerseits wissen, »dass die Frau dort starb? Oder wurde sie durch die Schleusen von der Alster her ins Fleet gespült?«

»Nein. Der Schleusenwärter an der Alster hätte eine Tote bemerkt. Ich habe ihn befragt. Daraus resultiert, dass die Frau zwischen Schleuse und Slamatjenbrücke ins Wasser gefallen sein muss.«

»Wann starb sie, Ihrer Ansicht nach?«

»Wir hatten Hochwasser gegen Mitternacht. So wie sie an dem Haken hing, muss das Wasser fast den höchsten Stand gehabt haben. Ich schätze, sie starb zwischen halb zwölf und halb eins.«

Roscher blätterte im gerichtsmedizinischen Bericht, der gerade mal zwei Seiten umfasste. Der Eintrag zur vermutlichen Todeszeit der jungen Frau war nicht annähernd so genau wie die Schätzung von Schutzmann Schröder. »Laut Dr. Simmons ist Marie Fischer ertrunken. Allerdings fand er Würgemale an ihrem Hals.« Roscher klappte den Bericht zu. »Warum, zum Donnerwetter, ist die Kriminalpolizei nicht von dem Fall informiert worden?«, blaffte er Schröder an.

Hauke nahm den Wachtmeister in Schutz. »Das wäre die Aufgabe des Arztes und des Reviervorstehers gewesen, die beide den Bericht vorliegen hatten.«

Hauke wusste, dass der alte Schlendrian bei so manchem altgedienten Polizisten noch immer vorhanden war. Viele von ihnen weigerten sich, mit der Kriminalpolizei zusammenzuarbeiten, weil sie sie für eine gefährliche Konkurrenz hielten. Ein ständiges Kompetenzgerangel, überall.

»Weiß man, wer sie ist?«

»Es könnte eine gewisse Marie Fischer aus Altona gewesen sein. Dreiundzwanzig Jahre alt. Wahrscheinlich Mutter eines kleinen Kindes. Sie werden das überprüfen, Schröder.« Der Mann nickte. Roscher schaute zum Wandkalender. »Noch zwei Tage, dann wird sie in einem Armengrab bestattet werden, sofern niemand den Leichnam beansprucht. Ich werde gleich zu den Eltern gehen und sehen, ob sie die junge Frau identifizieren wollen.«

Schröder räusperte sich. »Herr Polizeirat, die Verstorbene wurde gestern bereits abgeholt.«

»Von wem?«

»Das weiß ich leider nicht. Ich habe routinemäßig in den Revieren nachgefragt, ob sich jemand wegen der Toten gemeldet hat. Ein Mann behauptete, sie sei seine Frau gewesen. Er ließ sie von einem Bestattungsinstitut abholen.« Die beiden Kommissare sahen sich an. »Soll ich den Namen prüfen? Irgendjemand muss ja die nötigen Papiere unterschrieben haben.«

»Tun Sie das, Schröder. Mich würde interessieren, wo die Tote jetzt ist.« Gerade wollte Schröder gehen, als Roscher ihn noch einmal zurück an den Schreibtisch bat. »Wo geboren? Wo gedient?«

Sofort nahm der Mann Haltung an. »Neumünster. Infanterieregiment 86 unter Oberst Dresow von 1880 bis 1892. Als Obergefreiter in Ehren und mit Auszeichnung entlassen.«

Zufrieden nickten Roscher und Hauke. Es kam selten vor, dass sie jemandem begegneten, der so geeignet für eine Stelle bei der Kriminalpolizei war wie dieser Schröder.

Hauke grinste, als er sich über Roschers Schreibtisch beugte. »Er diente in einem schleswig-holsteinischen Regiment. Und er kommt aus Neumünster. Er gehört mir.«

Roscher schüttelte den Kopf. »Falsch. Er ist ein Hamburger Beamter. Er gehört mir.«

»Das sehe ich anders. Er wäre famos für die Kieler Kriminalpolizei geeignet.«

»Wie gesagt, Herr Kommissar, der Mann ist ein Hamburger Beamter. Ich behalte ihn.«

Schutzmann Schröder stockte kurz, dann griente er.

KAPITEL 27

Unglücksfälle. Dem alten Seemanns-Krankenhause zugeführt wurde der Kutscher Kowalski, welcher gestern Nachmittag am Dalmannquai von dem Bock seines Fuhrwerks in eine Schute stürzte und sich einen Bruch des linken Beines zuzog.

Originalauszug: Hamburger Nachrichten, 22. Oktober 1896

Wie gelähmt hatte Sophie vor der Polizeibehörde gestanden. Insgeheim hatte sie gehofft, Hauke würde ihr folgen, um ihr zu erklären, was mit Marie Fischer passiert war. Vielleicht hätte er Licht in all das bringen können. Doch ihr Verlobter hatte dagesessen und vor sich hin gebrütet, als gäbe es sie gar nicht. Das machte sie wütend.

Und nun fragte sie sich, was sie um alles in der Welt jetzt tun sollte. Etwas in ihr sträubte sich, Amalie Bellingrodt auch noch diese traurige Nachricht überbringen zu müssen. Erst der Sohn und nun das. Aber, es blieb ja noch das Kind. Sofern es überhaupt eines gab. Nicht jede Geburt endete glücklich, wusste sie. Wenn sie doch wenigstens gewusst hätte, wo Marie Fischer die letzten Monate gewohnt hatte. Vielleicht war das Kind ja noch dort. Aber, wo nur sollte sie mit der Suche beginnen?

Unschlüssig ging Sophie vor dem Stadthaus auf und ab. Sie überlegte. Marie musste vor ihrem Tod in sehr einfachen Verhältnissen gelebt haben, denn weder ihre Eltern noch die Bellingrodts waren bereit gewesen, ihr zu helfen. Und obwohl sie kein Wort von ihrem Liebsten gehört hatte, war sie in der Stadt geblieben. Natürlich gab es Orte, wo eine Frau mit Kind, doch ohne Mann, hausen konnte. Eine kleine Lügengeschichte über den im Krieg gefallenen Gatten genügte oft, um bei gutherzigen Leuten wieder in Lohn und Brot zu kommen. Aber warum in Hamburg, der Stadt, in der jene Menschen lebten, die wussten, dass sie ein nicht eheliches Kind hatte? Hatte sie gehofft, wenn Johann erst zurück sei, würde alles wieder gut werden? Sophies Kehle schnürte sich zu. Drei Jahre vergebliches Hoffen.

Ohne recht zu wissen, was zu tun sei, ging sie die Admiralitätsstraße hinunter. Sie folgte dem Alsterfleet Richtung Elbe, als sie sich bald darauf an einer Brücke wiederfand, auf der eine Gruppe Menschen stand. Mittendrin erzählten drei Jungen wild gestikulierend ihrem Publikum eine offenbar aufregende Geschichte. Dabei beugten sie sich weit über das Geländer, zum Fleet hinunter.

»Dor hett se hangen!«, sagte einer der Jungen. »An de Nogel dor dröben. Mit eern Kleed.«

Ein anderer Junge nickte eifrig. »Jo, un blass is se ween. Meest as ’n spöök.«

Weitere Passanten blieben neugierig stehen, während die Jungen eifrig ihre Geistergeschichte weitererzählten. »Un dann sün de Schutzlüüd mit ’m Spannwaken kummen un hebbt allns ünnersöcht. Sogar int Modder sün de rumsteefelt.«

»Jo!«, lachte der Erste. »De een hett utsehen, as wör he een Swien in Uniform.«

Sophie kam näher. »Die Tote mit den roten Haaren? Und ihr habt sie gefunden?«

Eifrig nickten die drei.

»So is dat wesen. We hebbt de staatlich Orgaan, dat för Sekerhiet un Ordnung söcht, bannich hölpen kunnt«, meinte der Größere von ihnen und fügte hinzu, dass er später auch einmal Polizist werden wolle.

»Du?« Sein Freund hielt sich den Bauch vor Lachen, was ihm einen derben Knuff in die Seite einbrachte. »Aua!«

Wohl in der Annahme, dass keine neuen aufregenden Informationen von den Jungen zu erwarten waren, wollte ein älterer Herr mit Zylinder weitergehen, als der größte Junge in seinen Weg sprang und die Hand aufhielt.

»För de bannich exklusive Informatschons ut eerste Flunken, de Herr.« Er grinste den Mann an. Dieser wollte um das

Kind herumgehen, doch der Junge stellte sich ihm wieselflink erneut in den Weg. Seine Hand noch immer leer, grinste er munter weiter. Grimmig warf der Mann eine Münze auf den Boden und ging seines Weges. Der Junge zog seine Mütze und verneigte sich. Dann hob er schnell das Geld auf. Er verzog sein Gesicht. »Knickeriger Pennschieter«, grummelte er und ließ den Pfennig in seine Hosentasche gleiten.

Sophie vermutete, dass sich die Jungen mit der Geschichte von der Toten, die sie im Fleet gefunden hatten, ein wenig Geld hinzuverdienten. Sie lächelte, während sie in ihrer Tasche kramte, um jedem der Kinder zehn Pfennige zu geben. Überschwänglich bedankten sich die Jungen, wobei sie ihre Mützen zogen und einen tiefen Diener machten. Sie boten Sophie eine Führung unten im Fleet an, direkt am Tatort, sobald wieder Ebbe war.

»Danke, nein. Aber ihr könnt mir vielleicht trotzdem helfen. Ich will wissen, ob jemand in der Gegend die Tote kannte. Und ich muss wissen, wo sie wohnte. Ihr Name war Marie Fischer. Könnt ihr mir helfen?« Die Jungen zuckten die Achseln. »Wenn ihr euch ein wenig umhört und mir wenigstens eine der Fragen beantworten könnt, gebe ich jedem von euch eine Mark.«

In ihrer Ehre als künftige Polizisten gepackt und unter besonderer Berücksichtigung der Belohnung, machten sich die Jungen sogleich auf den Weg. Man verabredete sich für den nächsten Vormittag Schlag zehn hier, an genau dieser Stelle.

Zufrieden sah Sophie den Jungen nach, die bereits in eine nahe Gasse stürmten. Da kam eine ältere Frau auf Sophie zu. Sie trug einen Obstkorb mit herrlich duftenden Äpfeln über dem Arm. »Mädchen, die hier ins Wasser gehen«, sagte sie, »haben meistens einen Grund.«

»Was meinen Sie?«, wollte Sophie wissen.

»Sie sind wohl nicht von hier, oder? Na ja, wenn Sie es wären, dann wüssten Sie, was Slamatjens sind.«

»Nun, ich vermutete, im Hochdeutschen könnten es Waschfrauen sein. Slam für Dreck und Matjens für Mädchen.«

Die Bauersfrau lachte. »Jo, dat kun wohl so sien.« Sie trat

einen Schritt näher an Sophie heran. »Die mit den roten Haaren war keine Freundin von Ihnen, oder?« Sophie schüttelte den Kopf. »Gut, dann kann ich frei reden. Slamatjen sind die Deerns, de för Geld mit de Kerls … Na, Sie wissen schon.«

»Das glaube ich nicht«, entfuhr es Sophie. Sie dachte an die junge Frau auf der Fotografie. Adrett und so unendlich glücklich schaute sie den Mann an ihrer Seite an. Andererseits waren seit damals fast drei Jahre vergangen. Wer wusste, was diese Zeit aus Marie gemacht hatte.

Die Frau setzte ihren Weg fort. Natürlich hatte Sophie schon davon gehört, dass alleinstehende Frauen mit Kindern kaum Arbeit finden konnten und darum auf dieses fragwürdige Gewerbe angewiesen waren. Aber Marie Fischer? Andererseits, was wusste sie schon von wirklicher Not? Wenn man ein Kind zu versorgen hatte, dann war sicherlich so manche Mutter bereit, Dinge zu tun, die sie eigentlich niemals getan hätte.

Sophie wurde wieder übel. Die ganze Sache wuchs ihr über den Kopf. Sie stützte sich am Brückengeländer ab. Dann schloss sie ihre Augen, um einen Entschluss zu fassen. Und das tat sie.

Sie eilte zur Börse hinüber, um die Straßenbahn zum Stephansplatz zu nehmen. Als sie bald darauf vor der Oberpostdirektion ausstieg, um dort einen Telefonanruf zu tätigen, war der letzte Zweifel verflogen. Sie musste Amalie Bellingrodt von ihren Erkenntnissen berichten. Und sie wollte es der armen Frau schonend beibringen. Aus diesem Grund schien es ihr ratsamer, sich dieses Mal zu avisieren. Immerhin hatte sie dem Haus die letzten Male unverzeihlich spontane Besuche abgestattet. Allerdings musste sie sich eingestehen, dass sie hoffte, Amalie Bellingrodt könne noch zu schwach sein, um Besucher zu empfangen. Umso erstaunter war sie, als der Butler ihr am Hörer mitteilte, dass die gnädige Frau für Einkäufe in die Stadt gefahren sei und vor dem Abend nicht zurückerwartet werde.

Stirnrunzelnd stand Sophie vor dem Portal der Oberpostdirektion.

KAPITEL 28

Angekommene Fremde: Hotel Zu den vier Jahreszeiten: von der Goltz, Rittergutsbesitzer von Großbestendorf; P. Fischer, Betriebsdirektor Ruhrort; Warfeld, Direktor Zürich; Moritzson, Banquier v. Kopenhagen; R. Hagemann u. Fam. m. Kinderfräulein von Hamburg; G. Mahler von Hamburg.

Originalauszug: Hamburger Nachrichten, 14. Oktober 1896

Um diese Zeit speisten nur wenige Gäste in der »Patriotischen Gesellschaft«. Die Herren Bürgerschaftsabgeordnete, die ihre Sitzungen noch so lange im Gebäude abhalten mussten, bis endlich das Rathaus bezugsfertig war, hatten ihr Mittagessen bereits eingenommen und waren gegangen. Für die Abendgesellschaften, die vom nahen Stadttheater herüberkamen, war es noch zu früh.

Man hatte den Herren Bellingrodt einen Tisch in der diskretesten Ecke des Saales zugewiesen, wo garantiert keine unerwünschten Ohren das Gespräch mit anhören würden. Vater und Sohn saßen bereits bei einem Aperitif. Der Tisch war jedoch für drei gedeckt. Gestärkte Servietten lagen neben weißen Porzellantellern, die ein Goldrand zierte samt Hamburgwappen. Die elektrische Beleuchtung an den Wänden und vom Kronleuchter in der Mitte des Saales spiegelte sich im Facettenschliff der Kristallgläser auf dem Tisch und ließ sie in allen Regenbogenfarben leuchten.

Wilhelm Bellingrodt prüfte mit großer Geste die Farbe des Champagners in seinem Glas. »Wir sollten überlegen, ob wir uns mit der Firma Spiro zusammentun.« Er nahm einen Schluck. »Der Kaiser, mein Sohn, plant, das chinesische Kiautschou mit dem Hafenort Tsingtau zu einem deutschen Pachtgebiet zu vereinen. Um die Bucht herum wird es eine neutrale

Zone geben, wo die Chinesen uns nicht ins Geschäft pfuschen können.«

Alfons lugte hinter seiner Speisekarte kurz hervor. »Spiro? Der Jude? Aber der macht doch in Waffen.«

»Richtig, Junge. Und Waffen gehen immer. Der Kaiser hält viel von Spiro. Der Mann hat eine Nase fürs Geschäft. Jedenfalls müssen wir an die Zukunft denken. Mit Kaffee lassen sich keine Kriege gewinnen.«

Da bemerkte Bellingrodt den Kieler Kommissar, der sich soeben seinen Weg an den leeren Tischen vorbei zu ihnen bahnte. »Sie schon wieder?«, fauchte er Hauke an. »Stecken Sie dahinter, dass in meinem Speicher nicht gearbeitet wird? Ich nehme Sie und den Roscher in Regress! Das wird Sie teuer zu stehen kommen!«

Hauke begrüßte die Herren. Er hatte beschlossen, ohne Roschers Erlaubnis die Bellingrodts zu befragen. Das würde Ärger geben, aber vielleicht auch einige Erkenntnisse. Im Dovenhof hatte man ihm gesagt, wo er Vater und Sohn finden könne. Hauke fiel auf, dass Alfons Bellingrodt recht blass war.

Der alte Bellingrodt bemerkte Haukes Blick. »Ein Junggesellenabschied, der wohl etwas feuchtfröhlicher vonstattenging, als schicklich ist«, erklärte er, woraufhin Alfons verlegen lächelte. »Nun ja«, ergänzte der Vater ein wenig milder. »Wir waren ja alle mal jung.« Er drehte sich zu Hauke. »Also, was wollen Sie? Machen Sie schnell. Ich erwarte einen Gast.«

»Sie sagten, der Tote an Bord des Ewers sei nicht Ihr Sohn Johann gewesen. Dennoch richten Sie eine Beerdigung für ihn aus. Möchten Sie Ihre Aussage korrigieren?«

Bellingrodt lachte. »Ich bin Ihnen keine Rechenschaft schuldig.«

Hauke lächelte. »Es wäre mir eine Freude, wenn ich Sie ins Stadthaus vorladen dürfte, Herr Bellingrodt.«

»Genau, ›dürfte‹! Dürfen Sie aber nicht.« Bellingrodts kurzes Lachen hallte von der Gewölbedecke durch den Saal.

»Lassen Sie es mich so formulieren, Herr Bellingrodt: Ihr

Sohn war an Bord eines Schiffes mit geschmuggeltem Kaffee. Was soll ich davon halten?«

»Sie überschreiten Ihre Kompetenzen, Herr Kommissar.« Bellingrodt drehte sich nach hinten und winkte nach dem Maître d'hôtel. »Ich denke, es ist Zeit, dass Sie gehen. Man wird Sie hinausbegleiten.«

Hauke jedoch machte keine Anstalten aufzustehen. »Kennen Sie eine Marie Fischer, Herr Bellingrodt?«

Bellingrodt zuckte zusammen. Dann scheuchte er den herbeigeeilten Diener ungeduldig fort. »Nein«, sagte er, nachdem der Mann außer Hörweite war.

»Sie lügen. Marie Fischer war vor knapp drei Jahren in Ihrer Villa. Es gab einen Streit. Das zumindest sagt Ihre Frau.«

Bellingrodt fuhr auf. Das Glas in seiner Hand ging zu Bruch, und der Stuhl polterte hinter ihm auf den Boden. »Das sind Familienangelegenheiten!«, brüllte er auf Hauke hinab.

»Marie Fischer ist tot«, setzte Hauke nach und wartete neugierig auf eine weitere Reaktion. Doch Bellingrodt hatte sich wieder gefasst. Mit einer kurzen Bewegung wischte er den Champagner von seiner Jacke, während ein Kellner herbeikam und den Stuhl aufrichtete. So schnell der Wutausbruch gekommen war, so schnell schien er vorüber zu sein. Bellingrodt setzte sich. Hauke bemerkte jedoch eine Ader an der Schläfe des Mannes, die gefährlich pochte. Man brachte Wilhelm Bellingrodt ein neues Glas, und der Maître d'hôtel füllte es nach. Nur ein nasser Fleck auf der Tischdecke war Beweis des unbeherrschten Moments. Bellingrodt starrte Hauke an, bis der Maître d'hôtel und die Kellner wieder verschwunden waren.

»Sie hatte Johann ein Balg andrehen wollen.« Bellingrodt schnaufte verächtlich. »Erpressen wollte sie mich. Hah!«

»Erpressen? Wann?«

Bellingrodt wedelte unbestimmt mit der Hand durch die Luft. »Als sie bei mir vor der Tür stand. Ich habe sie davongejagt.«

»Warum sind Sie nicht zur Polizei gegangen?«

Bellingrodt schien amüsiert. »Wenn jeder junge Mann in der Stadt, der ein einfaches Mädchen schwängert, zur Polizei ginge, nur weil sie sich beklagt, dann hätten Sie und Ihresgleichen eine Menge zu tun. – So etwas, Herr Kommissar, lösen wir auf unsere Weise.«

»Auf Ihre Weise lösen? Mit Mord?«

Bellingrodt beugte sich über den Tisch. »Was wollen Sie damit andeuten?«

»Die junge Frau wurde vor zwei Wochen im Alsterfleet gefunden.«

»Ich habe diese Person nur ein Mal in meinem Leben gesehen. Vor Jahren, als Johann bereits in Brasilien war.«

»Was wollte sie von Ihnen?«

»Das sagte ich doch schon: Geld, schätze ich. Aber ich habe ihr nichts gegeben. Diese Mädchen haben selbst Schuld. Wer sagt mir denn, dass Johann überhaupt der Vater war? Vielleicht hat diese Person auch nur gehört, dass Johann weg ist. Und dann hat sie sich auf den Weg gemacht, um ihr Glück bei uns zu versuchen. Aber da hat sie die Rechnung ohne die Bellingrodts gemacht.« Er hielt das leere Glas in die Höhe. Sofort kam der Maître d'hôtel und füllte es auf. »Und du, Sohn? Hast du etwas von der Person gehört?«

»Nein, Vater. Ich habe sie seit dem Abend nicht mehr gesehen.«

»Sie kannten Marie Fischer?«

Alfons nahm sein Glas zur Hand und leerte es in einem Zug. Er wartete mit einer Antwort, bis der Maître auch seines nachgefüllt hatte und gegangen war. »Rote Haare. Um die zwanzig. Hübsche Person. Wahrscheinlich eine Professionelle.« Er lächelte entschuldigend. »Nicht, dass ich mich damit auskenne. Aber, man hört so Dinge.«

Hauke wandte sich wieder an Wilhelm Bellingrodt. »Interessiert es Sie nicht, was aus Ihrem Enkelkind wurde?«

»Enkel? Ich habe keine Enkelkinder. Und was die Bälger dieser Person angeht, ist mir nicht klar, was dies mit meiner Familie zu tun haben sollte.«

»Wusste Johann, dass er Vater werden würde? Haben Sie es ihm mitgeteilt?«

»Ich habe Ihnen bereits gesagt, was ich von solchen Weibern halte, die jedem reichen Kaufmannssohn ein Gör anschwatzen wollen«, sagte Bellingrodt. »Und all das hat Sie nicht zu interessieren. Sie gehören nicht einmal zur Hamburger Kriminalpolizei.«

»Warum starb Ihr Verwalter?«

»Sie sehen Gespenster. Ist es Ihnen in Kiel zu langweilig, dass Sie hierherkommen müssen?«, wollte Bellingrodt wissen.

Wieder war es Alfons, der seinem Vater zur Seite sprang. »Herr Heise war seit Jahren bei uns beschäftigt. Er hatte eine Vertrauensposition. Als seine Frau krank wurde, hat mein Vater ihm geholfen, die Arztrechnungen zu begleichen. Alles in allem beliefen sich die Kosten der Behandlung auf eintausenddreihundertsiebzig Mark und achtzehn Pfennig. Ein großzügiges Geschenk, für das Herr Heise sehr dankbar war.«

»Hatte jemand in Ihrem Speicher die Möglichkeit, Kaffee beiseitezuschaffen? Herr Heise zum Beispiel.«

»Sind Sie verrückt? Natürlich nicht. Das hätte er sich nicht getraut. Einen Bellingrodt betrügt man nicht.«

»Was mein Vater meint, ist, dass Herr Heise eine gut bezahlte Anstellung bei uns hatte und das Vertrauen meines Vaters genoss. Die Leute achteten Herrn Heise, und er war immer zuverlässig. Was hätte ihn treiben sollen, all das aufzugeben?«

»Warum durchwühlte jemand das Kontor Ihres Speichers, Herr Bellingrodt?«

»Sagen Sie es mir, Herr Kommissar. Ich bin das Opfer. Nicht der Täter.«

»Fehlen Papiere? Geld? Oder sonst etwas von Belang?«

»Nein, nichts«, behauptete Alfons ein wenig zu schnell.

»Auch nicht der Band mit den aktuellen Gewichtslisten? Ein dickes Buch, in Schwarz gebunden.«

Alfons Bellingrodt legte die Speisekarte auf den Tisch. »Ja, vielleicht das. Aber ansonsten nichts. Das Buch diente nur dem Verwalter zur Kontrolle. Wir haben die Listen vom Wäger, die Heise uns in den Dovenhof schickte.«

Der alte Bellingrodt beugte sich vor. »Sie wissen, Herr Kommissar, dass ich Sie vernichten werde. Sie und diesen Roscher.«

Hauke erhob sich und ging ohne eine Verabschiedung Richtung Ausgang. Er wusste, dass er nichts, aber auch gar nichts erreicht hatte. In diesem Moment trat ein Herr durch die Eingangstür. Er reichte dem Garderobier seinen Mantel, den Zylinder und den Gehstock. Hauke trat auf ihn zu. »Herr Polizeirat. Welch Zufall.«

Roscher fuhr herum. »Sötje, was machen Sie hier? Spionieren Sie mir etwa nach?« Nervös sah er zu dem Tisch, an dem ein aufgebrachter Wilhelm Bellingrodt sich gerade erhob und zum Gehen bereit machte. Der Appetit schien ihm vergangen zu sein.

»Nun«, sagte Hauke, »ich denke, ich tat das Gleiche, was auch Sie sicherlich gerade vorhaben: Wilhelm Bellingrodt befragen.«

Roscher bemerkte Haukes süffisanten Unterton. »Und, sind Sie zu neuen Erkenntnissen gekommen, Kommissar Sötje?«

»Ja. Mehr, als mir lieb ist.« Damit verabschiedete Hauke sich und trat hinaus. Roscher hatte recht gehabt. In dieser Stadt wusch eine Hand die andere. Jetzt fragte Hauke sich nur, wessen Hand wohl die schmutzigere war.

KAPITEL 29

Infolge eines Unglücksfalles starb im kräftigsten Mannesalter der Revierförster Adolph Christian Hagemeister. Beim Überspringen eines Grabens fiel er zum Theil in denselben hinein und brach sich ein Bein. Dieses musste später amputiert werden, was jedoch keine Linderung brachte und zum Tode führte.

Originalauszug: Hamburger Nachrichten, 8. September 1896

Die Straßenlaternen an der Reeperbahn wurden von zwei Wächtern entzündet. Noch gab es hier keine elektrische Beleuchtung, aber auch das war nur eine Frage der Zeit. Unschlüssig ging Sophie die Allee entlang. Eine Gruppe Matrosen kam ihr entgegen. Einer von ihnen, er schien aus England zu sein, sagte etwas zu seinen Freunden und starrte Sophie dabei schief grinsend an. Die Männer lachten. Am liebsten hätte Sophie sich versteckt. Doch sie war fest entschlossen, sich nichts anmerken zu lassen. Sie drückte ihren Rücken durch und stolzierte an den Kerlen vorbei. Dabei fragte sie sich, ob sie ihr Vorhaben nicht besser abbrechen und lieber bei Tageslicht zurückkommen sollte. Doch sie befürchtete, dass dann weniger Leute hier wären, die ihr hätten helfen können. Das Amüsierviertel um die Reeperbahn herum war der einzige Ort, der Sophie einfiel, wo eine Frau ohne Geld und Familie sich verdingen konnte, wenn ihr sonst alle Türen der Stadt versperrt blieben. Und es war ein Ort, an den man erst bei Einbruch der schützenden Dunkelheit ging.

Sie bemerkte ein älteres Pärchen unter all den Umherflanierenden und ging darauf zu. »Bitte verzeihen Sie«, sagte sie. Sie holte die Fotografie von Johann und Marie aus der Tasche. »Kennen Sie zufällig den Mann oder die Frau auf diesem Bild?«

Der Mann schaute erst Sophie und dann die Aufnahme stirnrunzelnd an. Die Dame an seinem Arm schüttelte bereits den Kopf. »Nein, leider nicht. Verwandte?«, wollte sie neugierig wissen. Sophie lächelte unbestimmt, dankte und ging weiter. Vor einem Theater fragte sie zwei junge Mädchen, die um diese Uhrzeit eigentlich nicht mehr hätten hier sein dürfen, sofern sie aus gutem Hause waren. Doch auch sie waren keine große Hilfe.

Da sprach ein Mann Sophie an, der auf sie im ersten Moment einen sauberen und gepflegten Eindruck machte. Er trug eine Melone auf dem Kopf und einen dunkelblauen Wollmantel mit goldfarbenen Knöpfen. Der Bart war anständig gestutzt, und die Fingernägel waren sauber. Doch dann zog er den Hut, verbeugte sich und bot Sophie an, sie zu ihrem Zimmer zu begleiten. Dabei strömte aus seinem Mund eine strenge Schnapsfahne, sodass Sophie unwillkürlich die Hand vor den Mund schlug. »Zwei Mark bist du mir wert, schönes Kind«, lallte er.

»Sie müssen mich verwechseln«, presste Sophie durch ihre Finger und eilte davon, während der zweifelhafte Galan sich lauthals über ihre Frechheit beschwerte. So schnell es ging, lief Sophie um die nächste Ecke. Atemlos blieb sie stehen und lugte zurück, um zu sehen, ob der Betrunkene ihr folgte. Als sie sicher war, dass sie ihn hatte abschütteln können, lehnte sie ihren Rücken an die kalte Backsteinwand des Hauses. Ihr Herz raste! Wie konnte der Kerl nur denken, sie sei so eine? War nicht offensichtlich, dass sie nicht auf Männerschau war? Das Bedürfnis, sich von dem gierigen Blick des widerlichen Kerls reinzuwaschen, überfiel sie. Sie presste ihre Hand gegen den Mund.

Mein Gott!, dachte sie, als die Übelkeit ein wenig verging. Was mache ich hier nur?

Da bemerkte Sophie einen Schutzmann auf der anderen Straßenseite. Erleichtert stieß sie sich von der Wand ab und eilte zu ihm. »Bitte, Herr Wachtmeister«, rief sie, in der festen Absicht, nur noch ihn zu fragen, um dann die verrückte Idee nächtlicher Ermittlungen an diesem Ort aufzugeben. »Kennen Sie die beiden Personen auf der Fotografie?«

Der Schutzmann betrachtete lange das Bild. »Aha«, sagte er dann unbestimmt. »Und warum interessieren Sie sich für den jungen Herrn Bellingrodt?«

Sophie riss die Augen auf. »Sie kennen Johann Bellingrodt?«

»Woher kennen Sie ihn denn, Fräulein?«, wollte er lauernd wissen. »Sie sind ja wohl nicht von *hier*.«

Froh, doch nicht ganz umsonst an diesen schrecklichen Ort gekommen zu sein, erzählte sie dem Beamten die Geschichte vom Tod Johanns und Maries. »Und jetzt suche ich das Kind«, schloss sie.

Der Mann hatte geduldig zugehört, wobei er seine Daumen im breiten Gürtel der Uniform eingehakt hatte. Er überlegte eine ganze Weile, bevor er endlich etwas sagte. »Hm, hatte ich mir doch so etwas gleich gedacht, als ich den jungen Herrn Bellingrodt traf.«

»Wann war das?« Gespannt wartete Sophie, dass er mehr sagen würde. Doch sie wurde enttäuscht. Stattdessen nahm der Beamte seine Runde durchs Revier wieder auf. »Halt!«, rief sie ihm nach. »So warten Sie doch!«

Der Schutzmann blieb stehen. »Was wollen Sie denn noch wissen, Fräulein?«

»Wann?«

»Warum wollen Sie das wissen?«

»Ich suche das Kind.«

Der Mann überlegte. »Vor zwei oder drei Wochen.«

Sophies Atem blieb aus. Vor zwei oder drei Wochen? Dann musste Johann Bellingrodt seine Marie gesucht haben, als sie noch lebte! Ihr wurde schwummerig.

Der Mann wandte sich erneut ab. »Es ist, wie es ist, Fräulein.«

Mit wenigen Schritten hatte Sophie ihn eingeholt. »Ich muss wissen, wo die Frau gewohnt hat. Es geht um das Kind. Es müsste etwa zwei Jahre alt sein.«

Der Beamte blieb stehen. »Wann starb die Frau?«

»Vor zwei Wochen.«

Der Schutzmann wog nachsichtig den Kopf. »Und Sie glauben allen Ernstes, dass das Kind noch lebt? Wenn kein Wunder geschehen ist, wird es in irgendeiner Bruchbude im Gängeviertel verhungert sein. Familie hatte die Person ja wohl nicht, oder?« Sophie schüttelte den Kopf. »Sehen Sie, und barmherzige Nachbarn, die noch ein Kind aufnehmen, werden Sie hier in der Gegend nicht finden. Die meisten haben schon jetzt zu viele davon. Außerdem, wenn das Kind erst zwei Jahre alt war, war es zu klein, um arbeiten oder stehlen zu gehen. Es wäre aber groß genug, um essen zu wollen und zu schreien. Nein, glauben Sie mir: Das Kind ist ebenso tot wie seine Eltern. Vielleicht ist es auch gut so.« Sophie wurde schwarz vor Augen. Schwankend hielt sie sich am Arm des Polizisten fest. »Na, na, Fräuleinchen, das war wohl ein wenig zu dolle, oder?« Er stützte sie. »Haben Sie denn heute schon etwas gegessen?« Sophie verneinte leise. »Tscha, dann gehen Sie man mal lieber nach Hause. Nehmen Sie am besten eine Droschke.«

Sophie schluckte und versuchte, sich zu konzentrieren. Nicht umfallen. Bloß nicht umfallen!, schrie es in ihrem Kopf.

»Ja«, krächzte sie, »aber zuvor sagen Sie mir bitte, woher Sie Johann Bellingrodt kannten. Ist er mit dem Gesetz in Konflikt gekommen?« Sie dachte an die gefälschten Unterschriften, von denen Amalie Bellingrodt erzählt hatte.

»Der Johann? Nein, aber sein Bruder Alfons war oft Gast in unserem Keller. Johann Bellingrodt musste ihn mehr als einmal bei uns abholen.«

»Alfons Bellingrodt? Sind Sie sicher? Warum war er bei Ihnen?«

Der Beamte strich durch seinen stattlichen Bart, dessen Enden gezwirbelt waren. »Wir tratschen nicht über unsere Kunden. Amtsgeheimnis.«

Sophie nickte. »Natürlich. Verzeihen Sie meine Neugier.« Sie lächelte, so gut es ging. »Und als Sie Johann Bellingrodt das letzte Mal sahen, war er wieder wegen seines Bruders Alfons hier?«

»Nein. Herr Bellingrodt zeigte jedem diese Fotografie.« Er nickte zum Bild in Sophies Hand. »Dem jungen Herrn ging es nicht gut. Unrasiert. Kein Hut auf dem Kopf. Die Schuhe schmutzig. Er muss wohl in eine Schlägerei geraten sein. Das Veilchen an seinem linken Auge blühte noch immer prächtig, und auch sonst hatte er ordentlich was abbekommen. Das Pflaster hier ist gefährlich, wenn Sie verstehen, was ich meine, Fräulein.« Der Beamte überlegte. »Der junge Bellingrodt suchte offenbar besagte junge Frau, genau wie Sie, nur eben am falschen Ort. – Ich hatte noch überlegt, ob ich ihn in Gewahrsam nehme oder den alten Bellingrodt informieren soll, aber das Herumzeigen einer Fotografie ist ja kein Verbrechen. Habe noch versucht, mit dem jungen Mann zu reden, aber da war er auch schon weg.« Der Wachtmeister kratzte sein Kinn. »Hat er sie denn noch gefunden?«

»Ich befürchte nicht. Er kam kurz darauf bei einem Schiffsunglück um.«

Der Beamte seufzte. Dann straffte er den Rücken. »Und mit wem habe ich die Ehre?«

»Sophie-Luise Struwe. Ich helfe bei der Suche nach Informationen. Genaueres werden Sie aber im Stadthaus bei Polizeirat Roscher und Kommissar Sötje erfragen können.« Hinter ihrem Rücken hielt sie die Finger gekreuzt.

»Kriminalpolizei?« Er musterte sie noch einmal eingehender. »Nun, dann werde ich wohl einen Bericht für die Herren verfassen müssen.« Er deutete einen militärischen Gruß an seinem Helm an und ging festen Schrittes Richtung Davidwache.

Wie tröstlich es doch sein muss, dachte Sophie, wenn man all die Unliebsamkeiten des Lebens einfach in einen Bericht schreiben konnte, um sie danach zu vergessen.

KAPITEL 30

Junge Dame wünscht, einem besseren Gesangs- oder Theaterclub beizutreten. Einschlägige Erfahrungen vorhanden.

Originalauszug: Hamburger Nachrichten, 4. Oktober 1896

Mit einer Kerze in der Hand stand sie in der Finsternis. In der offenen Kassette vor ihr lagen die letzten Reichsbanknoten. Obwohl sie immer nur wenig herausgenommen hatte, wurde der Stapel kleiner und kleiner. Ihre Hand zitterte, als sie nach dem Papier griff. Sie wusste, sie durfte es nicht tun, aber heute brauchte sie das Geld. Einen Schein, nur einen, mehr nicht. Leise klappte sie den Deckel der Schatulle zu.

Barfuß stahl sie sich aus dem Raum. Als sie die Tür leise schließen wollte, glaubte sie, jemand hätte ihren Namen geflüstert. Sie fuhr herum. Doch niemand war da, nur die nackte Holzfigur an der Wand. Leise schloss sie die Tür. Dann eilte sie den langen Flur entlang, der an einer kleinen Tür endete. Flink schlüpfte sie in das Kirchenschiff. Die Kerze in ihrer Hand warf geisterhafte Schatten an die Mauern. Hastig bekreuzigte sie sich, als sie am Altar vorbeilief. Die Steinplatten unter ihren nackten Füßen waren eiskalt, als sie zum Portal eilte.

Jedes Mal schwor sie sich, es würde nie wieder geschehen. Aber dann standen sie da, fordernd die Hand aufhaltend. Sie kamen in der Nacht, wenn niemand sie sehen konnte. Und sie hielten ein Bündel im Arm. Was war schon das Geld gegen diese kostbare Ware?

So leise es ging, öffnete sie die hohe Tür und lugte hinaus, ob sie noch da waren. Ein kalter Wind kam herein und blies die Kerze in ihrer Hand aus. Der Schein einer Gaslaterne an der Straße fiel in den Hof, als sich eine Gestalt aus dem Schatten der Mauer löste und humpelnd auf sie zukam. »Zwanzig«, krächzte der Schatten und hielt die schwielige Hand auf.

»So viel habe ich nicht. Zehn.«

»Letztes Mal waren es zwanzig«, forderte die Person, deren Gesicht tief unter einer Kapuze steckte.

Sie zog den Schein aus ihrer Tasche. »Ich habe nicht mehr«, sagte sie noch einmal und hörte ihre Stimme zittern.

»Wer da?«, rief plötzlich eine Stimme von der Straße. Es musste einer der Schutzleute von der Davidwache sein. Blitzschnell drückte sie der Gestalt das Geld in die Hand und griff nach der Ware. Dann schloss sie mit bebendem Herzen das Tor.

KAPITEL 31

Welch menschlich denkendes Wesen könnte wohl kühn genug sein, zu behaupten, er irre nie. Unumstößliche Wahrheiten giebt es aber doch, und wo uns eine solche gesagt wird, sollen wir sie in unser Gedächtnis eingraben, damit wir sie bei etwaigen Vorkommnissen sofort praktisch anwenden können. Wie bei dem Dampf- und Römerbad, wo die Dämpfe alles, selbst die hornartigen oft schlimmen Hühneraugen erweicht haben, ist meinen Wärtern die beste Gelegenheit geboten, mit geübter Hand die Menschen von dieser Plage zu befreien, für en beeten Baares.

Originalauszug: Hamburger Nachrichten, 15. Oktober 1896

Die beiden neuen Mädchen bei Madame Sissi wollten ihm nicht recht gefallen. Sie verstanden ihr Geschäft nicht. Zu jung. Dabei mochte er die jungen Dinger eigentlich am liebsten. Zart, weich, unbenutzt und so verletzlich. Grob schob er die Blonde mit der Angst in den Augen von seinem Schoß.

»Hau ab«, lallte er und griff nach dem Glas Champagner auf dem Tischchen neben dem Diwan. Eilig sammelten die beiden Mädchen ihre Kleider vom Boden auf, als unvermittelt die Herrin des diskreten Etablissements in der Tür stand.

»Waren sie nicht gut genug?« Alfons Bellingrodt schnaufte verächtlich. »Sie sind ganz frisch.« Im Vorbeigehen gab sie dem einen Mädchen eine schallende Ohrfeige. Das Kind jaulte kurz auf, dann folgte sie der anderen hinaus.

»Ich kann Ihnen Olga kommen lassen, Herr Bellingrodt.« Madame Sissi trat in das rauchgeschwängerte Boudoir. Die attraktive Mittvierzigerin legte schon lange selbst keine Hand mehr bei den Kunden an. Dafür waren ihre Mädchen zuständig. »Olga ist erfahren und steht für all Ihre Wünsche …«

Doch der Mann auf dem Bett hörte ihr schon nicht mehr zu. Das jetzt leere Glas hing in seiner schlaffen Hand zwischen den haarigen Schenkeln. Desinteressiert glotzte er vor sich hin. Seine Augen halb geschlossen. Madame Sissi bemerkte das Hausgedeck auf dem Tischchen neben dem Bett. Er hatte mal wieder dem Absinth ordentlich zugesprochen, das aber war nicht der Grund für den Zustand des Kaufmanns. Wie immer hatte er sich die Kügelchen für seine Opiumpfeife bringen lassen. Es war Geschäftspolitik, dass sie den Kunden alle Wünsche erfüllte, nicht aber die nach Opium. Der Grund war ein pekuniärer: Kunden im Opiumrausch tranken nicht genug und hatten kein Interesse an den Mädchen, die sie ihnen bot. Nur damit ließ sich Geld verdienen. Opium hingegen bekam man hier an jeder verdammten Ecke. Madame Sissi erlaubte nur Stammkunden, das Zeug bei ihr einzunehmen. Natürlich gegen Aufpreis. Sie schüttelte verärgert den Kopf, als sie die Fensterflügel öffnete. Es würde Stunden dauern, bis das Schlafzimmer für den nächsten Kunden frei war.

KAPITEL 32

Breslau. Auf Antrag des Directors der chirurgischen Klinik, Prof. Dr. Dr. Rilnicz, wird in dem neu erbauten Operationssaale der deutschen Klinik eine altdeutsche Inschrift folgenden Inhalts angebracht werden: »Ben zi bena, Blust zi bluoda, Lid zu geliden, sose gelimida sin.« (Knochen zu Knochen, Blut zu Blut, Glied zu Glied, Als ob sie geleimt seien) Diese Worte sind den aus dem neunten Jahrhundert überlieferten Merseburger Zaubersprüchen entnommen.

Originalauszug: Hamburger Nachrichten, 16. Oktober 1896

Der Himmel hing grau und schwer über dem Friedhof von Ohlsdorf. Ein von vier schwarzen Pferden gezogener Leichenwagen rollte langsam den Sandweg entlang. Männer in langen Roben und mit weißer Halskrause begleiteten ihn gemessenen Schrittes. Ihnen voraus ging der Pastor mit gesenktem Kopf und einer Bibel in der Hand.

Wilhelm und Alfons Bellingrodt folgten dem Wagen, gemeinsam mit mehreren Persönlichkeiten der Stadt, darunter auch Bürgermeister Mönckeberg und Konsul Winter. Johanns Mutter saß in einem offenen Landauer, der den Herren langsam hinterherfuhr. Neben ihr saß Clara, blass und tapfer hielt sie die Hand der Trauernden, deren Gesicht von einem dunklen Schleier verhängt war.

Dem Trauerzug hatten sich viele Menschen angeschlossen, und Sophie fragte sich, wer von ihnen aus christlicher Nächstenliebe und wer aus purer Neugier gekommen war. Seit Tagen machte Johanns angebliche Spielsucht ihre Parade durch die Salons der Stadt. Und wie es mit Gerüchten so üblich war, blähten sie sich auf und wurden immer hässlicher, je öfter sie von einem Mund zum nächsten gingen. Vielleicht waren es jene Gerüchte, die für Wilhelm Bellingrodt den Ausschlag gegeben hatten, den ungeliebten Sohn doch noch standesgemäß unter die Erde zu bringen. Zumindest nach außen hin sollte der Schein der Ehrbarkeit eines Mitgliedes der Familie erhalten bleiben. Auch den boshaften Gerüchten über Geldprobleme der Firma konnte man nur durch eine großzügig ausgestattete Trauerfeier begegnen.

Sophie hatte sich weit hinten im Trauerzug eingereiht. Sie würde nach der Beisetzung nicht zum Leichenschmaus in die Villa nach Hamm fahren, obwohl Amalie Bellingrodt sie darum gebeten hatte. Es war ihr nicht möglich, Johanns Mutter in die Augen zu sehen, nachdem sie ihr einen langen Brief geschrieben hatte, voller Worte, die die Wahrheit vom Tod Maries so mitfühlend wie möglich überbrachten. Sophie hatte es nicht übers Herz gebracht, die Frau im Unklaren zu lassen.

Noch weniger aber konnte sie es ihr persönlich sagen. Sie fürchtete sich vor all den Fragen, die Amalie Bellingrodt haben würde und die sie nicht beantworten konnte. Beschämt schaute Sophie zu Boden. Der Brief war kein Beweis von Mut gewesen, denn er enthielt Amalie Bellingrodt die Hoffnung auf ein Enkelkind vor. Lange hatte Sophie mit dem Schreiber in der Hand dagesessen und mit sich gerungen, ob sie der Frau davon erzählen sollte oder lieber schweigen. Schweren Herzens hatte sie sich für Letzteres entschieden, schließlich wusste sie selbst nicht, ob Marie tatsächlich ein Kind bekommen hatte. Und schon gar nicht, ob dieses Kind wirklich von Johann Bellingrodt war. Und selbst wenn, so war doch unklar, ob das Kind überhaupt noch lebte. Sophie seufzte. So viel Leid, so viele Tränen.

Jetzt hatte die Trauergesellschaft das neu errichtete Mausoleum der Familie erreicht. Wer auf sich hielt, hatte in den letzten Jahren ein Stück Land auf dem neuen Ohlsdorfer Friedhof reserviert und einen Architekten beauftragt, um ein mehr oder weniger bescheidenes letztes Monument errichten zu lassen. Wie im Leben, so war auch im Tode das Gebäude einer Familie ihre Visitenkarte, nur jetzt für den Weg in den Himmel. Oder in die Hölle. Das Mausoleum der Bellingrodts erinnerte an eine mittelalterliche Kirche, mitsamt bleiverglasten Fenstern und einer Gruft darunter.

Sophie war sicher, dass Wilhelm Bellingrodt wohl kaum erwartet haben dürfte, sein missratener Sohn Johann könne hier als Erster die Ehre haben, beerdigt zu werden.

Die Trauergemeinde stellte sich vor dem Portal des Mausoleums im Halbkreis auf. Man stimmte ein Lied für den Verstorbenen an.

Während der Pastor ein Gebet sprach und die Trauergäste mit gefalteten Händen zu Boden schauten, starrte Wilhelm Bellingrodt voll Zorn zum Himmel hinauf. Sein Sohn Alfons stand neben ihm. Auch er schien nicht sonderlich von Trauer ergriffen zu sein. Im Gegenteil. Er wirkte auf Sophie eher gelangweilt, wie er so die Taschenuhr aus seiner Weste zog, als hätte er noch einen wichtigen Termin. Sein Vater schien dies ebenfalls bemerkt zu haben. Er zischte dem Sohn etwas zu, woraufhin dieser eilig die Uhr wieder einsteckte, die Hände faltete und brav den Kopf gesenkt hielt. Deutlich konnte Sophie sein Grinsen sehen. Niemand außer ihr schien etwas bemerkt zu haben.

Als der Sarg ins Mausoleum getragen wurde, entfernte Sophie sich unbeobachtet von der schwarz gekleideten Menge, den Blumengebinden, den Tränen und dem Schmerz. Sie wünschte, Johann und Marie würden sich oben im Himmel begegnen. Und sie versprach ihnen, die Suche nach dem Kind nicht aufzugeben.

KAPITEL 33

Laut Meldung aus Lima von gestern ist die Telegraphenverbindung mit Guanaqil (Equador) in Folge einer Feuersbrunst unterbrochen; die halbe Stadt soll bei der Gelegenheit zerstört worden sein.

Originalauszug: Hamburger Nachrichten, 8. September 1896

»Hör zu, Junge!« Hauke baute sich vor Hans auf. »Ich kann im Hafen mit keinem Arbeiter reden, wenn neben mir ein Mann vom Zoll steht.« Hans verstand nicht. »Die Männer reden nicht gern, wenn eine grüne Uniform in der Nähe ist.«

»Aber, ich soll Sie doch im Auge behalten, Herr Kommissar.«

»Ja, aber könntest du das aus etwas größerer Entfernung tun? Oder dir andere Kleidung anziehen?«

Entsetzt schüttelte Hans den Kopf. »Ich kann doch nicht meine Uniform ausziehen.«

»Genau. Und darum wirst du ab sofort Abstand zwischen mir und dir halten. Achtzig Meter mindestens.«

Zwei Stunden waren sie nun schon umhergelaufen, erst am Binnenhafen entlang, rüber zur Kehrwiederspitze, dann zurück zum Brook und St. Annen, bis sie jetzt am Grasbrookhafen standen. Hauke war frustriert. Keiner der Arbeiter war bereit, mit ihm zu reden. Der Kommissar führte dies schon bald auf die Anwesenheit des jungen Zöllners zurück, der stets dicht neben ihm stand und aufmerksam zuhörte.

»Aber ich würde gern etwas von Ihnen lernen, Herr Kommissar«, sagte Hans.

»Heute wirst du aus der Entfernung lernen müssen, Junge. Halte die Augen auf, während ich mit den Arbeitern rede. Beobachte die Männer. Merke dir, was sie tun, wer mit wem redet, versuche, so unauffällig wie möglich zu sein. Auch das muss ein guter Inspector können.« Hauke ahnte, dass der junge

Mann in seiner Jackentasche die neuste Geschichte von diesem Arthur Conan Doyle bei sich trug.

Kurz darauf schlenderte Hauke gemächlich am Sandtorquai zwischen den Kaischuppen und den vertäuten Dampfschiffen entlang, in einiger Entfernung gefolgt von einem jungen Mann in Uniform. Man beachtete ihn nicht. Jeder hier hatte seine Aufgabe, und die hatte er möglichst schnell zu erledigen. Die Liegezeiten der Schiffe am Kai mussten kurz gehalten werden. Nirgendwo mehr als im Hafen passte das alte Sprichwort von der Zeit, die Geld kostete.

Zwei Arbeiter schoben einen fahrbaren Kran auf Schienen ein paar Meter weiter, damit der Ausleger über die offene Luke eines Schiffes mit exotisch klingendem Namen ragen konnte. Kurz darauf kam auch schon die erste Hieve Säcke an einem Seil aus dem Bauch des Schiffes. Der Kran drehte seinen Ausleger und ließ die Last genau dort ab, wo bereits einige Arbeiter mit Sackkarren warteten.

Männer mit Listen und Schreibern in der Hand eilten zwischen den Schiffen am Kai und den Schuppen hin und her, um die gelöschte Ladung dorthin zu dirigieren, von wo sie weitergeschafft werden musste. Ein Teil der Waren verschwand hinter den dicken Mauern der Speicher. Dort sollte die Ware gereinigt oder veredelt werden, bevor sie von den Kaufleuten weiterverkauft wurde. Anderes blieb gleich am Kai, damit Schuten all die Säcke, Kisten oder Fässer aufnehmen konnten, um sie elbaufwärts zu den Kunden zu bringen.

An den Kais lagen kaum noch Segler. Stattdessen machten hier die viel wendigeren Dampfer fest, während die alten Drei- und Viermaster weiter draußen im Fluss ankern mussten, wo es billiger war. All das Be- und Entladen geschah unter den wachen Augen der Zollbeamten. Und Hauke fragte sich nicht zum ersten Mal, wie die »Wilhelmine« ihren Kaffee unentdeckt hatte aufnehmen und fortbringen können. Während er seine Pfeife rauchte, suchte Hauke jemanden, der den Eindruck machte, als könne er gerade gut ein kleines Schwätzchen vertragen.

Da entdeckte er einige Männer, die soeben ein Schiff fertig entladen hatten. Sie hatten ihre Sackkarren an die Seite gestellt und sich auf einige Kisten gesetzt, wo sie nun ihre Brote auspackten. Ein Junge von etwa fünfzehn kam mit einem Karton vor dem Bauch angelaufen, aus dem es mächtig schepperte. Er stellte ihn ab, zog einige Flaschen heraus und reichte jedem der Männer eine.

Langsam ging Hauke auf die Gruppe zu. Der Älteste von ihnen hielt sich ein wenig krumm, als habe er Schmerzen in seinem Rücken. Dabei war er kaum älter als Hauke.

»God mockt«, sagte der Vize gerade. »De Lüüd vun Jebens wullt uns achteran an Block B hebben.« Er öffnete die Flasche mit einem Plopp und prostete seinen Männern zu.

Hauke trat zu ihnen. »Moin.«

»Moin«, nickte der Vorarbeiter.

»Ich suche den Kapitän von der ›Wilhelmine‹. Ein Ewer, der im Hafen kürzlich Kaffee aufnahm.«

Die Männer schüttelten den Kopf. »›Wilhelmine‹? Nee, dat seggt mi nix.« Einer wandte sich um und zeigte auf einen kleinen Kerl mit Melone, der einige Meter weiter stand. »Ober de ole Naschbaron, de kunnt dat weeten.«

»Naschbaron?«

Die Männer grinsten. »Jo, den hebbt se bim Smugglern vun belgische Schokolade an ’ne Klüsen kregen.« Sie lachten. »De hett siehn Hobenkord ober nich afgeben möten. Do frog ick Se, wie dat angeihn kunt.«

Hauke sah zu dem Mann mit der Melone hinüber, der also ungestraft belgische Schokolade geschmuggelt hatte und dafür seine Hafenkarte nicht abgeben musste. Er schien Kontakte zu haben, die Hauke interessierten. Er bedankte sich und ging zu dem Mann, der eine Nase hatte, die Hauke sehr an die einer Maus erinnerte.

Als der Naschbaron Hauke entdeckte, schien es erst, als wolle er sich aus dem Staub machen. Hatte er den Polizisten in der Kapitänsjacke erkannt? Doch er blieb stehen. Vielleicht, weil er begriff, dass Hauke nur wenige Schritte bräuchte, um ihn einzuholen, sollte er tatsächlich ein Beamter auf Gaunerjagd sein.

»Was kann ich für den Herrn tun?«, fragte der Naschbaron sogleich mit einer Verbeugung, als Hauke ihn erreicht hatte.

»Die ›Wilhelmine‹.«

Aus schmalen Augen musterte der Kerl Hauke. »Kenne keine Frau, die so heißt.«

»Die alte ›Wilhelmine‹ ist tot. Jemand braucht eine neue. Und die habe ich.« Hauke beobachtete den Mann, ob der ihm die Geschichte abnahm. Die wieselflinken Augen des Kerls huschten hin und her. »Wir fahren durch den Kanal. Haben noch Platz im Laderaum. Zahle auch einen anständigen Preis für die Vermittlung. Hörte, du kennst da jemanden.«

Der Mann tippelte auf dem Fleck herum, während seine Finger zuckten, als zählten sie bereits das Geld. Er nickte. »Jo, man kennt sich hier«, nuschelte er. »Dich aber kenne ich nicht.«

»Bin seit ein paar Tagen hier.«

»Dein Schiff?«

»Ein Ewer.«

»Mehr nicht? Kein Name?«

»Nein. Ich kenne dich nämlich auch nicht.«

Der Naschbaron schnaufte. »Du suchst also Ladung.« Er kratzte sein Kinn. »Ich kann ja mal rumfragen. Sei um zwölf vor Block J am Kehrwieder.« Eilig verkrümelte er sich im Gewirr des Kais.

Hauke war zufrieden. Jetzt hatte er ein Gesicht. Das des Naschbarons, der wohl etwas mit jenen Leuten zu tun hatte, die in Schmuggel verwickelt waren. Zu dem Treffen wollte Hauke mehr als pünktlich erscheinen. Und nicht allein.

Es war erst halb elf, weit über eine Stunde vor dem vereinbarten Zeitpunkt, als Hauke seinen jungen Bewacher anwies, gegenüber von Block J hinter einem Stapel leerer Kisten Posten zu beziehen. Zwei weitere Beamte hatte Oberzollinspektor Jensen ihm zur Verfügung gestellt. Hauke hatte sie um die Ecke, am Wilhelminenplatz, und auf der Kehrwiederbrücke platziert.

Roscher wollte zudem eine Handvoll Männer in Zivil schicken. Sie mussten jeden Moment eintreffen. Hauke stellte sich ein wenig abseits und wartete.

Da bemerkte er den Naschbaron, der auf Block J zuging. Der Kerl entdeckte Hauke, bevor der Kommissar hinter einem Stapel Kisten verschwinden konnte.

»Verdammt«, murmelte Hauke, dem es nicht passte, dass sein Plan durchkreuzt worden war. Es war noch viel zu früh. Der Naschbaron winkte ihn zu sich heran. Kurz lugte Hans' Kopf hinter den Kisten hervor. Auch er hatte den Naschbaron entdeckt. Zögerlich trat Hauke über die Straße. Etwas stimmte nicht.

»Kannst du heute Nacht … zollfrei fahren?«, fragte der Kerl flüsternd, als Hauke dicht vor ihm stand. Hauke nickte. »Eine halbe Tonne?«

Wieder nickte Hauke. »Kaffee?«

»Ja. Säcke. Wo liegt dein Schiff?«

»Brunsbüttel. Welchen Kai sollen wir anlaufen?«

»Erfährst du noch.« Der Naschbaron verschwand im Eingang von Block J.

Hauke wurde unruhig. Sollte es so einfach sein? Hoffentlich hatte der Kerl nicht Hans gesehen, dessen Kopf immer wieder kurz hinter den Kisten zu sehen war.

Ein Arbeiter schlurfte auf Hauke zu. Die Mütze tief ins Gesicht gezogen, fummelte er in seinen Jackentaschen, während eine alte Meerschaumpfeife in seinem Mundwinkel hing. Er blieb ein Stück vor Hauke stehen und bat um Feuer. Hauke trat auf den Mann zu und reichte ihm seine Schachtel Zündhölzer. Dabei versuchte er, mehr vom Gesicht des Mannes erkennen zu können, um dessen Hals ein Tuch gebunden war. Wahrscheinlich, um die Narbe darunter zu verbergen, welche dennoch ein wenig zu sehen war.

Plötzlich ging alles ganz schnell!

Hauke bemerkte ein kurzes Zucken der Schultern seines Gegenübers, als der auch schon zurücksprang. Im selben Moment hörte Hauke über seinem Kopf ein Surren. Mit einem kraftvollen Satz schnellte er zur Seite, als auch schon ein zusammengeschnürtes Bündel Eisenrohre donnernd zu Boden ging. Scheppernd sprangen die Rohre hoch und fielen erneut auf das Pflaster des Kais, rollten dann in alle Richtungen. Hauke fuhr auf, wich einer Stange aus, die ihn sonst wohl erschlagen hätte. Als er kurz an der Fassade von Block J hochsah, entdeckte er einen Mann an der obersten Luke. Es war der Kerl von der Fähre! Jener, der wie von Zauberhand verschwinden konnte und dabei stets eine Zigarre rauchte.

Keuchend sprang Hauke auf, wich einem Rohr aus, das in seinen Weg rollte, und rannte in den Eingang von Block J. Zwei Stufen auf einmal nehmend, hastete er die eiserne Treppe hinauf, bis er den obersten Boden erreicht hatte. Es gab nur einen Weg hinaus! Der Kerl musste ihm entgegenkommen. Ansonsten könnte er nur in das Fleet springen. Hauke fragte sich noch, ob der Täter aus dieser Höhe es wagen würde. Er schätzte die Tiefe des Fleets ab.

Jetzt hatte Hauke den dritten Speicherboden erreicht. Drei weitere lagen noch vor ihm. Hoffentlich reagierte der Mann, den er auf der Brücke postiert hatte, und nahm die Verfolgung auf, wenn es dem Mistkerl gelingen sollte, hinten die Nase hinauszustrecken.

Da hörte er einen eigentümlichen Ton. Er blieb stehen und horchte. Ein gleichmäßiges metallisches Klappern war zu hören. Es schien irgendwo über seinem Kopf zu sein. Hauke rannte weiter. Keuchend riss er die Eisentür zum obersten Speicherboden auf. Zigarrenrauch hing in der Luft.

Das Klappern kam von der gegenüberliegenden Seite. Schnell folgte Hauke dem Geräusch und fand sich nach wenigen Schritten vor einem Schacht wieder, in den hinein eine Konstruktion gebaut worden war, die von Boden zu Boden nach unten führte. Hauke fluchte. Auf der Ladefläche stand der Kerl. Soeben hatte der Aufzug das Parterre erreicht, und der Mann sprang hinaus.

Hauke stürmte zurück zum Treppenhaus. Als er den nächsten Treppenabsatz erreicht hatte, hörte er einen Schrei von unten heraufkommen! Für einen Moment hoffte Hauke, der Flüchtende könnte von den Zollbeamten erwischt worden sein. Doch Jensens Männer waren auf der Rückseite des Blocks. Einzig Hans konnte gesehen haben, was passiert war!

Drei, vier Stufen auf einmal nehmend, stolperte Hauke die Treppe hinunter. »Hans!«, schrie er. »Anwärter Detlefsen! Hören Sie mich?« Er konnte sich nur knapp am Geländer festhalten, drohte immer wieder zu stürzen.

Unten angekommen, entdeckte er den Jungen. Gekrümmt lag er auf dem Boden. Hauke sprang die letzten Stufen hinunter, ließ sich neben Hans zu Boden fallen. Vorsichtig drehte er den Körper herum.

»Mensch, Junge«, flüsterte er. »Was machst du nur für Sachen?«

Hans konnte vor Schmerz nicht antworten. Er jammerte leise, wie ein gequältes Tier. Vorsichtig öffnete Hauke Jacke und Hemd des Jungen. Der Kerl hatte mit einem Messer zugestochen. Mindestens drei Einstiche im Bauch. Langsam sog der Stoff Hans' Blut auf.

Die Augen des Jungen waren schreckgeweitet.

Hauke drückte Hans an sich. »Alles gut, Junge. Ich bin ja bei dir.«

KAPITEL 34

Auf der Materialien-Bahn der Firma Doderer wurde ein Locomotivführer plötzlich irrsinnig und fuhr mit seinem Zuge gegen eine andere Maschine, wobei er getötet wurde. Beide Maschinen wurden beschädigt. Der Heizer, welcher nicht vermocht hatte, den Irrsinnigen an der Weiterfahrt zu verhindern, und vor dem Zusammenstoße abgesprungen war, erlitt Verletzungen.

Originalauszug: Hamburger Nachrichten, 9. September 1896

Sophie stand auf der Slamatjenbrücke und hielt Ausschau nach den Jungen. Hinter dem steinernen Geländer, unten im Wasser, hatte Maries Körper gelegen. Jetzt wriggten dort Männer ihre Schuten durch das schwarze Wasser des Alsterfleets. Schnell bewegten sie die Stangen in ihren Händen hin und her, wobei sie sich in einer eigentümlichen Mischung aus Plattdeutsch und englischen Wortbrocken unterhielten. Sophie versuchte zu verstehen, was sie sich zuriefen, doch die kurzen Sätze wurden von den Häuserwänden links und rechts zurückgeworfen, durchmengten sich und wurden so vollends unverständlich.

Die Kirchenglocken von St. Michaelis und St. Nikolai schlugen zur vollen Stunde. Bauersfrauen mit Körben gingen Richtung Großer Neumarkt. Ein alter Mann zog pfeifend einen Handkarren hinter sich her, auf dem ein kleiner Schleifstein und ein Hocker standen. Eine offene Kutsche mit zwei vornehmen Zylinderträgern darin rumpelte vorbei. Zwei Schornsteinfeger schlenderten gut gelaunt über die Brücke, eine Leiter zwischen sich tragend. Nichts erinnerte daran, dass hier vor Kurzem der Tod seinen Soll kassiert hatte.

Von den Jungen war noch immer nichts zu sehen. Schon glaubte Sophie, sie hätten ihr Treffen vergessen, als ihr einfiel, dass die Kinder sicherlich in der Schule waren. Wie dumm von mir!, schalt sie sich. Daran hätte gerade sie, die Lehrerin, denken müssen. Schon wollte sie gehen, als die Kinder angelaufen kamen.

»Fräulein! Fräulein!«, rief der Größte aufgeregt. »Wir wissen, wo sie wohnte!« Er bemühte sich um ein vernünftiges Hochdeutsch, was Sophie ihm im Stillen dankte.

Atemlos standen die Jungen jetzt vor ihr. Ihre Wangen waren rot, und die Augen leuchteten. Kurz überlegte Sophie, ob sie fragen sollte, warum sie nicht in der Schule waren. Doch wenn sie es genau betrachtete, war sie es gewesen, die die Jungen zum Schwänzen aufgefordert hatte.

»Wir haben ja erst gedacht, sie wohnt da«, sagte der Kleinste und wies mit dem Finger Richtung Großer Neumarkt, also in die entgegengesetzte Richtung, aus der sie eben gekommen waren. »Aber da hat sie keiner gekannt.«

Die anderen beiden nickten eifrig.

»Genau, da hat sie keiner gekannt. Wir dachten ja nur, weil sie in der Nacht ins Wasser gegangen ist, war sie vielleicht auf dem Weg nach Hause. Ist aber nicht so gewesen.« Stolz grinste der Größte Sophie an.

»Macht es nicht so spannend, Kinder«, sagte Sophie. »Wo wohnte sie?«

»Da lang!« Sie zeigten in die Richtung, aus der sie gekommen waren. Aufgeregt und immer wieder ins Plattdeutsche fallend, erklärten sie Sophie, dass die Gesuchte zur Untermiete in einem Zimmer in der Springeltwiete gelebt habe.

»Wisst ihr, ob sie ein Kind hatte?«, fragte Sophie.

»Ober dat hesst du nich seggt, dat wi dat ock noch rutfinnen schalln«, meinte der eine ein wenig beleidigt und hielt schon mal seine schmutzige Hand hin, um die versprochene Bezahlung entgegenzunehmen.

Er hatte recht. Sie hätte es ihnen auftragen müssen. Sophie gab jedem der Jungen die versprochene Mark. »Und weil ihr so klug und fleißig wart, bringt ihr mich jetzt zu dieser Springeltwiete«, erklärte sie, denn sie befürchtete, sich im Gewirr all der Gassen in den Gängevierteln zu verlaufen. Außerdem war sie sich nicht sicher, ob die kleinen Schelme sie nicht angeflunkert hatten. Als besonders geschäftstüchtig hatten sie sich ja bereits gestern gezeigt.

Kurz beratschlagten sich die Kinder. Dann stellte sich der Größte vor Sophie. »För noch eene Mark wullt we dat gern dohn.«

»Eine Mark?« Sophie lachte. »Ein Groschen.«

»Aver för jeden vun uns een.«

»Nein. Ein Groschen für alle.« Sophie setzte eine entschlossene Miene auf. Das Verhandeln begann ihr Spaß zu machen.

Erneut steckten die Jungen die Köpfe zusammen. Dann stellte sich der Größte wieder vor ihr auf. Er spuckte in seine Handfläche und reichte sie ihr. »Affmokt.«

Entsetzt starrte Sophie die dreckigen Kinderfinger an, die sie um nichts in der Welt anfassen würde. Da griff der Junge, noch bevor sie sich wehren konnte, nach ihrer Hand, drückte seine hinein und schüttelte sie.

»Affmokt«, wiederholte er und grinste.

Gemeinsam gingen sie über den Rödingsmarkt, während Sophie unauffällig immer wieder ihre Hand am Rock abwischte. Sie passierten die St.-Nikolai-Kirche, bahnten sich einen Weg über die Trostbrücke und hätten fast den Klosterwall erreicht, als die Jungen links in eine schmale Gasse einbogen, wo keine zwei Fuhrwerke aneinander vorbeikommen konnten.

Noch fiel es Sophie nicht schwer, sich den Weg zu merken. Als die Kinder aber durch einen schulterhohen Torbogen gingen und von dort zwei Mal in immer enger werdende Gassen einbogen, verlor sie die Orientierung. Hier schienen die Häuser ohne irgendeinen Plan gebaut worden zu sein. Ja, einige dieser Behausungen wirkten, als hätte man auf ein Haus noch ein weiteres gesetzt. Die Hauswände standen so eng gegenüber, dass Sophie problemlos beide Seiten berühren konnte. Immer wieder musste sie sich unter einem Balken ducken, der die windschiefen Gebäude davon abhielt, ineinanderzufallen. Aus den offenen Fenstern hörte sie die Bewohner reden und streiten, Kinder schreien und Handwerker ihren Arbeiten nachgehen. Sophie bemühte sich, die Jungen nicht aus den Augen zu verlieren. Die Kinder kannten sich hier erstaunlich gut aus, und Sophie vermutete, dass die drei wohl auch in einem der Gängeviertel der Stadt zu Hause waren, vielleicht sogar hier.

»Nicht so schnell, Kinder!«, rief sie ihnen nach, als die Kinder schon wieder die Richtung wechselten.

»Dor«, sagte der Größte und deutete zu einer geschlossenen Tür hinüber. Gerade wollte Sophie dort klopfen, als die Jungen ein weiteres Mal ihre Hände aufhielten. Seufzend gab sie dem Größten den Groschen. »Ich gebe euch einen weiteren Groschen, wenn ihr mich hier wieder herausbringt.« Dieses Mal mussten die Kinder nicht darüber beratschlagen. Sie ließen sich auf der Schwelle einer offenen Tür in der Nähe nieder.

KAPITEL 35

Gestohlen wurden: In einem Garten Bei der grünen Brücke aus einem Automaten für 5 M Chocolade; – Einem Zauberkünstler mittels Einbruchs Frack und Weste, zwei Rasiermesser, ein Menschenschädel und eine Taube …

Originalauszug: Hamburger Nachrichten, 15. Oktober 1896

Die Tür wurde einen Spalt geöffnet. Eine verschlafen wirkende Frau lugte heraus. »Was wollen Sie?«

»Bitte verzeihen Sie die Störung. Ich möchte wissen, ob Sie Marie Fischer kennen.«

Mit einem Schlag war die Frau hellwach. »Sind Sie von der Sitte?«

Sophie zögerte einen kurzen Moment. Natürlich könnte sie die Wahrheit sagen, aber das würde ihr nicht helfen. Nein, entschied sie, sie würde die Frage vorerst einfach nicht beantworten. Im Gegenteil. »Ich habe nur ein paar Fragen.« Sollte die Person doch denken, was sie wollte. »Darf ich eintreten?« Ohne eine Antwort abzuwarten, schob Sophie die Tür weiter auf. »Ihre Nachbarn müssen ja nicht alles hören, was wir zu besprechen haben.« Überrascht trat die Frau zur Seite.

Sophie schlüpfte in den düsteren Raum, was sie sofort bereute, denn es roch darin beißend nach feuchtem Schimmel. Das kleine Fenster zur Gasse, wo die Jungen saßen, ließ nur spärlich Licht herein. Sophie konnte im Halbdunkel zwei Betten erkennen, die an den gegenüberliegenden Wänden standen. Dazwischen war ein Tisch mit einer Vase mit ein paar vertrockneten Blumen darin. Im hinteren Teil des Raumes hingen Kleider an einigen Wandhaken. Dort befand sich auch eine Waschschüssel unter einem großen halb blinden Spiegel. Der kleine Herd in der Ecke diente wohl zum Kochen. Ein Topf ohne Deckel stand darauf. Der Schimmelgeruch von den Wänden mischte sich mit dem Gestank eines nahen Abortes und jenem von Suppe. Nirgends war ein Kind zu sehen.

Die Frau ließ sich auf eines der Betten fallen, schlug die Beine übereinander, während sie ihren Gast herausfordernd angrinste. Sophie schätzte sie auf Mitte zwanzig. Vielleicht auch älter. Das bisherige Leben schien mit ihr nicht wohlwollend umgegangen zu sein, denn unter den Augen lagen dunkle Ringe.

»Wie heißen Sie?« Sophie legte eine gewisse Strenge in ihre Stimme, wovon sie hoffte, es würde offiziell wirken. Zufrieden stellte sie fest, dass es funktionierte.

»Cäcilie Reimers. Was wollen Sie von mir?«

Sophie überlegte, ob sie sich setzen sollte. Da Cäcilie Reimers ihr aber weder einen Platz angeboten hatte noch ein Schemel zu sehen war und sie mit Sicherheit nicht auf dem verlausten Bett Platz nehmen würde, blieb sie stehen. »Wann haben Sie das letzte Mal Marie Fischer gesehen?«

»Hat sie mich etwa angezeigt? Das hätte sie nicht tun sollen! Nein!« Die Stimme der Frau wurde wütend, und ihre Fingernägel kratzten nervös über die Haut ihres Gesichts. »Ich habe ihr gesagt, dass es mir leidtut, wissen Sie! Aber ich habe nichts damit zu tun!«

»Womit?«

Cäcilie Reimers hielt inne. »Ach, darum sind Sie gar nicht hier?« Die Frau knabberte an einem ihrer Fingernägel.

»Wovon reden Sie?«

»Ach, nichts.«

Sophie beschloss, später darauf zurückzukommen. »Wie lange wohnte Marie Fischer hier?«

»Fast ein Jahr. Warum?«

Jetzt war der Moment gekommen, um die entscheidende Frage zu stellen. »Hatte sie ihr Kind dabei?«

»Martha? Ja, natürlich. Sie ließ die Kleine doch nie aus den Augen. Nur, wenn sie zur Arbeit ging. Tagsüber. Dann habe ich auf die Lütte aufgepasst. Ich arbeite als Schauspielerin im Theater, wissen Sie.« Sie schob eine Haarsträhne aus ihrem Gesicht.

»Wo arbeitete die Mutter?«, fragte Sophie halb beiläufig. Sie würde ihre Karten noch nicht auf den Tisch legen.

»Bei diesem Kaffeehändler …«

Sophie zuckte zusammen. »Bellingrodt & Söhne?«

»Nein, nicht der. Irgendeine andere Firma in der Speicherstadt. Sie war da eine von den Kaffee-Miedjes.«

»Den was?«

»Sie hat die Kaffeebohnen verlesen. Akkord. Mieser Lohn, aber sie wollte lieber das machen, als zum Theater zu gehen. Ich hätte ihr bei Herrn Drucker auf der Reeperbahn ab und an ein kleines Engagement verschaffen können. Niederdeutsches Theater. Marie hat eine hübsche Stimme. Aber dieser Verwalter Heise hatte ihr die Anstellung bei den Kaffeespeichern besorgt. Manchmal kam er und brachte Marie und der Kleinen etwas zu essen. Einmal hat er ihr auch ein Püppchen mit roten Wollhaaren geschenkt.«

Heise? Den Namen hatte Sophie doch erst kürzlich gehört. War das nicht der Name des Toten in der Speicherstadt, von dem Hauke und Polizeirat Roscher sprachen, als sie ihnen im Stadthaus begegnet war? Sie musste Hauke unbedingt davon berichten, dass dieser Heise Marie Fischer kannte. Vielleicht war es wichtig. Sophie spürte, wie ihr Herz zu rasen begann.

»Wo ist die Kleine jetzt?«

Die Frau zuckte mit den Achseln. »Keine Ahnung.« Das Schaben ihrer Fingernägel im Gesicht wurde lauter.

»Wie alt ist Martha?«

»Woher soll ich das wissen? Zwei? Zwei oder drei, glaube ich.«

»Wo ist der Vater der Kleinen?« Sophie wusste, dass ihre Fragen wie aus der Pistole geschossen kommen mussten. Sie musste verhindern, dass die Frau auf dem Bett sich fragte, wer die Fremde in ihrer Behausung eigentlich war.

Cäcilie begann ausgiebig ihre Kopfhaut zu bearbeiten. Sofort juckte es auch bei Sophie. »Marie hat mal gesagt, dass, wenn der Vater der Kleinen zurückkommt, sich dann für jemanden einige Dinge ändern würden, oder so.«

Sophie runzelte die Stirn. »Für wen?«

»Das weiß ich doch nicht. Sie tat immer sehr geheimnisvoll. Ich weiß ja nicht mal, ob sie sich das nicht alles nur eingebildet hat.« Wieder zerrten ihre Finger an den filzigen Haaren. »Marie ist wie die Königin von Schottland ...«

»Wer?«

Cäcilie erhob sich vom Bett, räusperte sich und nahm Haltung an. »Ich bin bereit, zur Ewigkeit zu gehn«, deklamierte sie mit fester Stimme. »Noch eh sich der Minutenzeiger wendet, werd ich vor meines Richters Throne stehn, doch wiederhol ich's: Meine Beichte ist vollendet.«

Als Sophie schwieg, erklärte Cäcilie, dass sie schon immer »Maria Stuart« hatte geben wollen, aber Intendant Ernst Drucker habe es ja nur mit dem Niederdeutschen. »Der Herr Polloni vom Thalia Theater, ja, der wäre von meiner Maria Stuart bestimmt sehr angetan. Aber der will mich nicht.«

Sophie interessierte sich nicht für die Karriere der Frau, die sich nun zum Spiegel begab und ausgiebig ihr Gesicht prüfte. »Und Marie Fischer ist wie Schillers Königin? Warum?«

»Na ja, das Schicksal hat es mit beiden nicht gut gemeint. Aber Marie sagt immer: Bald ist es vorbei. Und sie trägt einen Ring am Finger und behauptet steif und fest, ihr Kind sei nicht unehelich, sondern eine rechtmäßige Erbin.« Cäcilie zuckte gleichgültig mit den Achseln. »Ich habe es aber nicht geglaubt. Alle von uns haben eine Geschichte, die wir zum Besten geben. Und die Geschichten von Müttern ohne Mann klingen alle gleich. Entweder ist der Mann in irgendeinem glorreichen Krieg gefallen, oder er ist im Ausland, kommt aber bestimmt bald zurück.« Sie grinste schief ihr Spiegelbild an. »Aber Marie hält an ihrem Märchen fest. Tscha, und dann kam der Mistkerl und nahm die Kleine mit.«

Sophie brauchte einen Moment, bis sie begriff, was Cäcilie Reimers gesagt hatte. »Wer hat Martha mitgenommen?«

»Keine Ahnung.« Die Reimers nahm ein rüschenbesetztes Kleid vom Haken und begann, sich anzukleiden.

»Was ist passiert?« Sophie ging zu ihr und packte sie an

den Schultern. Sie schüttelte die Frau. »Was ist mit Martha geschehen?«

»Lassen Sie mich los!«, rief Cäcilie Reimers und schubste Sophie zurück. »Er kam einfach rein, drohte mir mit einem Messer und nahm sie mit.«

»Wo war die Mutter?«

»Auf der Arbeit, natürlich! Im Speicher. Blöde Bohnen sortieren!«

»Haben Sie die Polizei gerufen?«

»Ich?« Aufgebracht zog die Schauspielerin ihr Kleid nach oben und fummelte die Haken zu. Dann griff sie nach einem Schal, der an der Wand hing, und warf ihn über die Schultern. »Bevor ich freiwillig zu denen gehe, soll mich der Teufel holen!« Kritisch betrachtete sie ihr Bild im Spiegel, drehte sich von einer Seite zur anderen, wobei sie den Rock schwenkte.

»Was sagte Marie, als sie nach Hause kam?« Sophie hörte ihre eigene Stimme zittern.

Die Reimers fuhr herum. »Geschrien hat sie. Wie eine Verrückte. Und um sich geschlagen. Irre ist sie geworden.« Sie wies zu ihrem rechten Auge. »Hierhin! Mit beiden Fäusten! Alles blau! Da habe ich sie kurzerhand vor die Tür gesetzt! Ich konnte ihretwegen eine ganze Woche nicht auftreten. Drucker wollte mich schon rauswerfen!«

Ungläubig hörte Sophie der Frau zu, wie diese sich billig rechtfertigte. »Wer war der Mann mit dem Messer?«, wollte Sophie wissen.

Wieder zögerte Cäcilie. Es kostete Sophie alle Kraft, der Frau nicht die Wahrheit aus dem dürren Leib zu prügeln. Noch nie hatte sie eine solch zersetzende Wut in sich gespürt. Tief atmete sie ein. Dann kam ihr eine Idee, wie sie die Frau zum Reden bringen konnte. Sie kramte aus ihrem Portemonnaie ein Markstück und schmiss es achtlos auf das Bett. »Also? Wer war es?«

Cäcilie Reimers beobachtete im Spiegel, wie das Geld auf die Matratze flog. »Sie sind nicht von der Polizei, habe ich recht?« Lauernd grinste ihr Spiegelbild Sophie an. Sophie schwieg. Die Schauspielerin überlegte. Am Ende schien sie ihre Information für wertvoller zu halten. »Das reicht nicht.« Sie begann, ihr Haar zu richten.

Wütend griff Sophie ein weiteres Mal in ihre Rocktasche und holte ihr Portemonnaie noch einmal heraus. Langsam zog sie einen Zehn-Mark-Schein hervor. Es war das Geld ihres Arbeitgebers, mit dem sie eigentlich die Blumenarrangements für Claras Ball hatte anzahlen sollen. Zufrieden bemerkte Sophie, wie die gierigen Augen der Frau dem Wedeln des Scheins im Spiegel folgten. »Also?«, fragte sie noch einmal.

Die Frau drehte sich abrupt um, trat blitzschnell auf Sophie zu und riss ihr den Schein aus der Hand. »Der Schuster war's«, sagte sie kurz und stopfte das Geld in ihr Dekolleté. Sie schien vorauszusetzen, dass Sophie den Namen kannte. Als sie begriff, dass dem nicht so war, erklärte sie mit zusammengebissenen Zähnen, dass Erwin Schuster auf der Reeperbahn bekannt sei. »Er ist dort der Ausputzer. Macht aber auch noch andere krumme Geschäfte.«

»Was ist ein Ausputzer?«

»Na, einer der für Geld dreckige Dienste erledigt. Er putzt den Siff und die Schande weg, den die Hochwohlgeborenen im Rausch hinterlassen haben.«

Erst wollte Sophie fragen, was das sein könnte, aber sie verzichtete auf dieses Wissen. »Haben Sie es Marie erzählt?«

Cäcilie kratzte sich ein weiteres Mal, und Sophie verspürte den dringenden Wunsch, diese Behausung schnellstmöglich zu verlassen. Doch die Neugier war ein starker Gegner.

»Erst nicht. Er hatte gedroht, dass er mich absticht, wenn ich ihn verpfeife. Es heißt, dass er mit so etwas nicht zimperlich ist.«

»Ich bin nicht von der Polizei. Also verpfeifen Sie ihn nicht, liebe Cäcilie«, säuselte Sophie, obwohl ihr dabei übel wurde.

Cäcilie begann, in dem kleinen Zimmer hin und her zu gehen. Dabei schien sie um eine würdevolle Haltung zu kämpfen.

»Sie sagten es Marie?«, insistierte Sophie leise.

Cäcilie nickte heftig. »Musste ich doch! Marie kam zwei Tage später, also nachdem ich sie rausgeworfen hatte, ins Theater. Sie war noch immer irre. Hat geschrien, dass sie bei der Polizei war, aber die wimmelten sie nur als Verrückte ab.« Sie stemmte ihre Hände in die schmalen Hüften. »Aber ich sage Ihnen, die Herren Gendarmen hatten nur Angst, in den Höfen nach dem Gör zu suchen!« Sie baute sich vor Sophie auf. »Die trauen sich nämlich nur mit einer ganzen Mannschaft in die Gänge rein. Allein sind die Herren nämlich feige.«

Sophie hielt die Luft an. Sie selbst war nur in Begleitung von drei Kindern hergekommen. Etwas sagte ihr, dass das ein großer Fehler gewesen sein könnte.

»Und nun behauptet die Undankbare, ich hätte mit dem Schuster die Entführung zusammen ausgeheckt. Wir hätten Martha verkauft!«

»Haben Sie?«

»Lüge! Alles Lüge!«, rief die Reimers aufgebracht.

Sophie aber traute es der Frau vor sich zu. Einzig die Tatsache, dass diese offenbar keine Ahnung gehabt hatte, wer der Vater des Kindes gewesen sein könnte, hatte sie davon abgehalten, genau das zu tun, was Marie vermutet hatte. Sophie war jedoch sicher, dass dieser Schuster genau wusste, wen er da entführt hatte. Und dass sich mit der kleinen Martha vielleicht ein gutes Geschäft machen ließ. Doch von wem wusste er es? Oder gedachte er jemanden zu erpressen? Handelte er auf eigene Rechnung, oder steckte ein anderer dahinter? In diesem Moment kam Sophie aber ein schrecklicher Gedanke. Was wäre, wenn nicht Erpressung, sondern Mord der Auftrag gewesen war?

»Na ja, und bevor mich Herr Drucker auf die Straße setzen konnte, da habe ich ihr doch lieber gesagt, was ich weiß. Soll den Schuster doch der Teufel holen. Ich habe keine Angst vor ihm!« Dabei bebte die Stimme der Schauspielerin vor Furcht. Sie griff zu einer Schminkdose und öffnete sie mit zitternden Fingern. Dann nahm sie den Quast heraus und versank kurz darauf in einer Wolke aus Puder. »Und dann wollte diese dumme Gans *mir* die Polizei auf den Hals hetzen. Aussagen sollte ich. Pah! Ich sage nicht aus. Ich doch nicht!«

»Wann ist all das passiert?«

»Keine Ahnung. So vor zwei oder drei Wochen.«

»Haben Sie Marie seitdem wiedergesehen?« Cäcilie schüttelte den Kopf. »Wo sind Maries Sachen? Die Fotografie? Die Kinderkleider? …«

»Fotografie? Ach, die. Ja, die kenne ich, aber das hat sie alles in ihrer Reisetasche mitgenommen.«

»Wohin ging sie?«

Cäcilie Reimers warf die Hände gen Himmel. »Woher soll ich das denn wissen? Sie war weg. Das reichte mir.« Mit zusammengepressten Lippen starrte sie Sophie an. »Und wenn Sie sie sehen, sagen Sie ihr, dass sie hier nie wieder herkommen soll. Mit der hatte ich nur Ärger!«

Gern hätte Sophie ihr ins Gesicht geschleudert, dass Marie tot war. Und nur sie Schuld daran war. Schuld durch Unterlassung! Schuld durch Dummheit! Schuld durch Egoismus. Schuld, Schuld, Schuld!

»Wo finde ich diesen Erwin Schuster?«, presste Sophie stattdessen aus ihrem trockenen Mund. »Und lügen Sie mich ja nicht an. Ich sorge dafür, dass man Sie nicht nur wegen Unzucht einsperrt, sondern auch für die Entführung von Martha verantwortlich macht. Und für Maries Tod.« Die Schauspielerin schluckte. »Der Galgen ist das Mindeste, was dir blüht, Mädchen«, zischte Sophie der Frau ins Gesicht und wusste doch, dass dies nichts als leere Drohungen waren. Dennoch …

»Ich habe gehört, der Schuster wohnt bei seiner Schwester. Irgendwo im Großen Bäckergang.«

»Wie heißt die Schwester?«

»Gertrud Wiesner. Sie macht Kinder weg.« Cäcilie Reimers trat dichter heran. Angst stand in ihren blassblauen Augen. »Aber sagen Sie denen nicht, dass Sie von mir kommen! Schwören Sie! Bitte! Die machen mich sonst tot.«

Sophie wurde übel von dem Gestank in dieser Behausung und von der Verderbtheit der Person vor ihr. Ohne ein weiteres Wort eilte sie hinaus. So schnell ihre Füße sie trugen, lief sie an den wartenden Jungen vorbei, hinaus aus der Gasse.

KAPITEL 36

Heute Morgen 9 Uhr ist das Telephon von der Zugspitze durch den Telegraphen-Oberinspector Beringer mit Gesprächen an verschiedene Zeitungsredactionen eröffnet worden. Das Telephon funktioniert sehr gut. Bei der Hütte war ein Sängerchor versammelt, welcher Lieder vortrug, die durch den Sprechapparat deutlich zu verstehen waren.

Originalauszug: Hamburger Nachrichten, 8. September 1896

Nach dem verstörenden Besuch bei Cäcilie Reimers eilte Sophie zum Stadthaus. Der Uniformierte am Eingang aber teilte ihr mit, dass der Kommissar nicht im Hause sei. Sie könne eine Nachricht hinterlassen. Eilig schrieb Sophie ein paar Zeilen, in denen sie Hauke mitteilte, was sie herausgefunden hatte. Mit der dringenden Bitte, die Nachricht so schnell wie möglich dem Herrn Kommissar zu überreichen, legte Sophie dem Beamten das Papier auf das Pult. Dann fuhr sie in die Villa Winter, um mit Clara ein letztes Mal die Liste der Geladenen durchzugehen.

Doch das war bei Weitem nicht alles, was noch zu tun war. Kaum saß sie am Sekretär im Salon, stellte sie fest, dass niemand an die auszuschenkenden Weine gedacht hatte. Sie blätterte in den Papieren mit dem vagen Gefühl, ein Angebot vom Feinkostladen Möhring erhalten zu haben, das zwar exorbitant teuer war, aber beste Weine bot. Nur konnte sie es nicht wiederfinden. Die Unterbringung der Kutschen und Bediensteten all der Gäste war auch noch nicht geklärt, und das zusätzliche Küchenpersonal würde sich im Keller gegenseitig im Weg stehen. Sie würde noch einmal mit der Köchin reden müssen, die zunehmend ungehalten war. Wenn es nicht anders ging, würde sie ihr einen Hut bei Tietz kaufen.

Immer wieder aber wanderten Sophies Gedanken zu Marie und Martha, während Clara munter plappernd von ihrem Ballkleid aus rosa Chiffon schwärmte.

Was tut eine Frau, deren Kind entführt wurde, die aber kein Bett zum Schlafen hat? Wo hatte Marie gewohnt, bis man sie tot im Fleet fand? Geld für eine solide Pension dürfte sie nicht gehabt haben. Ein Galan?

Während des Abendessens schnatterte Clara unaufhörlich von ihrer Reise nach London. Jetzt, da ihr Vater sie begleiten würde, konnte sie all dem eine Menge Abenteuer abgewinnen. Sophie hörte kaum zu, sondern schaute immer wieder auf ihre silberne Uhr, die sie an einer Kette um ihren Hals trug. Warum meldete Hauke sich nur nicht?

Es war bereits nach zehn Uhr, und Familie Winter hatte sich längst zurückgezogen, als Sophie im Salon auf und ab ging. Natürlich war es zu spät für ihren Verlobten, um noch in der Villa vorbeizuschauen. Aber er könnte ja noch anrufen, überlegte sie. Ihre Nachricht hatte sie dringend genug formuliert. Und so horchte sie auf das Läuten des Telefonapparates in der Halle. Das Feuer im Kamin glimmte nur noch schwach, und die Kerzen in den Leuchtern waren fast heruntergebrannt. Sie überlegte, das elektrische Licht einzuschalten, doch der grelle Schein würde sie nur beim Denken stören.

Hauke musste unbedingt wissen, dass Marie Fischer mit diesem Herrn Heise von der Firma Bellingrodt & Söhne bekannt gewesen war. Und dann musste Hauke von diesem Erwin Schuster erfahren, der Maries Kind verschleppt haben sollte. Ihr fiel kein Grund ein, warum ein Fremder ein zweijähriges Kind entführen sollte. Was hatte der Schutzmann auf der Reeperbahn noch gesagt? In dem Alter seien Kinder weder zum Stehlen noch zum Arbeiten zu gebrauchen und würden nichts als Geld kosten. Schuster musste also einen anderen Grund für die Entführung gehabt haben. Nur, welchen? Martha an eine Familie ohne Kinder weiterverkaufen? Nein, das schien ihr zu unwahrscheinlich.

Ihr kam der Gedanke, dass Cäcilie Reimers gesagt hatte,

der Schuster handle im Auftrag reicher Männer, die sich in einschlägigen Etablissements vergnügten, was vielleicht nicht jeder wissen sollte. Sie überlegte, was einen Mann in dieser Stadt kompromittieren würde. Ein nicht eheliches Kind doch wohl kaum. Was wäre, fragte sie sich, wenn Marie nicht gelogen hatte und sie wirklich verheiratet gewesen war? Das Kind wäre dann tatsächlich die Erbin eines großen Vermögens, so wie Marie es ihrer Mitbewohnerin erzählt hatte. Doch wie konnte das sein? Johann Bellingrodt war gleich nach Brasilien geschickt worden, als er gegenüber seinem Vater von seiner Liebe zu Marie gesprochen hatte. Ein Aufgebot von vier Wochen war also unmöglich – und damit auch eine Heirat. Das Kind musste eine andere Bedeutung haben. Aber welche? Wieder ging Sophie im Salon umher.

Vielleicht hatte dieser Schuster von der Schauspielerin gehört, dass Martha einmal reich sein würde. Da hatte er sich die Kleine geschnappt, um Geld zu erpressen. Er musste also den Vater kennen. Was wäre, wenn der Vater nicht Johann Bellingrodt war? Vielleicht Alfons oder sein Vater? Oder jemand ganz anderes? Ihr schwirrte der Kopf.

Schwer ließ sie sich auf das Sofa fallen und stützte ihren Kopf in die Hände. Sie hätte gern geweint, aber was sollte das nützen? Jemand musste so schnell wie möglich zum Großen Bäckergang gehen und nachsehen, ob das Kind noch dort war. Mein Gott!, dachte Sophie. Hoffentlich lebte Martha noch!

Sie hatte nach ihrem Besuch bei Cäcilie Reimers mit dem Gedanken gespielt, zum nächsten Revier zu gehen, um herauszufinden, ob die Mutter des Kindes tatsächlich dort gewesen war. Doch sie hatte den Einfall schnell verworfen. Man würde ihr keine Auskünfte geben. Hauke hingegen schon. Wenn einer Martha oder diesen Erwin Schuster finden konnte, dann er. Darum hatte sie ihm in ihrer Nachricht ja auch geschrieben, er solle sich umgehend bei ihr melden.

Und so ging Sophie im Halbdunkel zwischen Pianoforte und Bücherwand umher, händeringend auf das Klingeln des Telefonapparates wartend. Das Haus schien ihr unerträglich still. Sophie zwang sich zur Ruhe. Zum hundertsten Mal nahm sie einen Roman von Fontane zur Hand. Nein, die unglückliche »Effi Briest« darin wollte ihr heute ganz und gar nicht gefallen.

Laut tickte die Standuhr in der Halle. Dieses Tick-Tack-Tick-Tack machte Sophie nur noch nervöser. Es war bereits nach Mitternacht. Hauke würde sich nicht mehr melden. Wahrscheinlich hatte er ihre Nachricht überhaupt nicht erhalten. Sophie seufzte. So sei es denn.

Sie erhob sich vom Sofa und beschloss, selbst in den Großen Bäckergang zu gehen, um die Behausung einer gewissen Gertrud Wiesner zu finden. Sie würde sich morgen früh ein gebrauchtes Kleid beim Dienstmädchen Henny ausleihen und dann dorthin gehen. Sie würde nach der Engelmacherin Wiesner fragen. Und dann … Ja, was dann? Sophie schluckte.

KAPITEL 37

Präsidentschaftswahl: Wer in Amerika auf die Massen wirken will, muß sich nicht scheuen, Worte zu gebrauchen, die es zweifelhaft lassen, ob sie mehr in den Bereich des landesüblichen Humors oder des politischen Fanatismus gehören. Bis zur Wählerentscheidung am 4. November wird man sich wohl noch auf manche ähnliche Blüthen der Beredsamkeit von beiden Seiten gefaßt machen müssen.

Originalauszug: Hamburger Nachrichten, 21. Oktober 1896

Die letzten Stunden waren wie ein verheerender Sturm an ihm vorbeigerauscht. Sie hatten den bewusstlosen Jungen in einem Transportwagen zum Krankenhaus in die Lohmühlenstraße gebracht. Es stand schlecht um Hans.

Oberzollinspektor Jensen war gekommen und hatte herumgeschrien, ohne dass Hauke hätte sagen können, was der Mann brüllte. Wie in Trance hatte Hauke eine Beschreibung des Täters abgegeben und eine weitere jenes Mannes, der Feuer für seine Pfeife hatte haben wollen. Der Naschbaron wurde zur Fahndung ausgeschrieben. Er war einschlägig bekannt. Menschen kamen aus den Speichern und vom Kai, um zu erfahren, was geschehen sei. Polizeirat Roscher hatte Fragen über Fragen gestellt. Der gesamte Freihafen war abgeriegelt worden. Die Schranken an den Brücken für Stunden geschlossen. Jeder, der den Freihafen verlassen wollte, wurde peinlichst von den aufgebrachten Zöllnern befragt und auf Blutflecke hin untersucht.

Man hatte Hauke ins Stadthaus gebracht, wo er Jensen und Roscher noch einmal Rede und Antwort stehen musste. Offenbar war Hans in den Eingang gestürmt, um Hauke zu folgen. Dabei war er dem Flüchtenden direkt in die Arme gelaufen.

»Es trifft Sie keine Schuld, Sötje«, hatte Roscher gesagt, was Jensen allerdings ganz anders sah.

»Das alles wäre nicht passiert, wenn Sie nicht herumgeschnüffelt hätten!«

Es war Hauke egal, ob man ihm die Schuld gab oder nicht. Er gab sie sich selbst. Niemals hätte er den Jungen zu dem Treffen mitnehmen dürfen. Seine selbstgefällige Art, seine unentschuldbare Vermessenheit, stets Herr der Dinge zu sein, waren der Grund dafür, dass Hans jetzt mit dem Tod kämpfte. Hauke ekelte sich vor sich selbst. Er, der große Kommissar Sötje, überhäuft mit kaiserlichen Auszeichnungen, hatte mal wieder mit dem Leben anderer gespielt. So wie er es immer tat! Schon damals, auf der »Revenge«. Noch eine Schuld, die ich auf mich geladen habe, dachte Hauke und starrte auf seine Hände, an denen noch immer Hans' Blut klebte. Er hatte genügend Männer gesehen, die weniger verletzt gewesen waren als der junge Zöllner. Und nicht einer hatte überlebt.

Man hatte ihn aufgefordert, einen Bericht zu schreiben. Schweigend hatte Hauke es getan. Jetzt saß er im obersten Geschoss des Stadthauses, dort, wo man das Verbrecherarchiv eingerichtet hatte. Er hockte auf einem Schemel in der Ecke und starrte die Schränke mit den Karteikästen an. Er wusste nicht, wie er hierhergelangt war, erinnerte sich vage, dass sie gesagt hatten, er solle hier das Gesicht des Mörders suchen.

Wie viel Uhr es wohl sein mochte?

Jemand hatte Licht gemacht. Draußen, vor den großen Fenstern, war es bereits Nacht. Langsam griff er zu seiner Taschenuhr und klappte den Deckel auf. Mitternacht vorbei. Zwölf Stunden war es jetzt her. Und Hauke wusste noch immer nicht, ob der Junge lebte oder schon tot war. Die Uhr rutschte ihm aus der Hand.

All die Erfahrungen, die sein Leben mit sich brachte, hatten ihn nicht auf das vorbereitet, was heute geschehen war. Als damals sein Schiff sank, fühlte er sich lange am Tod der Männer schuldig. Er hatte sich den eigenen Tod herbeigesehnt, um zu büßen. Und je mehr er über den Tod nachgedacht hatte, desto mehr schien dieser ihm ein Freund zu werden. Ein Freund, der ihm die Hand reichte, die er nur noch hätte nehmen müssen. Es war anders gekommen.

Und nun war er wieder da. Der Tod. Hier oben, im Stadthaus, stand er direkt vor ihm. Nur war er nicht als ein guter Freund gekommen, der Erlösung bringen wollte. Nein, er war der Schnitter mit der Sense und der Kapuze über dem kahlen Kopf, der sich grinsend für seinen Lohn bedankte und zugleich versicherte, dass er noch lange nicht zufrieden sei. Hauke hörte ihn leise lachend im Stadthaus umherschleichen.

Mit Zins und Zinseszins war die Schuld zurück in Haukes Leben gekehrt. Wieder einmal würde ein unschuldiger Mensch seinetwegen sterben. Sollte das denn nie enden?

»All das hat keinen höheren Sinn, Sötje«, sagte plötzlich eine Stimme neben Hauke. Langsam hob er den Kopf. Fast erwartete er, die leere Maske des Todes zu sehen, doch es war Roschers Gesicht.

»Lebt er noch?«, fragte Hauke mit trockener Kehle.

Merkwürdig verloren stand Polizeirat Roscher zwischen all den Karteikästen an den Wänden. Er schwieg, wirkte blass und müde. »Sie können es sich selbst nur erträglicher machen, Sötje, wenn Sie diesen Schweinehund finden. Irgendwo hier oben muss sein Gesicht sein. Suchen Sie es, Sötje. Dann bringen wir die Bande zur Strecke.«

Roscher legte seine Hand auf Haukes Schulter. Dann ging er zur Tür, hinter der eine Treppe nach unten führte. »Bevor ich gehe: Wachtmeister Schröder war da. Marie Fischer wurde nicht von einem Bestattungsunternehmen abgeholt, sondern von jemandem, der angab, ihr Mann zu sein. Makaber, wenn Sie mich fragen.«

»Warum?«

»Er behauptete, ein gewisser Johann Bellingrodt zu sein. Den Sarg hatte er gleich mitgebracht. Der Name auf den Papieren ist unlesbar. Und die dort angegebene Adresse gibt es nicht.«

Dann fiel die Tür ins Schloss, und Hauke war wieder allein.

Schwer erhob er sich. Wie betäubt griff er zum ersten Karteikasten in seiner Nähe und zog ihn heraus.

Die nächsten Stunden saß er über Schubladen und Kästen gebeugt, während er Karte um Karte zur Hand nahm. Voll Hass betrachtete er jede einzelne Visage darauf. Die Fotografien waren außerordentlich detailgenau. Man hatte die Verhafteten auf einen Stuhl gesetzt, ihnen ein Schild mit einer fortlaufenden Nummer in die Hand gedrückt. Ein Gestell hinter dem Kopf sorgte dafür, dass sich der Delinquent während des Fotografierens nicht bewegte. Auf der Rückseite der Karten fand Hauke die Namen der Verhafteten und ihr Geburtsdatum sowie die Tagebuchnummern der Reviere, die die Verdächtigen hergebracht hatten. Tatsächlich könnte diese Sammlung von Verbrecherfotografien mitsamt detailliertester Personenbeschreibung die wohl umfangreichste im ganzen Reich sein, vermutete Hauke.

Man hatte die Karten nach der Art des Verbrechens abgelegt. Verbissen griff Hauke zum nächsten Stapel. Weder unter Betrügern noch unter Hehlern oder Dieben fand er das Gesicht des Mistkerls mit der Zigarre. Auch hatte man ihn nicht als Zuhälter erfasst. Ob der Kerl schon einmal getötet hatte? Er griff zum Stapel mit den Mördern.

Mit jeder Karte, die er in die Hand nahm, wurde er wütender. Ja, es schien ihm fast, als sähen die Visagen auf den Fotografien alle gleich aus. Schweiß stand auf seiner Stirn, und sein Herz begann zu rasen. Wenn der Schweinehund hier war, würde er ihn finden! Er nahm noch eine Karte und dann noch eine und noch eine.

Plötzlich hielt er in der Hand das Bild des Kerls, der ihn um Feuer gebeten hatte. Die Narbe am Hals war deutlich zu sehen, da man ihm wohl zwecks Identifikation das Tuch abgenommen hatte. Kurt Ebeling, geboren in Elmshorn am 2. April 1855, letzter bekannter Wohnort: Silbersackstraße. Dort sollte er eine Kohlehandlung betrieben haben. Die Zahl der Tagebuchnummern verschiedener Reviere auf der Rückseite der Karte ließ eine beachtliche Verbrecherkarriere vermuten, die jedoch abrupt vor zwei Jahren endete. Hauke wusste, er brauchte die Ermittlungsakte dieses Ebeling. Die aber würde er wohl nur im Archiv des Amtsgerichtes finden, wo der diensthabende Richter allerdings kaum Zeit haben würde, um Hauke Akteneinsicht zu gewähren. Bis zum Morgen jedoch wollte Hauke nicht warten. Vielleicht wusste jemand im Revier, der für die Silbersackstraße zuständig war, mehr über diesen Ebeling. Einen Versuch war es wert.

Mit der Karte in der Hand sprang Hauke auf. Er eilte die Treppe hinunter, hin zum Büro von Roscher, wo er das Telefon benutzen wollte. Die Flure im Haus lagen allesamt im Dunkel. Nur schummriges Licht vom Treppenhaus zeigte ihm den Weg. Die Bürotür des Polizeirats war abgeschlossen. Hauke wunderte sich nur kurz, dass keiner der Kommissare im Haus war. Normalerweise müsste ein Nachtdienst im Büro des ersten Flurs anwesend sein.

Er lief ins Erdgeschoss, wo einige Uniformierte saßen und Skat kloppten.

»Ich brauche ein Telefon«, sagte Hauke knapp. Einer der Männer nickte zum Schreibtisch hinüber. »Welches Revier ist für die Silbersackstraße zuständig?«, fragte Hauke im Vorbeigehen.

»Davidwache«, sagte einer, ohne hochzuschauen.

Hauke ließ sich mit der Wache an der Reeperbahn verbinden. Der Diensthabende konnte sich gut an Kurt Ebeling erinnern. Er hatte Ebeling vor zwei Jahren nach einer Schlägerei im »Verbrecherkeller« in der Niedernstraße festgenommen, als dieser einem anderen Gast eine Flasche über den Kopf gezogen hatte. »Es lief alles nach Vorschrift, Herr Kommissar. Ich habe den Mann ans Stadthaus überführt, ihn dann in die Holstenglacis transportiert und den Bericht geschrieben. Hätte ich mir aber alles sparen können.« Der Beamte klang ungehalten, und bald darauf wusste Hauke auch, warum. Ebeling war vier Tage später gegen eine Kaution von einhundert Mark wieder freigekommen. »Seither ist er nicht mehr aufgetaucht. Vielleicht hat er die Stadt längst verlassen.«

Das wusste Hauke besser. »Was wissen Sie über diesen Ebeling?«

Der Mann überlegte. »Ich glaube, er war Drucker und kam aus Hannover. Keine Familie.«

»Hat er eine Narbe am Hals?«

Der Beamte überlegte. »Da war wohl mal ein Brand in einer Schwarzbrennerei vor einigen Jahren. Ja, ich erinnere mich. Narbe, links neben der Kehle.«

»Das ist er! Wer hatte die Kaution für Ebeling bezahlt? Familie hatte er ja nicht. Und selbst wird er wohl auch kein Geld gehabt haben?«

Das aber wusste der Mann nicht. Enttäuscht hängte Hauke ein. Wohl oder übel musste er warten, bis er die Ermittlungsakten im Amtsgericht einsehen konnte. Da fiel ihm Schutzmann Schröder ein. Ein weiteres Mal griff er zu dem Hörknochen, der auf der Gabel des Apparates lag. »Verbinden Sie mich mit dem Revier am Alten Wall.« Hauke hatte Glück. Schröder war im Dienst und nur allzu willens, ihm die Akte Kurt Ebeling so schnell wie möglich zu bringen. Das Gericht war ja nur einen Katzensprung entfernt.

Es dauerte keine halbe Stunde, und Hauke hielt die Akte des Mannes in seinen Händen. Hastig blätterte er die Seiten durch. Der Kerl hatte einiges auf dem Kerbholz, aber es waren immer nur Kleinigkeiten gewesen wie Zechprellerei, Taschendiebstahl oder Zuhälterei. Die Sache in der Niedernstraße jedoch war schon ernster. Kein Wunder, dass das Gericht ihm eine Kaution von satten hundert Mark aufgebrummt hatte. Man war wohl nicht davon ausgegangen, dass der Mann das Geld aufbringen konnte. Doch hier irrte sich das Gericht. Jemand hatte die Kaution gezahlt.

Hauke las den Namen: Erwin Schuster. Er klappte die Akte zu. »Mitkommen, Schröder!«, rief er dem Mann mit der Pickelhaube unterm Arm zu, der an der Tür auf weitere Befehle gewartet hatte. Gemeinsam eilten sie die Treppe zur Photographischen Anstalt hinauf. Hauke riss die Tür auf und wollte schon zu dem Schrank mit den Karteikästen stürzen, als er dort einen Mann mit Ärmelschonern erblickte. Überrascht blieb Hauke stehen. War es schon Morgen?

»Sie wünschen?«, presste der Mann mit den Ärmelschonern zwischen seinen Zähnen hervor, während er all die herumliegenden Karten einsammelte.

»Wir brauchen die Karte von einem Erwin Schuster«, sagte Hauke zu ihm und wollte verschweigen, dass er für das nächtliche Chaos verantwortlich war.

Doch zu spät. Der Mann sah die einzelne Karte aus seinem Bestand in Haukes linker Hand. »Waren Sie das hier?«

Hauke blieb die Antwort schuldig und ging zum ersten Regal. Gerade wollte er einen neuen Karteikasten hervorziehen, als der Archivar den Kasten wieder zurückschob. »Sie können hier doch nicht einfach hereinkommen und sich bedienen! Das muss hier alles seine Ordnung –«

»Schuster, Erwin«, sagte Hauke und zog den Kasten wieder hervor.

»Nein, nein! So geht das nicht. Sie bringen mir ja alles durcheinander. Außerdem haben wir die Einträge nicht nach Namen sortiert. Ich brauche schon ein Datum oder eine Deliktklasse.« Der Archivar ging zum nächsten Regal. »Hier die Einbrecher. Hier die Perversen, Pädophilen und Schwulen, da drüben die Betrüger und –«

»Ich weiß«, unterbrach Hauke ihn ungeduldig. »Es ist unklar, ob der Mann jemals verhaftet wurde oder warum. Wir müssen einfach sämtliche Karteikarten durchgehen und auf unser Glück hoffen. Immerhin könnte er ja auch in Altona oder sonst wo aktenkundig geworden sein.« Hauke drehte sich zu Schröder. »Na, wollen Sie noch immer zur Kriminalpolizei?«

Schröder nickte und stellte seine Pickelhaube auf eines der Regale. »Na, dann man los«, sagte er und zog die Uniformjacke aus.

Hilflos beobachtete der Archivar, wie die beiden Männer sich durch die Kästen arbeiteten.

Verbissen blickte Hauke auf jede einzelne Karte in seiner

Hand, als er plötzlich innehielt. Schutzmann Schröder hob den Kopf.

»Hab ich dich, du Hund!«, zischte Hauke die Fotografie in seiner Hand an. Triumphierend hielt Hauke die Karte hoch. »So wie es aussieht, haben wir nicht nur den Mann gefunden, der die Kaution für Ebeling stellte.« Er prüfte noch einmal die Visage des Kerls auf der Fotografie. Es war das Gesicht des Mannes, der ihn bis zum Hafen verfolgt hatte. Das Gesicht auf der Fähre. Das Gesicht, das er in der Luke von Block J gesehen hatte. Zweifelsfrei war dies der Mann, der Hans niedergestochen hatte.

KAPITEL 38

Altonaer Stadttheater. Der neue Lustspiel-Einacter »Tragische Conflicte« von Wilhelm Wolters läßt sich als eine wirksame dramatische Arbeit nicht bezeichnen und wenn er bei seiner gestrigen Erstaufführung dennoch gefiel, so hat der Autor dies den Darstellern zu danken; er selbst läßt den Mangel an Handlung und an Humor in seinem Stücke recht fühlbar erscheinen … Wäre nach dieser Novität nicht das schöne Stück »Fräulein Doctor« von Stein und Walther gereicht worden, der Abend hätte einen ruinösen Ausklang genommen.

Originalauszug: Hamburger Nachrichten, 10. Oktober 1896

Ohne Klopfen stürmte Hauke in die Amtsstube des Polizeirats. Dieser saß über die aufgeschlagene heutige Zeitung gebeugt, den Zwicker auf der Nase und die Stirn in tiefe Falten gelegt. Er reagierte nicht, als Hauke ihm die Akte Schuster auf den Tisch warf.

»Das ist er!«, rief Hauke triumphierend. »Wir müssen Erwin Schuster verhaften. Er wohnt im Hof 22 beim Großen Bäckergang. Jedenfalls ist das bei seiner letzten Verhaftung noch sein Wohnort gewesen. Unser zweiter Mann heißt Kurt Ebeling, wohnhaft Silbersackstraße. Dort werden wir ihn aber wohl nicht mehr finden. Geben Sie mir ein paar Männer.« Roscher rührte sich nicht. Irritiert hielt Hauke inne. »Schuster hat den Jungen fast umgebracht. Er hat für Ebeling, dem ich vor Block J Feuer gab, die Kaution gezahlt.«

Endlich hob Roscher den Kopf. Mit langsamer Geste nahm er die Akte auf. Doch statt sie anzuschauen, schob er Hauke nur die heutige Ausgabe der »Hamburger Nachrichten« hin. »Die Bürgerschaft hat über einen Antrag zu entscheiden, ob die Kriminalpolizei von Hamburg weiterhin bestehen bleibt oder dezimiert werden soll. Der Antrag kommt aus dem Senat.«

Hauke griff nach der Zeitung und überflog die Zeilen. Darin hieß es, man überlege, die Ausgaben für die Polizei drastisch zu kürzen, um mehr Geld für militärische Präsenz zu haben, was angesichts sozialistischer Umtriebe in weiten Teilen der Arbeiterschaft im Hafen unumgänglich sei.

»Man glaubt wohl«, sagte Roscher mit gefasster Stimme, »die Schutzleute in den Revieren könnten unsere Arbeit genauso gut erledigen wie wir.« Er stand auf und ging zum Fenster. »Eine sehr kaufmännische Sicht der Dinge.«

»Nun, dann ist es umso wichtiger, dass Sie einen Erfolg vorweisen können, Herr Polizeirat.« Roscher schien Hauke nicht gehört zu haben. »Schuster arbeitete als Hafenvize«, fasste Hauke zusammen. »Sofern man ihm die Hafenkarte nicht abgenommen hat, hat er noch immer freien Zugang zu allen Kais. So wie ich es sehe, hat er die Kaution nicht nur für einen seiner kriminellen Freunde bezahlt, sondern gleich für mehrere.«

Roscher schwieg.

»Er braucht treue Männer, die mit ihm Waren aus der Speicherstadt bringen«, fuhr Hauke fort. »Das Geld dafür hatte er vom Kopf der Bande. Jenem Mann, der genügend Geld hatte, um ein Schiff mitsamt Besatzung zu bezahlen.«

»Hafenkarten werden nicht an verurteilte Verbrecher ausgegeben, Sötje. Wen auch immer Sie beim Speicher gesehen haben: Es kann kein nachweislich Krimineller gewesen sein. Die kommen nicht in den Hafen rein.«

»Wir brauchen einen Haftbefehl für Erwin Schuster und für Kurt Ebeling. Der ist übrigens Drucker von Beruf.«

Roscher drehte sich langsam um. Es schien Hauke, als sei der Mann seit gestern um Jahre gealtert. »Ach. Sie denken, die Bande fälscht die Hafenkarten, die sie braucht?« Der Polizeirat nahm wieder hinter seinem Schreibtisch Platz.

»Nicht nur das. Die Papiere der ›Wilhelmine‹ könnten auch gefälscht worden sein. So wurde aus dem Rostocker Ewer ›Stör‹

ganz schnell der Ewer ›Wilhelmine‹. Und unter einem weiteren Namen bewegte sich das Schiff im Freihafen, ohne dass jemand Verdacht schöpfte.« Hauke beugte sich über den Schreibtisch. »Herr Roscher, wir haben sie!«

»Und was ist mit Bellingrodt? Was hat er Ihrer Ansicht nach damit zu tun?« Hauke zögerte. Roscher lehnte sich zurück und musterte Hauke lange. »Sehen Sie, Sötje! Nichts. Rein gar nichts hat der Mann damit zu tun.« Roscher faltete die Hände. »Wer, glauben Sie, steckt hinter dem hier?« Sein Zeigefinger klopfte auf den Artikel in der Zeitung von heute. »Genau. Bellingrodt. Und der spuckt uns ab jetzt jeden Tag grinsend in die Suppe.«

»Was meinen Sie damit?«

Roscher zog ein Schreiben unter der Zeitung hervor. »Ich erhielt von Senator Hachmann die Aufforderung, mich an gültige Vorschriften zu halten.« Er schob das Papier so über den Tisch, dass Hauke die Zeilen besser lesen konnte. »Hans Detlefsen. Ab heute ist die Hafenpolizei für den Fall im Freihafen zuständig. Nicht mehr wir.«

»Was soll das?«, schrie Hauke. »Das ist Unsinn! Die wissen doch überhaupt nicht Bescheid!« Er begann, im Raum umherzulaufen, wie ein Tiger im Käfig. »Und in der Zwischenzeit verschwindet die gesamte Bande aus der Stadt?« Hauke konnte es einfach nicht glauben.

»So sind die Regeln. Keine kriminalpolizeilichen Zuständigkeiten unsererseits mehr im Freihafen. Solange unklar ist, wie mit dem Stadthaus weiterhin verfahren werden soll, haben wir uns aus dem Freihafen herauszuhalten. Offiziell heißt es, man nehme eine ›Klärung der Kompetenzen‹ vor.«

Hauke schlug mit der Faust auf den Schreibtisch. »Da steckt Ihr Freund Bellingrodt hinter!«

Roscher sprang auf. »Nein! Sie!« Auch seine Faust knallte auf die Tischplatte. »Bellingrodt ist mächtig! Das habe ich Ihnen gleich gesagt. Aber Sie mussten ihn ja wütend machen. Jetzt rächt er sich. So einfach ist das.« Wieder ging Roscher zum Fenster und starrte hinaus. »Dank Ihrer Poltermethoden steht die Kriminalpolizei kurz vor der Auflösung. Schon jetzt hat man mir die Hälfte meiner Männer abgezogen und der Politischen unterstellt.«

Tatsächlich war Hauke auf dem Weg hierher kein Beamter begegnet. Die Flure waren auffallend ruhig gewesen. Gerade wollte er etwas entgegnen, als es an der Tür klopfte.

»Herein!«, brüllte Roscher unnötig forsch.

Ein Uniformierter trat ein. »Eine Nachricht für Kommissar Sötje«, sagte der Mann eilig und reichte Hauke einen Brief.

Hauke erkannte Sophies Handschrift sofort. Er riss die Nachricht auf und las. Dann griente er breit. »Es liegt mir fern, die Vorschriften der Stadt zu brechen, Herr Polizeirat, aber dennoch bitte ich Sie um einige Männer, damit die Behausung eines gewissen Erwin Schuster durchsucht werden kann.« Bevor Roscher widersprechen konnte, reichte Hauke ihm Sophies Brief. »Eine Zeugin berichtet, dass der Mann ein Kleinkind entführt haben soll, das aller Wahrscheinlichkeit nach die Enkelin von Wilhelm Bellingrodt ist. Es scheint mir angemessen, Schuster diesbezüglich zu befragen. Und in den Freihafen müssen Ihre Beamten deswegen ja nicht.«

Roscher überlegte kurz. Dann nickte er. »Ich gebe Ihnen fünf Uniformierte, die dafür Sorge tragen, dass niemand Sie daran hindert, Ihre Arbeit zu tun. Im Gängeviertel sollte man auf alles vorbereitet sein. – Haben Sie eine Waffe?«

Hauke nickte.

»Gut, holen Sie sie. Sie sind kein Hamburger Beamter. Darum kann ich Ihnen keine unserer Waffen überlassen.«

»Wieder so eine Vorschrift?«

Roscher brummte. »Bringen Sie diesen Schuster zu mir ins Stadthaus. Das Verhör führe ich.« Gerade wollte Hauke ihm widersprechen, als Roscher fortfuhr: »Es wäre mir allerdings eine große Freude, wenn Sie dabei sein könnten. Und lassen Sie Ihre Verlobte, Fräulein Struwe, hierherbringen. Wir brauchen ihre detaillierte Aussage, woher sie diese Erkenntnisse hat.« Roscher griff zum Telefonapparat und ließ sich mit dem Oberstaatsanwalt verbinden. Während er auf die Verbindung wartete, lächelte er. »Kindesentführung und eine mordende Schmugglerbande. Welch Glück. Wenn Sie einen Zusammenhang herstellen können, Sötje, gibt es noch Chancen für das Stadthaus. Ob der Senat sich für das Kind interessiert, weiß ich nicht. Aber beim Portemonnaie hört die Nachsicht der Herren schnell auf.«

KAPITEL 39

Der Kaiser hat im Namen des Reichs den Kaufmann B. Siemssen zum Consul in Futschau (China) ernannt. Dem zum spanischen Consul ad honorem in Breslau ernannten Herrn Walter Sobernheim ist namens des Reichs das Exequatur ertheilt worden.

Originalauszug: Hamburger Nachrichten, 6. September 1896

Bevor die Familie aufstand, war Sophie leise aus dem Haus geschlichen. Man sollte sie in diesem einfachen Kleid nicht sehen, das die überraschte Henny ihr aus einem Kleiderschrank im Keller geholt hatte. Sein Inhalt war für fliegende Händler oder die jährliche Kirchenspende im November gedacht. Henny versicherte ihr, dass keiner das fehlende Kleidungsstück bemerken würde. Es müsse nur bis morgen zurück sein. Es war ein schwarzes Baumwollkleid mit einfachem Häkelkragen, das vielleicht einmal einem Dienstmädchen gehört haben mochte. Die Stiche an Saum, Hüfte und Taille zeigten, dass man es mehrfach ausgelassen hatte. Aber irgendwann war kein Stoff mehr vorhanden gewesen, um die neue Figur seiner Trägerin zu bedecken. Auch zeigten die Ärmel bereits durchstoßene Stellen. Sophie gab Henny ein paar Groschen und mahnte sie zur Verschwiegenheit, die das junge Dienstmädchen auch sogleich versprach. Dann flocht Sophie sich einen Zopf und steckte ihn hoch, wie sie es bei Henny gesehen hatte. Mit einem Tuch über den Schultern machte sie sich noch vor dem Frühstück auf den Weg zum Großen Bäckergang.

Sie nahm den Alsterdampfer, der sie zum Jungfernstieg brachte. In ihrem einfachen Kleid fühlte sie sich dort fehl am Platz, denn eigentlich war dieser Ort das Revier der Damen in hübschen Kleidern und der Herren mit Zylinder und Anzug. Glücklicherweise aber war es noch zu früh für die Vornehmen der Stadt. Und da es regnete, waren die Straßen so oder so fast leer. Nur ein paar Straßenkehrer taten ihren Dienst. Ihr Weg führte Sophie über den Rödingsmarkt. Wenn Marie auf dem Weg zum oder vom Großen Bäckergang gewesen war, dann hätte sie das Alsterfleet entweder bei der Schaartorbrücke oder der Slamatjenbrücke überqueren müssen. Gleich hinter dem Herrengraben begannen die engen Straßen. Obwohl hier noch Fuhrwerke fahren konnten, wurden die Gassen zusehends schmaler. Als Sophie in den Großen Bäckergang einbog, fragte sie eine alte Frau nach dem Weg zu Gertrud Wiesner. Die Frau musterte Sophie verächtlich. Dann wies sie mit dem Kinn zu einem schmalen Durchgang.

Der Weg führte Sophie in eine andere Welt, so wie jene, in der Cäcilie Reimers hauste. Auch hier standen Fachwerkhäuser zu beiden Seiten der engen Passage. Links und rechts lag Wohnung über Wohnung, alle dicht neben- und ineinander geschachtelt. Nur vereinzelt verirrte sich ein Regentropfen in die Twieten zwischen die Häuser bis auf den matschigen Boden unter Sophies Schuhen. Die Gebäude waren so eng beieinander, dass die Leute sich durch die Fenster die Hände hätten reichen können. Die nach außen geöffneten Fensterflügel berührten sich fast über Sophies Kopf. Übler Geruch legte sich stickig in jede Gasse. Es schien, als drücke die Stadt den Gestank zurück, weil sie ihn in den hellen Arkaden und breiten Alleen, über den prächtigen weißen Häusern und in den feinen Geschäften nicht haben wollte. Die Welt da draußen sollte mit all dem Gestank nicht belästigt werden. Sophie würgte. Immer wieder musste sie Leute nach dem Weg fragen. Eine junge Mutter meinte, sie müsse einen halbhohen Durchgang passieren, um zum Hof 22 zu kommen, wo die Wiesner ihren verteufelten Tätigkeiten nachging. Sie spuckte vor Sophies Füßen aus.

Schließlich hatte Sophie einen solchen Gang gefunden. Unsicher, ob es der richtige war, bückte sie sich zwischen zwei schiefen Häusern unter einem Balken hindurch, den wohl nur Kinder aufrecht passieren konnten. Der Gang endete in einem Hof, und Sophie befürchtete schon, dass auch dieser nur in neue Labyrinthe führen würde. Schon jetzt hatte sie sich heillos verlaufen. Aus offenen Fenstern hörte sie Lärmen und Schelten. Alte und Kinder, Mädchen und Jungen lungerten zwischen den nach hinten immer mehr zusammenlaufenden Mauern herum. Trotz der frühen Tageszeit saßen Männer auf einer Bank und tranken Bier. Sophies Atem ging in dieser stickigen Luft immer schwerer, denn die vorkragenden Behausungen in den oberen Etagen berührten sich fast und verwehrten die Sicht auf den grauen Himmel über der Stadt.

Irgendwo hier also lebte Gertrud Wiesner, die Schwester des Mannes, der Martha entführt hatte. Sophie fragte sich, ob das Gewerbe einer Engelmacherin so wenig auskömmlich war, dass man hier wie ein Tier hausen musste. Andererseits blieben die kriminellen Geschäfte so mancher Person in den Gängevierteln der Stadt ungestraft, denn hierher traute sich ja kein Polizist. Das zumindest hatte man ihr warnend gesagt, bevor sie in diese Odyssee der Hinterhöfe eingetaucht war. Sophie wusste, sollte ihr hier etwas passieren, würde sie nicht auf Hilfe hoffen können. Sie fragte ein paar Kinder, die im Dreck saßen, nach der Wiesner. Zögerlich wiesen sie zu einer elenden Baracke hinüber, zu der eine Art Hühnerleiter in den ersten Stock führte.

Sophie holte tief Luft. Ihr Plan war einfach. Sie würde behaupten, die Dienste der Engelmacherin in Anspruch nehmen zu müssen. Dann würde sie in die Wohnung gehen, sich umsehen und unter einem Vorwand wieder verschwinden, wenn Martha nicht dort war. Wenn das Kind allerdings dort war, würde sie es den Leuten abkaufen. Egal, was es kosten sollte. Gerade wollte Sophie losgehen, als ihre Beine den Dienst verweigerten. Sie hörte ihr Herz rasen. Erstarrt blieb sie stehen, versuchte, ihr aufgewühltes Inneres zu beruhigen. Etwas in ihr schrie, sie solle weglaufen. Nur weg von hier!

Reiß dich zusammen!, schalt Sophie sich. Denke an Martha! Wenn sie dort oben ist, musst du sie da herausholen!

Sie trat zur Leiter und kletterte hinauf. Oben gab es eine Art Balkon, jedoch ohne Geländer. Von ihm gingen zwei Türen ab. Sophie schaute nach unten, wo die Kinder standen und sie aus stumpfsinnigen Augen anglotzten. Sie zeigte auf die erste Tür. Die Kleinen schüttelten ihr verlaustes Haar. Vorsichtig ging sie an zwei Fenstern vorbei auf die nächste Tür zu. Die Kinder nickten. Sophie warf ihnen ein Lächeln zu, was die Kinder aber nicht erwiderten. Sie klopfte an die spakige Holztür. Hinter der Tür blieb es still. Sie hätte jetzt gehen können. Doch sie hob ihre Hand ein weiteres Mal.

»Frau Wiesner? Sind Sie da?« Da öffnete sich quietschend die Tür.

KAPITEL 40

Ein Schulknabe unterschlug einem Geschäftsmann eine größere Summe und brachte das Geld mit seinen Altersgenossen durch. Gegen den Missethäter und seine Helfershelfer ist Untersuchung eingeleitet worden.

Originalauszug: Hamburger Nachrichten, 19. September 1896

Das Gesicht der Alten war faltendürr. Die Augen waren farblos, und aus ihrem dünnen Mund stieß eine Schnapsfahne. Die mattgrauen Haare hatte sie zu einem nachlässigen Knoten hochgebunden. Ihr Kleid schien keine Farbe zu kennen. Flecken auf dem Brusttuch. Die Hände faltig und knochig von Arthrose. Eine Hexe!, dachte Sophie im ersten Moment und bekämpfte den Impuls zur Flucht.

»Was?«, krächzte die Stimme.

»Ich habe gehört«, stotterte Sophie, »dass Sie Mädchen helfen, die unbeabsichtigt in … gewisse Umstände –«

»Heute nicht.« Die Alte schlug die Tür vor Sophies Nase zu.

Im ersten Moment war Sophie überrascht, dann aber hob sie wütend ihre Faust und ließ sie gegen die Tür donnern. »Ich zahle auch!«, rief sie. »Mehr als andere, wenn es das ist –«

Da wurde die Tür ein weiteres Mal aufgerissen. Jetzt stand ein Mann dort. Er hielt ein Messer in der Hand. Sophie stolperte zurück. Fast wäre sie in den Hof hinuntergefallen. Doch sie konnte sich gerade noch halten.

»Wenn sie sagt, morgen, dann heißt das morgen!«, schrie er. Dabei eilte sein Blick in den Hof und zu den Fenstern der Nachbarn. »Hau ab!«

In diesem Moment hörte Sophie das Weinen eines Kindes! »Ich will die Kleine haben!«, schrie sie. »Martha!«, rief sie über die Schulter des Mannes. Mit einer Kraft, die sie sich niemals zugetraut hatte, preschte sie vor, um in dieses Loch von Behausung zu gelangen. Sie hatte keine Ahnung, was sie tun würde, wenn sie Martha in Armen hielt. Aber sie würde das Kind dort herausbringen!

Der Kerl wich keinen Zentimeter zurück. Stattdessen griff seine freie Hand nach Sophies Kehle. Sofort blieb ihr die Luft im Hals stecken. Er zog sie dicht an sein Gesicht heran. »Bist du allein, Schlampe?«

Unfähig zu antworten, nickte sie nur. Seine Hand umklammerte ihren Hals wie ein Schraubstock. Sophie versuchte, den kräftigen Arm des Mannes fortzuziehen, doch sein Griff war eisenhart. »Lassen Sie mich sofort los!«, keuchte sie. »Ich hole die Polizei.«

Der Mann spähte zu den Dächern hinauf. »Du kommst jetzt mit rein. Und dann werden wir sehen, wie es mit dir weitergeht.« Ekliger Zigarrengestank kam aus seinem Mund. Sophie ergriff Panik! Ihr wurde klar, dass sie aus dieser Hölle niemals wieder lebend herauskommen würde. Mit aller Kraft versuchte sie, sich am Türrahmen festzuhalten. Sie trat um sich, als er sie hineinschleifen wollte. Das Weinen des Kindes war nicht mehr zu hören. Wohl aber schwere Schritte, die unten in den Hof kamen.

»Hände hoch! Polizei! Lassen Sie die Frau los, Schuster!«

Hauke! Sophie wollte seinen Namen rufen, doch es kam nur ein Röcheln aus ihrem Hals. Schuster drehte sie so, dass sie jetzt wie ein Schild vor ihm stand. Er drückte ihren Körper an sich, während er das Messer an ihre Kehle presste.

Sophie sah Hauke unten im Hof stehen, umringt von weiteren Männern mit Schlagstöcken und Waffen in den Händen.

»Ha, wenn du schießt, isse hin!«

»Wen interessiert die Frau, Schuster!«, rief Hauke hoch.

Sophie glaubte, nicht richtig zu hören.

»Davon gibt es genug! Aber du, Schuster, du bist meine Fahrkarte zu einer Beförderung! Ich kriege dich.«

Hauke gab den Männern ein Zeichen. Sofort liefen sie auf die Leiter zu. Sophie wollte sich losreißen, »Nein« schreien, aber Schusters Griff war zu fest. Der Mann hinter ihr fluchte, als die Beamten näher kamen. Dann plötzlich schubste er Sophie nach vorn. Ein schriller Schrei entfuhr ihr, als sie vornüber in den Hof fiel.

Hauke ließ die Webley fallen und sprang vor. Sophie fiel direkt in seine Arme. Ein stechender Schmerz raste durch sein Handgelenk. Gemeinsam gingen sie hart zu Boden. Er riss Sophie an sich. »Hast du dich verletzt, Liebste?«

Seine Männer nahmen die Verfolgung auf. »Lebend! Ich will ihn lebend!«, schrie er ihnen nach.

»Die Kleine! Ich glaube, sie ist oben«, rief Sophie nur, während sie versuchte, sich aufzurappeln.

Mit schmerzverzerrtem Gesicht half Hauke ihr auf die Füße, während die Männer dem flüchtenden Schuster nachliefen. Gerade kletterte der Kerl an einem schiefen Fallrohr hinauf aufs Dach. Behände schwang er sich hoch und balancierte zum Dachfirst hinauf. Diesen Fluchtweg musste er schon öfter genommen haben, denn in kürzester Zeit war er hinter einem Schornstein verschwunden. Die Männer zögerten.

»Hinterher!«, rief Hauke. Die letzten beiden Beamten hielt er auf. »Möller, Schröder! Die Wiesner festnehmen! Wohnung durchsuchen!« Die beiden Polizisten stürmten in die Behausung der Wiesner, aus der schon bald eine kreischende Frauenstimme zu hören war.

Hauke nahm Sophie in den Arm. Sie zitterte am ganzen Leib.

»Was machst du hier überhaupt?« Sein Ton war harscher, als er beabsichtigt hatte.

Bebend schob sie ihn von sich. »Hast du meine Nachricht denn nicht bekommen? Ich habe die halbe Nacht auf dich gewartet!« Verwirrt schüttelte er den Kopf. »Du hast dich nicht gemeldet. Da musste ich die Sache doch selbst in die Hand nehmen.« Tränen der Angst und der Wut kullerten über ihre Wangen. Sie betrachtete ihre aufgeschürften Hände.

»Du brauchst einen Arzt«, erklärte Hauke, als die Männer mit der zeternden Alten aus der Wohnung kamen.

Sophie eilte zur Leiter. »Wo ist das Kind? Sie müssen es da herausholen!«, rief sie. Die Männer sahen sich fragend an.

»Sind Kinder in der Wohnung?«, wollte Hauke wissen.

»In dem Loch?«, fragte einer Möller, während er die zeternde Wiesner vor sich her bugsierte.

Schröder bestätigte: »Keine Kinder.«

»Aber ich habe Martha weinen hören«, rief Sophie. »Ganz bestimmt. Sie hat geweint!«

Hauke nahm Sophie in den Arm. Wieder ging ein Schmerz durch sein Handgelenk. Er musste es verstaucht haben. Verdammt.

»Bleib hier. Ich gehe nach oben und sehe mich um.«

Er schob sie zu einer morschen Bank. Die zeternde Wiesner ließ er zum Verhör ins Stadthaus bringen. Dann kletterte er hoch, wohlbedacht darauf, die verletzte Hand nicht zu benutzen.

Der Gestank in der Wohnung übertraf alles, was Hauke je erlebt hatte. Es roch nach allen Ausdünstungen, die Mensch und Tier je hatten von sich geben können. Die Behausung bestand aus zwei Räumen, von denen einer mit einem Herd und einer Waschstelle ausgestattet war. Der schiefe Boden war stellenweise rutschig. Ein kleines Fenster ließ kaum Tageslicht herein. Dreckiges Geschirr mit angetrockneten Essensresten stand auf einem wackeligen Tisch. Über einem einfachen Stuhl hing eine Arbeitsjacke. Hauke nahm an, dass sie dem Geflüchteten gehörte. Er durchsuchte die Taschen und fand einen Hafenausweis sowie einige Zigarren mit Banderole. Hauke roch daran. Jede von ihnen kostete mindestens vier Mark im Tabakgeschäft.

In der Küche standen einige Holzkisten verschiedener Größen in einer Ecke. In jeder befanden sich Lappen und fleckige Stoffreste. In einer der Kisten entdeckte er das schmutzige Hemdchen eines kleinen Kindes. Es roch nach Erbrochenem. Daneben war ein Strohlager, das zum Schlafen benutzt worden war. Unter dem Stroh lugte ein Stofffetzen hervor. Hauke zog ihn heraus und hielt eine Wollpuppe in der Hand. Hier hatten offenbar Kinder geschlafen. Es konnten unmöglich Wiesners eigene gewesen sein. Die Frau war mindestens fünfzig Jahre alt. Hauke schätzte, dass sie die Kleinen als Kostkinder aufgenommen hatte, um diese gegen Geld in Pflege zu nehmen. Doch wo waren die Kleinen jetzt?

Hauke öffnete die Schubladen einer schäbigen Anrichte. Sie enthielten einige Gabeln und Löffel, achtlos hineingeworfen. Im Fach darunter aber, wo er eigentlich Geschirr erwartet hatte, lag eine Überraschung für ihn bereit. Statt angeschlagener Suppenteller befand sich dort ein kleiner lederner Koffer. Es war eine edle Aufbewahrung für Familiensilber, wie man es in großen Herrschaftshäusern fand. Er zog ihn heraus und legte ihn vor sich auf den Boden. Hauke wunderte sich noch über das Gewicht, als er stirnrunzelnd den Metallverschluss aufklappte und den Deckel öffnete. Gabeln aller Größen mit fein ziselierten Mustern am Griff lagen neben ebensolchen Messern und Löffeln. Hob man den ersten Boden an den beiden Schlaufen hoch, entdeckte man darunter passende Suppenkellen, Tranchiermesser, Kuchenheber, Fischmesser. Im ersten Moment vermutete Hauke, dass es sich um Diebesgut handeln könnte. Dann aber fand er eine Quittung, ausgestellt auf den Namen Wiesner. Weiter hinten im Schrank entdeckte er eine Porzellanvase, vollgestopft mit Geldscheinen. Er zog das Papier heraus. Es waren mindestens viertausend Mark.

Im Nebenraum befand sich ein geräumiges Bett. Sicherlich war dieses für die Wiesner reserviert gewesen, während die Kinder in der Küche zu schlafen hatten. Auch hier entdeckte er Dinge, die er in einer solchen Bude nicht erwartet hätte. Alle mit Quittung auf den Namen Wiesner. Darunter waren Perlenketten und Ohrringe nebst einem Collier aus rot glühenden Granaten sowie eine Nerzstola. Die Hausherrin dieser Bruchbude schien Gefallen an schönen und teuren Sachen zu haben. Und sie wusste, wie sie ihr Geld anzulegen hatte. Dennoch würde Hauke prüfen lassen, ob es sich bei all dem hier nicht doch um Diebesgut handelte.

Er ging zurück in die Küche. Auf einem einfachen Bretterregal über dem Herd standen mehrere mit Korken verschlossene braune Fläschchen. Laudanum, ein Mittel zur Beruhigung und für guten Schlaf. Doch die Zahl der Flaschen machte ihn stutzig, denn in einem Karton in der Ecke fand er noch weitere. Handelte die Wiesner damit? Warum sollte sie es tun? Laudanum war für jedermann in Apotheken zu kaufen. Teuer war es nicht. Wofür brauchte die Frau so viel von dem Zeug? Er drehte sich zu den Kisten, wo Kinder geschlafen hatten, die jetzt nicht mehr hier waren. Das Hemdchen mit dem säuerlichen Geruch. Hauke nahm es noch einmal zur Hand und schnupperte daran. Eine bittere Note stieg ihm in die Nase. Ihn überkam ein entsetzlicher Gedanke.

Er trat zurück an den Herd, griff nach dem Feuerhaken und hob die Eisenringe hoch, auf die man Töpfe beim Kochen stellte. Dann lugte er in die kalte Asche hinein. Etwas länglich Weißes lag darin. Vorsichtig holte er es heraus. Es war ein kleiner Knochen.

Hauke fiel auf die Knie und öffnete die Befeuerungstür des Herdes. Mit bloßen Händen holte er alles aus dem Loch heraus. Im Aschehaufen vor sich entdeckte er kurz darauf weitere Knochen unterschiedlicher Größe.

»Hauke?« Sophie stand plötzlich hinter ihm. »Wo ist Martha?«

Er zuckte zusammen. Schnell sprang er auf und stellte sich zwischen seine Verlobte und den Aschehaufen auf dem Boden. Er wollte sie aus der Wohnung schieben, als Sophie die Knochen in seinen Händen bemerkte. Sie begriff sofort, stolperte und presste die Hände auf ihren Mund, um nicht schreien zu müssen.

Hauke ließ die Knochen fallen und nahm Sophie in den Arm. »Es muss nicht das sein, was wir gerade denken, Liebste. Es könnten auch Hühnerknochen sein. Oder sonst ein kleines Tier. Ich werde alles zu Dr. Simmons schicken lassen. Er wird uns sagen, was es ist. Beruhige dich. Bitte.« Er spürte ihr Zittern. Ihr Atem ging schnell. Er konnte nicht sagen, wie lange sie dort verharrten, bis sie ihn sanft von sich schob. Zaghaft lächelnd rang sie um Fassung.

»Geh nach Hause, Liebste. Ich komme nachher zu dir, und du wirst mir alles erzählen.«

Aber sie schüttelte den Kopf. »Nein. Ich halte es aus. Hauke, wenn es das ist, was wir denken ...« Sie schluckte. »Die Hexe muss dafür sterben!«

Er nickte. »Wenn es das ist, was wir befürchten: Ja. Aber, wir wissen es nicht.« Sanft schob er sie aus der Tür hinaus. »Lass mich meine Arbeit machen. Einer der Männer begleitet dich nach Hause. Ich komme zu dir, sobald ich kann.«

Hauke rief einen Uniformierten herbei.

KAPITEL 41

Jg. allst. Fr. m. kl. Hausst. u. gt. Zeugn. su. in e. gepfl. Restaur. o. ordentl. Haush. Anst. als Haushält. o. Kochmams. Best. Empf. vorh. Off. an Hohenf. Reust. 7.

Originalauszug: Hamburger Nachrichten, 18. Oktober 1896

Es hatte zu regnen begonnen. Große Tropfen fielen auf den Hof. Menschen in Türrahmen und an Fenstern schauten neugierig zu ihr hinauf.

Der Polizist neben ihr zögerte. »Ich soll Sie aber nach Hause bringen, Fräulein«, sagte er zum zweiten Mal.

Sophie schickte ihn fort, behauptete, sie wolle allein sein. »Ich nehme mir eine Droschke«, murmelte sie. Achselzuckend ging der Mann wieder hinunter, um mit der Befragung der Nachbarn fortzufahren.

Unfähig, sich zu bewegen, stand Sophie da. Sie glaubte in der Armut der Leute um sich herum ersticken zu müssen. Alles war wie in Watte gehüllt. Ihr eigener Körper schien sich nicht mehr hier zu befinden, so taub fühlte er sich an. Ihre Suche war vorbei. Die verrückte Alte hatte Martha umgebracht und verbrannt. Es war gekommen, wie der Polizist auf der Reeperbahn gesagt hatte.

Da hörte sie plötzlich wieder die Kinderstimme! Sie fuhr herum. »Martha!«

Das Stimmchen aber kam nicht aus der Wohnung der Wiesner, sondern aus der Nebentür! Sophie merkte, wie sie zu zittern begann. Die Tür neben der Wiesner war verschlossen, was ihr eigenartig vorkam. Wollten die Nachbarn nicht wissen, was hier draußen los war? Alle anderen im Bäckergang jedenfalls wollten es.

Energischer als nötig schlug sie ihre Faust gegen das Türblatt. Sofort erstarb die Kinderstimme. Schon wollte Sophie zu

Hauke stürmen, als die Tür der Nachbarin vorsichtig geöffnet wurde.

»Ja, bitte?« Die ängstliche Stimme gehörte einer schmalen Frau um die dreißig mit einem kleinen Jungen auf dem Arm. Sie hatte ihr Haar ordentlich hochgesteckt, Gesicht und Hände waren sauber, die Schürze ohne Flecken und mit einem gehäkelten Rand.

Sophie war verwirrt. »Martha?«

Überrascht sah die Frau ihr Kind an. »Martha? Nein, das ist unser Heinz. Warum fragen Sie?«

»Ich, ähm …« Sophie konnte nicht erklären, dass sie für einen kurzen Moment gehofft hatte, es wäre ein anderes Kind. »Darf ich Sie etwas zu ihrer Nachbarin Frau Wiesner fragen?«, stotterte sie stattdessen.

Vorsichtig öffnete die Frau ihre Tür und bat Sophie herein. »Bitte entschuldigen Sie diese Unordnung«, sagte sie sogleich. Der Junge auf ihrem Arm klammerte sich an den Hals seiner Mutter.

»Nein, ich muss mich entschuldigen. All der Lärm … Sie müssen hier drinnen Ängste ausgestanden haben.«

Welch Unterschied zu der Wohnung nur eine Bretterwand weiter. Zwar war es auch hier eng und dunkel, aber frische Äpfel lagen auf dem Küchenschrank und verströmten einen angenehmen Geruch. Getrocknete Sommerblumen hingen vor dem Fenster, und es gab einfache Gardinen, die die Hausfrau zur Seite geschoben hatte, um ein wenig Licht hereinkommen zu lassen. Ein geschickt angebrachter Spiegel an der Wand reflektierte das wenige Sonnenlicht, das sich hierher verirrte. »Ich finde, dass Sie es sehr schön haben«, sagte Sophie. »Mein Name ist übrigens Sophie-Luise Struwe.« Sie reichte ihr die Hand.

Die Frau zauderte. Dann nahm sie die angebotene Hand und machte einen Knicks, wie es Dienstmädchen zu tun pflegen. »Emma Keller. Angenehm.« Die Mutter setzte ihr Kind auf das ordentlich gemachte Bett und reichte ihm eine Brotrinde, die es begierig ergriff und in den Mund schob. »Heinzchen bekommt seine ersten Zähne. Möchten Sie sich nicht setzen, Fräulein Struwe?«

Dankbar nahm Sophie auf einem der beiden weiß getünchten Holzstühle Platz. Erst jetzt merkte sie, dass ihre Beine kaum noch Kraft hatten.

»Darf ich Ihnen etwas anbieten?« Sophie lehnte dankend ab. »Was ist denn nebenan passiert?«, fragte Frau Keller und setzte sich zu Sophie an den Tisch, auf dem eine gehäkelte Decke lag. »Ich habe mich gar nicht vor die Tür getraut.«

Sophie starrte auf ihre Hände. Sie konnte es nicht aussprechen. Nach einer Weile sah sie auf. »Wohnen Sie hier schon lange, Frau Keller?« Sie konnte die Angst der Frau vor der Wiesner nur allzu gut nachvollziehen.

»Seit einem Jahr. Wir konnten uns unsere alte Wohnung nicht mehr leisten. Es ist alles so teuer geworden in der Stadt. Darum mussten wir hierher.« Sie lächelte entschuldigend. »Mein Mann arbeitet tageweise als Stauer im Hafen. Aber jetzt, wo die Männer im Hafen streiken wollen ...« Nervös fuhr sie sich mit der Hand über ihr Haar. »Ich werde wohl einen oder zwei Schlafgänger aufnehmen müssen, damit wir wenigstens hierbleiben können.«

»Schlafgänger?«

Beschämt senkte die Frau ihren Blick. »Während mein Mann im Hafen nach Arbeit sucht und Heinzchens ältere Geschwister in der Schule sind, stehen unsere Betten leer. Für ein paar Stunden können dann Arbeiter hier schlafen, deren Weg nach Hause zu weit ist. Es bringt ein paar Pfennige in der Woche.«

»Will Ihr Mann auch streiken?«

Sie nickte bekümmert. »Er sagt, für den Hungerlohn von vier Mark kann er seine Familie nicht mehr ernähren. Und das stimmt auch. Ich arbeite ja noch als Wäscherin, aber es reicht vorn und hinten nicht.« Sie seufzte. »Der Vermieter hat schon Bescheid sagen lassen, dass er ab nächster Woche noch mehr Miete haben will. Wo sollen wir dann nur hin?« Die Frau kämpfte mit den Tränen. »Es ist schon schlimm genug, hier wohnen zu müssen.« Sophie schwieg betreten. »Bitte verzeihen Sie, dass ich Sie mit meinen Problemen belästige. Das ist äußerst unhöflich.« Tapfer lächelte sie.

»Die Polizei hat Ihre Nachbarin verhaftet.«

»Gott sei Dank!«, entfuhr es Frau Keller. »Ich weiß nicht genau, was die Person da drüben tat, aber es muss schlimm gewesen sein. Dieses Weinen und Schimpfen tagein, tagaus. Oft kamen junge Frauen …«

»Ich weiß. Frau Wiesner verdingte sich als Engelmacherin.«

»Ja, aber nicht nur das. Immer wieder waren auch Mütter da, die ihre Kinder abgaben.« Sophie hielt den Atem an. »Gegen Geld behielt die Wiesner die Kleinen in Pflege und versprach, neue Eltern für sie zu finden.«

»Sie nahm Kinder gegen Geld auf?« Sophie wusste, dass dies ein einträgliches Geschäft für viele Leute war. Und sie hatte auch gehört, dass nur wenige der Kinder älter als sechs Jahre wurden, weil sie von diesen Pflegeeltern schlechter als Vieh behandelt wurden. »In der Wohnung sind aber keine Kinder.« Sophie verschwieg die Knochen.

Frau Keller fingerte an ihrer weißen Schürze herum. »Ich sah viele Kinder in der Wohnung verschwinden und nur wenige wieder lebend herauskommen«, flüsterte sie.

»Oh Gott!«

»Ich habe die Kinder auch nie gehört. Kein Lachen, kein Weinen. Manchmal ging die Wiesner nachts mit einem Kind fort. Aber zurück kam sie stets ohne es. Wo hat sie die Kleinen nur mitten in der Nacht hingebracht?«

»Waren es ältere Kinder?« Sophie hoffte, dass die Kinder als billige Arbeitskräfte auf Bauernhöfe vermittelt worden sein könnten.

Frau Keller verneinte. »Die Ärmsten waren ja kaum älter als Heinzchen. Manche sogar noch jünger.« Sie schien sich zu schämen. »Bitte verstehen Sie, ich konnte nicht zur Polizei gehen. Die Wiesner meinte einmal beim Wäscheaufhängen zu mir, dass ich gut auf meine Kinder aufpassen solle. Sie könnten verschwinden. Und dabei hat sie mich so komisch angesehen.« Sophie wurde schwindelig.

Der Kleine auf dem Bett begann zu wimmern. Schnell stand die Mutter auf und nahm ihn auf ihren Schoß.

Wieder überkam Sophie Übelkeit. »War in den letzten Wochen ein etwa zwei Jahre altes Mädchen bei Ihrer Nachbarin? Sie heißt Martha.« Sophie hielt sich ihre Hand vor den Mund.

Frau Keller musterte sie. »Ist Ihnen unwohl?« Sie erhob sich mit dem Kind auf dem Arm. Dann goss sie aus einem Tonkrug Wasser in ein angeschlagenes Glas und reichte es Sophie. »Trinken Sie. Es ist auch nicht aus dem Fleet.«

Hastig nahm Sophie einen großen Schluck. Das Wasser schmeckte recht gut. Als sie ausgetrunken hatte, ging es ihr tatsächlich besser.

»Wann ist es denn so weit?«, fragte Frau Keller und lächelte.

Überrascht schaute Sophie sie an. »Was meinen Sie?«

»Ist es Ihr Erstes?«

»Wie bitte?«

»Aber Sie sind doch guter Hoffnung? Oder irre ich mich?« Frau Keller tätschelte ihrem Sohn den Rücken.

Sophie blieb für einen Moment die Sprache weg. »Ich weiß nicht«, stotterte sie.

»Haben Sie keine Mutter, die Ihnen das –« Sophie schüttelte den Kopf. »Gut«, sagte Frau Keller und setzte sich wieder auf den Stuhl. »Vielleicht kann ich helfen. Ich habe ja schon fünf Kinder auf diese Welt gebracht. Mir sind wegen der Cholera zwar nur drei geblieben, aber ich weiß, was ich sehe, wenn ich es sehe.« Sie beugte sich ein wenig vor, als könnten unerwünschte Ohren ihre Worte hören. »Ihre monatliche Blutung blieb aus? Ihnen ist übel, und Sie sind öfter müde als sonst?« Sophie nickte. »Ein Ziehen in der Brust?« Frau Keller lehnte sich zurück und lächelte.

»Brauche ich einen Arzt?«, wollte Sophie ängstlich wissen.

»Einen Arzt? Aber nein. Sie brauchen viel frische Luft und gutes Essen. Sofern der Heißhunger Sie noch nicht überfallen hat, wird er es sicherlich bald tun.«

»Oh«, hauchte Sophie, denn ihr fiel nicht ein, was sie sonst hätte sagen können. Sie war doch noch gar nicht verheiratet!

Als könnte Frau Keller auch diesen Gedanken lesen, wies sie auf Sophies Ringfinger. »Verlobt?« Wieder nickte Sophie. »Das ist gut.«

»Aber, wenn das Kind kommt, dann werden doch alle wissen, dass …«

Frau Keller lachte hell auf. Und sie wirkte dabei wunderschön. »Die meisten Kinder sind allesamt Sechs- oder Siebenmonatsgeschenke, wenn Sie verstehen, was ich meine. Nein, machen Sie sich keine Sorgen. Normalerweise traut sich keiner, genau nachzurechnen, denn dann müsste so manch vornehme junge Dame ebenfalls gewisse Dinge erklären.«

Sophie fühlte, wie unbändige Freude in ihr aufkam, gemischt mit panischer Angst. Was sollte sie denn jetzt nur tun? Obwohl sie die Frau vor sich kaum kannte, stellte sie ihr tausend Fragen. Die Zeit verging wie im Flug, bis Sophie sich von ihrem Stuhl erhob und die Hände der Frau in ihre nahm. »Ich danke Ihnen so sehr! Darf ich Sie vielleicht noch einmal besuchen?«

»Es wäre mir eine große Freude«, entgegnete Frau Keller. »Und wegen der Kleinen …«

Sophie brauchte einen Moment, bis sie begriff. »Martha?«

Frau Keller nickte. »Vor etwa zwei Wochen kam eine hübsche junge Frau in den Hof. Sie verlangte ihr Kind zurück und drohte mit der Polizei.«

Sophie hielt die Luft an. »Hatte die Frau rote Haare?«

»Ja, und sie schrie immer wieder nach ihrer Martha. Alle im Hof haben es gehört. Und alle haben gesehen, wie der Schuster auf sie losging und sie fortjagte.«

Marie Fischer hatte also den Entführer ihrer Tochter gefunden!

»Was geschah dann?«

»Die Frau schrie, sie würde mit der Polizei zurückkommen, um ihr Kind zu holen. Noch in derselben Nacht brachte die Wiesner das kleine Mädchen fort. Ich habe es vom Fenster aus gesehen. Heinzchen konnte nicht schlafen.«

»Kam die Mutter wieder?«

»Nein, ich habe sie nie wiedergesehen.«

»Und der Bruder, dieser Schuster? Was tat er?«

Frau Keller überlegte. »Erst stritten die Wiesner und er. Dann ging er weg. Als er mitten in der Nacht betrunken zurückkam, brüllte er, dass die Kleine verschwinden muss.«

»Und dann ist Gertrud Wiesner mit der Kleinen fort?«

Die Frau nickte.

All die Freude, die eben noch Sophies Herz und Kopf erfüllte, war mit einem Mal verschwunden. Sie war so nah dran gewesen, Martha zu finden. In diesem Moment klopfte es an der Tür. Frau Keller zuckte zusammen. Sophie erhob sich und öffnete die Tür. Ein Schutzmann mit Bleistift und Block in der Hand stand dort.

»Bitte, Frau Keller«, sagte Sophie. »Sagen Sie dem Beamten all das, was Sie mir eben sagten. Ihre Aussage ist von allergrößter Bedeutung. Nur so kann Gertrud Wiesner ihre gerechte Strafe bekommen.«

Frau Keller zögerte. »Wird man mich vor Gericht zitieren?«

»Vielleicht.«

»Und der Bruder von Frau Wiesner? Was tue ich, wenn er wiederkommt?«

Der Beamte, ein runder Mann mit Kaiserbart, trat ein. »Den holen wir uns gerade. Keine Sorge, gute Frau. Der ist bald im Kittchen.«

Sophie verabschiedete sich von der Frau und versprach, wiederzukommen. Sie trat ein weiteres Mal auf den geländerlosen Balkon hinaus.

KAPITEL 42

Wenn die Römer Ägypten »die Pforte der Länder und der Meere« nannten, so trifft diese Bezeichnung seit der Eröffnung des Suezcanals mehr denn je zu. Der Feldzug der Engländer zur Eroberung des ägyptischen Sudan erklärt sich zur Genüge aus ihrer Absicht, für immer dortzubleiben, dessen Besitz so wichtig für ihre Weltherrschaft ist.

Originalauszug: Hamburger Nachrichten, 21. Oktober 1896

Schweigend saß Sophie auf dem Sofa im Salon und starrte in das lodernde Feuer im Kamin. Der Butler hatte zwei Tassen Kakao serviert und sich dann leise zurückgezogen.

Besorgt sah Clara ihre Gouvernante und Vertraute an. »Kann ich denn gar nichts für Sie tun, liebes Fräulein Struwe?«, wollte sie wissen. »Ist es der Ball? Habe ich mich zu wenig gekümmert? Mein Vater sagte kürzlich, ich würde zu sehr an mich denken. Sicherlich ist es unentschuldbar, dass ich Sie mit all der Arbeit habe allein –«

»Nein, Kindchen.« Sophie lächelte matt. »Es ist etwas anderes.«

»Aber was macht Ihnen denn Sorgen, Fräulein Struwe?«

»Ich habe vom traurigen Schicksal eines kleinen Mädchens erfahren.« Mehr wollte Sophie nicht sagen. Schon gar nicht die grausigen Details in der Wohnung der Wiesner erwähnen. Und das mit ihrem eigenen Kind … Hauke sollte der Erste sein, der es erfuhr.

»Ist es ein Kind aus dem Waisenhaus des Klosters?«, fragte Clara weiter. Sophie schüttelte den Kopf. »Wo sind die Eltern?«

»Sie starben kürzlich. Beide.«

Clara seufzte. »Armes Kind. Wer kümmert sich denn nun um die Kleine?«

Sophie schluckte. Sie spürte, wie ihr zum hundertsten Mal

die Tränen in die Augen stiegen. Der Gedanke, dass Martha wirklich tot sein sollte, war ihr unerträglich. Verzweifelt klammerte sie sich an die Aussage von Frau Keller, dass des Nachts ein Mädchen fortgeschafft worden war. Der letzte Funke Hoffnung in ihr würde erst sterben, wenn die Polizei Marthas kleinen Körper gefunden hatte. Bis dahin würde sie weitersuchen. Sie hatte bereits in den Heimen der Stadt nachgefragt, ob ein etwa zweijähriges Mädchen abgegeben worden sei. Sie war sogar im Waisenhaus in der Schulstraße von Uhlenhorst gewesen, ja, auch beim Israelitischen Mädchen-Waisenhaus am Laufgraben. Sie hatte im »Rauhen Haus« bei Herrn Wichern angerufen. Doch nirgends war in jener Nacht ein Kind abgegeben worden. Und während sie so verzweifelt nach Hoffnung suchte, fragte ihr Kopf sie unermüdlich, warum um alles in der Welt die Wiesner das Kind hätte in ein Waisenhaus geben sollen. Es war mehr als unwahrscheinlich, dass die Frau ausgerechnet für dieses Kind ein Herz haben sollte, während sie die anderen umbrachte. Aber Sophie konnte nicht anders, als weiter zu hoffen und zu hoffen. Der Gedanke, dass Martha irgendwo vergraben lag oder tot in der Elbe schwamm, war ihr einfach unerträglich. Schützend legte sie ihre Hand auf den eigenen Bauch.

Clara führte die Tasse an ihren Mund, doch dann setzte sie sie wieder ab. »Vielleicht können die Nonnen helfen, die wir im Zug getroffen haben. Vater hat übrigens bereits das Geld anweisen lassen.« Betreten schaute sie zu Boden. »Ich glaube, er war von meinem spontanen Einfall nicht sonderlich begeistert. Er hielt mir eine ganz entsetzliche Standpauke. Jetzt muss ich zur Strafe Buchhaltung lernen und mit in seine Firma fahren, um zu verstehen, wie man Schiffe baut.«

»Das könnte sehr nützliches Wissen sein«, meinte Sophie halbherzig, denn ihr stand der Kopf gerade nicht nach derart alltäglichen Dingen.

Da legte Clara ihre Hand auf Sophies Arm. »Wir werden sie finden.«

»Wen?«

»Dieses Mädchen, das Sie suchen.« Clara setzte sich aufrecht hin. »Dieses Mal aber lasse ich mich nicht wie ein kleines Kind fortschicken. Ich werde Ihnen helfen.«

Dankbar lächelte Sophie ihre Schülerin an, die so entschlossen wirkte. Wie gern wäre sie nicht mehr allein mit dem Wissen um all das Leid gewesen, von dem sie bis gestern noch nichts geahnt hatte. Doch Clara war die Letzte, deren Träume sie mit den Taten der Gertrud Wiesner oder dem Tod von Marie Fischer vergiften wollte.

»Die Nonnen. Richtig, liebes Kind.« Sophie seufzte. Clara zuliebe wollte sie es ein letztes Mal bei den Nonnen versuchen. »Ich werde sie fragen.«

Deren Heim aber lag in Geesthacht, weit außerhalb der Stadt. Und hatte Frau Keller nicht gesagt, dass die Wiesner mit dem Kind in der Nacht fortgegangen war und bald darauf ohne die Kleine zurückkam? Nein, es war unmöglich, dass die schreckliche Person es in der kurzen Zeit bis nach Geesthacht geschafft haben konnte.

Clara bemerkte Sophies Zögern. »Bitte, Fräulein Struwe, geben Sie noch nicht auf.« Sie legte ihre Hand auf Sophies Arm. »Ich muss doch schauen, ob die Nonnen mein Geld gut verwenden. Lassen Sie uns nach St. Pauli fahren.«

Erschreckt sah Sophie auf. »Nein, Clara! Wie kommst du darauf, dass ich dich mit nach St. Pauli nehme?« Sie dachte an ihre kürzlichen Erlebnisse dort, und es schauderte sie.

»Aber –« , protestierte Clara.

Sophie erhob sich. »Nein, das kommt nicht in Frage. Die Reeperbahn ist kein Ort für dich. Dein Vater würde mich zu Recht sofort entlassen, wenn ich dir das erlaube.« Sie zog Clara vom Stuhl und nahm sie in ihre Arme. »Ich verspreche dir, dass ich es dir sofort sagen werde, wenn ich Martha gefunden habe.«

»Und wenn die Nonnen nichts von der Kleinen wissen?«

»Dann haben wir verloren.« Sie dachte an das Kind in ihrem Bauch. Endlich liefen Tränen über ihr Gesicht. Wie sehr Leben und Tod doch eins waren.

KAPITEL 43

Ein aufregender Vorfall ereignete sich gestern Nachmittag am Kreuzungspunkte Pferdemarkt-Steinstraße-Kattrepel. Daselbst wurde ein kleiner Knabe, welcher mit seinem eisernen Reifen spielte, von einem Radfahrer angefahren und zu Boden geworfen, wobei auch der Radfahrer zu Fall kam, in dem Augenblick, als ein Bierfuhrwerk um die Ecke bog. Dank der Geistesgegenwart des Führers des Bierwagens und seiner Geschicklichkeit kam der Wagen dicht vor den Gestürzten zum Stehen, so daß Knabe und Radfahrer unverletzt blieben.

Originalauszug: Hamburger Nachrichten, 25. Oktober 1896

Es war kurz vor Mitternacht, als es an der Tür klingelte. »Sie finden Fräulein Struwe im Salon, Herr Kommissar«, sagte der Diener und ließ Hauke eintreten.

Ohne seine Jacke abzugeben, eilte Hauke durch die Halle und stieß die Tür zum Salon auf. Er war froh, als er Sophie allein vorfand. »Was um alles in der Welt hattest du nur bei der Wiesner verloren?«

Sophie erhob sich. »Ich habe dir gesagt, dass ich Marie Fischer suchen würde.«

»Aber dort?«

»Natürlich!« Wütend funkelte sie ihn an. »Ich habe den Entführer von Martha gefunden.«

Hauke griff nach Sophies Oberarmen und zog sie zu sich. »Aber, was dachtest du, würden die Leute tun? Dir die Kleine aushändigen?«

Sophie machte sich los. »Nein, ich wollte sie ihnen abkaufen. Solche Menschen sind gierig. Ich hatte genug Geld dabei, um die Kleine –«

»Du hattest was?« Hauke japste nach Luft. »Du bist mit

einem vollen Portemonnaie ins Gängeviertel gegangen?« Ungläubig schüttelte er den Kopf. »Kannst du dir vorstellen, warum kein Polizist allein dorthinein geht? Kannst du dir vorstellen, dass dort mehr Verbrecher leben, als –«

»Rede nicht so von den Leuten!«, unterbrach Sophie ihn. »Der Ehemann von Wiesners Nachbarin, Frau Keller, ist ein guter Mann. Er arbeitet im Hafen und versucht nichts weiter, als seine Familie durchzubringen. Heinzchen und seine Geschwister sind brave Kinder. Die beiden Ältesten gehen jeden Tag zur Schule. Aus ihnen soll mal etwas Besseres werden. Frau Keller pflückt Blumen und hängt sie zum Trocknen ins Fenster. Auf dem Küchentisch liegt eine gehäkelte Tischdecke. Das, Herr Kommissar, sind keine Verbrecher.« Sie bohrte ihren Finger in seine Brust. »Das sind arme Leute, die Besseres verdient haben. Menschen, die trotz Dreck und Armut ihre Würde behalten wollen.«

Nach dem Elend in der Bude von der Wiesner fiel es Hauke schwer, an etwas Gutes in den Gängevierteln zu glauben. Dr. Simmons hatte Haukes Befürchtungen leider sofort bestätigt. Die Knochen stammten von mindestens drei Kindern. Einem Neugeborenen und zwei Kindern von etwa sechs Monaten. Wie viele Kinder die Wiesner gegen Geld seit Jahren aufgenommen hatte, konnten die Nachbarn nicht sagen. Offenbar hatte die Frau sich von den verzweifelten Müttern Unterhalt für die Kleinen geben lassen. Und wenn die Mütter nicht mehr zahlen konnten, hatte die Alte sie umgebracht. Wenn sie überhaupt so lange gewartet hatte. Entweder waren die Kinder in dieser dreckigen Bude verhungert oder an einer Überdosis Laudanum gestorben. Dem Mittel, mit dem die Wiesner die Kleinen ruhiggestellt hatte. Vielleicht auch hatte töten wollen.

Von einer erfolgreichen Vermittlung auch nur eines Kindes jedenfalls wusste keiner der Nachbarn etwas. Alles sprach gegen Gertrud Wiesner, und es würde zweifellos zu einem Prozess kommen. Da die verstockte Frau im Stadthaus kein Wort sagte, außer dass sie unschuldig sei, musste ihr Bruder umso dringender gefunden werden. Er wusste, wie viele Kinder dort gehaust haben mussten. Und was mit ihnen passiert war. Schuster, der Mörder.

Hans! Schon wieder erschien das Bild des Jungen vor Haukes Augen. Hans, wie er in seinem Blut lag und ihn ansah, als könne der Herr Kommissar ihm sagen, was gerade geschehen war.

Hauke zuckte zusammen, als hätte das Messer seine Eingeweide durchtrennt und nicht die des Jungen. Er stolperte einen Schritt zurück.

»Hauke! Was ist mit dir?« Besorgt kam Sophie auf ihn zu.

»Nichts, nichts.«

Hilflos stand Sophie vor ihrem Verlobten. »Setz dich.« Sie schob ihn auf einen Stuhl.

»Ich habe mir nur den Magen –«, begann er.

»Lüge nicht, Hauke Sötje!«, fiel sie ihm ins Wort. »Was ist passiert?«

Zögerlich erzählte er von Block J und Hans. Keine Einzelheiten. Aber dennoch, sie hatte verstanden. Er war ihr dankbar, dass sie darauf verzichtete, ihm zu versichern, dass er unschuldig sei. Sie schwiegen einen Moment lang, und er fühlte in sich hinein, ob die Schuld weniger wurde. Nein, verdammt, sie war noch immer da. Und sie würde bleiben.

»Lebt er?«

Hauke schwieg. Er wusste es nicht. Er spürte Sophies Hand auf seiner.

»Solange du nichts anderes gehört hast, ist es ein gutes Zeichen«, versuchte sie, ihn zu trösten. Doch es half nicht. »Konntet ihr diesen Schuster fangen?«, wechselte sie das Thema.

Da war er wieder, dieser Schmerz in seinen Eingeweiden! »Nein. Der Kerl hatte seine Flucht vorbereitet. Die Männer haben ihn irgendwo in den Gassen des Gängeviertels verloren. Wir haben zwei Mann im Hof postiert, falls er zurückkommt.«

Sophie umarmte ihren Verlobten. »Ich bin so froh, dass du rechtzeitig dort gewesen bist. Ich war so dumm. Aber, ich konnte nicht anders, Hauke. Ich musste es wenigstens versuchen.«

»Es war gut, dass du mir die Nachricht im Stadthaus hinterlassen hast. Ohne deinen Brief hätte ich keine Männer bekommen, um Schuster zu verhaften.« Er überlegte, ob er ihr erzählen sollte, dass Marie Fischers Leichnam verschwunden war. Aber das erschien ihm in diesem Moment unwichtig. »Sag, woher wusstest du, wo Schuster zu finden ist?«

Sophie erzählte ihm von drei pfiffigen Jungen und einer Schauspielerin namens Cäcilie Reimers. »Dort lebte Marie eine Zeit lang. Die Anstellung als Kaffee-Miedje hatte ihr ein gewisser Herr Heise vermittelt. War das nicht der Name von dem Verwalter?«

»Verwalter Heise wusste also, wo sie lebte«, murmelte Hauke. »Was für ein Spiel hat der Alte nur gespielt?«

»Vor etwa zwei Wochen kam dann dieser Schuster und entführte das Kind. Ich frage mich nur, warum er das tat.«

»Ob er wusste, dass die kleine Martha die Tochter von Johann Bellingrodt war?« Er bemerkte Sophies bestürztes Gesicht. »Entschuldige. Du hast recht, Liebste. Wir wissen nicht, ob sie tot ist. Die Knochen im Herd jedenfalls waren von jüngeren Kindern. Entschuldige.« Er nahm Sophie in den Arm. »Schuster muss vom Tod Johann Bellingrodts erst später erfahren haben, ansonsten macht es keinen Sinn, das Kind wegen einer Erpressung zu entführen.«

»Und wenn er denkt, Martha sei die Tochter eines anderen?«

Schweigend standen sie da. Plötzlich küsste Hauke Sophie. »Ich würde dich so gern beschützen, aber ich habe versagt. Bei dir, bei Hans, bei meinen Männern und, was am schlimmsten ist, bei meiner eigenen Familie.«

»Du hast mich vor Schuster gerettet«, sagte sie leise. »Es hätte alles ganz anders ausgehen können. Ich verspreche, dass ich nie wieder so dumm sein werde …« Sie hob ihren Kopf und lächelte ihn an. »Hauke, ich muss dir etwas Wichtiges sagen.« Sie zog ihn auf das nahe Sofa. Dort drehte sie sich zu ihm und holte tief Luft. »Es sieht ganz so aus –«

In diesem Moment wurde die Tür aufgestoßen, und der

Butler trat ein. »Verzeihen Sie die Störung, Herr Kommissar, aber Sie werden dringend am Telefonapparat verlangt.«

Hauke erhob sich. »Ich komme.« Er eilte hinaus. Als er sich noch einmal nach Sophie umdrehte, um zu fragen, was sie so Wichtiges zu sagen hätte, hatte sie ihm bereits ihren Rücken zugekehrt.

KAPITEL 44

Wie in jedem Herbst, so bereiten die Führer der Socialdemokratie auch in diesem den Winterfeldzug auf dem Lande vor. Wenn die Arbeiten auf dem Felde sich vermindern und die langen Abende wiederkehren, dann blüht der Weizen der socialdemokratischen Aufwiegelung der Landleute. Dann ziehen die Apostel des neuen Evangeliums von Dorf zu Dorf …

Originalauszug: Hamburger Nachrichten, 8. September 1896

Schnaufend durchschnitt der Bug der kleinen Elbfähre das onyxfarbene Wasser, dessen Kämme im Licht der Bordlampen aufleuchteten. Hauke stand neben dem Schipper. Am anderen Ufer zogen dichte Rauchwolken über den Reiherstieg, schlugen hohe Flammen empor. Hauke hielt sich fest, während das Boot über die Wellen hüpfte. Der Himmel über den Lagern am Reihersteig war in schwefeliges Gelb getaucht. Der beißende Gestank des brennenden Guanos nahm immer mehr zu, je näher sie dem Fleet kamen.

Schon wollte der Schipper an der Norderelbstraße anlegen, als Hauke ihm befahl, weiterzufahren. Links von ihnen war eine Werft mit ihren Hellingen zu sehen, auf denen halb fertige Schiffskörper lagen. Zu ihrer Rechten befanden sich die Lagerhallen, hinter denen meterhohe Flammen aufschossen. »Fahr weiter! Steuerbord ist das Norderloch«, rief Hauke gegen den Lärm der brüllenden Flammen. »Wir fahren von achtern in das Guano-Fleet!« Widerwillig gehorchte der Mann. Schon bald hatten sie die stinkende Wolke durchquert. Der Schipper warf das Steuer um, und die kleine Fähre fuhr in den Kanal. Das Feuer hatte bereits zwei weitere Hallen fest im Griff. Umhereilende Gestalten am Kai versuchten, mit Handspritzen das Übergreifen der Flammen auf die anderen Lager zu vermeiden.

Hauke wies den Schipper an, dicht an die Spundwand zu fahren, damit er zum Kai hinaufklettern konnte. Als er oben war, rannten gerade Männer mit Schläuchen über der Schulter an ihm vorbei. Er folgte ihnen im Laufschritt. Befehle flogen hin und her, nervöse Pferde brachten zwei Dampfspritzen herbei, die man von den Werften geholt hatte.

Da entdeckte Hauke Polizeirat Roscher. Hauke eilte hinüber. Roscher hielt sich ein Taschentuch vor den Mund. Prüfend betrachtete er den leblosen Körper zu seinen Füßen.

»Wer ist das, Herr Polizeirat?«

»Sagen Sie es mir«, meinte Roscher hinter dem Stofftuch und zog die grobe Decke fort, die man über den Leichnam geworfen hatte.

Einen Moment hatte Hauke befürchtet, er würde in ein entstelltes, verbranntes Gesicht schauen müssen, doch der Tote war unversehrt. Wenn man von der Wunde an seiner Kehle absah. »Das ist Kurt Ebeling.«

»Ebeling? Nicht Schuster?«

»Nein, das ist der Drucker, den Erwin Schuster vor zwei Jahren aus dem Gefängnis freikaufte. Just zu der Zeit, als die Schmuggelei mit dem Kaffee begann. Der Mann, dem ich das Feuer gab. Sehen Sie hier ...« Er hockte sich hin und schob das Halstuch ein wenig herunter. »Die Narbe.« Dann betrachtete er den Toten genauer. »Der Schnitt scheint ihm von hinten zugefügt worden zu sein. Außerdem hat der Mann keine Brandwunden.«

»Richtig. Als er starb, fing das Feuer gerade an zu brennen. Wegen des Windes verteilten sich die Flammen in die andere Richtung.«

Hauke runzelte die Stirn. »Hat er den Brand gelegt?«

Roscher zuckte mit den Achseln. »Das kann er uns wohl nicht mehr sagen. Auf alle Fälle war ein zweiter Mann hier. Der Mörder.«

»Schuster könnte den Brand gelegt haben. Zeit genug hätte er gehabt, um hierherzukommen. Die Frage nur ist, warum er in einem Guano-Lager ein Feuer legen sollte.«

»Interessant ist dieses hier, Sötje.« Roscher reichte Hauke ein Stück Sackleinen. Deutlich war darauf noch die Buchstabenfolge »grodt« zu lesen. »Das haben die Feuerwehrmänner dort drüben gefunden.« Er wies zu einem der brennenden Schuppen, dessen Dach bereits eingestürzt war. Der Schuppen lag direkt am Kai.

Hauke hob das Sackleinen an die Nase. Es roch nach geröstetem Kaffee. »Hm, Hans sagte, dass die Firma Bellingrodt & Söhne hier früher einmal ein Firmenlager hatte. Vor acht Jahren zog man dann in die Speicherstadt um.«

»Das Feuer brach genau dort aus.« Roscher hustete, als er zu dem zerstörten Schuppen zeigte, dessen verkohlte Balken gen Himmel wiesen. »Der Schuppen war angeblich leer. Aber die Feuerwehrleute konnten noch einiges retten, bevor das Dach einstürzte.« Er machte eine Pause und lächelte Hauke an. Als Hauke keine Anstalten machte, zu fragen, was das sein könnte, fuhr er fort: »Säcke mit gerösteten Kaffeebohnen. Unter den Trümmern steht außerdem noch eine alte Röstmaschine, haben sie gesagt.« Er winkte einen Feuerwehrmann herbei. »Zeigen Sie dem Kommissar, was Sie noch gefunden haben.«

Hustend folgten Roscher und Hauke dem Feuerwehrmann, der sich einen Weg an Fuhrwerken und Handspritzen vorbeibahnte. Die Hitze der Flammen brannte selbst hier noch auf Haukes Haut, doch bei Weitem nicht mehr so stark. Der Feuerwehrmann führte die Herren an die Hausecke eines ebenerdigen Backsteingebäudes. Es war jene Kaffeeklappe, in der Hauke und Hans zu Mittag gegessen hatten. Hans!

»Dies hier lag in einer Holzkiste im Eingang, abgedeckt mit einem Jutesack.«

Hauke hockte sich vor die Kiste und hob den groben Stoff hoch. Sofort erkannte er das dicke Buch, in welches Lagerverwalter Heise seine Eintragungen gemacht hatte, an dem Tag, als Wäger Möhrs dort gewesen war. Darunter befanden sich verschiedene Aktenordner, die offensichtlich aus dem Kontor am Sandtorquai stammten. Akten, die laut Alfons Bellingrodt niemals verschwunden waren.

»Da war noch ein Zettel für Sie, Herr Kommissar«, sagte Roscher und reichte Hauke eine handschriftliche Notiz.

»Für Kommissar Sötje. Ein Freund«. Unschlüssig nahm Hauke das Papier.

»Hat *Ihr Freund* das Feuer gelegt?«, wollte Roscher lauernd wissen.

»Ich habe keine Freunde.«

KAPITEL 45

Brief-Annahme: Bekanntmachung der Kaiserl. Oberpostdirektion. Länder bzw. Orte, deren Namen mit lateinischen Lettern gedruckt sind, gehören dem Weltpostverein an und können bis 1¾ beim Postamt eingereicht und mittels Dampfboot weiterspediert werden.

Originalauszug: Hamburger Nachrichten, 23. Oktober 1896

Wieder einmal war die Nacht zu kurz gewesen, um all die wirren Gedanken sortieren zu können, die in ihrem Kopf umherschwirrten. Das Klingeln des Weckers hatte sie aus schwerem Schlaf gerissen. Immer wieder wechselten Sophies Gefühle zwischen Stolz und Angst, Ratlosigkeit und Hoffnung. Ja, sie hatte Marie gefunden, und das war ein Grund, stolz zu sein. Aber leider war es zu spät gewesen. Wie sehr hatte sie gehofft, Amalie Bellingrodt eine Enkelin präsentieren zu können. Jetzt aber schien selbst das Kind verloren zu sein. Es war ihr, als kämpfe sie gegen Windmühlen.

Sophie zog ihr Kleid über den Kopf und richtete das Haar. Lange schaute sie in den Spiegel und dachte an ihr eigenes Kind. Sie fragte sich, ob Hauke überhaupt noch den Wunsch hatte, eine neue Familie zu gründen. Er redete selten über seine erste Frau oder den tot geborenen Sohn. Vertraute er ihr überhaupt? Oder waren seine Gefühle in der Vergangenheit, nicht bei ihr? Konnte er ein neues Kind überhaupt lieben?

Hör auf!, schalt Sophie sich selbst. Du bringst dich noch um den Verstand!

Energisch drehte sie sich um und verließ das Zimmer. Sie ging in die Küche hinunter, um vor dem Frühstück noch einige Dinge mit der Köchin zu besprechen. Es war so unendlich viel liegen geblieben. Noch immer war die Entscheidung für die Weine nicht gefallen. Und die Listen mit den Bestellungen wurden länger und länger. Angebote mussten gesichtet und die Petits Fours von Stadler probiert werden. Heute Abend musste sie den Konsul über den Stand der Dinge unterrichten. Vor allem aber musste sie ihn von der Idee abbringen, Soufflés in kleinen Schalen aufzufahren. Die Köchin hatte sich stante pede geweigert, die leichte Eiermasse auf das Büfett zu stellen, weil diese dort zusammenfallen würde. Ja, die Frau hatte ihr dies in höchst aufgeregtem Ton mitgeteilt und mit einer Kündigung gedroht, wenn ihr Ruf diesen neumodischen Dingen geopfert werden sollte. Sophie seufzte und nahm ein neues Blatt Papier, um die Liste der unerledigten Dinge für den Ball weiterzuführen. Vielleicht sollte sie zu dem Hut von Tietz noch eine Wollstola kaufen.

»Fräulein Struwe?« Henny, das Dienstmädchen im Hause Winter, trat ein. Sie machte einen Knicks neben der Lehrerin ihrer Herrschaft. »Soeben wurde eine Nachricht für Sie abgegeben.« Henny reichte Sophie ein einfaches Kuvert, und Sophie dankte ihr. In diesem Moment kam auch Clara herein.

»Guten Morgen, Fräulein Struwe.« Sie sah den Brief in Sophies Hand. »Post? Zu dieser Stunde? Es ist doch noch viel zu früh.« Neugierig kam sie etwas näher. »Eine Liebesdepesche Ihres Verlobten?«, wollte sie sogleich wissen.

»Das geht dich nichts an, Kind. Geh und übe die Quadrille, wenn du schon einmal so früh wach bist.«

»Aber warum denn?«, maulte Clara, wobei sie noch immer versuchte, die Handschrift auf dem Kuvert zu entziffern.

»Weil auf deinem Ball dieser Tanz getanzt werden wird.«

»Warum so etwas Altmodisches? Ich möchte den ganzen Abend Walzer tanzen. Oder diesen neuen Tango aus Argentinien.«

»Tango?«, rief Sophie. »Dann können wir deine Großmutter auch gleich den Hula oder den Galopp tanzen lassen.«

Clara lachte. »Warum nicht? Lustig wäre es bestimmt.«

Sophie wartete kopfschüttelnd, bis Clara den Raum verlassen hatte. Dann prüfte sie die Schrift auf dem Kuvert. Es war nicht Haukes. Stirnrunzelnd öffnete sie den Brief und fand darin nichts weiter als eine kurze Nachricht. Kein Absender, kein Hinweis auf den Schreiber der Zeilen.

»Ohlsdorfer Friedhof, Kapelle 2, Nachmittag 3 Uhr«. Kapelle 2? Das war unweit der Stelle, wo sie zwei Tage zuvor Johann Bellingrodt beerdigt hatten.

KAPITEL 46

Verbrannt. Gestern Nachmittag war eine an den Raboisen wohnende Frau mit dem Füllen ihres brennenden Petroleumofens beschäftigt, als ihre Katze über den Tisch hinwegsprang und den Ofen umwarf. Das in Brand gerathene Petroleum setzte die Kleider der Frau in Flammen, worauf die Bedauernswerte erhebliche Brandwunden erlitt, welche ihre Überführung ins Krankenhaus nothwendig machten.

Originalauszug: Hamburger Nachrichten, 1. Oktober 1896

Kapelle 2 des Ohlsdorfer Friedhofs war ein gedrungener viereckiger Turm in gelbem Stein und mit spitzem Dach, an den sich von zwei Seiten Eingänge schmiegten. Weit und breit war kein Mensch zu sehen. Sophie versuchte, die Türen der Kapelle zu öffnen, in der Annahme, der Schreiber der Zeilen könnte drinnen auf sie warten. Die Türen aber waren verschlossen. Sophie schaute auf ihre Uhr. Es war bereits zehn Minuten nach drei, und sie fragte sich, ob sich jemand einen Scherz mit ihr erlaubt hatte.

Wolken zogen auf. Der Wind nahm zu. Das Rauschen in den Bäumen wurde lauter, und Sophie musste zugeben, dass sie sich an diesem Ort plötzlich unbehaglich fühlte. Sie beschloss, dem Verfasser der Zeilen noch fünf Minuten zu geben. Dann würde sie sich auf den Weg zurück in die Stadt machen. Schwärme herabfallenden Laubs sanken von den Ästen zu Boden. Irgendwo hörte sie Raben krächzen. Die Wolken über ihrem Kopf türmten sich zu dunklen Gebilden auf.

Da bemerkte Sophie eine Gestalt hinter einem Rhododendronbusch stehen. »Hallo?«, rief sie. Doch niemand antwortete.

Sophie beschloss, dass sie genug gewartet hatte, und wollte sich gerade auf den Weg machen, als ein Mann hinter dem Busch hervortrat. Sie hielt die Luft an.

Der Mann war wie ein Friedhofsgärtner gekleidet. Über der Schulter trug er eine Harke und in der Hand einen leeren Eimer. Den Hut trug er tief ins Gesicht gezogen, sodass Sophie es nicht sehen konnte. Er kam direkt auf sie zu. Schon wollte sie ihn fragen, was er von ihr wollte, als er mit der Hand an seine Mütze tippte und ein kurzes »Moin« murmelte. Er schlurfte vorbei.

Obwohl sie erleichtert war, spürte Sophie eine Unruhe, die von Minute zu Minute stärker wurde. Etwas sagte ihr, dass sie nicht mehr hier sein sollte. Krähen lärmten in den Bäumen über ihrem Kopf. Irgendwo kreischte ein Vogel.

Ein letztes Mal schritt sie um die Kapelle herum. Wenn sich der Schreiber des Briefes nicht endlich zeigte, würde sie gehen. Sofort.

Gerade, als sie genau das tun wollte, bemerkte sie einen Mann und eine Frau, die über einen der Sandwege auf die Kapelle zugingen. Sophie erkannte Maries Eltern sofort. Herr Fischer stützte seine Frau, die sich kaum auf den Beinen halten konnte. Die Mutter weinte in ein Taschentuch. Ihr Mann versuchte, ihre Hand zu streicheln, aber sie stieß ihn fort. Es folgten einige hitzige Worte, die die Frau ihrem Mann entgegenwarf. Dann stolperte sie fort, nur wenige Meter an Sophie vorbei. Herr Fischer wollte seiner Frau folgen, als er Sophie bemerkte.

Wütend trat er auf sie zu. »Sie sind schuld! Nur Sie!«, schrie er ihr ins Gesicht.

Sophie zuckte unter der Härte seiner Worte zusammen. Sie wollte fragen, wovon er rede, aber der Mann drehte sich weg und marschierte den Weg entlang, den Maries Mutter eben genommen hatte.

Sophies Herz klopfte bis zum Hals. Sie konnte sich auf all das keinen Reim machen. Doch was immer Maries Eltern aufgebracht hatte, musste irgendwo dort liegen, wo sie hergekommen waren. Sophie trat auf den Sandweg, der von der Kapelle fortführte. Links und rechts des Weges lagen neu angelegte Ruhestätten mit marmornen Grabsteinen darauf. Üppig bepflanzt, leuchteten hier gelbe Chrysanthemen neben Pompon-Dahlien, violette Herbstastern neben blauem Eisenhut. Sophie schritt langsam an den Gräbern vorbei. Als sie das Ende des Weges erreicht hatte, entdeckte sie ein bescheidenes hölzernes Kreuz. Die Erde davor war noch frisch. Nur ein großer Strauß Chrysanthemen lag dort. Ihr Herz schlug bis zum Hals, als sie näher trat.

»Marie Bellingrodt, geb. Fischer, geliebte Ehefrau und Mutter«, las sie und spürte, dass ihre Beine nachgaben.

Jemand hatte Marie in der Nähe von Johann Bellingrodt beerdigt. Wer auch immer es gewesen war, er hatte ihr die Würde zurückgegeben, indem er behauptete, Marie sei mit Johann verheiratet gewesen. Sophie hoffte so sehr, dass das stimmte. Nur, wer hatte Marie hier beerdigen lassen? Es war auf alle Fälle nicht das Ehepaar Fischer gewesen. Schweigend blickte sie auf das Grab von Marthas Mutter, und Tränen traten in ihre Augen. Mit einem Mal war Marie Fischer so real, ein Mensch, der viel zu früh sterben musste. Sophie spürte, wie Wut in ihr hochstieg.

Sie brauchte keine zehn Minuten, um zur Verwaltung des Friedhofs zu gelangen. Sie klopfte an der erstbesten Tür.

KAPITEL 47

Die erste Citronen-Sendung. Mit dem von der Levante angekommenen Dampfer »Girgenti« sind 500 Kisten Citronen angebracht, und zwar als erste Sendung in dieser Saison. Der Dampfer löschte seine Ladung am Asiaquai.

Originalauszug: Hamburger Nachrichten, 8. September 1896

Der Geruch nach Desinfektionsmitteln mischte sich mit jenem beißenden Guano-Gestank, der ihm seit dem gestrigen Brand nicht mehr aus der Nase gehen wollte. Seine Schritte hallten von den kahlen Wänden. Schwestern in weißen Trachten eilten an ihm vorbei. Links und rechts des langen Flurs gingen Türen in stets identisch aussehende Säle ab. Überall standen die Betten mit den Kopfenden an den Wänden. Zwei gegenüberliegende Reihen, die von einer Reihe Tische dazwischen getrennt waren. Jeder Saal bot Platz für etwa zwanzig Kranke. Ein gedämpftes Seufzen und Klagen begleitete Hauke, wenn er an einer dieser Türen vorüberging.

Hans aber lag in keinem dieser Säle. Er kämpfte am Ende des Ganges, im Sterbezimmer, mit dem Tod. Mit jedem Schritt, den Hauke diesem Zimmer näher kam, wurden seine Beine schwerer.

Schweißnass war er noch vor dem Klingeln des Weckers in seinem Bett aufgeschreckt. Das letzte Traumbild hatte sich in sein Auge gebrannt. Sophie, die in Flammen stand und ihn um Hilfe anflehte. Zu ihren Füßen Hans, tot, mit leeren Augenhöhlen, die Hand nach ihm ausgestreckt.

Es hatte einer Menge eiskalten Wassers bedurft, um das Bild fortzuwaschen. Und dennoch hatte die Angst Hauke auf dem Weg in die Lohmühlenstraße wieder und wieder eingeholt.

Am Ende des Ganges wartete er vor der verschlossenen Tür des Sterbezimmers, wie die Schwester es genannt hatte. Leise klopfte er an. Niemand antwortete, was ihm sogleich die Furcht in die Knochen prügelte. War das Zimmer bereits leer? War er zu spät gekommen?

Vorsichtig öffnete Hauke die Tür. Man hatte die Vorhänge im Raum zugezogen. Schemenhaft konnte Hauke in der Mitte des Krankenzimmers Menschen stehen sehen. Eine schwarz gekleidete Frau stand neben dem Bett, an ihrer Seite drängten sich zwei schluchzende Mädchen. Ein Mann in grüner Uniform war bei ihnen.

Oberzollinspektor Jensen drehte sich um. Sofort wurden seine Gesichtszüge hart. Er eilte zur Tür. »Wagen Sie es ja nicht«, zischte er. Dann schloss er die Tür vor Haukes Nase.

Hauke zuckte zusammen, überlegte, ob er dennoch eintreten sollte. Die Frau am Bett war sicherlich Hans' Mutter. Wie würde sie reagieren, wenn der Mann, der Schuld an all dem trug, neben ihr stand?

Da entdeckte er einen Arzt, der gerade mit einer Schar Schwestern in einem der vorderen Säle verschwand. Eilig lief Hauke ihm nach.

Die Gruppe hatte gerade am Bett eines Mannes haltgemacht, dessen Kopf dick mit Mull verbunden war. Der Arzt ließ sich die Krankenakte des Mannes reichen, als Hauke ihn ansprach.

»Verzeihen Sie, Herr Doktor. Mein Name ist Sötje, Kriminalkommissar. Ich würde gern wissen, wie es Hans Detlefsen geht.« Er zeigte ihm seinen Dienstausweis.

»Detlefsen?« Der Name schien dem Arzt nichts zu sagen.

»Abdominaltrauma und Hypovolämie, Zimmer 17«, erklärte die Oberschwester neben ihm, eine kleine Frau mit eng aufgesteckten grauen Haaren unter einer weiß gestärkten Haube.

»Ach ja. Drei Messerstiche im Abdomen und einer am Arm. Mächtige Schweinerei.« Der Mann nahm seinen Zwicker ab und musterte Hauke noch einmal. »Sie möchten wissen, wie es dem Jungen geht? Nun, er lebt … noch. Neben den Stichverletzungen liegt auch ein hypovolämischer Schock vor. Er hatte viel Blut in der Cavitas abdominalis. Glücklicherweise hatte Kollege Lenhartz Dienst.«

»Warum?«

»Dr. Lenhartz hat Erfahrungen mit diesen neuen *Bluttransfusionen*. Er gab dem Jungen mittels Direkttransfusion das Blut seiner Mutter.« Der Arzt setzte den Zwicker wieder auf, wodurch seine Augen denen einer Fliege ähnelten. »Wird ja schon seit einiger Zeit bei den hoffnungslosen Fällen ausprobiert. Immerhin überlebt fast die Hälfte von ihnen die Transfusion. Sterben tun sie dann am Rest.«

»Und Hans Detlefsen?«, fragte Hauke mit trockener Kehle.

»Sie wollen wissen, ob er weiterlebt? Die Chancen sind verschwindend gering. Aber selbst, wenn er am Leben bleibt … Ich weiß nicht, ob ich es ihm wünschen sollte.«

KAPITEL 48

Aus Gera. Der Fußgendarm Otto wurde im Holze an der Straße nach Renstadt a. d. Orla erschossen aufgefunden. Der That verdächtig sind drei von ihm transportierte Vagabunden.

Originalauszug: Hamburger Nachrichten, 8. September 1896

Wer immer gewollt hatte, dass sie das Grab von Marie fand, hatte ihr etwas mitteilen wollen. Und Sophie war sicher, diese Nachricht verstanden zu haben. Sie würde nicht aufgeben, Maries Tochter zu suchen, egal ob tot oder lebendig! Es gab nicht mehr viele Orte, an denen sie forschen konnte.

Auf dem Weg vom Ohlsdorfer Friedhof nach St. Pauli hatte es zu regnen begonnen. Sophies Mantel war klatschnass, als sie durch das hohe, schmiedeeiserne Tor in den Hof der Kirche St. Joseph trat. Sie eilte zum hohen Eingangsportal, aber es war verschlossen. Sie läutete an einer kleinen Tür im Nebenhaus und wartete.

Es schien ihr, als dauere es unendlich lange, bis jemand die Eichentür öffnete. »Gott zum Gruße«, sagte die Nonne. Dann erkannte Schwester Innocentia Sophie. »Welch Freude! Sie sind die Dame aus dem Zug, nicht wahr? Wir sind Ihnen und dem Fräulein so dankbar. Sie sind gewiss gekommen, um sich unsere Kirche anzuschauen.« Schwester Innocentia schüttelte Sophie voll Dankbarkeit die Hand. »Oh, Sie sind ja völlig durchgefroren. Kommen Sie schnell herein. Sie müssen einen heißen Tee trinken, sonst erkälten Sie sich.« Die Nonne zog Sophie ins Haus und führte sie einen Gang entlang, dessen Fenster zu einem Friedhof hinausführten, wo sich zwischen den Grabsteinen bereits Pfützen bildeten. Schwester Innocentia geleitete Sophie zu einer Tür, an die sie nun klopfte. »Schwester Ursula wird sich so freuen, Sie zu sehen.«

Kurz darauf stand Sophie in einer kleinen Bibliothek, die der älteren der beiden Schwestern wohl als Arbeitszimmer diente, denn auf dem kleinen Tisch am Fenster lagen viele Papiere, die die Nonne gerade durchsah. Auch sie schien sich über den unangemeldeten Besuch zu freuen.

»Bitte, liebes Fräulein Struwe, nehmen Sie doch Platz«, forderte sie Sophie auf und wies zu einem Sessel nahe dem wärmenden Ofen.

Sophie setzte sich, während Schwester Innocentia den nassen Mantel zum Trocknen an einen Haken hängte.

»Was können wir für Sie tun?«, wollte Schwester Ursula wissen.

Sophie kam ohne Umschweife zum Grund ihres Besuches. »Jemand brachte mich auf den Gedanken«, begann sie vorsichtig, »dass Sie mir in einer delikaten Angelegenheit helfen könnten.«

Schwester Ursula schob ihre Hände in die weiten Ärmel ihres Habits, lehnte sich zurück und hielt den Kopf gesenkt, als wolle sie die Beichte abnehmen. Schwester Innocentia wollte sich gerade diskret zurückziehen, als Sophie sie aufhielt. »Bitte bleiben Sie, Schwester. Es könnte auch Sie betreffen.«

Überrascht wechselten die Nonnen einen Blick.

Sophie wusste nicht recht, wie sie beginnen sollte. »Nehmen wir einmal an, eine junge Frau in dieser Stadt kommt in gewisse Umstände und benötigt Hilfe.«

»Ich verstehe.«

Sophies Kopf fuhr hoch. »Nein, Sie missverstehen! Es geht nicht um mich.«

Die Nonne lächelte wissend und schwieg. »Nehmen wir des Weiteren an«, fuhr Sophie fort, »diese junge Frau verliert ihre Anstellung und wird vom eigenen Vater fortgejagt. Sie muss das Kind allein durchbringen. Sie ist fleißig und arbeitet hart. Doch dann …« Sophie stockte. Wie sollte sie all das den Nonnen erklären? »Das Kind ist verschwunden. Und ich suche es.«

Schwester Ursula runzelte die Stirn. »Und die Mutter?«

»Ist tot.«

»Oh nein!«, entfuhr es Schwester Innocentia. »Hat sie sich selbst …?« Sophie beantwortete die Frage nicht, denn die Wahrheit war weitaus schlimmer, als die brave Nonne es sich ausmalen konnte.

»Wie traurig«, sagte Schwester Ursula. »Gibt es denn keine Verwandten für das arme Kind?«

Sophie dachte an die Bellingrodts. »Ich befürchte nicht. Darum suche ich Martha ja. Es ist sehr gut möglich, dass auch die Kleine nicht mehr lebt.« Verzweifelt faltete Sophie ihre Finger. »Aber ich kann noch nicht aufgeben zu hoffen.«

Die Nonnen bekreuzigten sich. »Wir hören so oft von diesen Schicksalen.«

Schwester Innocentia nickte energisch. »Und wenn diese armen Geschöpfe nicht den Mut finden, sich das Leben zu nehmen«, sie faltete die Hände, sodass die Knochen weiß hervortraten, »dann müssen sie früher oder später den Schutz eines Mannes annehmen, der sich nicht darum schert, ob es seine Kinder sind. Anfangs spielen sie sich als Gönner und Retter auf. Dann aber zwingen sie die Frauen, Dinge zu tun, die diese niemals hatten tun wollen.«

Sophie bemerkte, dass die Hände der Nonne zitterten.

Milde lächelte Schwester Ursula ihre Mitschwester an. »Liebe Innocentia, möchten Sie unserem Gast nicht ein Stück von dem ausgezeichneten Pflaumenkuchen bringen, den Sie uns gestern gebacken haben?«

Um Fassung ringend, erhob sich die Nonne und verließ eilig den Raum.

Schwester Ursula wartete, bis die Tür geschlossen war. »Zu uns kommen Frauen mit vielerlei Lebenserfahrung, Fräulein Struwe«, erklärte sie. »Für unsere Arbeit in der Nähe der Reeperbahn ist Schwester Innocentia von unschätzbarem Wert.«

»Es tut mir leid, ich wollte nicht …«

»Das haben Sie nicht.«

Sophie zog das Foto von Marie Fischer aus ihrer Tasche. »Die Mutter. Sie starb vor zwei Wochen. Kurz zuvor verschwand ihr Kind. Ich frage mich, ob die kleine Martha vielleicht den

Weg in das Heim Ihres Ordens gefunden haben könnte. Es ist der letzte Ort, der noch in Frage kommen könnte.«

»Geesthacht ist weit von Hamburg entfernt, Fräulein Struwe. Warum sollte jemand den langen Weg auf sich nehmen, wenn es in Hamburg genügend Waisenheime gibt?«

»Ich war schon in allen Kinderheimen der Stadt. Dort wurde in den letzten Wochen kein zweijähriges Mädchen abgegeben.«

Lange betrachtete die Nonne die Fotografie in ihren Händen. »Vor zwei Wochen? Nun, ich selbst war zu der Zeit nicht in der Stadt. Schwester Innocentia hingegen hat die Pfarrei seit unserer letzten Reise nicht mehr verlassen, soweit ich weiß. Sie kümmert sich um viele Dinge, die das Waisenhaus in Geesthacht betreffen. Wir sollten sie fragen.« Sie gab Sophie die Fotografie zurück. »Unser Heim platzt aus allen Nähten. So viele Kinder, die ohne Eltern sind.« Sie lächelte. »Es sind Menschen wie das Fräulein Clara, die dank so großzügiger Spenden unsere Arbeit erst möglich machen.«

Die Tür ging auf, und Schwester Innocentia trat mit einem Tablett ein, auf dem sich ein großzügiges Stück Pflaumenkuchen und eine Tasse dampfenden Kaffees befanden.

»Die Spende des Herrn Konsuls werden wir nehmen, um einen neuen Schlafsaal für die Kinder bauen zu lassen«, fuhr Schwester Ursula fort. »In Geesthacht sind jetzt schon über fünfzig Kinder, nicht wahr, Schwester Innocentia?«

»Einundfünfzig«, sagte diese lächelnd und beugte sich vor, um die Tasse auf den Tisch neben Sophie zu stellen.

»Ja, es wird immer enger«, fuhr Schwester Ursula fort. »Ich habe gerade heute den Auftrag für den Bau des Schlafsaals erteilt. Wir können jeden Pfennig Ihrer Spende gebrauchen.«

Sophie schreckte hoch, als der Nonne das Tablett aus der Hand fiel und scheppernd zu Boden ging. Schwester Innocentia taumelte zurück.

Die beiden Frauen sprangen auf.

»Was haben Sie, Schwester Innocentia?«

Leichenblass stand die junge Nonne da. Schweiß trat auf ihre Stirn. Schnell schob Sophie sie auf den Stuhl, auf dem sie eben noch selbst gesessen hatte. Sie hielt die Hand der zitternden Frau und spürte deren Puls heftig schlagen.

»Ich habe schwere Schuld auf mich geladen«, flüsterte da die Nonne. Sie riss ihren Schleier vom Kopf. Kurzes blondes Haar kam zum Vorschein. »Bitte, Gott, verzeih mir.«

Der Regen hatte nachgelassen, als Sophie die Nonnen verließ. So leid ihr Schwester Innocentia auch tat, so war es doch Freude, die sie erfüllte. Es gab Hoffnung! Das war das einzige Gefühl in ihrem Herzen, auch wenn dies bedeutete, dass Schwester Innocentia eine schwere Zeit bevorstand.

Sophie trat durch das schmiedeeiserne Tor auf die Straße. Sie musste sofort Hauke von den Neuigkeiten erzählen. Und dieses Mal würde sie sich nicht mit einer Nachricht an ihn zufriedengeben.

Festen Schritts machte sie sich auf den Weg Richtung Stadthaus. Die Gestalt, die aus einem Hauseingang trat und ihr folgte, bemerkte sie nicht.

KAPITEL 49

Frankreich. Seit zwei Tagen prüft ein Ehrenrath, ob Herr Barthou, Minister des Inneren, ein Gauner ist oder nicht. Der Abgeordnete Cornudet, ein Doppelkrakehler, hat dem Minister allerlei Schimpfliches nachgesagt, und der Minister überläßt die Beurteilung dieses Angriffs einer Jury von Deputierten, anstatt die Gerichte zum Schutze seiner Ehre anzurufen.

Originalauszug: Hamburger Nachrichten, 15. Oktober 1896

Er war seit acht Jahren der Kastellan in der Speicherstadt. Die Herren der Hamburger Freihafen-Lagerhaus-Gesellschaft konnten sich stets auf sein Urteil verlassen. Nie hatte er ihnen Mieter empfohlen, die den hohen Ansprüchen der Herren nicht genügten. Nie war ein fauler Fisch darunter gewesen. Immer zahlten die Mieter pünktlich und waren auch sonst sehr umgänglich. Doch was in den letzten Tagen zwischen den roten Backsteinmauern passiert war, war ihm noch nie untergekommen! Ein Toter. Eine Schmuggelbande. Ein Mordversuch, ein Mord und dann die Sache mit dem jungen Zöllner!

Und jetzt? Tja, jetzt waren die Herren ganz aufgeregt. Dabei hatte er ihnen schon vor Monaten gesagt, dass etwas nicht stimmte. Nur gehört hatten sie nicht auf ihn. »Hinrichs«, hatten sie gesagt. »Das ist nicht Ihre Sache.« Aber wessen Sache sollte es denn dann sein, hatte er sich im Stillen gefragt. *Er* war der Kastellan. Alles würde auf ihn zurückfallen.

Die Sonne war noch nicht aufgegangen, als Leopold Hinrichs aus dem Direktionsgebäude am Sandtorquai trat. Er knöpfte seine Uniformjacke zu, richtete die Dienstmütze oberhalb der Nasenwurzel exakt aus, indem er die Handkante auf Nasenspitze und Mützenschirm legte. Dann machte er sich auf den Weg.

Seit sie Lagerverwalter Heise erhängt auf dem Speicherboden gefunden hatten, war er ganz sicher, dass etwas faul war im Staate Dänemark. Und darum hatte er ja auch begonnen, weit vor Dienstbeginn ein paar zusätzliche Rundgänge zwischen den Blocks A bis R zu machen. Nicht, dass die Nachtwächter etwas übersehen hätten, aber er war der Kastellan. Das bedeutete Verantwortung. Er war es, der genau wusste, welcher Quartiersmann wo seine Böden hatte, welche Firma wo lagern ließ und was gelagert wurde. Er kannte jeden und alle. Und er hatte Augen und Ohren, die ihm so manches Gerücht zutrugen. Dass hier seit Neuestem aber Sodom und Gomorra herrschten, war eine schlechte Sache, denn wie konnte er den Herrn Reflektanten die Vorzüge der neuen Speicherstadt vermitteln, wenn die davon ausgehen mussten, dass hier allerhand Gesindel sein Unwesen trieb?

Die Herren suchten Räume, um die wertvollen Waren schnell bis vor die Tür geliefert zu bekommen, vor Schimmel und Ratten schützen zu lassen, sicher und modern verarbeiten zu können, damit all das wieder flott zu Geld gemacht werden konnte. Sie hatten Ansprüche. Doch was waren elektrisches Licht, hydraulische Hebezeuge, Klosetts und vertikal-hydraulische Aufzüge, wenn hier gestohlen und gemordet wurde? Niemand würde noch Böden bei ihm anmieten wollen.

Schon letztens hatte die Sache mit dem Waffenhändler Spiro aus Block D ihm ein unangenehmes Gefühl in der Magengegend beschert. Der nette Herr Spiro betrieb im Kehrwieder 8 einen Boden im ersten Stock. Er selbst pflegte zumeist im Ausland zu sein, und darum hatte der Polizist zwecks Befragung des Waffenhändlers ja auch vor verschlossener Tür gestanden. Man hatte den Kastellan herbeigeholt, um Näheres über den verdächtigen Kaufmann zu erfahren. Es wurde vermutet, Spiro könne Artilleriematerial an Feinde des Kaiserreiches verkauft haben. So richtig hatte Hinrichs all das nicht verstanden. Jedoch fragte er sich, ob es nicht ein Fehler gewesen war, Benny Spiro als Mieter zu empfehlen. Genommen wurde nämlich nur, wenn Kastellan Hinrichs ein gutes Gefühl mit den Bewerbern hatte. So war das.

Und jetzt begann Hinrichs, an seinem Urteilsvermögen zu zweifeln. Hatte er zweibeinige Hafenratten in die Speicherstadt gelassen? Er seufzte, als er über die Brücke zum Pickhuben ging, die Hände auf den Rücken gelegt. Dunst lag über dem schwarzen Wasser unter ihm. Die Lampen am St. Annenufer trugen einen Heiligenschein aus Nebel. Der Geschmack von Regen lag in der Luft, gemischt mit Öl und Rauch.

Hinrichs passierte täglich die Speicherblöcke, deren Menschen und Waren er besser kannte als seine eigene Frau. Da waren die Firmenschilder von Robinow & Sohn, Mein & Lodders und Ellerbrook & Consorten. Sie alle hatten mit Lagerflächen im billigen Altona geliebäugelt, aber Hinrichs war es gelungen, die Reflektanten der Unternehmen eines Besseren zu belehren.

Wieder musste er an den toten Herrn Heise denken. Sie hatten sich seit Jahren gekannt. Immer, wenn die Ewerführer die Waren gebracht hatten, spendierte Heise allen eine Waterkant Köm. Dafür stellte er die Schnapsgläser ordentlich in eine Reihe, füllte sie mit 'nem Klaren, prüfte den exakten Füllgrad, trank hier oder da ein wenig ab, und erst, wenn der Gerechtigkeit Genüge getan worden war, bekam jeder sein Glas. Prost!

Tscha, un nu is he wech, de gode Mann, dachte Hinrichs und war sicher, dass so einer wie der Heise niemals ohne einen anständigen Abschiedsbrief von dieser Welt gegangen wäre. Unordnung hatte Heise nämlich nicht ausstehen können.

Und wegen ihm und dem armen Hans und dem Spiro und diesem vermaledeiten Kommissar aus Kiel hatte Hinrichs seit Tagen nicht mehr richtig schlafen können. Darum hatte er ja auch beschlossen, selbst einen Blick auf die Vorgänge in seiner Speicherstadt zu werfen.

Und dann bemerkte er das Licht aus einer offenen Luke kommen, ganz oben unterm Dach von Bellingrodts Privatspeicher. Jeder wusste, dass Bellingrodt keine Nachtschichten fahren ließ, um Stromkosten zu sparen. Und jetzt brannte dort Licht. Deutlich konnte der Kastellan einen Schatten in der Luke ausmachen.

KAPITEL 50

Criminal-Statistik. Aus der soeben vom kaiserli. statistischen Amt veröffentlichten Criminal-Statistik wird uns Folgendes bekannt gemacht: Die Zahlen von Gesetzesübertretungen (ausschließlich Verletzung der Wehrpflicht) sind in den Jahren 1883–1887 zu 1890–1893 im ganzen Reich gestiegen … Die Zunahme der Criminalität in Schleswig-Holstein beträgt 27%, ist im Verhältnis zu anderen Provinzen des Landes jedoch gering. Die meisten rechtskräftig Verurtheilten finden sich in Schlesien, Polen, Ost- und Westpreußen sowie der Stadt Berlin.

Originalauszug: Hamburger Nachrichten, 10. Oktober 1896

Stirnrunzelnd lehnte sich Hauke auf dem quietschenden Schreibtischstuhl im ersten Stock des Stadthauses zurück. Vor ihm lagen die noch immer feuchten Aktendeckel vom Reiherstieg. Wer hatte ihm die Kiste hinterlassen? War es der Mörder von Kurt Ebeling gewesen? Oder der »Feuerteufel«, wie man ihn schon im Hafen nannte? Oder hatte das eine mit dem anderen nichts zu tun?

Hauke hoffte, die Antwort in all den Belegen vor sich zu finden. Einige der Papiere waren kaum noch zu entziffern. Das Wasser hatte die Tinte verlaufen lassen. Ohne Zweifel handelte es sich um Unterlagen aus dem Kontor des toten Verwalters. Hauke fand Wiegelisten und Lieferscheine sowie einzelne Lohnbelege für Schauerleute und Arbeiter. Zwei dieser Zettel interessierten Hauke besonders. Beide waren auf den Namen Kurt Ebeling ausgestellt, den Toten vom Reiherstieg. Angewiesen hatte die fünfzig Mark Verwalter Heise. Und Hauke fragte sich, womit Drucker Ebeling für die Firma Bellingrodt so wichtig gewesen sein konnte, dass man ihm binnen eines Monats zwei Mal eine derart hohe Lohnsumme für nur ein paar Tage Arbeit auszahlte. Als er aber ganz unten in der Kiste zwei frische Sätze Zollformulare fand, ahnte er es. Die Formulare waren bereits abgestempelt und von Zollinspektor Jensen unterzeichnet worden. Einzig die Waren und der Zielhafen mussten noch eingetragen werden. Derartige Papiere hätten im Hauptzollamt liegen müssen, sofern sie echt gewesen wären. Hauke lächelte. Jetzt wusste er, wie der Schmuggel vonstattengegangen war.

Jemand in der Firma Bellingrodt & Söhne brachte unbehelligt Säcke mit Rohkaffee zum Reiherstieg. Kaffee, der ins Ausland gehen sollte und für den kein Zoll fällig wurde. Am Reiherstieg wurde der Kaffee heimlich geröstet, also veredelt. Bei dem Lärm und Gestank der Werften und Lager dort fiel das heimliche Kaffeegeschäft gar nicht auf. Sobald genügend Kaffee lieferbereit war, kam ein Schiff wie die »Wilhelmine« und schaffte alles aus dem Freihafen. Dafür wurden die gefälschten Formulare gebraucht. Der eine Satz wies einen ausländischen Zielhafen an, sodass bei der Überprüfung kein Zoll auf die Waren anfallen würde. Es war nicht ungewöhnlich, dass Kaffee aus Hamburg nach Amsterdam, Kopenhagen oder London verschifft wurde. Doch stattdessen fuhr der Kapitän einen deutschen Hafen an, wie Rostock, Lübeck oder Danzig. Dort präsentierte man den zweiten Satz gefälschter Formulare, der behauptete, der Zoll auf die Ware sei bereits beim Verlassen des Freihafens gezahlt worden.

Hauke fragte sich, warum die Beweise aufbewahrt worden waren. Noch mehr aber interessierte ihn, wer in der Firma Bellingrodt von dem Schmuggel wusste. Der alte Bellingrodt hätte seine Ambitionen Richtung Berlin nicht für ein paar Mark mehr aufs Spiel gesetzt. Andererseits hatte es vor einiger Zeit nicht gut um die Firma ausgesehen. Die piekfeine Villa. Der neue Privatspeicher. All das hätte das Unternehmen vor einigen Jahren fast ruiniert, hatte Lassally in der Kaffeebörse gesagt. Es war genau die Zeit, als es mit dem Schmuggel losging.

Hauke kam der Gedanke, dass Heise vielleicht mit einem der anderen Kaffeehändler unter einem Hut gesteckt haben könnte, um seinem Arbeitgeber zu schaden. Nein, er konnte sich Heise nicht als Betrüger vorstellen. Andererseits lagen vor Hauke die Beweise, dass der Lagerverwalter in Straftaten verwickelt gewesen war.

Plötzlich wurde die Tür aufgestoßen. Roscher stürmte herein. »Wir wissen, wo dieser Schuster ist.« Hauke sprang auf, griff nach seiner Jacke und wollte schon hinausrennen, als Roscher ihn am Arm festhielt. »Können Sie mir sagen, Herr Kommissar, wo sich Ihre Verlobte aufhält?«

»Sophie?« Ein mulmiges Gefühl machte sich in Haukes Magen breit.

»Schuster behauptet, er habe Fräulein Struwe in seiner Gewalt.«

KAPITEL 51

Im heutigen Morgenblatt ist, wie unsere Leser gesehen haben werden, aus Zanzibar die bemerkenswerthe Thatsache mitgetheilt worden, daß der vor einigen Wochen ins deutsche Consulat geflüchtete Kronpräsident Said Khalid gestern Vormittag an Bord S.M.S. Seeadler gebracht worden ist, um vor den Engländern an die gegenüberliegende ostafrikanische Küste zu fliehen, die den Flüchtenden als Hochverräther und Empörer betrachten. Erfreulich ist an dem Ereigniß, daß die Einschiffung trotz englischer Proteste vor sich ging und als einen neuen Beweis für die Lossagung der deutschen Reichspolitik von der Connivenz gegen England mit Genugthuung begrüßt werden darf.

Originalauszug: Hamburger Nachrichten, 3. Oktober 1896

Ein hämmernder Schmerz pulsierte durch ihren Kopf. Das Seil an ihren Handgelenken schnitt tief in die Haut. Ihr Rock war über die Knie gerutscht, aber sie konnte sich keinen Millimeter bewegen, um ihn hinunterzuschieben. Der Mann hatte sie einfach zwischen zwei deckenhohe Sackstapel geworfen, die ihr fast die Luft zum Atmen nahmen. Sophie versuchte, sich ein wenig zu drehen, damit die Schmerzen in ihrer Schulter und im Rücken nachließen, doch es war zu eng. Sie drohte ein weiteres Mal ohnmächtig zu werden. Schwindel überfiel sie. Sie zwang sich zur Ruhe und horchte auf die Schritte des Mannes, der nicht weit entfernt unruhig auf dem groben Holzboden umherwanderte. Dabei murmelte er ständig etwas vor sich hin.

Sophie wagte sich nicht auszumalen, was der Kerl mit ihr vorhatte. Sie dachte an das Kind in ihrem Bauch. Plötzlich überkam sie Panik.

Ruhig!, mahnte sie sich. Du musst ruhig bleiben. Sie zwang sich, tiefer zu atmen.

Sophie hatte Schuster zu spät bemerkt. Da war dieser beißende Zigarrengeruch gewesen, dann hatte er sie auch schon mit einem Faustschlag niedergestreckt. Als sie die Augen aufschlug, lag sie gefesselt und geknebelt unter einer Plane, auf einem Karren, der rumpelnd über Kopfsteinpflaster geschoben wurde. Sie musste erneut das Bewusstsein verloren haben, denn das nächste Mal, als sie die Augen öffnete, lag sie hier. Zum hundertsten Mal fragte Sophie sich, warum der Mann sie entführt haben könnte. Ging es um Martha?

»Sie werden kommen!«, hörte sie Schuster immer wieder murmeln. Seine Stimme kam näher. Sophie hielt die Luft an. »Feine Herren. Alles bannich feine Herren!« Sein heiseres Lachen ging in Husten über. »Aber ohne mich!« Dann wieder hörte sie seine schlurfenden Schritte. »Verrückte Alte! Alles ihre Schuld. Gierige Hexe. Kann den Hals nich voll genug kriegen!«

Es ging also um Geld.

»Hab gleich gesagt, sie soll es lassen. Aber nein, gierig wie eine Elster.«

Sophie glaubte, die Geräusche des Hafens zu hören, Möwengeschrei, Eisen schlug auf Eisen, Kreischen von Metall, wenn sich Kräne bewegten, ein Typhon irgendwo in der Ferne, Männer, die sich etwas zuriefen, Räder, die über Kopfsteinpflaster rumpelten.

Da spürte Sophie plötzlich, wie Schuster über ihr stand.

KAPITEL 52

Ein Unglücksfall mit tödtlichem Ausgang hat sich am Nachmittag 5½ Uhr im Freihafen auf der Bark »Alice Rickmers« zugetragen. Der Schauermann Heinrich Schlüter aus Geestemünde arbeitete mit einem anderen in den Masten des Schiffes, um eine gebrochene Raae auszuwechseln. Der Letztgenannte schlug den eisernen Bolzen los, mit dem die Raa am Mastbaum befestigt war, Schlüter saß im Quersitz auf der Raae und zog mit beiden Händen an dem Kopf des Bolzens. Dieser löste sich plötzlich, Schlüter stürzte aus einer Höhe von 13 Metern auf das Verdeck und schlug mit dem Kopfe auf den Lukenrand.

Originalauszug: Hamburger Nachrichten, 7. Oktober 1896

Vor der Brooksbrücke hatten sie sich versammelt. Rund hundert Arbeiter standen dort und ließen niemanden in die Speicherstadt hinüber. »Ein Arbeiter mit Ehre im Leib fasst heute nichts im Hafen an!«, rief jemand, als eine kleine Gruppe Männer versuchte, sich einen Weg durch die Menge zu bahnen. Dabei zogen sie ihre Köpfe tief zwischen die Schultern und starrten auf den Boden unter ihren Stiefeln, während sie eilig an den Streikenden vorbeiliefen.

»Streikbrecher, verdammte!«, brüllte jemand.

»Was ist da vorn los?«, wollte Roscher vom Kutscher wissen.

Hauke sprang aus dem Wagen. »Die Männer streiken. Wir müssen zu Fuß weiter.«

»Unsinn!«, rief Roscher ihm nach. »Wir warten, bis die Schutzleute hier sind. Man wird schon Ordnung schaffen.«

Hauke aber gedachte nicht zu warten. Mit großen Schritten ging er auf die Menge zu. Die Männer standen wie eine Mauer, Schulter an Schulter, vor ihm. Hinter ihnen konnte er die andere Seite der Brücke mit den Zöllnern sehen, wie sie ratlos dastanden und überlegten, was zu tun sei. Energisch bahnte Hauke sich einen Weg durch die Menge. Überall hörte er Männer rufen: »Wer Ehre im Leib hat, fasst im Hafen nix an!«

Hauke musste irgendwie über die Brücke kommen. Er wusste, dass sein Dienstausweis hierbei eher hinderlich sein würde. Die aufgebrachten Männer schienen nur darauf zu warten, mit der Obrigkeit in einen Disput zu geraten. Dennoch, er musste rüber. Sofort. Er stieß jeden, der ihm in den Weg trat, zur Seite und merkte, wie die Wut das Blut in seine Ohren trieb.

Da baute sich einer der Arbeiter vor ihm auf. »Willst wirklich für die Halsabschneider arbeiten, Kollege?« Er beugte sich zu Hauke. »Überleg's dir noch mal. Is besser.«

Hauke wollte ihn gerade zur Seite schieben, als der ihn plötzlich an der Schulter packte. Sofort ballte Hauke die Faust und holte aus. Er war wütend! Wütend, weil er Sophie in Gefahr gebracht hatte. Wütend, weil Roscher ihn nicht machen ließ, wie er es wollte. Wütend, weil Hans … Wütend, weil in dieser Stadt jeder sein eigenes Süppchen kochte.

Doch bevor Hauke ausholen konnte, hatte Roscher ihn am Arm zu fassen bekommen. »Sind Sie von Sinnen?«, schrie er Hauke an. »Das gibt eine Prügelei vom Feinsten. Und am Ende sind Sie nicht einen Meter vorangekommen!«

In Haukes Ohren rauschte es. Er musste sofort zum Bellingrodt-Speicher! Angst jagte ihn. Am liebsten hätte er geschrien. Aber Roscher hatte recht. Hauke zwang sich zur Ruhe. Er durfte sich nicht gehen lassen.

Die Männer hatten ihn und Roscher mittlerweile umkreist. Hauke knöpfte seine Jacke auf und gewährte dem Mann vor sich einen Blick auf die Webley, die er in seinem Hosenbund trug. »Lass mich durch oder ich schieße mir den Weg frei«, zischte er ihm entgegen.

Der Mann zuckte zusammen. Ohne ein weiteres Wort drängte Hauke sich durch die Menge.

Er hastete über die Brücke, auf die Zöllner zu. »Polizei!

Sorgen Sie dafür, dass Polizeirat Roscher und seine Leute durchkommen!«, rief er ihnen zu. Wie die Männer das anstellen sollten, war ihm egal. Er rannte weiter, vorbei an den Blöcken E und G, hinüber zum St. Annenufer.

Eine Gruppe Neugieriger stand vor dem Privatspeicher der Firma Bellingrodt & Söhne. Mit offenen Mündern starrten sie die ziegelgemauerte Fassade hinauf. Dort oben, direkt unterm Dach, stand eine Luke offen. Deutlich konnte Hauke die Schatten zweier Menschen erkennen. Einer davon war eine Frau.

Sophie!

Hauke stieß die Tür auf und eilte die Stufen, mehrere auf einmal nehmend, hinauf. Er riss den Revolver aus seinem Gürtel. Als er den fünften Speicherboden erreichte, musste er sich auf den Oberschenkeln abstützen. Pfeifend sog er die abgestandene Luft im Treppenhaus ein. Er beruhigte seinen Atem, so gut es ging. Dann öffnete er vorsichtig die Tür zum Boden.

»Wenn ihr reinkommt, mach ich sie tot!«, hörte er Schuster drinnen schreien.

»Ich bin allein!«, rief Hauke ins Halbdunkle. Er zögerte. Wer sagte ihm, dass auch der Mörder hier oben allein war? Hauke kniff die Augen ein wenig zusammen. Weder das Morgenlicht über dem Hafen noch die Glühbirnen reichten aus, um alles erkennen zu können. Es war besser, sich auf den Rest der Bande gefasst zu machen. Langsam trat er ein. Er spürte einen Lufthauch. Zu seiner Linken erkannte er die offene Lukentür.

Sophie stand dort neben Schuster. Für einen Moment setzte Haukes Herz aus. Sie war an Händen und Füßen gefesselt, und ein Seil lag um ihren Hals, dessen Ende am schweren Eisenhaken befestigt worden war, der draußen frei über dem Abgrund hing. Schuster hatte Sophie dicht an die Kante geschoben, damit er sie nur noch hinausschubsen musste. Er würde sie erhängen oder mit dem Messer in seiner Hand aufschlitzen.

Hauke zog sich hinter einen Stapel Kaffeesäcke zurück. Außer Schuster schien keiner hier zu sein. Das war gut.

»Wo büst du?«, brüllte Schuster. »Zeig dich!«

Hauke schob den Revolver hinten in den Gürtel. Dann trat er mit erhobenen Händen vor. »Ich bin allein«, sagte er noch einmal, so ruhig es ging.

Schuster grinste ihn an. »Damit hast wohl nicht gerechnet, Udl! Aber ich hab gesehen, wie du zu ihr gerannt bist, als sie runterfiel.« Offenbar meinte er Sophies Sturz in den Hof bei der Wiesner. »Dein Liebchen, was?«, griente Schuster aus dem Mundwinkel, denn im anderen steckte ein kalter Zigarrenstummel. »Du wirst jetzt tun, was ich dir sage.« Der Kerl drückte Sophie das Messer in die Seite, während er sie mit der anderen Hand am Oberarm festhielt. Er spuckte den Stummel aus. »Schaff Bellingrodt her!«

Hauke wusste nicht, was er tun sollte. Sollte er gehen und Sophie allein mit Schuster lassen, um Bellingrodt zu holen? Oder sollte er bleiben und den Kerl umbringen? Er spürte den Lauf seiner Waffe im Rücken. Keine fünf Meter trennten ihn von Schuster.

»Ich bin dir schon einmal begegnet«, sagte Hauke vorsichtig. »Es war vor der Sache bei der Wiesner. Erinnerst du dich?«

Schuster grinste. »Dann hast du mich also doch gesehen.«

»Wer hatte dich beauftragt, mir zu folgen?«

»Niemand. Zufall. Ich ging spazieren.«

»Glaube ich dir nicht, Schuster. Jemand hatte dich auf mich angesetzt. Woher wusstest du, wer ich bin?«

Schuster griente. Für einen Moment war seine Nervosität verflogen. »Du bist beim Roscher aus der Kutsche gestiegen.«

Also doch Bellingrodt, dachte Hauke, denn nur jemand aus der Villa in Hamm konnte wissen, dass Hauke und Roscher gemeinsam dort vorgefahren waren. »Warum hat Bellingrodt gesagt, dass du mir folgen sollst?«

Schuster schwieg. Aber Hauke konnte es sich denken. Man wollte wissen, was der neugierige Polizist aus Kiel vorhatte.

»Schluss mit Reden. Hol Bellingrodt her, sofort!« Schusters Messer ging jetzt an Sophies Hals. Sie wimmerte auf. Steif stand sie mit ängstlichen Augen da. Ein schmaler Streifen Blut lief an ihrem Hals entlang.

Schnell trat Hauke zurück. »Herr Bellingrodt ist bereits auf dem Weg hierher«, log er. »Was willst du von ihm?«

»Das geht dich einen Scheißdreck an! Bring mir den Hurensohn. Er schuldet mir was!«

»Er ist gleich hier.« Hauke hob beruhigend die Hände. »Wir warten hier zusammen, ja?« Er konnte Sophie mit dem Kerl nicht allein lassen. Schuster sah immer wieder durch die Luke auf den Kai hinaus. Hauke wusste, er musste den nervösen Mann beruhigen. »Der Bellingrodt schuldet dir also was«, versuchte er so beiläufig wie möglich zu sagen, doch seine Stimme zitterte. »Geht es um das Geld für den Kaffee?« Er schätzte die Distanz zu Schuster ab. Fünf Meter. Das war zu viel. »Ihr hattet immer das ganze Risiko. Und dann gab es beim letzten Mal kein Geld, weil die ›Wilhelmine‹ absoff. Das Geld steht euch aber zu. Ihr habt dafür gearbeitet. Wie viel war es? Eintausend? Zweitausend Mark?« Hauke ging langsam auf einen Pfeiler zu, an den er sich lässig lehnte. Er nahm seine Pfeife aus der Tasche und begann, sie zu stopfen. Er war noch immer zu weit von Schuster entfernt, um die Waffe zu ziehen. »Der Kurt hat doch für euch die Papiere gefälscht, oder? Warum musste er sterben? Hat er euch verraten? Hast du den Brand am Reiherstieg gelegt, um die Spuren zu verwischen?«

Schuster fuhr mit dem Messer in Haukes Richtung. Dabei stieß er Sophie dichter zur Kante. Sie schrie auf. Ihre Augen waren weit aufgerissen. Hauke erstarrte. Nur mit Mühe konnte Sophie ihr Gleichgewicht halten. Keuchend drückte sie sich an die Ziegelwand, um nicht hinauszustürzen.

»Komm ja nicht näher, Udl, oder deine Kleine is hin!«, brüllte Schuster. Hauke stolperte zurück. »Hol ihn her! Sofort!« Schuster drängte Sophie so weit an den Rand, dass sie nur noch mit einem Fuß auf dem Speicherboden stand. Der andere zappelte bereits über dem Abgrund.

»Schon gut! Schon gut! Ich bringe ihn dir.« Schnell zog Hauke sich ins Treppenhaus zurück.

Dort standen Roscher und Oberzollinspektor Jensen. »Ist das der Kerl, der den Jungen …?«, wollte Jensen wissen. Hauke nickte. »Gut, dann werden wir stürmen! Bevor der das merkt, haben –«

»Nein, das werden wir nicht!«, schrie Hauke ihn an.

Roscher legte seine Hand auf Haukes Arm. »Ich habe jemanden losgeschickt, der Herrn Bellingrodt holt. Ich befürchte aber, dass es wegen des Streiks dauern wird. Halten Sie den Mann irgendwie hin.«

Hauke lehnte sich an die kalte Steinwand und schloss die Augen. Er wusste, was es bedeutete, wenn der Mann Sophie hinausstieß. Vielleicht würde es schnell gehen. Wenn die Höhe stimmte und der Strick nicht zu dünn war, würde es ihr mit einem Ruck das Genick brechen. Manchmal aber, wenn der Strick zu dünn war und die Fallhöhe zu hoch, dann wurde den Leuten der Kopf abgetrennt.

Hauke zwang sich zu einem klaren Gedanken. Das Seil um Sophies Hals war recht kurz und dick. Der Knoten lag schräg an der Seite, nahe der Halsschlagader. Hauke versuchte, Sophies Chancen zu überschlagen.

»Glauben Sie, er wird es tun, Sötje?«

Hauke nickte. »Er hat nichts zu verlieren. Er tötete wahrscheinlich Kurt Ebeling, den Drucker. Und einen preußischen Zöllner lebensgefährlich zu verletzen, macht alles umso schlimmer.« Hauke dachte an Hans, der noch immer um sein Leben kämpfte. »Der Galgen ist Schuster sicher. Und das weiß er.«

»Schuster tötete Ebeling?«

»Ja, der Mann hält das Messer in der linken Hand. Ebeling wurde von hinten, mit einem Schnitt an seiner Kehle von rechts nach links getötet. Also ein Linkshänder. Ich bin mir sicher, dass er es war.«

»Was ist mit dem Schmuggel?«, wollte Jensen wissen. »Wie haben die Kerle das gemacht?«

Hauke erklärte ihm kurz die Sache mit den gefälschten Papieren und den unterschriebenen Formularen, die er in der Kiste fand. Dabei musterte er Oberzollinspektor Jensen scharf.

»Ich? Ich soll die Papiere unterzeichnet haben?« Jensen öffnete den oberen Knopf seiner Uniformjacke. »Niemals!«

»Nein«, sagte Hauke matt. »Ich kenne Ihre Unterschrift von all den Listen und Protokollen, die ich im Hauptzollamt mit Hans durchgelesen habe. Die Unterschrift war nicht Ihre. Ich nehme an, dass auch die Stempel Fälschungen waren. Aber, das lässt sich später klären.«

Erleichtert holte Jensen Luft. »Und diese ›Wilhelmine‹?«

»Gestohlen«, erklärte Roscher. »Der Eigner wurde bei der Überführung vor zwei Jahren umgebracht. Seither fuhr die ›Stör‹ unter dem Namen ›Wilhelmine‹ Schmuggelware für Schuster und seine Leute. Der Unfall vor der Einfahrt zum Nord-Ostsee-Kanal war Pech für die Bande.«

Jensen wischte sich mit einem großen Taschentuch den Schweiß von der Stirn. Dabei schüttelte er immer wieder ungläubig den Kopf.

»Und was ist mit dem Kind?«, wollte Roscher wissen.

Hauke zuckte mit den Achseln. »Ich weiß es nicht. Ich glaube aber, der Schmuggel und das Kind gehören in ein und dieselbe Familie.«

»Was bedeutet?«

»Das kann nur meine Verlobte beantworten. Hat die Wiesner mittlerweile gestanden?«, fragte Hauke Roscher.

»Diese schreckliche Person behauptet, unschuldig zu sein. Gott sei ihr Zeuge. Ich glaube, sie hat es im Kopf. Vielleicht ist es Wahn. Vielleicht spielt sie es aber auch nur. Auf alle Fälle ist mir noch nie eine so gefühlskalte Person begegnet. Wir brauchen Schuster lebend, sonst erfahren wir nie, was mit den Kindern passiert ist.«

Verwirrt folgte der Oberzollinspektor der Unterhaltung. »Kinder? Welche Kinder?«

Die Männer ignorierten seine Frage. »Was will Schuster eigentlich von Bellingrodt?«, fragte Roscher.

Hauke ließ sich auf die Stufen sinken. Er war am Ende seiner Kraft. »Geld, nehme ich an.«

»Damit kommt der Mörder nicht durch!«, wetterte Jensen. »Wir werden –«

Hauke sprang wieder auf und griff den Zöllner am Revers.

»Gar nichts werden Sie! Erst wenn Fräulein Struwe in Sicherheit ist, kriegen Sie den Mann. Vorher gehört er mir!« Er stieß den Oberzollinspektor an die Wand. »Wo, verdammt, bleibt Bellingrodt?«, entfuhr es ihm. Grob schob er Roscher zur Seite und rannte die Stufen hinunter.

KAPITEL 53

Ein mehrfach vorbestrafter Musiker, welcher eine ihm geliehene Handharmonika nicht zurückgeliefert, sondern in eigenem Nutzen verwerthet hat, wird zu 4 Monaten Gefängniß unter Anrechnung von 1 Monat Untersuchungshaft verurtheilt. – Ein Maurer, welcher mehrere Flaschen Getränke, die, wie er wußte, gestohlen waren, als Geschenk angenommen hat, wird wegen Hehlerei zu 14 Tagen Gefängniß verurtheilt.

Originalauszug: Hamburger Nachrichten, 10. September 1896

Vor dem Gebäude hatte sich bereits eine große Menschenmenge eingefunden. Schutzmänner versuchten, die Leute zum Weitergehen zu bewegen, doch ohne Erfolg. Es gab heute nicht viel im Hafen zu tun. Fasziniert stierten alle zur Luke hinauf, wo Schusters Schatten lauerte. Die Sonne hatte sich hinter grauen Regenwolken versteckt. Es nieselte.

Hauke drängte sich durch die Menge. Er wollte schon den Sandtorquai hinunterlaufen, als er eine schnell herbeifahrende Droschke der Polizei entdeckte. Noch bevor der Wagen vor dem Privatspeicher hielt, wurde die Tür aufgestoßen.

Mit wutverzerrtem Gesicht stieg Wilhelm Bellingrodt aus. »Was fällt Ihnen ein, mich hierherzitieren zu lassen?«, brüllte er Hauke entgegen. »Sind Sie irre geworden? Wo ist dieser Roscher? Seine verdammte Polizei ist er los! Das kann ich versprechen!«

Mit großen Schritten wollte er an Hauke vorbeirauschen, als dieser sich ihm in den Weg stellte.

»Dort oben ist Erwin Schuster.« Hauke wies zur offenen Luke hinauf, wo Schuster sich gerade hinausbeugte.

»Wer?«

»Der Mann, der für Sie Kaffee schmuggelt und auch sonst

unliebsame Dinge aus dem Weg räumt, wie beispielsweise Kinder oder deren Mütter.«

Bellingrodt schnaufte. In diesem Moment trat Polizeirat Roscher aus dem Gebäude. »Herr Bellingrodt!« Er eilte auf den Kaufmann zu. »Danke, dass Sie uns in dieser besonderen Notlage zu Hilfe kommen. Die Situation erfordert ein ruhiges Vorgehen und einen kühlen Kopf.« Er führte Bellingrodt ins Treppenhaus, dabei warf er Hauke einen vernichtenden Blick zu. »Unsere oberste Priorität muss sein, die Frau aus den Händen des Mannes zu befreien.«

»Wovon redet dieser Hilfspolizist, Roscher?« Bellingrodt funkelte Hauke an. »Und wer ist dieser Schuster?«

»Erwin Schuster. Er wollte, dass wir Sie holen.« Roscher zog Bellingrodt mit sich. »Es gibt eine Menge Fragen, deren Antworten uns helfen können, das Leben der Frau zu retten.«

Hauke trat zu ihnen. »Der Mann will mit Ihnen reden.«

Bellingrodt stierte Hauke aus schmalen Augen an. »Ich kenne dieses arbeitsscheue Subjekt nicht.«

Roscher lächelte besänftigend. »Nun, das wird sich klären lassen.« Dann führte er den Kaufmann die Stufen hinauf.

Hauke aber blieb stehen. Etwas stimmte nicht. Dann fuhr er herum. Mit wenigen Schritten hatte er die Kutsche erreicht. Er riss die Tür auf. Ein blasser Alfons Bellingrodt saß dort. Seine Hände zitterten.

»Rauskommen«, zischte Hauke ihm entgegen. Der junge Mann zögerte. Da griff Hauke in den Wagen und zerrte den Sohn des mächtigsten Mannes der Stadt heraus. »Sie! Er will Sie sprechen und nicht Ihren Vater, stimmt's?«

»Ich weiß nicht, wovon Sie reden!«, rief Alfons Bellingrodt. Eine Alkoholfahne umwehte ihn. Hauke schubste ihn zum Speicher, dann in das Treppenhaus und die Stufen hinauf. Der junge Bellingrodt wehrte sich nicht einmal. Bald hatten sie Polizeirat Roscher und Wilhelm Bellingrodt eingeholt.

»Sind Sie jetzt völlig übergeschnappt?«, pöbelte Bellingrodt, als er seinen Sohn sah. Er versuchte, Alfons aus Haukes Griff zu zerren.

Doch Hauke schob den Sohn die Treppe weiter hoch. »Schuster meint nicht Sie, sondern Ihren Sohn.«

»Du? Was hast du mit solchen Leuten zu tun, Alfons?« Die Frage klang wenig überzeugend. Es schien Hauke, als wüsste der Vater nur zu genau, in welchen Kreisen sich sein jüngster Sohn bewegte.

»Lügen, alles Lügen!«, begehrte Alfons Bellingrodt auf. »Ich kenne den Mann da oben nicht. Du musst mir glauben, Vater!« Hauke bugsierte den jungen Mann weiter die Stufen hinauf.

»Er ist hier!«, rief Hauke Schuster zu, als er die Tür zum Speicherboden aufstieß.

Durch die offene Luke konnte man jetzt den Sandtorquai sehen und die Schuppen vom Kaiserquai drüben, auf der anderen Seite des Hafenbeckens. Schwere Wolken wehten von der anderen Elbseite herüber und verdüsterten den grauen Morgenhimmel noch mehr. Dicht blieb Hauke hinter Alfons Bellingrodt, während er seinen Revolver aus dem Gürtel zog und hinter Bellingrodts Rücken versteckte.

Schuster fuhr herum. »Hol mich hier raus, Bellingrodt! Du hast gesagt, du kannst das.«

»Ich kenne Sie nicht. Sicherlich verwechseln Sie mich mit meinem Bruder Johann.«

Verwirrt glotzte Schuster ihn an. »Erzähl keinen Mist! Du hast gesagt, ich brauch mir keine Sorgen machen. Der Alte hat Kontakte! All die hohen Herren schulden ihm Gefallen. Und reich isser.« Hektisch flackerte Schusters Blick hin und her. »Bring mir Geld. Viel Geld. Dann hau ich ab nach Amerika und komm nicht wieder.«

Alfons Bellingrodt drehte sich zu Hauke. »Ich kenne den Mann nicht. Nie gesehen.« Schnell drängte er sich an Hauke vorbei und eilte zurück ins Treppenhaus. Die Tür schlug hinter ihm zu.

Angstgelähmt glotzte Schuster ihm nach.

Hauke setzte sich auf einen halbhohen Stapel Kaffeesäcke. »Tscha, sieht wohl so aus, als müsstest *du* für alles den Kopf hinhalten, Schuster.«

Der Mann hörte Haukes Worte nicht. »Bellingrodt! Komm zurück, du Verräter! Wenn ich kapeister gehe, gehst du mit!«

»Lass uns reden, Schuster. Oder willst du für ihn an den Galgen?« Schusters Hände begannen zu zittern. Hauke wusste, er musste den Mann beruhigen. Die Sache schien nicht so zu laufen, wie der es sich gedacht hatte. »Vielleicht kannst du deinen Kopf noch retten, wenn du mit der Wahrheit rausrückst. Wer steckt hinter dem Kaffeeschmuggel?«

Schuster atmete hastig ein und aus, ohne das Messer von Sophies Kehle zu nehmen. Dass Alfons Bellingrodt ihm nicht helfen wollte, hatte ihn offenbar überrascht.

»Er war es!«, schrie Schuster plötzlich. »Er gab mir die Schlüssel für den Speicher, damit ich den Kaffee holen konnte. Er hat das Geld für den Ewer lockergemacht. Der Reiherstieg war seine Idee.«

»Wie viel habt ihr bekommen? Halbe-halbe?«

Schuster schwieg.

»Weniger? Dann hat er euch übers Ohr gehauen.« Schuster begann zu fluchen. Immer wieder rief er Bellingrodts Namen. »Woher kennt ihr euch? Du und Bellingrodt?«

»Sissi. Wegen der Mädchen. Er steht auf kleine Mädchen. Und wenn ich am Galgen hänge, dann hängst du auch, Bellingrodt!«, brüllte er durch die geschlossene Tür ins Treppenhaus.

Plötzlich wurde hinter Hauke die Tür aufgerissen. Mit schweren Schritten polterte Wilhelm Bellingrodt herein. Hauke sprang auf. Er griff nach dem Arm des Kaufmanns, doch der riss sich los und stürmte auf Schuster zu.

»Was soll das heißen, Alfons geht an den Galgen?«, brüllte Bellingrodt. Er wollte zu Schuster. »Mein Sohn ist ein Bellingrodt!«

»Lassen Sie das!«, rief Hauke und versuchte, den Mann zurückzuzerren.

»Stehen bleiben!« Schusters Messer flog zwischen dem herannahenden Bellingrodt und Sophie hin und her. »Oder die Frau ist dran.« Sophie drängte sich ans Mauerwerk.

Bellingrodt schüttelte Haukes Hand ab. »Niemand erpresst

einen Bellingrodt!«, brüllte der Kaufmann. »Oder bestiehlt mich. Gehen Sie raus, Polizist!«, befahl er. »Das hier ist nicht Ihre Sache.«

Hauke schüttelte den Kopf. »Ich werde das Leben meiner Verlobten niemals in Ihre Hände legen«, zischte er Bellingrodt ins Gesicht. Dann stellte er sich zwischen die beiden Männer. Er fixierte Schuster, der nur noch drei Meter von ihm entfernt war. Der Revolver in seinem Rücken drückte. »Hast du das Feuer drüben im Reiherstieg gelegt, Schuster?«

»Büst all bregenklöterich? Warum sollte ich das tun? Da lag Kaffee für dreitausend Mark! Ich locke doch nicht die Udls und jeden anderen im Hafen dahin!«

Stimmt. Warum hätte er das tun sollen? Eines aber konnte Hauke sich auch nicht vorstellen: dass Alfons Bellingrodt Kopf einer Schmugglerbande sein sollte. »So ein Schmuggel, das muss gut organisiert sein. Da steckt ein kluger Kopf hinter. Alles bestens geplant und ausgeführt. Nicht einmal Oberzollinspektor Jensen hat gemerkt, was unter seinen Augen passierte. Hut ab.« Hauke deutete eine Verbeugung an. »Und der Alfons soll sich all das ausgedacht haben?« Schuster schnaufte verächtlich. »Nicht einmal sein Vater traut ihm das zu.« Hauke kam einen Schritt näher. »Aber du, Schuster. Du hast das Zeug dazu.«

Schuster lachte auf. »Weich in der Birne wie Hundescheiße isser, dieser feine Sohn. Zu viel Mohnsaft und Champagner und junges Fleisch. Wir bekommen die Säcke und der kleine Bellingrodt dafür sein Spielzeug, so war die Abmachung.«

»Abmachung?«

»Ja, Mädchen, Opium, Spielkarten und was er sonst noch wollte. Ab und zu Handgeld. Dafür sollte der Alte nichts erfahren.«

»Und Verwalter Heise?«

»Der hatte keine Wahl. Er musste mitmachen, weil er dem Alten doch das Geld für die Medizin schuldete. Der Junior hat Heise klargemacht, dass er ihn vor den Richter schleppt, wenn er nicht spurt.«

Stirnrunzelnd sah Hauke Wilhelm Bellingrodt an. »Ich dachte, das Geld für Herrn Heise sei ein Geschenk gewesen?«

»Ich bin Kaufmann. Acht Prozent. Ich verschenke kein Geld.« Hauke wandte sich an Alfons, der kreidebleich in der Tür stand. »Herr Heise konnte den Kredit also nicht begleichen. Da zwangen Sie ihn, bei dem Schmuggel mitzumachen.« Hauke überlegte. »Aber etwas änderte sich. Und das brachte ihn um.« Hauke fiel ein, dass Verwalter Heise starb, kurz nachdem er erfahren hatte, dass Johann Bellingrodt auf einem Ewer umgekommen war. Verdammt, ging es Hauke durch den Kopf, ich war's!

»Sagen Sie aus, Schuster!«, rief Roscher, der nun ebenfalls hereingekommen war. »Wenn Sie uns helfen, Ihre Schwester wegen Kindsmord dranzukriegen, bekommen Sie mildernde Umstände.«

Hauke schüttelte den Kopf. »Dann müsste er sagen, was mit Marie Fischer auf der Slamatjenbrücke geschah. Schuster, du hast sie erschlagen, stimmt's? Das jedenfalls hat deine Schwester vorhin ausgesagt.« Hauke log. Die verdammte Hexe hatte seit ihrer Inhaftierung nicht ein vernünftiges Wort von sich gegeben. »Du bist Marie Fischer nachgelaufen, weil sie die Polizei holen wollte.«

»Ich?«, brüllte Schuster. »Was erzählt die Verrückte denn da? Der war's!« Er zeigte zu Alfons Bellingrodt.

Der alte Bellingrodt fuhr zu seinem Sohn herum. »Du solltest ihr das Geld geben, mehr nicht.«

»Er lügt. Ich war es nicht!« Alfons' Arm machte eine fahrige Geste der Unschuld, als könne er Schusters Worte einfach fortwischen. Dann aber sah er in das wutverzerrte Gesicht seines Vaters. »Sie wollte es nicht, Vater! Die Schlampe hat es mir aus der Hand geschlagen. Wedelte mit einem Wisch vor meiner Nase. Hat gesagt, es sei die Heiratsurkunde und ihr Balg wäre dein Enkel.«

»Ich hatte dich gewarnt, Alfons«, sagte Bellingrodt und drehte sich von seinem Sohn fort. »Ab heute habe ich keine Söhne mehr.«

Alfons Bellingrodt sackte in sich zusammen. Es schien, als wolle er fortlaufen, aber die Beine trugen ihn nicht mehr. Sein rechter Mundwinkel begann unkontrolliert zu zucken, als ihm klar wurde, wie ausweglos seine Situation war. Plötzlich brach er in ein schrilles Lachen aus.

Der Vater fuhr herum und schlug ihm heftig ins Gesicht. »Hör auf!«

Alfons wehrte sich nicht, sondern lachte weiter, als hätte jemand einen ungeheuerlichen Witz gemacht. »Johann, dein ewiger Liebling!«, schrie er mit sich überschlagender Stimme. »Aber dann war da die Frau. Und ihr Gör. Du hast gesagt, ich solle handeln wie ein Mann, wenn ich die Firma übernehmen will.«

Blass starrte Bellingrodt seinen Sohn an, als er begriff. »Du warst das? Nicht Johann! Du hast das Geld veruntreut. *Du* hast die Unterschrift auf die Schecks gesetzt! *Du* hast Schuldscheine mit seinem Namen unterschrieben! *Du* hast all die Lügen in die Welt gesetzt!«

»Ich habe getan, was du von mir verlangt hast. Ich habe die Sache in die Hand genommen. Ich wäre niemals dein Nachfolger geworden. Nur Johann. Dein Liebling Johann. Für mich wären nur die Krümel geblieben.«

Bellingrodt warf seinen Sohn gegen einen Stapel Kaffeesäcke. Voll Verachtung starrte er auf das Häufchen Elend, dem jetzt Tränen des Selbstmitleids über das Gesicht liefen. Dann fuhr der Alte herum. Er starrte Schuster an, kalt und überlegt, als wäge er Kosten und Nutzen ab. Die Bilanz seines Lebens. Der Tod seiner Hoffnungen. Alles war in den Augen des Mannes für einen kurzen Moment zu lesen.

Dann passierte alles auf einmal!

Bellingrodt rempelte Hauke zur Seite und rannte auf Schuster zu. Erschreckt schubste dieser Sophie von sich, um den Angriff mit seinem Messer abzuwehren. Hauke zog die Webley, sah noch, wie Schuster Bellingrodt auswich. Der Kaufmann griff ins Leere.

Ein Schuss.

Die Wucht des eigenen Körpers warf Bellingrodt über den Rand der Luke.

Ein Schrei!

Sophie! Sie war verschwunden!

Hauke stürzte zur Luke vor, hörte die Menschen unten aufschreien. Sophie hing mit dem Strick an ihrem Hals über dem Abgrund! Ihre Beine zappelten in der Luft. Entsetzen in ihren Augen, während sie sich mit einer Hand am Seil über ihrem Kopf festhielt und mit der anderen den eisernen Haken umkrallte.

Hauke griff nach der Eisenstange an der Wand. Er hielt sich mit einer Hand daran fest, während er sich weit hinausbeugte, um nach Sophie zu greifen. Unten lag Bellingrodt in seinem eigenen Blut.

Kurz bekam Hauke ihren Rock zu fassen, doch er entglitt ihm wieder. Weitere Hände kamen. Jemand hielt Hauke am Gürtel fest, damit er sich noch weiter hinauslehnen konnte. Jetzt packte er Sophies Bein. Gemeinsam zogen sie Sophie auf den Boden zurück. Hauke umklammerte ihre Taille, hielt sie hoch, während Roscher half, das Seil um ihren Hals zu lösen. Hauke sank mit Sophie im Arm zu Boden.

Sie hustete und griff sich an die Kehle.

Hauke zitterte am ganzen Körper. »Deine Hände? Sie waren frei!«

Sie nickte heftig. »Wand«, japste sie und drehte den Kopf zu der Ecke, vor der sie die ganze Zeit gestanden hatte. Dort hingen noch Hanfreste von dem Strick, mit dem Schuster sie gefesselt hatte, an der Ecke des rauen Mauerwerks. Dankbar versteckte Hauke sein Gesicht tief in ihrem Haar, während sie jeden Atemzug tief in sich hineinsog.

Von unten hörte man aufgeregte Rufe.

Erwin Schuster lag fluchend am Boden, während er die Hände wimmernd auf sein verletztes Bein presste. Der Schuss hatte ihn nur gestreift. Roschers Männer rissen ihn hoch. Der Mann brüllte vor Schmerz. Auch Alfons Bellingrodt wurde abgeführt, der immer wieder um Gnade flehte.

»Belling –«, krächzte Sophie und wollte über den Rand sehen, doch Hauke hielt sie zurück.

Er schüttelte den Kopf. »Tu es nicht.« Dann zog er sie dicht an sich, spürte ihren schnellen Herzschlag.

»Martha«, flüsterte Sophie in Haukes Ohr. »Martha.«

KAPITEL 54

Unfall. Vorgestern Abend gegen 7 Uhr lief die zweijährige Tochter eines an der Bankstraße wohnenden Grünwaarenhändlers in dem Augenblick über den Fahrdamm, als ein Wagen der electrischen Straßenbahn daherfuhr. Das Kind wurde von dem Wagen übergefahren und erlitt einen Schädelbruch und verschiedene andere Verletzungen.

Originalauszug: Hamburger Nachrichten, 18. Oktober 1896

Sie hatten Hamburg bereits hinter sich gelassen. Nun folgte die Droschke der Straße Richtung Osten, vorbei an verstreut liegenden Gehöften, die sich in kleine Wälder kuschelten. Die Sonne lag hinter einem dichten Nebelschleier. Der Geruch von nassem Herbstlaub hing in der Luft.

»Du hättest nicht mitkommen dürfen«, sagte Hauke leise zu Sophie. »Der Arzt meinte –«

»Papperlapapp«, flüsterte sie, wobei sie eine Hand auf ihren schmerzenden Hals legte, um den ein kühles Seidentuch gelegt war. »Wenn … Kind … dort ist …«

Hauke seufzte. Er wusste, Sophie würde sich nicht davon abbringen lassen, ein letztes Mal nach Martha zu fragen. »Du kannst nicht anders als kämpfen, oder?«

Ihre Antwort war ein Lächeln.

Hauke war dem Himmel und allen Engeln dafür dankbar, dass Sophie lebte, aber der Vorfall auf dem Speicherboden hatte ihm wieder gezeigt, dass er unfähig war, sie zu schützen. Zwar hatte sie immer wieder beteuert, er habe sie immerhin gerettet, doch das stimmte nicht.

Er hätte verhindern müssen, dass es überhaupt so weit kommen konnte. So wie er all die anderen Dinge nicht hatte verhindern können.

Er dachte an Hans. Noch lebte der Junge. Und mit jeder

Stunde und jedem Tag, den der Tod mit leeren Händen das Krankenzimmer verlassen musste, wuchs Haukes Hoffnung.

Er hörte Sophie schwer schlucken. Sie hatte der Anweisung des Arztes, in der Villa ihres Arbeitgebers zu bleiben, nicht Folge geleistet. Nein, sie schien aufs Äußerste entschlossen, ihre Mission zu beenden. Eine Mission, die nur in Tränen und Enttäuschung enden konnte, denn das Kind war schon viel zu lange verschwunden, als dass noch Hoffnung bestand. Hauke nahm Sophies Hand. Er wusste, dass er sie gewähren lassen musste, damit ihre Seele Frieden finden konnte.

Sie passierten das Bergedorfer Schloss. Schweigend fuhren sie an abgeernteten Feldern und einfachen Katen unter Reet vorbei. Regen tropfte von den letzten Eichenblättern am Wegesrand hinunter ins Gras. Das gleichmäßige Schlagen der Hufe auf dem Kopfsteinpflaster machte Hauke müde. Da spürte er Sophies Lippen auf seiner Wange. Lächelnd öffnete er die Augen.

»Wer hat Marie getötet?«, wollte sie leise wissen.

Die Antwort war nicht einfach, denn noch immer befragte Polizeirat Roscher den jungen Bellingrodt, aber auch Schuster. »Jeder behauptet, der andere sei es gewesen.«

»Warum … hatte Schuster … Martha entführt?«, krächzte sie, während sie die Hand an die Kehle presste.

»Schuster behauptet, die Kleine gerettet zu haben, denn eigentlich hatte er sie im Auftrag Alfons Bellingrodts töten sollen. Alfons wusste, dass Marie und Johann verheiratet waren. Er hatte die Heiratsurkunde gesehen. Marie und Martha waren demnach erbberechtigt, sollte Wilhelm oder Johann etwas passieren. Offenbar hatte der alte Bellingrodt Alfons aufgetragen, sich um die Sache mit der Mutter und dem Kind zu kümmern. Geld schien ihm die beste Lösung zu sein. Doch Alfons wollte seinen Vater beeindrucken und die Sache ohne Geld aus der Welt schaffen. Vielleicht brauchte er es für seine Eskapaden auch selbst. Wer weiß. Jedenfalls hätte er nur dann nach Johanns Tod erben können, wenn niemand anderes da gewesen wäre. Außerdem hatte Alfons ein weiteres Problem.

Es waren seine Lügen über den eigenen Bruder, auf den er krankhaft eifersüchtig war. Wenn herausgekommen wäre, dass nicht Johann, sondern er selbst der Spieler und Trinker, der Betrüger und Lügner war, der sich zur Finanzierung seiner Gelüste mit Verbrechern einließ … tja, dann wäre für Alfons alles aus gewesen. Dass Johann auf dem Ewer umgekommen war, war für ihn ein großes Glück.«

»Warum hat Schuster Martha nicht getötet?«

Hauke überlegte. »Wenn es stimmt, was Schuster sagte, dann wollte er mit ihr den alten Bellingrodt erpressen.«

»Das macht nur Sinn«, flüsterte Sophie, »wenn es einen Beweis gegeben hätte, dass Martha Johanns Tochter ist. Die Geburtsurkunde.«

Hauke nickte. »Genau. Die aber finden wir nicht.«

»Wo sind Maries Sachen?«

Hauke zuckte mit den Achseln.

»Das Grab … Jemand hat alles gewusst.« Schmerzhaft verzog Sophie das Gesicht. *»Geliebte Ehefrau und Mutter …«*

»Sie wurde unter dem Namen Bellingrodt beerdigt? Warum hast du mir das nicht gesagt?«

»Du … nie Zeit gehabt.« Wütend funkelte sie ihn an. »Friedhofsverwaltung gefragt … Grab anonym bezahlt … bar.«

Hauke überlegte. »Ein Mann hat die Tote aus der Gerichtsmedizin abholen lassen.« Zumindest erinnerte sich Hauke, dass Schutzmann Schröder das gesagt hatte. »Vielleicht die Familie Fischer?«

Sophie schüttelte energisch den Kopf. »Drei Tage.« Sie schluckte.

»Was meinst du?«

»Cäcilie Reimers … warf Marie raus … Drei Tage später …«

Hauke verstand. »… war Marie tot. Du willst wissen, wo sie in der Zeit war?« Sophie nickte. »Dort muss auch Maries Habe liegen. Und wahrscheinlich auch Marthas Geburtsurkunde, was beweisen würde, dass sie Johanns Kind gewesen war.«

Sophie zuckte zusammen. Hauke nahm ihre Hände. Sie

würde noch früh genug einsehen müssen, dass all das ohne Belang war. Die Kleine lebte nicht mehr.

»Heise«, krächzte sie.

Hauke horchte auf. »Sie soll bei Verwalter Heise gewohnt haben?«

Sie nickte. »Kaffee-Miedje ... Er ... besuchte Martha bei Cäcilie Reimers.«

»Gut, ich werde Leute in seine Wohnung schicken lassen.«

Sie schwiegen eine Weile, bis Sophie ihre Hand auf seinen Arm legte. »Er hatte ... versagt.«

Im ersten Moment glaubte Hauke, sie meine ihn, doch sie sprach noch immer von dem kleinen Mann, der tot auf dem Speicherboden gehangen hatte.

»Wollte nur helfen ... alle tot ... Martha entführt ... Marie tot ... Schande wegen Schulden ... Schmuggel ... Armer Mann.«

»Aber wo, verdammt, ist der Abschiedsbrief?«

Außerhalb der Kutsche änderte sich langsam die Landschaft. Die hohen Bäume wechselten zu weiten sandigen Flächen, bewachsen mit einzelnen Sträuchern. Nahe einer Pulverfabrik verließ die Kutsche die Landstraße.

»Alfons Bellingrodt wird sich vor einem Richter verantworten müssen. Die Bücher der Firma werden geprüft, die Villa und die Kontore durchsucht. Jede Mark, die Alfons Bellingrodt in den letzten zwei Jahren ausgab, wird ...« Er hielt inne, als er merkte, dass Sophie nicht zuhörte. Er nahm ihre Hand. »Liebste, was macht dich so sicher, dass Martha im Heim der Nonnen ist?«

»Schwester Innocentia ... nahm Geld ... kaufte heimlich den Armen Kinder ab.«

»Nun, dann könnte es stimmen, was die Wiesner behauptet. Sie sagte, sie habe die Kinder nicht umgebracht, sondern verkauft. Zumindest könnte das eine oder andere Kind überlebt haben. Die Wiesner liebt Geld. Je mehr davon, desto besser. Sie hortete es in ihrer Wohnung, wie andere Kohlen im Keller für den Winter lagern.« Ja, überlegte Hauke, es machte tatsächlich Sinn. Die Kinder zu töten brachte der Person kein Geld. Wenn sie aber ab und zu eines verkaufen konnte, wäre die Wiesner sicherlich die Letzte gewesen, die so eine Gelegenheit ausschlug. Sollte bei der Nonne kein Geschäft zu machen gewesen sein, hätte sie die Kinder ja immer noch umbringen können. »Schutzmann Schröder hat mittlerweile fünf Mütter ausgemacht, die der Wiesner ihre Kinder für Kostgeld überlassen hatten. Hundertfünfzig Mark pro Kind. Wir haben Knochen von Kleinkindern im Ofen gefunden. Wenn ich hochrechne, dass diese Person ihr Geschäft seit Jahren betrieb, müssen es bestimmt weit mehr Kinder gewesen sein, die sie …« Er hielt inne.

Heiße Tränen liefen über Sophies Gesicht.

Das Waisenheim der Schwestern von St. Joseph lag am Rand eines kleinen Dorfes nahe Geesthacht. Eine Allee führte an dem reetgedeckten Haus vorbei, das hinter einem halbhohen Zaun, inmitten eines üppigen Blumengartens stand. Hauke half seiner Verlobten aus der Mietdroschke. Er wies den Kutscher an, zu warten. Als er sich zu Sophie drehte, stellte er überrascht fest, dass sie nicht die Einzigen waren, die hierhergekommen waren.

»Herr Polizeirat. Was machen Sie hier?«

Roscher, der zur Begrüßung seinen Zylinder gezogen hatte, zuckte mit den Achseln. »Ich weiß es nicht, Kommissar. Senator Hachmann teilte mir mit, dass meine persönliche Anwesenheit an dieser Adresse unumgänglich sei. Er bedingte sich Diskretion aus.« Roscher setzte seinen Zylinder wieder auf. »Nur ist mir leider nicht klar, warum ich hier bin.« Er schaute Sophie fragend an. »Oder können Sie mir diese Antwort geben?«

Sophie wandte sich dem Gartentor zu, das Roscher eilig für sie öffnete, und trat hindurch. Die Männer folgten ihr zum Haus.

»Wer wohnt hier, Sötje?«, raunte Roscher Hauke zu.

»Wenn wir Glück haben, die letzte Antwort.«

Bevor die Tür geöffnet wurde, hörte Sophie Kinderstimmen aus dem hinteren Garten kommen. Sie trat auf einen schmalen Gehweg, der am Haus entlangführte, vorbei an blühenden Dahlien und Astern. Durch ein offenes Fenster hörte sie jemanden mit Töpfen klappern und dabei ein Kirchenlied summen. Sophie ging um die Ecke. Dort hingen an einer langen Wäscheleine unzählige Kinderjacken, Windeln und Schürzen zum Trocknen. Ein hölzerner Puppenwagen stand vor einem weiteren Zaun mit einer grün gestrichenen Pforte, der den hinteren vom vorderen Garten trennte. Dort entdeckte Sophie einige Kinder unter den Ästen einer leuchtend herbstroten Eiche. Nicht weit entfernt fütterten zwei Nonnen einige kleinere Kinder. Mehrere Kinderwagen standen nahe dem Haus. Aus einem brüllte es mächtig.

Sophie trat in den Garten. Eine der Nonnen bemerkte die Gäste und kam auf sie zu. »Kann ich Ihnen helfen?«

Sophie räusperte sich. Die Worte wollten nicht aus ihrem Hals. Da trat Hauke vor. »Wir suchen ein kleines Mädchen. Sie müsste vor etwa anderthalb Wochen vom Kloster St. Joseph hierhergekommen sein. Ihr Name ist Martha Fischer.«

Sophie schüttelte den Kopf. »Bellingrodt. Martha Bellingrodt«, krächzte sie.

Die Frau nickte. »Folgen Sie mir bitte.«

Sophie griff nach Haukes Hand. Gemeinsam gingen sie der Frau nach, die sie an den Kindern vorbei in einen entlegenen Teil des Gartens brachte. Unter einer Weide, deren kahle Äste fast bis in das Wasser eines Baches hinunterreichten, saß eine schwarz gekleidete Frau auf einer Bank. Sie wandte ihnen den Rücken zu. Sophie erkannte sie sofort.

KAPITEL 55

Gestern Abend um 8½ Uhr fand in einem an der Martinistraße gelegenen Gebäude eine Gasexplosion statt. Ein Mechaniker war daselbst in der ersten Etage beschäftigt, ein Gasrohr einzurichten. Zum Abendbrot entfernte sich derselbe und vergaß, das Gasrohr abzuschließen. Als der Eigentümer beim Dunkelwerden die Gasflammen anzünden wollte, bemerkte er einen starken Gasgeruch, weshalb er sofort nach dem Mechaniker schickte. Dieser erschien und zündete unvorsichtigerweise ein Streichholz an, um die Gasausströmung zu entdecken …

Originalauszug: Hamburger Nachrichten, 6. Oktober 1896

Amalie Bellingrodt drehte sich auf der Bank herum. Sie lächelte müde. Zu ihren Füßen saß ein kleines Mädchen auf einer Decke und drückte eine Puppe eng an sich. Beide hatten rotes Haar. Skeptisch beobachtete die Kleine die Neuankömmlinge. Die Ähnlichkeit mit der Frau auf der Fotografie war offensichtlich.

»Sie heißt Martha«, erklärte Amalie Bellingrodt leise.

»Was macht Sie so sicher, dass es Ihre Enkelin ist, Frau Bellingrodt?«, wollte Hauke wissen, der jetzt neben Sophie stand. Da sahen sie einen Mann aus dem Haus treten. Er kam direkt auf sie zu.

Sophie schlug die Hände vor den Mund.

»Dachte ich es mir doch«, murmelte Hauke und reichte dem Fremden die Hand. »Es war Ihr Vater, der jede Lüge verzieh und jeden Betrug, aber niemals eine geflickte Hose, stimmt's, Herr Bellingrodt?«

Johann Bellingrodt nickte. Er verbeugte sich vor Sophie und den beiden Herren. »So ist es, Herr Kommissar. Mein Vater verbot mir die Heirat mit Marie, einer unbedeutenden Tochter aus einer noch unbedeutenderen Familie, wie er sagte.«

»Ihr kennt euch?« Erstaunt sah Sophie zwischen ihrem Verlobten und Johann Bellingrodt hin und her. Auch Roscher schien überrascht zu sein.

»Ja, wir trafen uns im ›Veermaster‹ am Hafen. Er warnte mich vor seinem Vater und seinem Bruder, von deren feiner Kleidung ich mich nicht beirren lassen sollte.«

»Was Sie auch nicht getan haben, Herr Kommissar.« Er lächelte müde. Dann wandte sich der tot geglaubte Johann Bellingrodt an Roscher. »Danke, dass Sie gekommen sind, Herr Polizeirat. Meine Mutter bat Frau Senatorin Hachmann, Ihnen Bescheid zu geben. Es ist an der Zeit, dass Sie alles erfahren.«

»Aber … der Siegelring?«, entfuhr es Sophie. »Die Beerdigung …?«

Johann hielt seine noch immer verbundene Hand in die Höhe. »Ich wurde überfallen und halb tot im Rinnstein liegen gelassen. Sie nahmen mir den Ring.« Er schnaubte. »Als hätte mir der etwas bedeutet. Nun ja, man gab mir zu verstehen, dass es besser sei, wenn ich Marie vergesse und Hamburg schnellstmöglich verlasse.« Traurig schaute Johann Bellingrodt zu seiner Mutter. »Ich nehme an, mein Bruder gab den Auftrag für den Überfall.«

Die Kleine auf der Decke wurde zusehends unruhiger. Sie drehte sich auf alle viere und erhob sich schwankend. Die Großmutter eilte zu ihr und reichte ihr die Hand, die das Mädchen schnell ergriff.

»Warum sollte Ihr Bruder das tun?«, erkundigte sich Roscher argwöhnisch.

»Alfons hatte in den letzten Monaten einiges unternommen, um meinen Vater davon zu überzeugen, dass ich ein Dieb und Betrüger sei. Er wollte die Firma und das Vermögen allein erben. Teilen war noch nie seine Stärke.« Ein bitteres Lächeln ging über seine Lippen. »Meine Rückkehr drohte alles zunichtezumachen, denn ich hätte jede einzelne seiner Lügen entlarven können.«

Roscher legte die Hände auf den Rücken, so wie er es immer zu tun pflegte, wenn er nachdachte. »Ihr Bruder musste doch so oder so damit rechnen, dass Sie zurückkommen«, gab er zu bedenken.

Johann Bellingrodt schüttelte den Kopf. »Nein. Es gab bereits vor meiner Abreise einen Versuch, sich meiner zu entledigen.«

»Der Reitunfall?«, mischte sich Sophie ein.

Johann nickte. »Ein Stallbursche. Er gab später alles zu.«

Sophie trat zu Amalie Bellingrodt. »Haben Sie Marie beerdigen lassen?«

Die Frau lächelte entschuldigend und schwieg, während sie der Kleinen über die langen Haare strich.

»Meine Mutter ist eine kluge Frau«, antwortete Johann stattdessen. »Sie wurde von meinem Vater stets unterschätzt. Es war ihre Idee, den fremden Matrosen statt meiner in der Familiengruft beizusetzen, um mich vor einem weiteren Anschlag durch meinen Bruder zu schützen. Bei Maries Beisetzung stand meine Mutter an meiner Seite.«

»Und Martha?«, flüsterte Sophie und drückte den Schal an ihre Kehle.

»Ich war mir sicher, dass Sie herausfinden würden, ob meine Tochter noch lebt, Fräulein Struwe. Und ich bin Ihnen dafür unendlich dankbar. Ich selbst durfte vorerst nicht auffallen und versteckte mich darum. Mein Bruder musste sicher sein, dass ich tot bin. Darum arbeitete ich im Hafen, wo ich den Betrügereien meines Bruders und dieser Bande nachging.«

Amalie Bellingrodt stellte sich neben ihren Sohn. »Johann kam eines Nachts in unsere Villa und bat mich um Hilfe. Er hatte von Maries Tod erfahren. Er war außer sich. Er wollte Rache.«

Hauke drehte sich zu Johann Bellingrodt. »Wie erfuhren Sie vom Tod Ihrer Frau?«

Der Mann zog ein Kuvert aus seiner Jackentasche und reichte es Hauke. »Der Abschiedsbrief von Herrn Heise. Darin steht alles, was Sie wissen wollen. Aus diesem Brief erfuhr ich, dass meine Tochter Martha heißt.«

Hauke las den Brief des Verwalters. Darin gab der Mann zu, von Alfons Bellingrodt gezwungen worden zu sein, bei dem

Betrug mitzumachen. Er hatte den Kredit seines Arbeitgebers nicht zurückzahlen können.

»Eines Tages stand Marie vor seiner Tür. Sie erzählte ihm von Marthas Entführung und bat um ein Dach über dem Kopf, solange sie unsere Tochter suchte«, erklärte Bellingrodt unter großer Anstrengung. »Kurz darauf war Marie tot. Herr Heise gab sich die Schuld. Er dachte, sie hätte sich das Leben genommen.«

»Lassen Sie uns ein Stückchen gehen, Herr Bellingrodt«, schlug Roscher vor. »Es gibt noch eine Menge offener Fragen.«

Erst wollte Sophie den Männern folgen, doch Amalie Bellingrodt hielt sie zurück. Ein wenig unwillig sah Sophie ihrem Verlobten nach, der neben Johann Bellingrodt und Polizeirat Roscher über die Wiese ging, die hinter dem Haus lag. Da hielt die Kleine Sophie das Püppchen entgegen. Sophie lächelte sie an und kniete sich zu dem Kind hinunter. Traurigkeit überkam sie, als sie Martha über die roten Haare strich. Was hatte diese kleine Seele nur schon alles erleben müssen!

»Die Schwestern sagen, dass Martha kein Wort spricht.«

»Das wird sich bestimmt noch ändern.«

»Ich habe Ihnen nicht alles gesagt, was ich hätte sagen sollen, liebes Fräulein Struwe«, gestand Amalie Bellingrodt. Sophie fiel erst jetzt auf, dass die Witwe ihren Ehering nicht mehr trug. Sie nahm wieder neben ihr auf der Bank Platz.

»Ich habe die Mutter der Kleinen zwei Mal gesehen. Einmal vor fast drei Jahren und dann vor einigen Wochen«, begann Amalie Bellingrodt. »Es war schon spät, und ich hatte mich bereits für die Nacht umgezogen.« Sie stockte. Die Worte schienen ihr unendlich schwerzufallen. »Ich konnte sie in der Dunkelheit nicht richtig sehen, sonst hätte ich sie gewiss erkannt. Ich hörte nur, dass eine Frau mit Alfons vor dem Haus stritt. Sie schrie, dass sie sein dreckiges Geld nicht brauche.« Amalie Bellingrodt warf ihre Hände vor das Gesicht. »Es ging um eine Martha. Ich wusste aber nicht, dass Martha ein Kind ist. Ich dachte doch, Alfons hätte ein Problem mit einer Frau dieses Namens.«

Sophie sog die Luft ein. Marie war also tatsächlich zu den Bellingrodts gegangen, um herauszufinden, ob ihr Kind dort war.

Amalie Bellingrodt zögerte. »Ich glaube, Alfons schlug die arme Marie und jagte sie fort. Als er zurück ins Haus kam, fragte ich ihn, was passiert sei, aber er ließ mich stehen. Irgendwann hörte ich, wie er mit der Droschke davonfuhr.« Sie nahm Sophies Hand. »Hat Alfons das arme Ding in der Nacht …?« Sie ließ den Satz unbeendet.

Sophie nahm Martha auf den Schoß, die sogleich mit einer Strähne ihres Haares spielte, die Sophie aus der Frisur gefallen war. »Wären Sie bereit, Polizeirat Roscher von dem Abend zu berichten?«, fragte Sophie leise.

Amalie Bellingrodt nickte. Dann griff sie in ihre Manteltasche. »Ich wollte dem Polizeirat dies hier geben.« Sie reichte Sophie einen Umschlag. »Eines unserer Dienstmädchen fand es am nächsten Tag im Kamin. Es sind die Reste einer Fotografie.«

Sophie wusste, welche Fotografie gemeint war. Sie selbst trug eine Kopie davon in ihrer Tasche.

Amalie Bellingrodt starrte auf das Kuvert in ihrer Hand. »Es ist aber noch etwas anderes darinnen. Angesengte Papierschnipsel. Das Mädchen dachte, all das sei versehentlich in den Kamin gelangt.«

Sophie blickte in den Umschlag. »Die Heiratsurkunde von Marie und Johann?«

»Alfons muss sie Marie weggenommen und zerrissen haben. Ich nehme an, er wollte alles vernichten, was ihm im Weg stand.« Sie schaute auf ihre Hände. »Als ich vom Tod Maries erfuhr, ahnte ich, dass Alfons … Ich konnte doch nicht zur Polizei gehen. Er war doch mein letzter Sohn.« Tränen liefen ihr über die Wangen.

»Mein Vater war noch nie ein besonders herzlicher Mensch gewesen«, erklärte Johann Bellingrodt, während er mit Polizeirat Roscher und Hauke über die Wiese ging. »Er hatte klare

Vorstellungen davon, wie die Zukunft von Bellingrodt & Söhne auszusehen habe. Für mich und meinen Bruder hatte er bereits vorteilhafte Arrangements getroffen, um die Firma durch zweckmäßige Heirat voranzubringen. Alfons sollte die älteste Tochter von Konsul Winter bekommen und ich irgendeine Prinzessin von Rantzau. Ich weigerte mich, und Alfons ruinierte wohl seine gute Partie mit einem seiner peinlichen Auftritte. Bei Alkohol verliert er immer wieder das Maß, wird ausfallend und laut, oder Schlimmeres.« Bellingrodt blieb stehen. »Marie und ich heirateten einen Tag vor meiner Abreise in einer kleinen Kirche außerhalb der Stadt.«

»Heimlich?«

»Mehr oder weniger. Wir verzichteten auf ein Aufgebot und wurden sogleich getraut. Heute dürfte die kleine Kirche zwei neue Bleiglasfenster haben.« Er lächelte. »Wenn ich eines von meinem Vater gelernt habe, dann, dass alles seinen Preis hat.« Johann Bellingrodt blieb stehen. »Ich wusste nicht, dass Marie ein Kind erwartete. Niemals wäre ich gefahren, hätte ich es auch nur geahnt.« Der junge Mann schaute zu seiner Tochter. »Ich war so dumm.«

Die Männer gingen weiter. »Nach meiner Rückkehr suchte ich Marie bei ihren Eltern, doch der Vater jagte mich fort wie einen räudigen Hund. Ich hoffte, dass sie irgendwo in der Stadt auf mich wartete, obwohl sie auf meine Briefe nicht mehr geantwortet hatte. Ich hatte eine Fotografie von uns. Damit suchte ich sie überall in der Stadt.« Johann schob die Hände in seine Manteltaschen, während er akkurat Zeugnis über jeden Tag seit seiner Rückkehr ablegte. »Ich ahnte nicht, wie nah ich ihr war. Irgendwann, als ich schon dachte, ich müsste wahnsinnig werden, ging ich zu Herrn Heise ins Kontor. Ich wollte mit einem Menschen reden. Als ich ankam, war der gute alte Mann tot.«

»Sie fanden den Abschiedsbrief. Und als sie ihn lasen, wurde Ihnen klar, was passiert war«, half Hauke. Johann nickte. »Der Kaffeeschmuggel, die Lügen, Marthas Verschwinden und Maries Tod.«

»Ich wollte nicht, dass mein Bruder davonkommt, verstehen Sie das? Ich wollte, dass er dafür bezahlt.«

»Sie suchten Beweise für Alfons' illegale Geschäfte, verwüsteten das Kontor und ließen alles aussehen, als könnte Herr Heise ermordet worden sein. Der fehlende Stuhl, der Knopf, die verwischten Fußspuren.«

»Ja, ich brauchte die Polizei. Sie musste Verdacht schöpfen. Egal welchen.«

»Sie haben auch den Zettel in der Kaffeebörse angebracht und Gerüchte vom Konkurs der Firma Bellingrodt & Söhne in die Welt gesetzt«, vermutete Hauke.

»Ja. Ich wollte Rache.«

»Warum sind Sie nicht zu mir ins Stadthaus gekommen? Sie hätten Anzeige erstatten können«, mischte Roscher sich ein.

Johann Bellingrodt fuhr herum. »Ich wollte, dass er leidet.«

Hauke und Roscher gaben dem jungen Mann Zeit, sich zu sammeln. »Haben Sie das Feuer gelegt?«, wollte Hauke wissen.

Johann Bellingrodt schüttelte den Kopf. »Nein, das war dieser kleine Kerl. Ich wollte nur die Kiste mit den Beweisen dort für Sie deponieren, Ihnen eine Nachricht zukommen lassen und Sie so auf den Schmuggel meines Bruders hinweisen. Sie sollten das Lager und die alte Röstmaschine selbst entdecken. Als ich aber dort ankam, hörte ich zwei Männer streiten. Der Kleine hatte das Lager wohl angezündet. Er wollte nicht, dass die Polizei ihnen auf die Schliche kam. Das gefiel dem anderen nicht.«

»Der Kleine wird Kurt Ebeling gewesen sein«, mutmaßte Roscher.

»Dann zückte der eine ein Messer und schnitt dem Kleinen die Kehle durch. Es ging so schnell, dass ich meinen Augen im ersten Moment nicht traute. Danach rannte der Mörder fort. Ich wusste nicht, was ich tun sollte. Ich stellte einfach die Kiste ab und verschwand, so schnell ich konnte.«

»Sind Sie bereit, das alles vor Gericht auszusagen, Herr Bellingrodt?«, wollte Roscher wissen.

»Natürlich.«

Das war das Todesurteil für Schuster.

Kurz darauf verabschiedete man sich. Amalie Bellingrodt würde mit der Enkelin zu ihrer Familie nach Schlesien reisen. Für den Namen Bellingrodt gab es keine Zukunft in der Stadt. Polizeirat Roscher begleitete Johann Bellingrodt ins Stadthaus, wo dieser seine Aussage machen würde. Eine Aussage, mit der er seinen Bruder für viele Jahre ins Gefängnis bringen würde, wenn nicht sogar an den Galgen.

Sophie und Hauke nahmen die Droschke und fuhren schweigend zurück nach Hamburg. Es war bereits Nachmittag, und hoch über den herbstlich gefärbten Bäumen stand eine bleiche Sonne.

Sophie wirkte erschöpft, weder glücklich noch zufrieden, obwohl sie Martha gefunden hatte. Lebend. Wahrscheinlich fragte sie sich, ob sie Maries Tod nicht doch hätte verhindern können. Diese Frage beschäftigte auch Hauke.

Sie schwiegen bereits eine längere Zeit, jeder in seinen Gedanken gefangen, als Hauke die Glocken einer nahen Dorfkirche läuten hörte. Er sprang auf und schlug mit der Faust gegen das Dach der Droschke. »Kutscher! Halt!«

Sophie zuckte vor Schreck zusammen. »Was ist passiert?«

Doch statt einer Erklärung nahm Hauke ihre Hände in seine. »Ich hätte dich fast verloren. So wie Johann Bellingrodt seine Marie. Das darf uns niemals passieren.« Sie wollte etwas sagen, aber er fiel ihr ins Wort. »Da drüben ist eine Kirche.« Er wies zum Fenster hinaus. »Heirate mich, Sophie. Hier und jetzt.«

»Aber Hauke, wie kommst du auf diese Idee? Du weißt doch, die Leute würden –«

»Alle sollen es erfahren. Und sie werden sich mit uns freuen. Jetzt aber will ich, dass wir nicht noch mehr Zeit verlieren.« Er zog sie zu sich heran und hielt sie fest. »Sophie, du könntest tot sein.«

»Aber, das Aufgebot?« Es war ein halbherziges Aufbäumen von Vernunft.

Der Schein in seinem Gesicht erlosch kurz. »Ja, natürlich, wir müssen erst ein Aufgebot bestellen. Andererseits hatte Johann Bellingrodt auch einen Weg gefunden, um Marie Fischer ohne lästige Formalitäten zu heiraten.«

Sophie schob ihn ein wenig von sich fort.

Überrascht sah er sie an. »Habe ich etwas Falsches gesagt? Möchtest du mich etwa nicht mehr heiraten?« Seine Stimme zitterte ein wenig. »Ich kann verstehen, dass du nach dem Vorfall auf dem Speicherboden …«

Sie lächelte, was ihn noch mehr verwirrte.

»Wir haben noch Zeit«, sagte sie.

»Nein, ich will dich sofort heiraten. Selbst, wenn es zwei Bleiglasfenster kostet.«

»Nicht so schnell.«

Enttäuscht warf Hauke sich auf die Bank zurück. Er hatte erwartet, dass sie weniger vernünftig reagieren würde. Sie war doch sonst nicht so.

Noch immer lächelte sie. »Wenn ich dem Herrn Pastor im Vertrauen etwas Bestimmtes sage … dann könnte es mit den Formalitäten auch schneller gehen.«

Hauke drehte sich zu ihr. »Und was könntest du ihm sagen?«

Sophie wartete. Es dauerte länger, als sie gedacht hatte, bis er endlich verstand.

Dann aber riss er die Augen auf. »Wann? Seit wann weißt du es?«

»Länger, als eine Frau so etwas für sich behalten sollte.«

KAPITEL 56

In der St. Johanniskirche in Harvestehude ist neuerdings elektrische Beleuchtung eingeführt worden. Die Anlagen sind von der hiesigen Elektricitäts AG, vormals Schuckert & Co., ausgeführt. Die Beleuchtung erfolgt durch zweihundert Glühflammen in Form von Kerzen, welche an den Emporen auf den schon vorhanden gewesenen Gascandelabern angebracht sind. Durch praktische Ein- und Ausschaltungen kann die Beleuchtung in ihrer Gesamtheit geschehen. Die Johanniskirche erstrahlte am 7. September für eine Trauung im Glanze des elektrischen Lichts.

Originalauszug: Hamburger Nachrichten, 1. Oktober 1896

Doch anders, als Hauke es gedacht hatte, wurde die Hochzeit nicht in einer kleinen Dorfkirche zwischen Hamburg und Geesthacht gefeiert, sondern standesgemäß in St. Katharinen abgehalten. Er fragte sich später, wie Sophie es geschafft hatte, ihn so unbemerkt umzustimmen. Vielleicht war es das überschwängliche Gefühl gewesen, das ihn überfallen hatte, als er hörte, er würde Vater werden. Vielleicht war es aber auch die Dankbarkeit, dass Sophie »Ja« sagte und diese endlos lange Zeit der Zweifel endlich ein Ende haben sollte. Er wusste es nicht.

Konsul Winter hingegen hatte eine andere Theorie, die er Hauke am Abend bei einem Glas Portwein am Kamin dargelegt hatte: »Frauen sind Frauen, lieber Herr Kommissar. Sie überrumpeln einen Mann mit Zuckerwatte und Rüschen, ohne dass wir es merken. Versuchen Sie niemals, ihnen in Fragen von Kindern, Kaltspeisen, Küche oder Kirche im Weg zu stehen.«

Hauke hatte gelächelt. »Darf ich im Falle meiner Verlobten noch das Wort ›Kriminelle‹ hinzufügen?« Die Männer hatten sich zugeprostet, in der wohligen Gewissheit, den Damen des

Hauses nicht widersprechen zu können oder auch nur zu wollen, denn es ist das Schilf, welches den Sturm überlebt, nicht die Eiche.

Und so vergingen die Tage des Wartens wie im Flug, bis endlich der Moment gekommen war, an dem Sophie neben Hauke vor dem Altar von St. Katharinen stand.

Konsul Winter nebst Familie sowie Polizeirat Roscher und Gattin saßen in der ersten Reihe. Clara Winter hatte ihren Vater davon überzeugen können, dass die Hochzeit am selben Tag stattfinden müsse wie ihr Abschiedsball. Dabei hatte sie argumentiert, dass beide Ereignisse für sie unendlich wichtig seien und ein angemessener Rahmen für Fräulein Struwes Heirat mit dem mittlerweile stadtbekannten Kommissar auch der Firma Winter zugutekommen würde. Erst aber, als sie ihr neu erworbenes Kaufmannswissen vortrug, wonach zwei Feiern an einem Tag Geld sparen würden, stimmte ihr Vater zu.

Haukes Vermieterin, Fräulein Bender, war extra aus Kiel angereist, um Sophie bei den Vorbereitungen zur Seite zu stehen. Jetzt saß sie, vernehmlich in ein Spitzentaschentuch schniefend, neben Dorothea Reiter vom Kaufhaus Tietz. Neben ihnen saß Johann Bellingrodt, der offenbar großen Eindruck auf die junge Verkäuferin machte. Er war noch in der Stadt, um die Firma Bellingrodt & Söhne zu liquidieren. Die Villa der Familie in Hamm hatte Heinrich Ohlendorff gekauft. Ein Schnäppchen. Amalie Bellingrodt indes hatte sich geweigert, jemals wieder nach Hamburg zurückzukehren. Sie war mit ihrer Enkelin auf dem Gut der Familie in Schlesien geblieben. Oberzollinspektor Jensen, der in einer der hinteren Reihen in seiner grünen Ausgehuniform saß, hatte Hauke mittlerweile verziehen, nachdem Hans' Genesung Fortschritte machte. Auch wenn der Junge nicht mehr in der Lage sein würde, als Zöllner zu arbeiten, so wolle er sich davon nicht entmutigen lassen, hatte er am Krankenbett gesagt und verkündet, Schriftsteller werden zu wollen. So, wie ein gewisser Doyle aus England.

Die Töne der Orgel waren kaum verklungen, als die Gemeinde sich erhob und das Brautpaar durch die Bankreihen nach draußen schritt. Sophies »Ja« war für Hauke eine unendliche Erlösung gewesen. Seine Seele atmete auf. Zum ersten Mal seit vielen Jahren freute er sich auf das, was die Leute »Zukunft« nannten. Nächstes Jahr um diese Zeit, überlegte er, würde er Vater sein. Und dieses Mal würde er es besser machen. Viel besser.

Nur wenige Stunden später stand das frisch vermählte Paar vor einem der hohen Fenster im Ballsaal der Villa Winter. Der nächtliche Park vor ihnen wurde von Fackeln bis zum Justus-Teich hinunter erleuchtet. Dieser Abschiedsball würde in die Geschichte der Stadt eingehen, ganz wie Konsul Winter es sich für sein Kind gewünscht hatte.

Es war Claras letzter Abend in der Stadt, bevor es in die Welt hinausgehen sollte. Und zugleich war es der erste Abend für Hauke und Sophie als Ehepaar. Konsul Winter hatte darauf bestanden, dass das Ehepaar Sötje die Ehrengäste auf Claras Ball sein sollten.

Hauke nahm die Hand seiner Frau, während hinter ihnen das Orchester zu einem Walzer aufspielte. In den Scheiben der Fenster spiegelten sich die vornehmen Damen und Herren der Stadt, die sich im Licht Hunderter Glühkerzen schwungvoll drehten. Seide raschelte und Diademe funkelten, während draußen im Park schemenhaft Boote am Ufer zu erkennen waren. Mit ihnen sollten die Gäste um Mitternacht hinaus auf die Alster fahren, um ein fulminantes Feuerwerk zu erleben.

Aus dem Augenwinkel betrachtete Hauke seine junge Frau, die für ihn niemals so schön gewesen war wie heute. Er wollte ihr etwas sagen, damit sie wusste, wie es um ihn stand. So glücklich. Doch ihm fielen die rechten Worte nicht ein. Da spürte er, wie sie seine Hand ein wenig fester drückte und sah sie lächeln. Sie hatte ihn verstanden.

In diesem Moment hörten die beiden hinter sich das Klingen eines Glases. Jemand bat um die Aufmerksamkeit der Gäste im Saal. Die Musik verstummte, und alle Anwesenden drehten sich zum Redner.

»Liebe Gäste, liebe Freunde!«, rief Konsul Winter in die Gästeschar. »Sie wissen, dass dieser Ball ursprünglich allein zu Ehren meiner Tochter Clara veranstaltet werden sollte. Mittlerweile aber haben sich zwei Menschen in das Leben meiner Familie und dieser Stadt begeben, denen wir alle aus vollem Herzen dankbar sein müssen. Fräulein Struwe kam in mein Haus und brachte, nach dem Tod meiner geliebten Frau, wieder Licht in die Augen meiner Kinder. Sie wird uns mit dem heutigen Tag verlassen, um ihren Ehemann, Kommissar Hauke Sötje, in eine neue Zukunft zu begleiten. Auch ihm schulden wir unseren Dank, denn er war es, der die verwerflichen Vorgänge in gewissen Kreisen unserer Kaufmannsstadt aufdeckte und vor die Gerichte brachte.« Konsul Winter hob das Glas in seiner Hand und prostete dem Paar am Fenster zu. »Lassen Sie uns auf das junge Paar anstoßen!«

»Hoch – hoch – hoch!«, scholl es aus allen Kehlen im Saal. In diesem Moment kam Clara herbeigelaufen, um ihre Lehrerin und Vertraute mit Tränen in den Augen zu umarmen.

Auch Polizeirat Roscher trat auf Hauke und Sophie zu. Er verbeugte sich vor Sophie, nahm ihre Hand und deutete einen Kuss an. »Darf ich Ihnen unseren Senator Hachmann vorstellen?« Er trat zur Seite und machte für den Senator den Weg frei. Dieser, ein stattlicher Herr um die sechzig Jahre, mit gepflegtem Vollbart und einem gewissen Schalk im Blick, trat vor. »Nun, liebe Frau Sötje, wie gefällt Ihnen unsere kleine, bescheidene Stadt? Können wir Sie und Ihren Mann nicht überreden, bei uns zu bleiben?«

Sophie lächelte verschämt. Bevor Hauke etwas sagen konnte, trat Roscher vor. »Dank des vertrackten Falls Bellingrodt, lieber Herr Kommissar, ist man in höheren Kreisen nun doch der Ansicht, dass derart komplizierte Ermittlungen unmöglich von einfachen Schutzleuten geleistet werden können.« Roscher wirkte zutiefst erleichtert.

Senator Hachmann nickte. »So ist es, Roscher, so ist es. Derartige Vorfälle gehören in die Hände von Spezialisten. Daran hatte ich nie einen Zweifel. Statt die Kriminalpolizei aufzulösen, wird also nun ein neues Kommissariat für Sonderaufgaben eingerichtet. Weitreichende Kompetenzen. Drei Mann fürs Erste. Sie, Sötje, als leitender Kommissar, unterstehen selbstredend Polizeirat Roscher. Eintausenddreihundert Mark und eine Dienstwohnung. Was halten Sie davon?«

Überrascht schwieg Hauke. Sophie hingegen entfuhr ein wohliges »Oh«. Dann ergriff sie Haukes Hand.

»Zögern Sie nicht«, riet Roscher. »Sie sind der beste Mann für den Posten. Ich habe Sie dem Senator empfohlen. Wenn Sie wollen, können Sie auch Schutzmann Schröder bekommen.« Roscher schlug Hauke auf die Schulter. »Los, Mann, sagen Sie Ja.«

Alfons und Heinrich Ohlendorff waren in der zweiten Hälfte des 19. Jahrhunderts die größten Guano-Importeure im Deutschen Reich. Als das Guano-Geschäft einbrach, zog sich Heinrich Ohlendorff aus der gemeinsamen Firma zurück und investierte sein Vermögen in Immobilien. Darunter zum Beispiel der aufwendige Bau des 1886 eröffneten Dovenhofs, der mit elektrischem Licht, Paternoster und anderen Komforteinrichtungen als Prototyp des modernen Kontorhauses in Deutschland galt. Dieses stattliche Gebäude musste 1967 für das heutige SPIEGEL-Haus weichen.

Die **Villa in Hamm** gab es tatsächlich. Sie gehörte Heinrich Ohlendorff und stand auf einem zweiundsechzigtausend Quadratmeter großen Grundstück zwischen Landwehr und Hammer Landstraße. Errichtet wurde der repräsentative Bau vom Architekten Martin Haller im Stil der Neorenaissance. Ich habe versucht, dieses besondere Gebäude, das im Krieg leider verloren ging, noch einmal zum Leben zu erwecken.
In »Tod in der Speicherstadt« residiert dort Wilhelm Bellingrodt mit seiner Familie. Doch anders als meine fiktive Kaufmannsgestalt Bellingrodt soll Heinrich Ohlendorff ein ausgesprochener Familienmensch sowie ein sehr freundlicher und bescheidener Herr gewesen sein.

Anders als in meiner Geschichte begann der **Hafenarbeiterstreik** erst am 20. November 1896 und dauerte elf Wochen. Auf seinem Höhepunkt legten sechzehntausend Menschen ihre Arbeit nieder. Sie forderten höhere Löhne, kürzere Arbeitstage, bessere Arbeitsbedingungen sowie Tarifverträge und bezahlbare Verkehrsmittel. Der Streik endete im Februar 1897, ohne dass die wesentlichen Forderungen der Arbeiter umgesetzt wurden. Dennoch gingen die Gewerkschaften aus dem Konflikt gestärkt hervor, und Hamburg wurde zu ihrer Hochburg.

Das **Warenhaus Tietz** wurde am 1. März 1897 am Großen Burstah in Hamburg eröffnet, nachdem Oscar Tietz zehn Jahre zuvor die erste Filiale in Weimar und später eine weitere in Berlin eröffnet hatte. Ich habe mir erlaubt, die Eröffnung des ersten Kaufhauses der Stadt um ein Jahr vorzuverlegen. 1912 zog das Warenhaus Hermann Tietz an den Jungfernstieg, wo es später als »Alsterhaus« bekannt wurde. Grund hierfür war die Enteignung vieler jüdischer Unternehmen nach 1935. Der neue Name der jetzt »arischen« Kaufhausbetreiber war ab da »Hertie«, ein Kürzel des Namens Hermann Tietz. Ich selbst bin früher mit meiner Oma oft ins Alsterhaus gegangen, um dort »Königinnenpastete mit Reis« zu essen. Meine Oma kannte das Alsterhaus noch als Warenhaus Tietz, wo sie mit ihrer eigenen Mutter noch die Aussteuer kaufte und tatsächlich einen kleinen Strohhut mit Blumen erstand.

Kriminalpolizei Hamburg: In der Kaiserzeit stieg der Grad der polizeilichen Professionalisierung im Reich zusehends an. 1876 wurde – neben der Hafenpolizei und dem berittenen »Constablercorps« – auch eine »Criminalpolizei« für die Stadt ins Leben gerufen, um besonders schwere Verbrechen aufzuklären. Ihr Sitz war das Stadthaus, zwischen Neuer Wall und Fuhlentwiete. Die erste klassische Mordkommission in Deutschland wurde 1885 anlässlich des Mordfalls Dickerhoff in Berlin eingesetzt, die Schaffung eines Erkennungsdienstes folgte ein Jahr später. Dieser Weg führte immer weiter, vom ehemaligen Einheitspolizisten zum spezialisierten Fachmann für Mord, Sittendelikte, Einbruch oder Raub. Eine eigene Mordkommission erhielt auch Hamburg einige Jahre später.
Soweit mir aber bekannt ist, hatten weder Senator Hachmann noch die Bürgerschaft je versucht, ihre Kriminalpolizei im Stadthaus wieder abzuschaffen, weil sie zu teuer war. Nein, diese Gefahr für die Hamburger Kriminalpolizei entsprang meiner Phantasie und ist rein fiktiv und der Dramaturgie der Story geschuldet.

Laudanum ist eine Opiumtinktur, die Paracelsus auch »Stein der Unsterblichkeit« genannt haben soll. Es diente der Beruhigung, aber auch dem Rausch und bestand zu 90% aus Wein und zu 10% aus Opium. In einigen Anleitungen fügte man zudem Bilsenkraut, Tollkirsche oder gemeine Alraune hinzu. Laudanum war in allen Gesellschaftsschichten populär und frei verkäuflich, ähnlich wie Aspirin heute. Man nutzte es als Schmerz- und Beruhigungsmittel, auch für Kinder. Erst später zeigte sich, dass Menschen davon süchtig wurden. 1920 verbot Großbritannien den freien Verkauf, und neun Jahre später folgte auch Deutschland.

Ewer ist ein Schiffstyp, der seit dem Mittelalter bekannt ist. Ewer waren im 19. Jahrhundert der am häufigsten eingesetzte Schiffstyp in Deutschland. Sie konnten mit Dampfmaschinen nachgerüstet werden und wurden als Frachtschiffe in der Küsten- und Flussschifffahrt eingesetzt, teilweise auch als Fischereifahrzeuge.

Als **Speisehallen**, auch Volkskaffeehallen oder umgangssprachlich Kaffeeklappen genannt, wurden seit Mitte des 19. Jahrhunderts einfache Speiselokale für Arbeiter bezeichnet, in denen keine alkoholischen Getränke ausgeschenkt werden durften. Die Idee kam aus England und ging auf das Bemühen von Unternehmern zurück, den Konsum von Alkohol unter den Arbeitern zu bekämpfen. Viele europäische Großstädte kopierten die Idee. In Deutschland waren es hauptsächlich Hamburg und Berlin, wo sich diese Art von Arbeiterkantinen fand. Neben preiswerten warmen Speisen wurde vor allem Kaffee angeboten, da Londoner Erfahrungen gezeigt hatten, dass dieses Getränk Arbeiter konzentrierter und leistungsfähiger machte. Der Unternehmer Rudolf Schülke war unter anderem auch Eigentümer der Hamburger Speisehallen. Hauptsächlich jedoch betrieb er ein chemisches Unternehmen in der Stadt, welches 1913 das heute noch bekannte »Sagrotan« auf den Markt brachte.

Kaffee-Miedjes waren Kaffeeverleserinnen. Sie saßen auf den obersten Böden der Speicher an langen Tischen, auf denen sie für einen Hungerlohn von manchmal weniger als fünfundzwanzig Pfennig die Stunde (das entsprach der Hälfte dessen, was die geringsten Arbeiter im Hafen erhielten) bis zu sechzehn Stunden am Tag arbeiten mussten. Sie wurden wie Sklavinnen gehalten und schufteten unter erbärmlichen Arbeitsbedingungen. Im April 1896 streikten rund fünfhundert von ihnen gegen den schlechten Lohn, Prügelstrafe und die Arbeitszeiten. Sie forderten neun Stunden Tagesarbeitszeit und ein Verbot von Strafen für Lachen und Singen während der Arbeit. Sie hatten keinen Erfolg. Ebenso wie die Hafenarbeiter bei ihrem großen Streik 1896/97 gingen die Frauen leer aus.

Fotograf **Georg Koppmann (1842–1909)** hielt im Auftrag der Baudeputation des Hamburger Senats die Gebäude auf der Wandrahm-Halbinsel im Bild fest, bevor diese für die Speicherstadt abgerissen wurden. Seine Fotografien wurden als Ansichtskarten verkauft. Sie sind heute die letzten Zeugnisse des verloren gegangenen Stadtteils.

Der **Fischmarkt von Hamburg** lag um 1900 nicht an dem Ort, wo er heute zu finden ist, sondern am Ende der Brandstwiete, zwischen Hafen und Alster. Erst nachdem Hamburg und Altona zusammengelegt worden waren, wurde der Altonaer Fischmarkt zum heute international bekannten Hamburger Fischmarkt.

Eduard Lassally war Kaffeehändler und Mitglied im »Verein der am Caffeehandel beteiligten Firmen«. Am 15. Juli 1939 ertränkte er sich im Alter von fünfundachtzig Jahren in der Alster, nachdem die Nazis seine Firma arisiert hatten, ein Sohn wegen »Rassenschande« in Haft saß und die beiden anderen Söhne das Land hatten verlassen müssen.

Straßennamen damals und heute:
Schulweg – Averhoffstraße
Justus-Teich – Rondeel

Die **Slamatjenbrücke** ist eine bereits vor 1700 im Volksmund erwähnte Brücke in der Neustadt zwischen Rödingsmarkt und Admiralitätsstraße. Sie führt über das Alsterfleet und soll ihren Namen wegen des (horizontalen) Gewerbes in der Gegend erhalten haben: slampige (»unordentliche, unsaubere, schlampige«) Matjens (»Mädchen«). Eine andere Erklärung ist, dass sich früher hier die Waschfrauen trafen, um ihre Wäsche zu waschen. Das heute durch zwei Schleusen jederzeit befahrbare Fleet verfügte damals nur über eine Schleuse an der Alster, sodass bei Ebbe das Wasser fast vollständig ablief. Erst nach der großen Flut im Jahre 1962 kam die Schaartorschleuse am Binnenhafen hinzu. Seither kann ein konstanter Wasserstand im Fleet gehalten werden.

»Späte Rache« (engl. »A Study in Scarlet«) ist ein Kriminalroman von Sir Arthur Conan Doyle und der erste Auftritt seines Detektivs Sherlock Holmes. Die deutschsprachige Ausgabe brachte der Verlag Lutz aus Stuttgart 1894 unter dem oben genannten Titel in einer Übersetzung von Margarete Jacobi heraus.

Privatspeicher Bellingrodt & Söhne: Für ihn ließ ich mich vom Privatspeicher der Firma Hanssen & Studt inspirieren, der im Block R lag. Dort wurde Rohkaffee nicht nur gelagert, sondern auch geschält, geröstet und verpackt.

Der Portier der Kaffeebörse, **Carl Mahling**, ist eine reale Person, ebenso Polizeirat **Gustav Roscher**, der Fotograf **Koppmann** und viele andere.

Auch den Waffenhändler **Benny Spiro** gab es tatsächlich. Im wunderbaren Bildband von Michael Batz »Die Speicherstadt-

Story« finden sich seine Geschichte, aber auch viele andere Begebenheiten aus der Speicherstadt, die dieses Kulturdenkmal mit Leben füllen. Ein unbedingt empfehlenswertes Buch!

Gertrud Wiesner habe ich nach dem Vorbild der Elisabeth Wiese gestaltet, einer fünffachen Kindsmörderin, die in St. Pauli lebte und gegen Kostgeld Kinder aufnahm. Wiese tötete die Kleinen und verbrannte ihre Leichen im Ofen. 1905 starb sie unter dem Henkersbeil im Hof der Untersuchungshaftanstalt Holstenglacis. Sie ging als »Die Engelmacherin von St. Pauli« in die deutsche Kriminalgeschichte ein. Unter diesem Titel schrieb meine Kollegin Kathrin Hanke einen TrueCrime-Roman über die Mörderin.

Kleines Hamburger Sprachlexikon:

Bangbüx – Angsthase
bregenklöterich – verrückt
Da nich für/Nich dafür – gern geschehen
kapeister – über Bord gehen, Purzelbaum schlagen
Klei di an'n Mors … – Du kannst mich mal …
lütt – klein
Moin/Moin, Moin – Guten Tag (von 0 Uhr bis 24 Uhr)
Pennschieter – Pfennigfuchser, Geizhals
Udl – Hamburger Spitzname für Polizisten
Wat mutt, dat mutt. – Was sein muss, muss sein.

Danksagung

Mein Dank gilt all jenen, ohne die dieses Buch nicht möglich gewesen wäre. Darunter ist Christian Terstegge, dessen topografische Sammlerleidenschaft mir half, mein Hamburg mit den Augen der damaligen Zeit zu sehen. Ebenso danke ich Desiree Tiedemann, die mir aus ihrer umfangreichen Privatsammlung wunderbare Buchschätze zur Verfügung stellte. Ralf Lange, Leiter des Speicherstadtmuseums, war mir eine wissenschaftlich fundierte Hilfe bei allen großen und kleinen Fragen rund um die Speicherstadt. Unbekannterweise möchte ich auch Michael Batz danken, der mit seinem Bildband »Die Speicherstadt-Story« historisches Wissen mit Farbe und Leben erfüllt hat. Passagen daraus habe ich als Anregung für einige meiner Szenen benutzt.

Für Fragen der Polizeiarbeit, und vor allem bezüglich der damals berühmten Photographischen Anstalt der Hamburger Polizei und ihres Archivs im Stadthaus, waren Inse Leiner und Dunja Schifferdecker vom Polizeimuseum Hamburg von geduldiger und kompetenter Hilfe. Mein Kaffeewissen wiederum verdanke ich den Führungen im Kaffeemuseum Burg in der Speicherstadt, rund um Bärbel Dahms und ihr Team, sowie dem Kaffeeröstmeister und Vizeweltmeister Erik Brockholz. Seither trinke ich Kaffee anders. Dem waschechten Quartiersmann Ingo Vierk, Pepper Tours, danke ich für eine höchst informative und amüsante Tour durch die Kaffeebörse und so manche Ecke, die ich in meiner Speicherstadt noch gar nicht kannte.

Ein großes DANKE gilt auch meiner Lektorin Christine Derrer, die Hauke und Sophie ebenso liebt wie ich, und dem wunderbaren Emons-Team. Ihr habt wieder einmal einen hervorragenden Job gemacht!

Sollten sich, trotz aller Sorgfalt, Recherchefehler oder Ungenauigkeiten in den Text geschlichen haben, gehen diese ganz und gar auf mein Konto.